LOKI

WHERE MISCHIEF LIES

로키: 장난의 신

LOKI

WHERE MISCHIEF LIES

로키: 장난의 신

매켄지 리

마블 MCU 소설 시리즈 08
로키: 장난의 신

1판 1쇄 발행 2019년 12월 20일

지은이 매켄지 리
옮긴이 최지원
감 수 김종윤(김닛코)
펴낸이 하진석
펴낸곳 ART NOUVEAU
전 화 02-518-3919
이메일 book@charmdol.com
ISBN 979-11-87824-77-0 03840

나의 우주에 끊임없이 선한 영향력을 불어넣는
베카에게 바칩니다.

Part One

Chapter 1

아스가르드에서 열리는 축제가 으레 그렇지만, 왕실의 굴베이그 축일 연회를 즐기려면 지루한 연설을 참아내고, 무의미한 인사말을 나누고, 수도 없이 발을 밟혀야 했다. 연회장은 언제나 숨 막히게 붐비고, 참석자들은 굽 높은 신발에 익숙하지 않았던 것이다.

로키는 사실 모두가 연회를 싫어하면서 속 좁은 사람으로 보이기 싫어 입 다물고 있는 것뿐이라고 확신했다. 하지만 그는 스스로 속이 넓다고 자부하는 데다가 굽 높은 신발을 신고도 자유자재로 움직일 수 있기에 거리낌 없이 말할 수 있었다.

"난 연회라면 질색이야."

왕실 가족들이 한 줄로 서서 손님을 맞이하는 중이었다. 로키 옆에 선 토르의 얼굴에서는 이런 공식 행사 때 써먹으려고 연습해온 가식적인 미소가 시종일관 떠나지 않았다. 하지만 그렇게 치아를 활짝 드러내면 이에 뭔가가 낀 게 들통 난다고 로키가 조언하자 그는 미소를 풀고 한참 동안 입안을 혀로 더듬었다. 토르의 입술이 기괴하게 불룩 튀어나온 걸 본 조정 대신들은 흠칫하며 발길을 되돌렸다. 토르는 결국 속았다는 걸 깨닫고 한 소리를 늘어놓았다.

"연회는 중요한 행사야. 아스가르드 왕실의 지도자들에게 자만감을 불어넣지."

"*자신감*이야." 로키가 정정했다.

토르는 여전히 웃는 얼굴로 미간만 찌푸렸다. "뭐라고?"

"그 명언은 나도 외웠거든. *자신감*이 맞아." 로키가 답했다.

"내가 뭐라고 했는데?"

"형은— 뭐, 됐어." 공연단이 신명 나는 전통음악을 연주하는 중이라 주위가 조금 소란스러웠다. 로키는 과장된 미소를 유지한 채, 토르에게 들리도록 소리 높여 말했다. "형은 아주 완벽하게 말했어."

토르가 이마에 걸쳐진 관을 매만졌다. 땀방울이 맺혀 미끄러워진 탓에 눈썹 언저리까지 흘러내린 것이다. 로키도 관을 받기는 했다. 어머니가 골라준 것은 은색 꽈배기 무늬에 작은 보석들이 촘촘히 박혀 있었다. 보석이라면 사족을 못 쓰는 로키가 그런 걸 마다할 리 없었지만, 오늘 그가 선택한 세련되고 절제된 옷차림에는 어울리지 않았다. 연회를 즐기진 않더라도 참석한 이들에게 멋진 모습을 보여주고 싶었다. 무릎까지 올라오는 까만 부츠를 신은 김에 소매 안에 감춘 검처럼 길고 가느다란 굽을 자랑하며 연회장 한가운데를 활보하고 싶어 몸이 근질거렸다. 외투는 깃이 높고 어깨에 녹색 주름이 들어간 스타일로, 같은 색의 헐렁한 바지를 맞춰 입었다. 녹색을 받쳐 입으면 그의 눈이 보석처럼 살아난다고 말해준 건 아모라였다. 그래도 로키는 녹색을 너무 자주 입지 않으려고 조심했다. 아모라의 조언을 진지하게 받아들이는 것처럼 보이고 싶지 않았다. 그녀의 조언이 항상 옳을지도 모르지만, 그 사실을 그녀에게 알려줄 필요는 없었다.

로키는 줄지어 서 있는 고관들을 힐끗 쳐다보았다. 토르 옆에는 은빛 예복을 입은 프리가가 양손을 소매 안에 집어넣은 채, 어느 아스가르드 여인에게 미소를 지으며 고개를 끄덕이고 있었다. 그 여인은 흰 머리가 몇 가닥 섞인 왕비의 머리카락이 너무나 아름답다며 어설픈 칭찬을 늘어놓는 중이었다. 프리가의 옆에선 바린헤임과 링즈피오르드의 대사들이 연신 고개를 숙이며 욜리나 여왕과 이야기를 나누고 있었는데, 여왕은 계속해서 두 사람에게 조금만 더 크게 말해달라고 요구했다. 그 옆에는 노른의 여왕이자 오딘의 왕실 마법사인 카르닐라가 군인처럼 씩씩하게 서 있었다. 길게 땋은 검은 머리카락을 둘둘 감아올리고, 보라색 원석이 박힌 금색 머리 장식을 쓴 모습이었다. 얼굴은 완벽한 무표정이었다. 그녀는 왕궁에서 지내는 동안 형식적으로 짓는 점잔 빼는 얼굴 외에는 다른 표정을 전혀 드러내지 않았다.

카르닐라는 긴 손가락 하나를 제자인 아모라의 어깨에 얹어놓고 있었다. 이렇게라도 붙잡고 있지 않으면 어디론가 도망가버릴 거라고 생각하는 것 같았다.

물론 충분히 발생할 수 있는 일이었다.

아모라는 로키가 짐작한 것보다 훨씬 더 티 나게 지루해하고 있었다. 그가 아모라만큼 따분해하는 모습을 보였다면 아버지에게 벌써 한 소리 들었을 게 뻔했다. 그녀도 카르닐라에게 주의를 받기는 하겠지만, 오딘의 평가를 신경 쓰는 로키와 달리 아모라는 스승의 말 따위에 아랑곳하지 않았다. 로키도 무뎌지고 싶었다. 오딘이 자신의 잘잘못 하나하나를 점수로 매기고 있으며, 그걸 바탕으로 토르와 자신 중 아스가르드의 왕위를 물려줄 후계자를 고를 거라고 의식하고 싶지 않았다. 왕자가 자기 혼자뿐이라면 훨씬 편했을 것이다. 아모라는 카르닐라가 받아들인 유일한 제자였고, 왕실의 마법사이자 노른의 여왕 자리를 차지할 만큼 강력한 마법을 지닌 사람도 그녀가 유일했다. 아모라의 힘은 환영받았지만 로키는 힘을 감춰야 했다.

마법사를 왕으로 세우고 싶어 하는 사람은 아무도 없었다. 아스가르드의 왕들은 대대로 전사였다. 황금빛 머리를 길게 늘어뜨리고, 반짝반짝 윤이 나는 갑옷을 입고, 전투에서 얻은 상처를 영광의 훈장처럼 스스럼없이 드러내놓고 다녔다. "*아, 이거 말인가? 멍청한 사카아르 녀석이 나한테 힘자랑을 하다가 살짝 긁어놓은 거지.*"

꼼지락거리며 스승에게서 몸을 빼낸 아모라는 음료 쟁반을 들고 가는 하인에게 잔 하나를 낚아챌 만큼 가까이 다가갔다. 로키는 아모라가 술잔에 손가락을 갖다 대는 걸 지켜보았다. 그러자 작은 술 방울이 공중으로 떠올라 그녀의 손바닥에서 몇 센티미터 떨어진 곳에 둥둥 떠다녔다. 하지만 카르닐라가 아모라를 쳐다보지도 않은 채 그녀의 손을 꽉 잡아 마법을 깨버렸다. 아모라는 눈을 부릅뜨고 있다가, 부적절할 만큼 오래 지속되는 로키의 시선을 감지한 듯 힐끗 돌아보았다. 로키와 눈이 마주치자 그녀는 특유의 비비 꼬인 미소를 지었다. 로키는 귀가 빨갛게 달아올랐다. 이대로 시선을 피해서 그녀를 보고 있었다는 사실을 부인할까도 생각해봤다. 하지만 마음을 바꿔 오히려 눈을 더 크게 뜨고 바라보자, 아모라는 자기 목을 매는 팬터마임으로 응수했다.

그는 풋 하고 코웃음을 터뜨렸다. 토르가 눈살을 찌푸리더니 무슨 일인가 하며 로키의 시선을 따라갔다. 하지만 아모라는 이미 자세를 바로 하고 카르닐라와 나란히 선 채 그들에게 무언가를 말하러 온 조정 대신에게 미소를 짓고 있었다. 억지 미소라는 걸 일부러 드러내려고 최대한 애쓰는 모습이었는데(토르가 진솔하게 보이려고 노력하는 만큼이나 열심히), 어쨌든 웃는 얼굴이니 누구도 아모라의 반항기를 비난하지 못했다.

토르는 한층 더 얼굴을 찡그렸다. 그러자 왕관이 눈썹 밑까지 내려와 다시 밀어 올리곤, 아버지를 따라 하듯 못마땅하게 흠흠 소리를 내며 정면으로 몸을 돌렸다.

로키의 눈이 다시 아모라와 마주쳤다. 그녀는 은근히 바닥 타일을 가리키며 눈썹을 치켜들었다.

로키는 망설였다. 가끔 식사 중이나 수업 시간에 아모라에게 배운 간단한 주문을 시험해보곤 했지만, 국가 행사에서 그걸 실행에 옮기는 건 전혀 다른 차원의 일이었다. 물론 크게 문제가 되진 않을 터였다. 연회장의 타일을 분홍색으로 바꾸자는 건 처음부터 그의 아이디어였다. 하지만 실제로 행할 생각 없이 반은 농담으로 꺼낸 말이었다. 대담한 발상과 창의적인 주문을 뽐내서 아모라에게 깊은 인상을 남기고 싶었던 것이다.

하지만 아모라는 뭐든 끝장을 봐야 하는 성격이었다. 어떤 대가가 따르건, 할 수 있는 일은 일단 해보자는 식이었다. 대가는 늘 따라왔다. 지칠 대로 지친 가정교사가 뒤통수를 후려치는 날도, 카르닐라의 방에 불려가 개인 면담을 하는 날도 있었다.

어찌 됐든 아모라는 일단 저지르고 봤다.

로키는 그녀의 대담함이 미칠 듯이 부러웠다. 오딘이나 카르닐라에게 꾸짖음을 당해도 아모라는 전혀 수치스러워하지 않았다. 반대로 로키는 아무리 턱을 높이 쳐들고 다녀도 마음은 늘 뒤틀려 있었다. 나는 거리낄 게 없이 떳떳하다고 자신할 때조차 그랬다. 어린 시절, 로키가 마법으로 궁전의 불을 전부 꺼버린 적이 있었다. 오딘이 기뻐하며 자신을 자랑스럽게 여길 줄 알았지만 아니었다. 격분한 아버지는 펄펄 뛰었고, 로키는 그가 자신에게 주먹을 휘두를까 두려움에 떨었다. 다행히 혼자 방에서 반성하라는 명령이 떨어졌지만, 로키는 알 수 없는 수치심에 괴로워했다. 한참 후에 어머니가 찾아와서는 아무리 온몸이 전율

할 만큼 기분이 좋아지더라도 이제 마법은 쓰지 말라고 충고했다. 형처럼 전사가 되기 위한 수련에 집중하는 게 그의 미래를 위한 일이라고 했다. 어머니의 말투는 언제나처럼 부드러웠지만, 그 후로 마법 주문을 욀 때마다 그 순간에 느낀 굴욕감이 언제나 그를 따라다녔다.

아모라가 궁전에 들어오기 전까지는 마법을 쓸 일이 거의 없었다. 로키는 전사가 되기 위해 노력했다. 달리는 속도를 높이고, 강도 높은 훈련을 하고, 어떤 순간에도 무너지지 않고 일격을 가하는 법을 배웠다. 아스가르드의 왕이 되려면 반드시 익혀야 한다는 기술들을 토르는 별로 힘도 들이지 않고 척척 해냈다. 하지만 로키가 가장 자신 있는 기술은 형이 술을 입에 털어넣을 때 잔에 든 내용물을 민달팽이로 바꿔놓았다가, 퉤 뱉으면 다시 술로 만드는 거였다.

꼬인 감정을 해소하는 최선의 해결책은 아니었지만, 그래도 그게 그의 방식이었다.

아모라가 처음 그에게 관심을 보인 건 바로 그 민달팽이 주문을 사용한 직후였다. 토르가 식탁에 술을 뱉어내자 오딘은 손님들 앞에서 무슨 버릇없는 짓이냐며 질책했다. 노른의 여왕 카르닐라와 그녀의 제자 아모라가 아스가르드 궁전에 들어온 첫날이었다. 토르가 자신은 민달팽이를 마셨다고 확신하며 술잔에 민달팽이가 있었다고 거듭 주장하는 동안, 로키의 시선은 왠지 모르게 식탁을 가로질러 아모라에게로 향했다. 그런데 그녀는 이미 로키를 바라보고 있었다. 포크 옆으로 살짝 올라간 입꼬리가 보였다. 하지만 그녀는 곧 시선을 돌렸고, 로키도 다시 고개를 숙여 스튜 그릇만 응시했다.

민달팽이는 그날 아침 스파링을 할 때 약속과 달리 자신을 링에 때려눕힌 형을 향한 복수였다. 시프가 보고 있는 걸 알고는 금세 약속을 잊어버린 것이다. 아모라에게 신경이 쓰인 건 단순히 마법사여서는 아니었다. 그녀가 궁전에 오기 전에 로키가 아는 마법사는 어머니뿐이었다. 어머니는 늘 사소하고 통제된 마법만을 사용했다. 로키는 마음속으로 그것을 *다과회용 마법*이라고 정의했다. 왕비인 프리가는 자신의 힘이 남의 눈에 띄지 않도록 항상 조심했고, 로키에게도 그럴 것을 요구했다. 하지만 아모라는 마법을 드러내는 게 허용된 사람인 데다가, 미래의 궁정 마법사로서 훈련의 일환이라는 듯 자신의 힘을 마음껏 과시했다. 그녀의 기다란 머리카락이 꿀색이어서도, 그것을 뱀의 꽈리처럼 칭칭 감아 틀어 올려서도 아니었다. 비스듬한 몸가짐이나 비뚤어진 미소 때문도 아니었다.

'*도대체 뭘 기대한 거야?*' 로키는 고깃덩어리를 쿡 찍었다가 두껍고 기름진 고기의 표면이 다시 부풀어 오르는 걸 보며 스스로를 책망했다. '*아스가르드에 마법을 쓰는 사람이 또 있었다며 저 애가 흥분하기라도 바랐던 거야?*' 자신은 힘을 통제하는 법을 배운 적이 없어서 그동안 촌스럽고 서투른 묘기만 익혀온 걸지도 몰랐다.

하지만 민달팽이는 썩 괜찮았다.

로키의 시선이 다시 아모라에게로 향했지만, 그녀의 짙은 눈동자(그 안에서 날카로운 번개처럼 가느다란 에메랄드빛이 몇 줄기 번쩍였다)는 카르닐라를 바라보고 있었다. 카르닐라와 오딘은 아모라가 굴베이그 연회 전까지 궁정에서 어떤 교육을 받아야 할지 의논하고 있었다. 앞으로 오딘의 아들 중에서 후계자가 결정되면 그의 오른팔로서 제 역할을 다할 수 있게 그녀를 준비시켜야 한다는 것이었다. 로키는 다시 굴욕감과 소외감에 휩싸였다. 자신과 닮았다고 생각한 누군가에게 눈길을 줄 가치조차 없다며 무시당한 것 같았다.

식사가 끝나갈 무렵, 와인을 비운 로키는 술잔 밑바닥에서 무기력하게 꿈틀거리는 민달팽이 한 마리를 발견했다. 재빨리 고개를 들어서 보았지만, 아모라는 징그러운 생명체로 그를 도발해놓곤 이미 자리를 뜬 상태였다.

"민달팽이 마법은 기발했어." 나중에 궁중 도서관에서 만났을 때 아모라가 말했다. 그녀는 정원이 내려다보이는 둥근 창문 앞 의자에 웅크리고 앉아 있었다. 발밑에는 오로지 미적 효과만을 위해 고른 게 분명한 책들이 높이 쌓여 있었다. "하지만 목구멍으로 삼킬 때까지 기다렸다가 바꾸는 게 낫지 않았을까? 민달팽이를 식탁에 뱉는 것보다 한입 가득 삼키는 게 더 끔찍하잖아."

로키는 그런 생각은 못해봤다. 게다가 타이밍을 완벽하게 맞춰서 주문을 걸 만큼 마법을 통제할 자신도 없었다.

그가 아무 말도 없자 아모라는 무릎에 펴놓은 책에서 눈을 들어올렸다. 로키는 그녀가 자신에게 무심한 표정이 잘 어울린다는 걸 자각하고 있다고 확신했다. 아모라가 땋은 머리를 풀고 턱을 살짝 기울이자 왕의 발 앞에 펼치는 카펫처럼 머리칼이 물결치듯 흘러내렸다. "그런 건 누구한테 배웠어?" 그녀가 물었다.

"아무한테도." 로키는 자신에게 내재한 거칠고 미숙하고 답답할 정도로 빈약한 힘을 붙들고 혼자서 아등바등 연마해왔다. 자기 안에 깊고 강력한 우물이 있다는 걸 알았지만, 그걸 끌어낼 방법을 찾을 수가 없었다.

"오딘 왕의 아들이 마법사인 건 몰랐네."

"그럴 만한 사연이 있어." 로키는 아모라 옆에 앉고 싶었지만, 왠지 뻔뻔하게 느껴져서 그만뒀다. 그녀가 자신을 옆에 앉힐 만큼 흥미롭게 여긴다고 확신할 수 없었다. 대신 책장 하나에 가볍게 몸을 기댔는데, 생각한 것보다 훨씬 각도가 기울어져 있어서 깜짝 놀랐다. "아스가르드의 왕자가 마법사가 되는 건 누구도 원치 않아. 이 나라에서 숭상하는 건 그런 힘이 아니니까."

아모라는 잠시 그를 가만히 바라보다가, 책의 한 귀퉁이를 접은 다음 덮어버렸다. 아버지의 도서관에 있는 책을 전부 구겨버리고 싶은 로키의 파괴 본능을 축소해서 보여주는 것 같은 몸짓이었다.

"오딘 왕이 네게 스승을 붙여주지 않았어? 아니면 너희 어머니에게 배웠니? 그분도 마법사잖아." 아모라가 물었다.

"아니." 로키는 카펫 속으로 몸이 몇 센티미터쯤 가라앉는 기분이었다. "아, 맞아. 그러니까 어머니가 마법사인 건 맞아. 하지만 아버지는 내가 마법을 공부하는 걸 원치 않으셔."

"네가 두려워서 그러는 거야."

로키는 헛웃음이 나왔다. 오딘처럼 기골이 장대하고 그에 어울리게 성격도 거칠고 괄괄한 사람이 자신의 아들, 그중에서도 작고 마른 자신을 두려워하다니.

"날 두려워하시는 게 아니야. 왕위 계승자의 자격을 최대한 갖추게 하려고 군사들과 함께 훈련시키신 거지."

이번에는 아모라가 깔깔대며 웃었다. "그건 군함을 시냇물에 띄워놓는 거나 마찬가지야. 그게 무슨 낭비람." 그러더니 로키를 평가하듯이 바라보며 책등을 쓰다듬었다. 그녀는 마치 연기로 이루어진 사람처럼 몸을 빙빙 돌려 둥글게 말고 창턱으로 올라섰다. 신발은 진작 벗어던져 맨발인 채로, 발가락으로 창턱을 꽉 붙들었다. "넌 군인이 아니야. 마법사지. 누군가는 네게 마법사가 되는 법을 가르쳐줘야 해."

"누군가는 그래야겠지."

그녀가 미소를 짓자 칼집에서 단검을 서서히 뽑아낼 때처럼 서늘한 기운이 느껴졌다. 다가올 일격을 예고하듯 정적을 가르며 아슬아슬한 금속음이 들린 것만 같았다. 아모라는 무릎에 놓인 책을 다시 휙 폈다. 로키는 자신이 너무 우둔하고 까다롭고 냉담하게 군 건 아닌가 싶어 심장이 쿵 떨어졌다. 그는 형과 정반대인 사람, 가정교사들에게 혼나는 사람, 전사 캠프의 다른 수련생들에게 놀림 받는 사람이었다.

그러나 그때, 그녀가 자신의 옆자리로 발을 차올리며 말했다. "여기 안 앉을 거야?"

로키는 얼른 앉았다.

그게 벌써 몇 달 전의 일이었다. 지난 수개월 동안 로키와 아모라는 어딜 가든 꼭 붙어 다니는 단짝이 되었다. 하인들은 뒤에서 수군거리고 조정 대신들은 그들을 못마땅하게 여겼다. 연회가 한창인 지금도 제멋대로인 카르닐라의 제자와 어울려 다니더니 어디 변한 데는 없는지 여기저기서 자신을 지켜보는 눈길이 느껴졌다. 연회장을 따라 늘어선 배 모양의 샹들리에에서 촛불들이 깜박거리며, 벽을 뒤덮고 있는 황금 잎사귀와 함께 춤을 추었다. 로키는 연회장의 천장이 악기의 내부를 닮았다고 생각했다. 구불구불 휘어진 부분들이 소리를 증폭시켜 어떤 모임이든 더 웅장하고 인상적으로 느껴지게 하는 것이다. 그는 발밑의 타일을 힐끗 내려다보았다. 전체적으로 검은색인 바닥에 금색 줄무늬가 퍼져나가 정교하고도 복잡한 뿌리를 이루며 웅장한 계단의 하단부에 새겨진 위그드라실(아스가르드와 미드가르드를 비롯한 우주의 모든 세계가 얽혀 있는 거대한 나무–옮긴이)과 이어졌다. 다시 아모라와 눈이 마주쳤다. 그녀는 과장되게 눈을 깜빡이며 애원하듯 두 손을 맞잡았다. 로키는 그녀의 부탁이라면 자신이 연회장에 불을 지르고 알몸으로 뛰어드는 짓까지 마다하지 않을 걸 잘 알고 있었다.

"무슨 계략을 꾸미고 있는 거야?" 토르가 옆에서 속삭였다.

"계략이라니?" 로키는 최대한 활짝 미소를 지어 다가오는 조정 대신을 쫓아내며 말했다. "난 그런 거 꾸민 적 없어."

토르가 콧김을 내뿜었다. "시치미 떼지 마."

“무슨 시치미? 무슨 계략?” 토르가 발을 꾹 밟자 로키는 혀를 깨물며 고통을 억눌렀다. “조심해. 난 형보다 이 부츠를 더 사랑하거든.”

토르는 과장되게 순진한 표정을 짓고 있는 아모라를 다시 한 번 바라보았다. 그는 로키처럼 그녀에게 마음이 끌리지 않았다. 몇 번쯤은 두 사람과 어울려 궁전 안에서 같이 장난을 치기도 했지만, 그럴 때마다 토르는 늘 꾸물대며 누가 따라오지는 않는지 어깨너머로 확인했다. 그가 늘 “우리 이러면 안 될 것 같아”라는 말을 되풀이하자, 보다 못한 아모라는 또 같은 말을 하면 그에게 벌금을 매기자고 제안했다. 결국 토르는 두 사람과 어울리는 일을 그만두었다. 아모라를 형과 공유하는 게 싫었던 로키는 잘됐다 싶었다. 누구와도 그녀를 공유하고 싶지 않았다. 아모라는 그만의 것이었다. 여태까지 이런 사람은 없었다. 누구도 그의 곁에 있으려 하지 않았으니까. 그리고 토르가 어디선가 소외되는 걸 보는 건 기분 좋은 일이었다.

그렇다고 토르가 아모라에 대해 대놓고 불평을 한 적은 없었다. 그건 누구도 마찬가지였다. 다들 로키에게 그러듯 그녀에 관해서도 뒤에서 쑥덕거릴 뿐이었다. 너무 예측불허고, 너무 고집이 세다고. 오딘과 카르닐라는 왕궁의 질서와 엄숙함이 그녀의 성질을 누그러뜨려줄 거라 하지만, 그런 아이는 노른헤임 밖으로 데리고 나오는 게 아니었다고.

그때, 우레와 같은 굉음이 세 번 연속 울리며 연회장 안의 소란을 잠재웠다. 악사들은 연주를 멈췄고, 조정 대신들은 모두 입을 닫고 웅장한 계단 꼭대기를 향해 몸을 돌렸다. 로키도 줄지어 서 있는 왕실 고관들과 함께 몸을 돌려 계단 위를 올려다보았다. 암적색 연회복을 입은 오딘이 자신의 창인 궁니르를 손에 들고 서 있었다. 턱수염은 금실로 땋아 내렸고, 이마에는 토르와 같은 스타일의 관이 씌워져 있었다. 로키는 찌릿하면서 후회가 밀려왔다. 의상의 조화를 망치는 한이 있어도 관을 쓰고 왔어야 했다.

"아스가르드인 여러분!" 오딘의 우렁찬 목소리가 곡선형 천장을 타고 연회장 전체에 쩌렁쩌렁 울려 퍼졌다. "그리고 아홉 세계에서 모인 우리의 동지, 손님, 귀빈 여러분. 거룩한 축제인 굴베이그 연회에 자리해주셔서 감사합니다."

로키는 이것과 약간씩 다를 뿐 거의 똑같은 연설을 어릴 때부터 매년 들어왔다. 아스가르드의 축일에 기념해야 할 영웅적인 전사들이 얼마나 많은지 놀라울 따름이었다. 음식은 늘 맛있었지만, 어색하게 줄지어서 인사를 받고, 나이 많은 대신들이 머리를 쓰다듬는 걸 견디고, 아버지의 지루한 환영사를 끝까지 들을 만큼 훌륭한 건 아니었다. 축일의 연설은 언제나 아스가르드의 숙적들을 모조리 없애버리겠다는 일념으로 살다 간, 이두박근이 불끈불끈한 금발 사내를 기리자는 내용이었다.

하지만 굴베이그 연회에는 한 가지 중요한 차이점이 있었다.

"오늘 우리는…." 오딘은 자신의 빈 안구를 가리고 있는 안대를 손가락으로 가리킨 채, 좌중을 둘러보며 말을 이었다. "지금으로부터 100세기 전, 니플헤임의 서리를 이용해 무스펠헤임 공방전에서 승리를 거두고 갓즈아이 거울을 제작한 용맹한 왕을 기념하려 합니다. 이것이 바로 왕실 금고에 보관돼 있던 그 거울입니다. 여기에 노른헤임에서 온 왕실 마법사의 힘이 더해지면, 우리는 앞으로 10년간의 비전과 아스가르드를 지키기 위해 대비해야 할 위협을 보게 됩니다. 거울이 보여주는 환영의 도움으로 우리는 지금까지 아홉 세계에 닥친 위기와 라그나로크(신과 인간 세계의 종말-옮긴이)의 위협으로부터 왕국을 지켜왔습니다. 갓즈아이 거울은 우리의 질문에 대답해주지 않으며, 확실한 미래를 보여주는 것도 아닙니다. 거울은 10년에 한 번, 오직 이 날에만 눈을 뜨지만, 거울이 보여주는 환영으로 우리는 수 세기 동안 견고하고 막강한 왕국을 유지해왔습니다. 연회가 파하는 순간부터 저는 장교와 고문들을 소집하는 회의를 열어, 우리 민족의 번영을 위한 최선의 방책을 강구할 것입니다."

로키도 전부 아는 내용이었다. 연회를 앞두고 사전 준비 차 역사 시간에 교육을 받았다. 하지만 거울이 금고 밖으로 나오고 카르닐라가 거기에 마법을 불어넣는 건 생전 처음 보게 되는 광경이었다. 아버지의 등 뒤에서 에인헤랴르(용감하게 전사하고 돌아온 전사들의 영혼이라는 단어로, 에인헤랴르 병사란 이런 전사들을 기리기 위해 이름 붙인 병사들을 의미함-옮긴이) 병사 두 명이 커튼을 걷어젖히자, 그는 조금이라도 더 잘 보려고 자기도 모르게 까치발을 들었다.

갓즈아이 거울은 은은한 광채가 도는 검은색 흑요석으로, 완벽한 정사각형 모양이며, 사방을 둘러싼 얇은 금테에는 모서리마다 빙 둘러가며 금 막대기들이 새겨져 있었다. 로키는 예전에 저 거울을 본 적이 있었다. 아버지가 토르와 그를 지하 금고실로 데려가 그곳에 보관된 물건들이 어떤 힘을 지녔는지 하나하나 설명해주었다. 자신이 그런 힘을 봉함으로써 얼마나 오랫동안 백성들을 안전하게 지켜주었는지 일장 연설을 늘어놓는 것도 빼놓지 않았다. 하지만 지금 이렇게 밖에서 보니 어두컴컴한 금고실에서 오딘이 세상의 종말을 막기 위해 모아둔 수많은 물건에 둘러싸여 있을 때보다 훨씬 더 위풍당당하고 강력해 보였다. 거울은 받침도 지지대도 없이 똑바로 서 있었다. 이미 조용해진 연회장 안에 더욱 완벽한 정적이 내려앉았다.

카르닐라가 계단을 올라가자 오딘이 그녀에게 손을 내밀었고, 두 사람은 함께 거울 앞으로 걸어갔다. 오딘이 거울 한쪽에 자리 잡자 카르닐라는 다른 쪽에 서서 거울 표면에 손바닥을 갖다댔다. 오딘은 에인헤랴르 한 명에게 궁니르를 건네곤 백성들을 돌아보며 양팔을 활짝 펼쳐 보였다. "앞으로 10년간도 이 세상에 평화와 번영만이 가득하길 기원하며!"

누군가가 팔꿈치를 쓰다듬는 기분에 깜짝 놀란 것도 잠시, 로키의 귓속에 아모라의 목소리가 들려오기 시작했다. "그래서 타일 색은 언제 바꿀 거야? 너희 아버지가 좌중을 휘어잡고 있는 지금? 아니면 모두가 볼 수 있게 조금 이따가 바꿀래? 핫핑크가 왕의 망토 색이랑 만나면 정말 눈 뜨고 봐주기 힘들 거야."

로키가 뭐라고 답하기도 전에 계단 꼭대기에서 타다닥 하며 에너지가 피어올랐다. 갑자기 폭풍우가 몰아치기 전처럼 뜨겁고 묵직한 공기가 느껴져서 로키는 목덜미의 털이 다 곤두섰다. 번개처럼 불규칙한 형태의 하얀빛이 연회장의 천장을 갈랐다. 서열대로 줄을 맞춰 서 있던 대신들이 숨을 헉 들이마셨다. 거울을 사이에 두고 오딘과 나란히 선 카르닐라가 손을 높이 들어 올리자 불빛이 그녀의 주먹을 감싸듯 소용돌이치며 모여들었다. 마법의 힘이 우아하고 정교하게 공중을 가로질러 카르닐라의 부름에 답하는 모습을, 로키는 입을 떡 벌리고 지켜보았다.

등 뒤에서 아모라가 그를 쿡 찔렀다. "로키."

카르닐라는 이내 손을 쫙 펴더니 흑요석의 표면을 눌렀다. 그러자 거울의 네 모퉁이에 있는 막대기에서 빛이 나더니 룬 문자의 각 선이 불이 붙었다고 착각할 만큼 밝게 타올랐다. 연못에 돌을 던진 것처럼 거울에 파문이 일어나더니 오딘의 눈동자가 하얗게 변했고, 오직 왕에게만 보이는 아스가르드의 미래가 거울 표면에 번쩍하고 스쳐 지나갔다.

"너 왠지 내 말을 안 듣고 있는 것 같다." 아모라가 이번에는 입술을 어찌나 가까이 대고 말하는지 그녀의 숨결까지 느껴졌다.

"조용히 해." 로키를 사이에 두고 반대쪽에 서 있던 토르가 나무랐다.

아모라는 그에게로 몸을 돌렸다. "어머, 미안해라. 내가 뭔가 중요한 일을 방해했나?"

또 다른 빛줄기가 천장을 가르며 카르닐라의 손바닥으로 날아갔다.

"무례하게 굴지 마." 토르가 앞니 사이로 쉿 소리를 내며 말했다.

"내가 한 말 중에 무례한 부분이 있었어?" 아모라가 대꾸했다.

"그래. 지금 말하고 있는 것 자체가 무례한 거야."

그때, 누군가가 어깨를 잡는 느낌이 들어 로키는 뒤를 돌아봤다. 어머니가 계단 꼭대기에 있는 아버지에게 시선을 고정한 채, 로키의 어깨를 부드럽게 잡으며 그와 아모라 사이로 들어왔다. "그만들 하렴." 그녀가 조용히 말했다. 로키는 중요한 의식이 진행되는 중이라 자신은 단 한마디도 안 했다고 반박하고 싶었다. 하지만 왕비가 어깨를 꾹 누르는 바람에 입 밖으로 내뱉으려던 말을 그대로 삼켰다.

또 한 번 카르닐라의 손에서 거울 표면으로 번개가 튀었지만, 이번에는 뭔가 달랐다. 로키는 마법이 일으킨 공기의 변화를 느끼고 전율했다. 어머니도 같은 것을 느낀 게 틀림없었다. 그의 어깨를 쥔 손이 부들부들 떨린 것이다. 오딘이 갑자기 무언가를 밀어내려는 듯 손을 들어 올리며 뒤로 물러섰다. 그의 입에서 모두에게 들릴 만한 탄식이 새어 나왔다. 거울의 반대쪽 옆에서는 카르닐라가 여전히 손을 허공에 든 채 똑바로 서 있었고, 하얀 빛줄기들이 윙윙거리며 그녀의 손을 벌집처럼 휘감고 있었다.

잠시 후, 오딘은 마법 주문을 깨뜨리며 거울에서 몸을 떼어냈다. 마법이 빠져나간 그의 까만 눈동자에는 공포가 서려 있었다. 그는 비틀거리며 난간에 몸을 기댔다. 주위에 있던 조정 대신들은 모두 깜짝 놀랐다. 에인헤랴르 병사 한 명이 손을 내밀었지만, 오딘은 그를 뿌리치고 왕의 창을 낚아채듯 되찾아선 성큼성큼 계단을 내려갔다. 최대한 자제력을 발휘하려는 듯했지만, 신경이 날카로울 대로 날카로워졌다는 게 그대로 드러났다. 카르닐라는 손가락으로 마법을 사그라뜨리고 번갯불을 끄더니, 거울 뒤에서 나와 오딘을 따라 반대편 계단으로 내려갔다.

"연회를 계속 이어가라." 오딘이 계단 하단부에 서서 경례하는 대장에게 명령했다. "나는 곧 돌아올 테니까." 그리고 잠시 멈춰 서서 눈을 돌리더니 처음에는 토르, 다음에는 로키를 차례로 바라보았다. 그의 시선이 너무나 무겁고 의미심장해서 로키는 소름이 돋았다. 이유를 설명할 순 없지만, 아버지가 본 환영에 형과 자신이 관련돼 있다는 걸 그는 순간적으로 확신했다.

오딘은 턱수염을 만지작거리더니, "나의 여왕이여" 하며 프리가를 향해 손가락을 튕겨 따라오라는 신호를 보냈다. 로키는 어머니의 손이 자신의 어깨에서 떠나가는 걸 느꼈다. 그녀는 왕을 쫓아갔고, 카르닐라와 경호병들도 뒤를 따랐다. 그들이 나가고 문이 쾅 닫히자, 연회장 안은 다시 소란스러워졌지만, 웅성거림 속에 불안감이 감돌았다.

로키의 양옆에 선 토르와 아모라는 아무 말 없이 오딘의 모습만 눈으로 좇고 있었다. 궁전의 바닥 타일을 분홍색으로 바꾸자는 계획은 온데간데없이 사라져버렸다. 로키는 뱃속에 차가운 얼음물이 들어찬 것만 같았다. 이유를 설명할 수도, 간단히 없애버릴 수도 없는 기분이었다. 아버지가 저렇게 두려워하는 얼굴은 처음 봤다. 아니, 단순한 두려움 이상인지도 몰랐다. 너무나도 낯선 표정이라 제대로 읽어낼 수가 없었다.

"무슨 일이지?" 마침내 토르가 입을 열었다.

"여기서 나와야 할 질문은 '왕이 무엇을 보았느냐'인 것 같은데." 아모라가 대꾸했다.

오딘이 비틀대며 뒷일을 맡긴 에인헤랴르 대장의 주도로, 연회는 왕이 없어도 계속해서 진행되었다. 악단이 다시 연주를 시작했는데, 이번 음악은 단조 같았다. 아니, 로키의 기분 탓에 그렇게 들리는지도 몰랐다. 연회장 안은 이제 조용히 상황을 추측하며 서로서로 속삭이는 분위기로 변해 있었다. 첫 번째 코스 요리가 치워지기도 전에 테이블 위로 온갖 소문이 돌았다. 오딘이 자신의 죽음을 보았다는 둥, 아스가르드가 전쟁에서 패하는 걸 보았다는 둥, 세상의 종말인 라그나로크가 그의 눈앞에 펼쳐졌다는 둥 이런저런 말이 오갔다.

"아버지는 돌아오시겠지?" 토르가 다섯 번째로 물었다. 음식에는 손도 대지 않은 채, 그릇 위의 채소를 정사각형으로 썰기만 반복하는 중이었다.

"나한테 정보가 들어오면 형한테 제일 먼저 알려줄게." 로키가 무미건조하게 대답했다.

"실제로 본 게 무엇이든 그걸 대신할 거짓말을 지어내는 데 시간이 걸리겠지." 건너편에 앉은 아모라가 말했다.

토르는 그녀를 쏘아보았다. "우리 아버지를 욕하지 마."

"세상에. 너한텐 지금 제일 중요한 게 그거야?"

"우리 아버지는 거짓말 따위는 하지 않으셔."

"솔직히 말해봐. 그 쪼그만 관이 너한테 어울린다고 한 게 너희 아버지 아니야?"

토르는 반사적으로 머리의 관에 손을 갖다 댔다. "아니야. 이건 내가 고른 거야."

"뭐, 그렇다면야." 아모라가 술잔에 입을 한 번 스치고는 말했다. "여태까지는 솔직하게 살아오셨는지도 모르지."

"절대로 백성들을 속이실 분이 아니야." 토르가 관 끝을 엄지손가락으로 만지작거리며 항변했다. 계속 쓰고 있을지 벗을지 망설이는 중이라는 걸 로키는 알 수 있었다. "거울에서 본 게 아스가르드 전체와 관련된 일이라면 조정 대신들에게 말씀하실 거야."

"그래, 조정 대신들한테 중요한 얘기를 하고 싶으면 그들이 모여 있는 연회장에서 도망치는 게 최선이지. 왕의 얘기를 궁금해하거나 말거나 내버려두고 말이야." 아모라가 비꼬았다.

토르는 입을 앙다물곤 로키를 돌아보며 말했다. "넌 저런 말만 하는 애를 어떻게 참고 견디는 거야? 거의 국왕 모독죄 수준이잖아."

"에이. *거의* 정도밖에 안 돼?" 아모라가 실망했다는 듯이 과장되게 얼굴을 찌푸렸다.

로키는 두 사람의 실랑이가 듣기 싫어 양손으로 귀를 막아버리고 싶었다. 아버지의 얼굴에 떠올랐던 표정과 비틀거리며 계단을 내려오던 모습, 두 아들을 차례로 바라보던 눈빛을 머릿속에서 떨쳐낼 수가 없었다.

"로키." 토르가 다시 한 번 그의 이름을 부르자, 로키도 더는 참을 수가 없었다.

로키는 냅킨을 테이블에 던져버리고 의자를 밀며 벌떡 일어났다. "바람 좀 쐬어야겠어."

아모라도 따라 일어섰다. "나도 같이 가."

"바람은 *혼자* 쐬고 싶어." 로키가 말하자 아모라는 반쯤 일어서다가 그대로 굳어버렸다. 그가 그녀의 요청을 거절하는 건 이번이 처음이었다.

로키는 어렸을 때 토르와 함께 발견한 하인들의 출입구를 통해 연회장에서 몰래 빠져나왔다. 그곳을 가리고 있는 태피스트리에는 발키리(오딘을 섬기는 여전사들-옮긴이)들이 전쟁에서 사망한 아스가르드 병사들을 발할라(명예롭게 죽은 자들만이 갈 수 있다는 이상향-옮긴이)로 인도하는 모습이 그려져 있었다. 어릴 때는 목이 긴 발키리들과 어깨가 떡 벌어진 병사들을 소재로 삼아

짓궂은 농담을 지어내기도 했지만, 오늘은 그림 같은 데는 눈길도 주지 않은 채 곧장 태피스트리 뒤로 들어가 비밀 통로를 내려갔다.

아모라는 궁정에서 지낸 지난 몇 개월간 로키가 평생 배운 것보다 훨씬 더 많은 마법을 가르쳐주었다. 그중에는 몸의 형태를 바꾸는 마법도 있었다. 아직 아스가르드인의 특징을 세세한 부분까지 모방하지는 못했지만, 지금 남들의 눈을 피하는 데 그렇게까지 정확한 위장술이 필요하진 않을 터였다. 제일 어려운 건 주방 하인의 복장을 모방하는 거였는데, 때마침 하녀 두 명이 눈을 내리깔고 그의 곁을 종종걸음으로 지나쳤다. 로키는 그들의 복장을 본떠 옷을 바꾼 다음, 거기에 맞게 몸을 변형시켰다. 그리고 통로에 있는 탁자에서 빈 잔이 담긴 쟁반을 얼른 낚아채서 복도 끝에 있는 술통에 대고 재빨리 잔을 채웠다.

왕과 왕비에게 다과를 대령하는 하녀의 모습으로 변신하자, 국왕 집무실까지 가는 내내 아무도 그를 주의 깊게 쳐다보지 않았다. 그는 오딘이 지금 카르닐라와 프리가와 함께 있을 거라고 확신했다. 일단 국왕 집무실 안에만 들어가면 투명 인간처럼 대화를 엿들을 수 있을 터였다. 애초에 계획했던 뱀보다는 눈에 덜 띌 게 틀림없었다. 아스가르드인보다 뱀으로 변신하는 게 쉽긴 하지만, 그럼 사람들의 관심을 끌기도 쉬웠다. 토르만 해도 뱀만 보면 집어 들고 감탄하기 바쁘니까.

로키가 아버지의 방으로 통하는 문을 연 순간, 보초를 서고 있던 에인헤랴르 병사 두 명이 창 자루를 교차하며 앞을 가로막았다. 그는 깜짝 놀라며 멈춰서다가 술을 엎지를 뻔했다. 병사들 뒤편으로 아버지가 문간방의 소파에 웅크리고 앉아 있는 게 보였다. 옆에는 어머니도 있었다. "방해하지 말라니까!" 오딘이 뒤도 돌아보지 않고 소리쳤다.

"주방에서 왔습니다, 폐하." 로키가 소녀처럼 높은 목소리로 말했다. 목소리 흉내는 그에게 아직 부족한 부분이었다. "음료를 가져왔습니다."

"주방에 뭘 요청한 적 없어." 오딘이 고함을 내질렀다.

프리가가 어깨너머로 로키를 힐끗 내다보았다. 로키는 어머니가 자신을 알아볼까 봐 얼굴이 달아올랐지만, 그녀는 아무런 낌새도 못 챈 듯 친절하게 말해주었다. "연회장으로 돌아가려무나. 필요한 게 생기면 그때 부르마."

로키가 허리 숙여 인사할 때, 어린 하녀들의 트레이드마크인 길게 땋은 머리가 어깨 밑으로 툭 떨어져 손에 든 잔에 풍덩 잠겨버렸다. "이건 그냥 두고 가겠습니다."

문간 탁자에 쟁반을 올려놓는 동안 에인헤랴르 보초들이 자신을 지켜보는 게 느껴졌다. 금속과 금속이 마찰하며 날카로운 소음이 일어나자, 그가 들어온 순간 조용해졌던 실내가 한층 더 깊은 침묵 속으로 빠져드는 것 같았다.

로키는 보초들에게 수줍은 미소를 지어 보이곤, 지금 막 눈치챘다는 듯이 "어머나, 너무 많이 가져왔네요"라고 말했다.

그러면서 네 번째 잔에 손을 뻗어 주문을 걸었다. 쌍방향 통신 주문은 그의 주특기는 아니었지만, 여러 가지 방식이 있다는 걸 책에서 읽어 알고 있었다. 직접 사용해본 건 어린 시절에 딱 한 번뿐이었다. 마법으로 어머니의 화장대에 있는 연지함을 자기 방에 있는 잉크통과 연결해서 하짓날에 자신에게 어떤 선물을 주실지 엿들으려 한 것이다. 그때는 왠지 모르게 어떤 선물을 받을지 미리 아는 일이 너무나도 중요했다. 하지만 그의 주문은 너무 빨리 풀리고 말았다. 아직 자신의 힘을 제대로 사용할 줄 모르던 시기였기 때문이다. 그의 방과 왕비의 방이 성의 반대편에 있어서 어떤 주문도 오래 지속되기 힘들 만큼 멀었던 탓도 있었다. 또, 이 주문은 양방향으로 작용하기 때문에, 왕비가 연지함에서 흘러나오는 그의 목소리를 바로 알아채기도 했다.

하지만 이제 로키는 자신의 힘을 조금 더 강력하게 발휘할 수 있었다. 손가락으로 잔의 다리를 잡는 순간 마법이 걸린 게 느껴졌다. 톱니바퀴가 맞물려 돌아가는 것처럼 주문이 정확하게 꽂히자 로키는 쾌감을 느꼈다. 순간, 소파에 있는 어머니가 공기의 변화를 눈치챘는지 긴장하는 분위기였다. 로키는 그녀가 몸을 돌리기 전에 재빨리 네 번째 잔을 집어 들고, 에인헤랴르 병사들에게 후다닥 고개 숙여 인사한 뒤, 도망치듯 방을 빠져나왔다.

등 뒤에서 문이 닫히자마자 그는 재빨리 모퉁이에 몸을 숨겼다. 그리고 잔의 내용물을 단숨에 들이켰다. 머리가 약간 어지러웠지만 최대한 빨리 비우고 나서 귀에 갖다 댔다.

대화 내용이 들렸다 안 들렸다 하며 한참을 지지직거렸다. 이쪽과 마법으로 연결된 잔은 아직 술이 가득 차 있어서, 마치 물속에 들어가 물 밖에서 하는 이야기를 듣는 것 같았다. 그래도 어머니의 말부터는 겨우 알아들을 수 있었다. "그건 모르는 거잖아요."

그리고 오딘의 대답이 들렸다. "그 애가 군대를 끌고 오는 걸 봤다니까."

"그게 라그나로크라고 단정할 순 없죠."

"아니면 대체 뭐겠어? 그런 일이 일어나는데…."

누군가가 어깨를 꽉 잡는 통에, 로키는 잔을 떨어뜨릴 뻔했다. 그는 휙 돌아보며 소매 안에 넣고 다니는 단검 자루를 뽑았다.

등 뒤에서 토르가 팔짱을 끼고 서 있었다. "너 뭐 하는 거야?"

아직 하녀의 모습인 로키는 공손히 인사하면서 치마 주름 사이에 칼을 숨겼다. "죄송합니다, 왕자 전하. 폐하께 음료를 드리러 온 것인데…."

"연기는 그쯤에서 관두시지, 동생." 토르가 말을 막았다. "너라는 거 다 아니까."

"동생이요?" 로키는 바닥을 핥을 만큼 몸을 낮게 숙여 절하며 말했다. "어떤 동생을 말씀하시는 건지요?"

토르는 그의 손목을 감싸 쥐고 아직 칼을 움켜쥔 손을 자기 쪽으로 잡아당겼다. 로키는 얼굴을 찌푸리며 본모습으로 돌아왔다. 그리고 두 사람의 대화가 국왕 집무실로 흘러 들어가는 걸 막으려고 술잔을 자신의 옆구리에 갖다 댔다.

"저 안을 훔쳐보는 거야?" 토르가 물었다.

"훔쳐본다는 건 시각적인 행위 아니야?"

"그럼 엿듣는 거구나."

"그래, 그게 훨씬 정확한 표현이지." 토르가 계속해서 노려보자 로키는 한숨을 쉬며 털어놓았다. "아버지가 뭘 보셨는지 알고 싶어."

"우리와 관련된 일이라면 조만간 가르쳐주실 거야."

"아니, 우리와 관련된 거면 절대로 말 안 해주실 거야. 아까 아버지 표정을 봤잖아. 거의 도망치듯이 빠져나가셨어. 거울이 아스가르드에 다가올 위협을 보여준다고 했는데, 도대체 무슨 위협이기에 그렇게까지 동요하신 걸까? 난 왕궁 전체에 발표할 희망찬 거짓말은 듣고 싶지 않아. 진실을 알고 싶어."

토르는 입술을 깨물며 술잔을 내려다보았다. "우리한텐 분명 진실을 알려주실 거야."

"알았어. 형은 그렇게 믿으면서 기다려." 로키는 토르의 손아귀에서 팔목을 비틀어 뺐다. 형이 힘을 반 정도만 쓴 건데도 그의 창백한 피부에는 빨간 손자국이 남았다. 그는 소매를 끌어내려 손자국을 감추고 술잔을 들어 귀에 댔다. 하지만 토르가 그의 튜닉을 뒤에서 잡아당겼다.

"로키, 하지 마."

"같이 있기 싫으면 저리 가." 로키가 옷깃에서 먼지를 털어내듯 토르를 향해 손가락을 흔들며 말했다. "남의 말을 엿듣는 건 천박한 짓이잖아. 아무도 고귀한 형한테 그런 걸 강요 안 해."

다시 술잔을 귀에 대고 방안의 대화를 들으려고 하는데, 토르가 잔을 잡아당겨 자기 귀까지 덮으며 몸을 기대왔다. 로키는 웃음이 나오려는 걸 참았다. 두 사람은 조금이라도 더 잘 들으려고 이마를 맞댔다. 아스가르드의 왕자 두 사람이 빈 잔 하나를 붙든 채 몸을 잔뜩 웅송그리고 있는 꼴이라니. 지나가는 사람이 이 광경을 보면 얼마나 우스울까.

카르닐라의 것으로 추정되는 세 번째 목소리가 부모님 사이에 끼어들었다. "…무기가 아닙니다. 힘을 증폭시킨 것뿐이죠. 그의 힘을 아무리 증폭시킨다 해도 아스가르드에 종말을 가져올 정도는 아닙니다."

"난 그 애의 능력이 어디까지인지 몰라. 그래서 두려운 거지." 오딘이 답했다.

"숨 좀 조용히 쉬어." 로키가 형에게 주의를 주었다. 토르가 코앞의 불이라도 끄려는 것처럼 거친 숨을 내뿜고 있었던 것이다.

"난 원래 이렇게 숨 쉬어." 토르가 대꾸했다.

"그럼 숨을 쉬지 마. 저쪽에서도 우리 소리를 들을 수 있다고." 로키가 이를 악물며 말했다.

"그럼 너도 말을 하지 마." 토르가 호통을 치자 로키는 손으로 잔 입구를 막았다. 그리고 혹시나 집무실 문이 열리나 해서 뒤를 돌아보았다. 술잔에서 이상하게 싸우는 소리가 난다며 에인헤랴르 병사에게 소리의 출처를 찾으라는 명령이 떨어졌을지 몰랐다.

하지만 다행히 아무 일도 일어나지 않았다.

로키가 다시 술잔을 들어 올리자, 토르는 일부러 씩씩 소리를 죽이며 조용히 심호흡을 했다. 두 사람은 다시 몸을 붙였다.

"거울이 틀렸을지도 몰라요." 프리가가 말했다. "게다가 폐하께서도 연회장에서 말씀하셨듯이 거울의 환영은 정해진 미래가 아닙니다. 아무리 강력한 마법이라도 그런 건 보여주지 못해요."

"우리 민족의 역사를 통틀어 거울의 환영은 틀린 적이 없어." 오딘이 말을 이어갔다. "이번에는 다를 수도 있고, 왕들이 자신의 선택을 정당화하려고 지어낸 이야기일 수도 있지만, 그래도 지금껏 틀린 적은 없어. 아스가르드의 왕이 갓즈아이 거울에서 본 일들은 반드시 일어난단 말이야. 내게 서리 거인들과의 전쟁을 경고해준 것도 거울이었지. 그걸 보고 미리 방어를 강화한 덕분에 전쟁에서 이길 수 있었던 거야. 거울은 발생할지 모르는 일을 경솔하게 예측하는 게 아니라 확실한 위협을 경고해준다고. 이번엔 그 애가 살아 있는 시체들을 이끌고 우리 민족을 공격하는 장면을 보여줬으니 우린 그 위협에 대비해야 해."

"나한테까지 큰소리를 낼 필요는 없잖아요." 왕비의 불만을 듣고서야 로키는 아버지가 소리를 질렀다는 사실을 알아챘다. 벌꿀술이 가득한 잔을 통해 듣다 보니 소리의 높낮이를 구분하기 힘들었던 것이다. "도대체 어떤 대비를 하자는 말이에요? 앞으로 잘못을 저지를 테니 미리 벌을 줄 건가요? 그 애를 가두려면 왕궁 전체를 폐쇄해야 할걸요."

그 후로 침묵이 길게 이어져서 주문이 풀린 건 아닌지 로키가 걱정할 무렵, 카르닐라의 목소리가 들려왔다. "노른 스톤의 보호를 강화하겠습니다."

"그것만으론 부족해." 오딘이 말했다.

"스톤을 잃어버리면 우린…." 프리가가 입을 열었지만 왕이 말을 자르고 들어왔다.

"노른 스톤이 적의 손에 들어가면, 아스가르드는 멸망할 테지."

"우리 아들이 왕국의 적이라는 거예요?" 프리가가 물었다.

다시 정적이 이어졌다. 로키는 자신의 맥박이 빨라지는 게 느껴졌다. 아버지가 뭐라고 말을 해도 팔딱거리는 맥박 소리에 묻혀버릴 것만 같았다. 갑자기 가슴이 꽉 막힌 듯 답답해서 숨을 쉴 수가 없었다. 옆에서는 토르가 로키와 스파링을 할 때처럼 어깨를 치켜든 자세로 딱딱하게 굳어 있었다. 토르는 이유도 모르는 채 싸울 준비가 돼 있었다.

로키는 속으로 생각했다. '*어서 말해요. 누가 군대를 이끌고 아스가르드로 쳐들어오는데요? 라그나로크를 일으키는 아들이 우리 중 누구죠?*'

가만히 있던 왕비가 마지막으로 상황을 정리했다. "그만 연회장으로 돌아가야 해요. 백성들은 왕이 모든 걸 이끌어주기를 원해요. 갑자기 빠져나간 이유도 설명해야죠. 세상의 종말 같은 얘기는 이쯤에서 그만두고요."

그때, 토르가 갑자기 뒤에서 로키의 옷을 붙잡더니 집무실에서 멀리 떨어진 복도로 끌고 가 열린 문을 통과했다. 로키의 손에서 떨어진 술잔이 쨍그랑 소리를 내며 바닥 타일 위를 굴렀다. 토르는 그를 '만물의 어머니들'을 기리는 예배당으로 끌고 갔다. 오딘은 전쟁에 나가기 전이면 홀로 이곳에 찾아와 기도를 드렸다. 좁은 공간이지만 둥근 목제 천장 아래로 유리창을 통해 금빛 빛줄기가 흘러들어와 포근하고 따뜻한 느낌을 주었다. 천장 들보를 따라 뱀이 날뛰고 만물의 어머니들이 권좌를 향해 승천하는 장면이 조각돼 있는데, 겉에 바른 광택제가 오래되어 눅눅해진 탓에 모서리 부분에 이슬이 맺힌 것처럼 보였다.

토르는 조각 장식이 새겨진 의자에 주저앉았다. 정면에 그려진 벽화에서 자비로운 가이아 여신이 양팔을 벌려 손바닥을 내보이고 있었다. 로키는 통로를 사이에 두고 형과 떨어져 자리 잡았는데, 의자 등받이가 너무 직각이라 앉자마자 허리가 아팠다. 토르는 몸을 구부정하게 숙이고 양손으로 이마를 짚은 반면, 로키는 똑바로 앉아서 가이아 여신의 턱 끝과 아래를 바라보는 눈, 애원하듯 살짝 벌어진 입술을 응시했다.

먼저 입을 연 건 토르였다. "아버지는 우리 중 한 명이 군대를 이끌고 아스가르드로 쳐들어오는 장면을 보셨나 봐."

"그래, 나도 알아." 로키가 가이아 여신에게서 눈을 떼지 않은 채 대꾸했다. "기억할지 모르겠지만 나도 거기에 있었거든."

"우리 둘 중 한 명이…."

"정확히는 아들 중 한 명이라고 했어. 아버지가 성 안에 다른 아들을 숨겨두고 우리 목을 벨 계획을 꾸미고 있는 걸 수도 있잖아?"

토르는 팔짱을 낀 채 몸을 획 돌려 일어서더니 로키를 노려보았다. "지금 그런 걸 논리적으로 따져보자는 거야?"

"논리라는 단어의 맞춤법은 알아?"

“날 무시하지 마.”

“내가 감히 어떻게 형을 무시하겠어.” 이렇게 말하면서도 로키는 여전히 가이아의 손만 바라보았다. 회개하고 순종하는 연약한 손이었다. “세상의 종말을 불러올지도 모르는 사람인데.”

토르가 앞에 있는 의자의 등받이를 주먹으로 쾅 치자, 의자가 붕 날아올라 돌바닥에 박혔다. “넌 이 상황에서 농담이 나와?”

로키는 통로 건너편에 있는 토르를 향해 눈알을 굴렸다. “그렇게 걱정하는 걸 보니 군대를 이끌고 올 사람은 형이 아니라는 게 이미 증명됐네.”

“무슨 뜻이야?” 토르가 물었다.

“그렇잖아. 지나가는 아스가르드인을 아무나 붙잡고 우리 둘 중에 누가 아버지에게 반역을 할 것 같은지 물어봐. 당연히 내가 몰표를 받을 테니까.” 로키는 바지에 묻은 의자의 거스러미를 털어내며 공허하게 웃었다. “내가 형을 상대로 처음 거두는 승리가 되겠지.”

“너는 걱정도 안 돼?” 토르가 다시 물었다.

로키는 어깨를 으쓱했다. “이제 아버지가 본 장면이 뭔지 아니까, 내가 어떤 군대의 맨 앞에 서 있는 걸 깨달으면 그대로 멈춰 서서 잠깐 생각해본 다음에, ‘아, 이러면 안 되겠구나’ 하면 되는 거잖아.”

“하지만 그걸 막으려다가 오히려 그 일을 일으키게 되면?” 토르가 물었다.

로키는 얼굴을 찌푸렸다. “아버지가 본 게 피할 수 없는 미래라고 생각해?"

"아스가르드 역사상 갓즈아이 거울이 틀린 적은 없어. 거울이 다가올 위험을 경고해주면 언제나 그 일이 일어났어." 토르는 갑자기 고개를 숙이고 주먹으로 이마를 짓누르더니 다시 몸을 돌려 로키를 바라보았다. "어쩌면 아버지도 우리 둘 중에 누가 그러는 것까지는 모를 수 있어."

"우리 둘이 누가 누군지 헷갈릴 만큼 비슷하긴 하지. 아니, 내가 틀렸는지도 몰라. 군대를 이끄는 거라면 형이 할 만한 일이잖아. 난 멀찍이서 구경하며 간식이나 먹는 부류고." 로키는 발뒤꿈치로 통로 바닥을 쿵쿵 구르며 덧붙였다. "게다가 난 전투에 나가서 아끼는 부츠가 더러워지는 건 싫단 말이야."

토르는 팔꿈치로 무릎을 누르며 두 손 사이로 머리를 떨어뜨렸다. "이게 정말 너한테는 별거 아닌 일이니?" 토르의 목소리가 평소와 달리 너무 부드러워서 로키는 잠시 할 말을 잃었다.

하지만 곧 "나한텐 별거 아닌 일 따윈 없어" 하고는 벌떡 일어나, 바닥 타일 사이에 난 틈에 구두 굽을 찍어 넣었다.

로키가 몸을 곧추세우고 문을 향해 걸어가자 토르가 그를 불러 세웠다. "어디 가는 거야?"

"아모라와 얘기를 좀 해봐야겠어."

"지금 그 애를 만나는 게 현명한 행동이라고 생각해?" 토르가 목소리를 높였다.

문간에 거의 다다른 로키는 그 말을 듣고 걸음을 멈췄지만, 못 들은 척하려 했다. 토르는 그를 돌아오게 하려고 일부러 자극하는 거였다. 그는 이럴 때마다 형의 뜻대로 놀아나지 않으려고 애써왔다.

하지만 결국은 뒤를 돌아보았다. 토르는 의자 끝에 손을 짚은 채 서 있었다.

"그게 무슨 뜻이야?" 로키가 따져 물었다.

토르가 잠시 돌바닥을 내려다보더니 고개를 들어 로키를 쳐다보았다. "그 애는 너한테 나쁜 영향을 주고 있어."

"다시 한 번 말해봐. 대신 이번에는 한쪽 눈을 가려. 그럼 아버지랑 똑같을 거야."

"농담이 아니야."

"그래, 농담이 아닌 건 나도 알아." 로키는 떨리는 목소리를 가까스로 진정시켰지만, 아픈 곳을 찔린 것 같아 저절로 말투가 딱딱해졌다. 친구를 사귀는 건 그에게 늘 어려운 일이었다. 토르와 동료 훈련병들은 로키가 가까이 있으면 약골인 그처럼 근육이 줄어들기라도 한다는 듯 그와 엮이기 싫다는 의사를 분명히 밝혔다. 로키는 참지 못하고 반박했다. "형은 그냥 질투하는 거잖아." 하지만 그 말이 입을 떠나는 순간 자기 귀에도 바보같이 들렸다. 최악이었다.

"뭘 질투해?" 토르가 물었다.

"몰라. 하지만 뭔가가 있겠지." 그쯤에서 밖으로 나갔어야 했지만, 로키는 다시 예배당 안으로 들어가 토르를 마주 보았다. "내가 누구랑 시간을 보내든 형하곤 상관없잖아."

"상관이 있지 왜 없어. 내 동생인데."

"그럼 나도 형이 시프하고 링 위에서 보내는 긴긴밤을 걱정해야 하나?" 로키가 도전적으로 물었다.

토르는 뺨을 붉혔다. "그건 다르지. 시프는 내 훈련을 도와주는 것뿐이니까…."

"무슨 훈련을 도와주는데?" 로키는 눈썹을 치켜들었다. 이 표정을 꼭 지어야 할 때 완벽하게 지을 수 있도록 자기 방 거울 앞에서 몇 시간씩 연습했다는 건 절대 비밀이었다. "유연성?"

"그러는 아모라는 너한테 무슨 도움이 되는데? 널 자기처럼 마녀로 만들어주겠대?" 토르가 쏘아붙였다.

"그 애는 마녀가 아니야." 로키도 쏘아붙였다. "아모라는 마법사야. 언젠가 왕실 마법사가 될 사람이라고."

토르가 콧방귀를 뀌었다. "내가 왕이 되면 그런 애는 근처에 발도 못 디디게 할 거야."

로키는 팔짱을 끼었다. "형이 왕이 된다는 거지?"

"그런 뜻이 아니었어."

"하지만 그렇게 말했잖아."

"알았어, 그렇다고 치자." 토르가 으르렁거리며 말을 이었다. "그 애랑 계속 친하게 지내면, 왕실에서 네가 머물 자리도 사라질지 몰라."

"지금 날 협박하는 거야? 그럼 감질나게 하지 말고 제대로 해봐. 망치로 자기 얼굴이나 때리는 사람이 왕이 되면 나도 그런 왕실엔 있고 싶지 않거든."

"딱 한 번 그랬어!"

“하지만 우리 가슴속엔 깊이 새겨졌지.”

그러자 토르가 불쑥 말했다. “적어도 난 라그나로크의 날에 정의의 편에 서 있을 거야! 반역자가 아닌 아스가르드의 편에서 싸울 거라고.”

로키는 가슴이 철렁 내려앉은 걸 들키지 않으려고 양 볼을 힘껏 빨아들였다. 두 사람 다 환영의 주인공으로 로키를 의심했지만, 토르가 그걸 입 밖으로 낼 줄은 몰랐다. 형을 바라보는 그의 가슴은 뜨거운 불 속에서 타버린 재처럼 시커멓게 가라앉았다. 토르는 뻣뻣하게 얼어 있었지만 눈동자엔 후회가 가득했다.

“어쩌면 거울이 틀렸을지도 모르지.” 로키가 조용히 말했다.

“거울은 절대 틀리지 않아.” 토르가 반박했다.

“형은 미래를 피할 수도, 바꿀 수도 없는 것처럼 말하네. 그럼 내가 세상에 종말을 불러오지 못하게 지금 당장 칼로 찔러 죽여. 그렇게 하면 난 역적이 되는 운명을 완수하지 못하겠지.”

“그렇게 화내지 마.”

“난 화 안 났어.”

“소리를 지르고 있잖아.”

“내가 언제….” 로키는 멈칫했다. 자신의 목소리가 예배당 천장을 타고 쩌렁쩌렁 울리고 있다는 걸 깨달은 것이다. 그는 문으로 돌아서서 빗장을 찾아 손을 더듬었다. “즐거운 축일 보내, 형.”

“로키, 잠깐만….”

쿵쾅거리며 달려오는 토르의 발소리가 들렸다. 토르가 손을 뻗어 잡았지만, 로키는 팔을 비틀어 뺐다. 심장이 두방망이질을 치는 가운데도 간신히 목소리를 가라앉혀 의도했던 것보다 차분한 어투로 말했다. "나한테서 떨어져 있는 게 좋을 거야. 우린 세상이 끝나는 날 칼을 맞대고 싸울 테니까."

로키는 토르가 언제나처럼 변명을 늘어놓으며 자신의 말을 반박할 거라고 생각했다. 하지만 형이 잠자코 있자, 그의 마음속에 어둡고 차가운 무언가가 똬리를 틀기 시작했다.

토르는 세상의 종말이 다가올 때 자기 자신이 올바른 편에 서 있을 거라고 자신했다. 아스가르드의 선량한 세력을 이끌 거라고 확신했다. 로키의 형은 왕이 되기 위해 태어난 사람이었다. 왕실 전체가 그렇게 생각했다. 누구라도 그를 보면 그렇게 인정할 것이다. 어떤 신도 이보다 더 완벽한 왕위 계승자의 모습을 빚어내기는 힘들 터였다. 토르는 타고나기를 금발에 어깨가 떡 벌어졌고, 빠르게 달리는 데다 힘도 셌다. 반면에 로키는 신들이 토르를 만들다 버린 찌꺼기 같았다. 작업실 바닥에 떨어져 있으면 빗자루로 쓸어 담아 벽난로에 태워버리는 쓰레기 말이다. 그는 가냘프고 창백하며 코는 매부리 같았다. 납작하게 들러붙은 검은 머리는 목덜미 아래서부터 갑자기 지저분하게 구불거렸다. 토르가 햇볕에 그을린 구릿빛 피부를 갑옷처럼 자랑하고 다닌다면, 로키는 우유처럼 창백한 피부를 시도 때도 없이 찌푸리고 다녔다.

왕이 되지 못하는 사람은 반역자가 된다고? 그건 자연스러운 흐름 아닌가? '아버지에게 인정받지 못하고 내쳐진 아들이 아스

가르드를 상대로 군사를 일으킨다.'

하지만 로키는 아스가르드의 아들이었다. 왕자였다. 반역자가 아니었다. 군대를 이끌고 형과 싸우러 오는 일은 없을 것이다. 자신의 백성을 괴롭히는 일은 없을 것이다.

아니, 그럴 수도 있을까?

Chapter 3

로키가 연회장으로 돌아왔을 때 아모라는 이미 자리를 떠난 후였다. 아버지는 아무 일도 없었다는 듯 위엄 있는 모습으로 상석에 앉아 있었다. 로키는 그의 눈에 띄지 않게 슬그머니 연회장에 들어갔다 나왔다.

아모라를 찾아낸 곳은 왕궁 온실이었다. 아홉 세계에서 채취한 식물들이 서로 넝쿨을 휘감으며 카드 크기의 유리판을 이어 붙인 천장을 향해 잎을 밀어 올리고 있었다. 로키가 지나가자 빙하의 핵처럼 새파란 꽃잎을 단 알프헤임의 제비꽃이 그의 그림자 속에서 몸을 움츠렸다. 물이 부글부글 끓어오르는 작은 연못가에 미드가르드의 양치식물이 심겨 있고, 아모라가 식물의 커다란 잎사귀 밑에 앉아 있었다. 마치 동물을 쓰다듬듯 물가의 풀을 어루만지고 있었는데, 그녀의 손이 지나갈 때마다 풀 줄기에서 손가락 쪽으로 불꽃이 일어났다.

"그건 새로운 마법이야?" 로키가 묻는 소리에 아모라는 고개를 들었다.

"아니. 이건 스바르탈프헤임의 불꽃풀이라고 해." 그러면서 손가락으로 잎사귀를 건드리자 식물이 씨앗을 흩뿌릴 때처럼 작은 불꽃들이 피어나 그녀의 손을 감쌌다. 아모라는 미소를 지었다. "마법이 아니라 자연스러운 현상이지."

"그럼 우리가 하는 일은 부자연스러운 거야?" 로키가 물었다.

아모라가 눈을 깜빡이며 로키를 바라보았다. 순간, 가느다란 녹색 혈관이 그녀의 홍채 전체를 물들여 마치 그녀가 정글에 들어가 있는 것 같았다. 아모라는 다시 풀에서 튀어나오는 불꽃을 이리저리 만지더니 손가락 끝에서 작은 불꽃을 일으켰다가 꺼버렸다. 로키는 무릎이 닿을 만큼 그녀 옆에 가까이 앉았다. 토르와 나눈 대화 때문에 아직도 막연한 우울감이 남아 있었지만, 살이 닿았는데도 아모라가 무릎을 떼지 않자 전기가 오르는 것처럼 온몸이 떨렸다. 그녀에게는 사소한 접촉일지도 모르겠지만.

"뭐 하나만 대답해줄래?" 그가 물었다.

"어떤 질문을 하느냐에 달렸지." 그녀가 답했다.

그 말에 로키는 벌써 자신감을 잃고 수줍어졌다. 평소에 그토록 좋아했던 그녀의 거만함에 스스로 걸려 넘어진 것이다. "아니야, 됐어."

그만 자리를 뜨려고 일어섰지만 아모라가 그의 손목을 잡더니 자기 옆으로 끌어 앉혔다. "그렇게 예민하게 굴지 말고 앉아, 트릭스터. 뭘 물어보든 대답해줄 테니까."

트릭스터. 그녀가 불러준 별명에 로키는 볼이 발그레해졌다. 아모라가 그렇게 불러줄 때마다 친밀감이 느껴졌다. 그녀만이 불러주는 비밀 이름이니까. 처음에 "*내가 트릭스터면 너는 인챈트리스야*"라고 말했을 때 그녀가 완전히 경계를 풀고 감동하는 걸 보고 로키는 얼마나 기뻤는지 모른다. 아모라는 절대로 방심하는 사람이 아니었고, 설령 그렇다 해도 절대 속마음을 내보이는 일은 없었다.

"*인챈트리스! 마녀보다 훨씬 예쁜 이름이다. 안 그래?*" 이렇게 말하는 그녀의 목소리에는 기쁨이 가득했다.

아모라는 잠시 그를 가만히 바라보았다. 그리고 그의 손 주위로 자신의 손을 천천히 움직이며 말했다. "궁금한 게 뭔지 말해봐. 내가 아는 한에서 최선을 다해 답해줄게."

로키는 자신이 뭘 묻고 싶은 건지 갈팡질팡했다. *내가 세상에 종말을 가져올 사람 같아? 난 아스가르드를 배신할 운명일까? 그런 운명인 걸 안다면 막을 수 있을까? 아니면 멈추려다가 오히려 더 종말을 불러오게 될까?*

그래서 대신 이렇게 물었다. "네가 보기엔 아버지가 나를 왕으로 임명하실 것 같아?"

"네가 지금처럼 머리를 덥수룩하게 방치하면 어림없을걸."

로키는 눈을 내리깔았다. "아모라."

"깔끔하게 자르고 매일 약간씩만 머릿기름을 발라주면 대걸레 같은 머리도 훨씬 근사해진다니까." 그녀는 손을 뻗어 로키의 검은 머리카락을 귀 뒤로 넘겼다. "탐스러운 수염이 없었다면 너희 아버지가 지금의 자리에 올랐을 것 같아?"

"우리 아버지한테 '탐스럽다'는 표현은 쓰지 말아줘. 듣기 거북하니까."

아모라는 여전히 히죽거렸지만 표정은 조금 부드럽게 풀어졌다. 로키는 그녀가 눈빛으로 자신의 얼굴을 어루만져주는 것 같았다. 한 번만 더 만져줬으면 싶었다. 튀어나온 머리카락이라도 다시 넘겨주었으면. 내 머리를 마구 헝클어주었으면.

"네가 아닌 다른 사람을 후계자로 삼는다면 네 아버지가 멍청한 거지."

"우리 아버지가 멍청하다고 생각해?"

아모라는 입술을 꾹 닫고 코로 숨을 쉬며 웃었다. "넌 너무 똑똑하단 말이야."

"가끔 그럴 때가 있지."

"그럴 때가 많아. 넌 항상 똑똑해."

로키는 바지의 무릎 부분에 붙은 나뭇잎을 털어내려 했지만, 수액 같은 게 묻었는지 너무 끈끈해서 옷감에서 떨어지지를 않았다. 결국 안 되겠다 싶어 손가락을 탁 튕겨 바람을 일으켰는데, 의도한 것보다 강한 돌풍이 일어나 자신은 물론이고 아모라의 머리카락까지도 얼굴 뒤로 휙 넘어갔다. 로키는 코를 찡긋했다. 힘 조절은 늘 어려웠다. 그가 마법을 최소한으로만 사용한다는 걸 오딘이 인정해주지 않는 것도 분명 그래서일 것이다. "넌 우리 아버지가 무슨 생각을 하는지 별로 신경 안 쓰는구나." 로키가 말했다.

"웬만하면 너희 아버지에 대해선 전혀 생각하고 싶지 않아." 아모라가 머리카락을 어깨까지 잡아당겨 손가락으로 쓸어내리며 답했다. "왜 그런 걸 묻는 건데?"

"아무것도 아니야." 로키는 뒤편에 있는 바위에 털썩 주저앉았다. "그냥 좀 고민 중이라."

"알아. 넌 그럴 때 눈썹 사이에 이렇게 작은 주름이 생기잖아. 아주 사랑스럽게 말이야."

"그만해." 로키는 자신의 미간 사이를 누르는 아모라의 손가락을 탁 쳐냈다. 그녀가 웃었다. "아까 환영사 이후에 혹시 카르닐라 못 봤어?"

"아직 못 봤는데. 너희 아버지랑 같이 있는 거 아니야?"

"우리 부모님은 벌써 연회장에 돌아오셨어."

아모라는 무릎 위를 문지르며 바지 주름을 폈다. "그건 왜 묻는데? 카르닐라가 나한테 뭔가 할 말이 있는 것 같아?"

"난 아버지가 갓즈아이 거울에서 뭘 봤는지 알아."

아모라는 고개를 들어 갈구하는 눈빛을 보냈다. "나도 가르쳐줘." 로키가 땅에 발을 딛고 서서 자신의 신발 굽 주변으로 흙이 둥그렇게 파여가는 것만 지켜보고 있자 아모라가 발끝으로 그의 발을 툭 쳤다. "가르쳐줘어어어."

"아들 중 한 명이 군대를 이끌고 아스가르드를 침략하는 걸 봤대." 로키는 불쑥 말해버렸다. 물론 말해줄 생각이었지만 이렇게 멋대가리 없이 내뱉으려던 건 아니었다. "아버지는 그게 라그나로크라고 생각하셔."

말을 마친 로키는 아모라의 반응을 기다렸지만, 그녀는 표정 하나 변하지 않았다. 단조로운 말투로 이렇게 물을 뿐이었다. "어떤 아들?"

"그건 말씀 안 하셨어."

"하지만 넌 누군지 알겠나 보지?"

"형은 그게 나라고 확신하나 봐."

아모라가 불꽃풀 한 줄기를 따자, 식물이 그녀의 손가락 사이에서 재로 변했다. "그 번개 머리가 뭐라고 하든 무슨 상관이야?"

"형을 그렇게 부르지 마." 로키는 형에게 심한 말을 듣고도 자신이 왜 그의 편을 들고 있는지 알 수 없었다. 하지만 토르를 조롱하는 건 자신만의 특권이었다. 다른 사람에게는 허락되지 않았다. "넌 내가 그런 짓을 할 거라고 생각해? 내가 정말로 아스가르드를 침략할까? 아버지와 가족들, 백성들을 상대로 싸우게 될까?"

"우린 누구나 자기가 상상도 못했던 일을 저지를 수 있어." 가벼운 말투였지만 여러 가지 의미가 페이스트리처럼 겹겹이 쌓여 있었다. 태어날 때부터 당당한 권리를 지니지 못하고 취약하고 위태롭게 살아가는 게 어떤 건지 아모라는 잘 알고 있었다. 고아였던 그녀는 아스가르드의 보육원에 맡겨졌고, 거기서 선천적인 능력이 발동되어 다른 아이를 공중으로 부양시키다가 카르닐라에게 입양되었다. 그렇지만 아모라는 두려움을 몰랐다. 그녀는 대담했다. 다들 그녀에게는 정이 안 간다고 했다. 로키도 자주 듣는 말이었다. 하지만 두 사람은 동전의 양면 같았다. 아모라는 말이 너무 많은 반면, 로키는 조용했다. 그러면서도 둘 다 별종이고 딴 세상 사람 같았으며, 그들이 원해서 얻은 게 아닌 마법 능력 때문에 미움을 받았다.

아모라가 바지를 쓸어내리자, 옷감에 붙어 있던 풀들이 후드득 떨어져 흩날렸다. "너희 아버지한테 물어보지 않는 한은 그가 본 게 누군지 알아낼 방법이 없어. 너는 그저 네 삶을 살면서 언젠가 너 자신이 군대를 끌고 아버지에게로 달려가게 되는지 두고 보면 돼."

"아니면 내가 거울을 직접 보는 방법도 있지." 로키가 말했다.

아모라는 그를 향해 눈썹을 치켜떴다. "갓즈아이 거울?"

로키는 가슴이 두방망이질했다. 여러 가지 생각이 머릿속에서 구체화되기도 전에 입 밖으로 나가버렸다. "지금쯤이면 다시 금고로 옮겨졌을 거야. 우리가 몰래 들어가면 아무도 눈치 못 채. 게다가 오늘은 10년에 한 번 거울의 힘을 이용할 수 있는 날이잖아. 아버지가 내 미래를 알고 있다면, 나도 알아야 해."

"갓즈아이 거울을 들여다보려면 그 안으로 마법을 흘려보낼 누군가가 필요해."

"카르닐라가 할 수 있다면 너도 할 수 있어."

"내가 도와준다고 누가 그래?"

"아." 로키는 얼굴을 붉혔다. "난 그냥…."

"놀라지 마. 당연히 도와줘야지." 아모라가 그의 옆구리를 팔꿈치로 꾹 누르며 말했다. "왕궁의 금지된 구역에 몰래 들어가서 위험한 마법을 쓰는 일인데 내가 빠질 수 없잖아? 그런 건 내 전문이니까."

로키는 가슴이 두방망이질했지만 티를 내지 않으려 애썼다. 아모라는 두려움을 좋아하지 않았다. 그런 걸 느낄 새가 없다고 했다. 로키는 그녀와 마주 앉기 전까지는 갓즈아이 거울을 들여다볼 생각조차 못하고 있었다. 그녀 없이는 불가능한 일이기 때문인지도 몰랐다. 거울을 들여다보는 동시에 마법을 부릴 수는 없었다. 거울은 엄중히 보호받고 있었다. 병사들이 지키고 서 있을 터였다. 오직 왕만이 거울을 들여다볼 수 있었다.

하지만 아모라와 어울리기 전까지는 꽃을 용으로 만든다거나, 손톱을 검은색으로 바꾼다거나, 다른 사람의 모습으로 변신하는 일 같은 것들은 생각조차 못해본 것도 사실이었다.

아모라는 여느 때와 같은 조롱 섞인 미소 없이 그를 빤히 바라보며 물었다. "정말로 알고 싶어?"

로키는 침을 꿀꺽 삼켰다. 대답이 목구멍에 한 번 걸렸다 튀어나왔다. "응."

"그럼 가볼까." 그가 일어서려 하자 아모라가 손목을 잡으며 멈춰 세웠다. "한 가지만 더." 로키는 자신의 손목을 감싸 쥔 그녀의 손을 내려다보았다. 그녀의 손톱은 녹색, 그의 손톱은 검은색이었다. 로키는 두 색상이 서로 어우러진 모습이 좋았다. 마치 뱀의 비늘 같았다. 그녀의 손가락이 자신의 피부에 닿고, 자신의 손이 그녀의 피부에 닿는 게 좋았다. 하지만 그녀가 손을 대면 자신의 맥박이 빨라진다는 걸 간파당할 수도 있겠다는 생각에 갑자기 걱정이 됐다.

그녀는 로키를 내려다보고 있었다. 그는 자신의 발그레해진 피부를 그녀가 눈치챘다고 확신했다. 그래서 뭔가 말하려고 입을 여는 거라고.

하지만 그녀의 입에선 다른 말이 나왔다. "그거 내 부츠니?"

"아. 그게…." 두 사람의 시선이 그의 부츠에 꽂혔다. "어제 네가 신은 걸 보고 멋있어 보여서."

아모라는 과장되게 한숨을 내쉬었다. "그래, 남의 옷장을 슬쩍하고 싶으면 내 옷장을 털어. 이 도시에선 제대로 된 옷이란 걸 찾아볼 수가 없으니까. 끔찍한 주름 장식에, 망토에, 장식 띠에…. 차라리 커튼을 떼어서 두르는 게 낫지."

"모든 사람이 몸이 딱 맞는 옷을 입을 수 있는 건 아니야. 너처럼 복 받은 몸매를 타고나지 않는 이상은." 로키가 말했다.

그 말을 마쳤을 때 로키의 상상인지 실제인지는 모르겠지만 아모라의 볼이 약간 붉어진 것 같았다. 실제였다고 해도 그녀는 은밀한 웃음과 윙크로 이번에는 로키의 뺨을 붉게 만들었다. "내가 좀 우아하긴 하지. 안 그래?"

Chapter 4

오딘이 발목까지 내려오는 진홍색 연회복을 펄럭이며 성큼성큼 계단을 내려오자, 왕실 금고를 지키고 있던 에인헤랴르 보초들은 잽싸게 차려 자세를 취했다. 그리고 이내 뒤꿈치를 맞대고 방패를 옆구리에 끼며 고개를 숙였다.

그건 참 다행이라고 할 수밖에 없었다. 아모라의 개인 교습에도 불구하고 로키는 여전히 다른 사람의 모습을 똑같이 따라하지는 못했기 때문에, 누군가가 오래 바라보면 가짜라는 걸 들킬 염려가 있었다. 지금도 아버지의 코나 어깨 모양을 제대로 흉내 내지 못했고, 안대 때문에 거리 감각이 현저히 떨어져 있었다. 두 번이나 기둥에 부딪혀 코가 부러질 뻔한 걸 국왕의 근위병으로 변신한 아모라가 그의 기다란 소매를 잡아끌며 막아주었다.

하지만 이미 반쯤 계단을 내려온 이상, 당당하게 걸으면서 진짜 오딘과 마주치지 않기만을 바랄 수밖에 없었다. 왕이 지나가면 자기 발만 내려다보라고 에인헤랴르 병사들을 가르친 최고신에게 마음속 깊이 감사했다.

계단 맨 아래 칸까지 내려오자 병사 한 명이 자신의 직책을 대위라고 밝히며 경례했다. "폐하께서 내려오신다는 연락은 못 받았습니다만…."

"함부로 말 걸지 마." 로키가 엉겁결에 내뱉었다.

병사는 그대로 얼어붙었다. "폐하?"

그를 바라보는 로키의 심장이 빠르게 뛰었다. "나는 오딘이다." 그가 재빨리 덧붙였다.

"네, 폐하." 병사가 미간에 힘을 주며 답했다.

"아주 자연스럽게 해냈네." 아모라가 들릴락 말락 한 소리로 그의 귀에 속삭였다.

'정신 똑바로 차려야지.' 로키는 예복의 앞섶을 잡아당기며 아버지였다면 뭐라고 할지 고민하다가 결국 어설픈 말을 내놓았다. "그냥… 내 보물들을 좀 보러 왔다." 병사는 아무 말 없이 한 손을 들어 올리더니 뻣뻣한 자세로 복도 끝의 금고문을 가리켰다. 어리둥절한 표정이었지만 그는 최선을 다해 그런 기색을 감추고 충성스럽게 고개를 끄덕였다. "폐하께서 원하시면 당연히 그러셔야죠. 저희가 더 해드릴 일이 있을까요?"

"폐하께서는 혼자서 둘러보고 싶어 하신다." 아모라가 끼어들었다.

"네. 여부가 있겠습니까." 에인헤랴르 대위가 고개를 깊이 숙였다. "저나 다른 병사들이 필요하시면…."

"필요 없다. 혹시 필요해지면 부르지. 하지만 그럴 일은 없을 것이다. 하지만. 아무튼. 고맙다." 로키가 고개를 끄덕이며 말하자 대위는 더욱 혼란스러워진 표정으로 고개를 주억거렸다. 이 재앙과도 같은 대화에서 살아남는 길은 똑바른 자세밖에 없다는 듯, 로키는 기세등등하게 계단을 끝까지 내려와 금고실로 향했다.

옆에서 따라오던 아모라가 자신이 변신한 근위병의 턱수염을 매만지며 중얼거렸다. "몇 가지 조언할 게 있어."

로키는 눈을 부라리고 싶은 충동을 억눌렀다. 그가 원하는 만큼 극적인 효과를 불러오지도 않을 테니까. "물론 그러시겠지."

"만사를 배움의 기회로 삼아야지. 우선 첫 번째로, 빨간색은 너한테 정말 안 어울려." 아모라가 그의 옷자락을 발로 차며 말했다. "넌 피부가 너무 창백하거든. 녹색과 금색을 입어야 안색이 살아나."

"그게 내 변신이랑 무슨 상관이야?

"상관없지. 그냥 전반적인 의견이야. 두 번째, 넌 깜빡하고 손톱을 안 바꿨어."

로키는 자신의 검은색 손톱을 내려다보았다. 어두운 복도에서도 보석을 씌워놓은 것처럼 유백색 광채를 발하고 있었다. "아무도 못 알아봤잖아."

"나는 봤어."

"그래. 하지만 아무도 너처럼 날 속속들이 관찰하지 않아."

아모라가 어깨로 그의 어깨를 밀치자 갑옷이 가볍게 쨍그랑거렸다. "창피하니까 그만해. 그리고 세 번째로, '난 오딘*이다?*' 어떻게 그렇게 어설플 수가 있어?"

"당황했단 말이야!"

"그랬다면 안심이네. 멀쩡한 정신으로 그런 거라면 진심으로 걱정할 뻔했어."

이윽고 금고실 문 앞에 다다르자 로키는 아버지의 승마용 장갑을 손에 꼈다. 마구간에서 아모라가 관리인과 수다를 떠는 사이에 크게 힘들이지 않고 집어 온 물건이었다. 금고실 문에는 보호 마법이 걸려 있어 오딘의 손이 닿아야만 열리게 돼 있었다. 그는 손가락을 꼼지락거리며 아버지의 장갑 가죽에 남아 있는 지문의 흔적을 흡수했다. 옷가지에서 사람의 세부적인 특징을 수집하는 건 아모라가 가르쳐준 기술이었다. 외투의 재봉선에는 어깨 모양이, 무릎의 바지 주름에는 무릎 모양이 남아 있기 마련이었다.

"자, 네가 실력을 발휘할 차례야. 트릭스터." 아모라가 말했다.

로키는 손에서 장갑을 빼냈다. 이제 그의 손가락에는 태어날 때부터 그랬다는 듯 아버지의 지문이 새겨져 있었다. 그 손으로 문을 밀자 부드럽게 딸깍 소리가 나며 빗장이 벗겨지고 출입문이 활짝 열렸다.

아모라가 옆으로 다가와 말했다. “대단한데.”

“내가 해낼 거라고 생각 못했어?”

“응, 실패할 거라고 거의 확신했어.”

“그럼 네 판단이 틀렸네.”

“모든 일엔 처음이 있는 법이지.”

금고실 벽은 천장을 향해 비스듬히 기울어졌고, 검고 윤이 나는 자갈이 깔린 중앙 통로에서 사방으로 작은 길이 뻗어 있었다. 각 길은 아스가르드 국왕의 보물이 하나씩 보관된 작은 방으로 이어져 있는데, 그 안에는 갓즈아이 거울의 도움으로 찾아낸 물건들도 있었다.

로키는 아모라를 바라보았다. 그녀가 변신한 근위병의 얼굴이 갸름해지더니 우락부락한 피부가 쏙 들어가면서 광대뼈가 튀어나왔고, 턱은 매끈하고 뾰족해졌다. 머리카락은 뱀이 허물을 벗듯 어깨까지 길게 흘러내렸다. 처음에는 옷은 그대로인 채 몸만 변했지만, 점차 옷도 몸에 맞게 조정되며 갑옷이 튜닉으로 바뀌고 바지도 몸집에 맞게 줄어들었다.

아모라는 자신의 진짜 얼굴을 부드럽게 매만지며 코와 볼에 약간의 주근깨를 남겨놓았다. 수많은 기술 중에서도 어떻게 하면 자신이 가장 아름다워 보일지 아는 것이 그녀의 주특기였다. 그녀의 움직임은 하나하나가 정교하게 계산된 궁궐 벽의 벽화처럼 인상적이어서 보는 이로 하여금 눈을 뗄 수 없게 만들었다. 게다가 그녀는 변신했다가 본모습으로 돌아올 때가 제일 예뻤다. 날개를 펴지 않고 착지하는 독수리처럼 자신의 피부로 돌아오기 직전 몇 초간 불꽃처럼 어른거리는 빛을 발했던 것이다.

반면에 로키가 본모습으로 돌아오는 과정은 어설픈 비둘기 같았다. 오딘의 실루엣이 액체처럼 무너지며 쏟아져 내리는 게, 그대로 다른 틀로 흘러 들어가 새로운 모습으로 변할 것만 같았다. 진짜 그럴 수도 있었다. 하지만 그는 작고 연약한 자신의 몸을 부끄러워하지 않으려 애쓰며 본모습으로 돌아갔다.

그의 변신 과정을 매의 눈으로 지켜보고 있던 아모라가 씩 웃었다. “로키의 귀여운 미소가 돌아왔군.”

그는 얼굴을 찌푸려 보였다.

아모라는 보관실 하나하나를 들여다보며 통로를 걸어 나갔다. “여기 내려온 적 있어?”

로키는 무릎에서 자꾸 흘러내리는 부츠를 붙들어 올리며 그녀를 뒤따랐다. “늘 아버지와 함께 왔어. 형과 내가 어렸을 때 가끔 데리고 오셨거든.”

“아주 사랑스러운 부자간의 나들이네. 세상에 종말을 가져올 보물을 내가 이만큼 모아놓았다고 보여주는 것만큼 자식들에게 좋은 교육이 또 없지.”

“스바르탈프헤임의 살육장에 놀러 가는 것보다는 그나마 괜찮은 소풍이었어.”

아모라는 소리굽쇠가 놓인 보관실 앞에 멈춰 섰다. 쇠의 표면이 그녀의 얼굴에 빛의 띠를 반사했다. “그런데 그 부츠 말이야. 난 화난 게 아니라 너한테 더 잘 어울려서 실망한 것뿐이야. 그건 네가 가져도 돼. 그냥 줄게." 로키는 그녀가 감탄스러운 시선으로 자신의 다리를 훑어보는 걸 때마침 포착했다. 등줄기에 소름이 돋았다.

통로 끝에 어둠 속에서 희미하게 빛나는 갓즈아이 거울이 나타났다. 이렇게 가까이서 보니 거울은 까마귀 날개처럼 푸르스름한 검은색이었다. 로키가 다가가서 보았지만 거울은 아무것도 비춰주지 않았다. 아모라는 거울에 손가락을 대고 금 막대기가 이루는 소용돌이무늬를 따라가고 있었다.

"꼭 들여다보지 않아도 돼." 그녀가 조용히 말했다.

하지만 로키의 생각은 달랐다. 아버지가 어떤 장면을 봤는지 알고 싶었다.

"거기 서봐." 그는 카르닐라가 섰던 거울의 측면을 가리키며 말했다. 그녀가 시야에서 사라지자 가까이 있다는 걸 알면서도 갑자기 혼자가 됐다는 두려움이 밀려왔다. 혼자서 세상의 종말을 응시해야 하는 것이다.

"이걸 어떻게 가동시키는지 알아?" 로키는 자기가 말하고도 목소리가 너무 높았다 싶어서 기분이 언짢아졌다. 아모라가 거울 뒤편에서 고개를 내밀자 그녀의 땋은 머리가 어깨 앞으로 휙 넘어왔다. "내가 마법을 불어넣으면 금 막대기들이 알아서 조종할 거야. 기본적인 룬 마법이지."

"좋아." 로키는 룬 마법을 아는 척하며 대답했지만, 사실은 들어본 적도 없었다. 정식으로 마법 교육을 못 받았다는 건 이런 데서 차이가 났다.

아모라는 거울 측면의 자기 자리로 돌아가며 말했다. "룬 문자와 막대기들이 주문을 조종하니까 마법사는 그 안으로 마법을 흘려보내기만 하면 돼."

"나도 알아."

로키는 차마 그녀를 볼 수가 없었지만, 히죽거리는 웃음소리가 들리는 것 같았다. "물론 그러시겠죠, 왕자님. 준비되셨나요?"

머리 위에서 천둥 같은 균열음이 들렸다. 하얀 섬광이 번쩍하자 로키는 피부가 화끈거렸다.

"응, 준비됐어." 그가 답했다.

아모라는 카르닐라만큼 에너지를 우아하게 다루지는 못했다. 방 안을 휘저으며 이리저리 요동치던 번개가 그녀에게로 날아갔다. 아모라가 검은 거울에 두 손을 대자 유리가 부르르 떨리는가 싶더니 로키가 서 있는 쪽에서 갑자기 불꽃놀이처럼 주체할 수 없이 많은 빛이 터져 나왔다. 어떤 이미지가 깜빡거리다가 사라지더니 다시 나타났는데, 너무 흐려서 제대로 보이지가 않았다.

"더 큰 힘이 필요해!" 로키가 외치자 아모라는 더 크게 숨을 헉헉 내쉬었다. 두 사람을 둘러싼 공기가 다시 밝게 빛나기 시작했다.

거울 속의 이미지가 뚜렷해지더니 일렬로 늘어선 병사들이 보였다. 아스가르드의 군대는 아니었다. 갑옷도 깃발도 없이 창백한 모습으로, 거품이 일며 한껏 부풀어 오른 게 이미 죽은 존재 같았다. 그들은 아스가르드와 바이프로스트를 잇는 망루에서 쏟아져 나와 무지개다리를 따라 도시로 진군하고 있었다. 군사들 사이에서 한 형체가 눈에 띄었다. 그는 반짝이는 칼을 든 채 망루 문 앞에 꼼짝 않고 서 있었다. 하지만 이미지가 너무 흐릿해서 자세히는 볼 수 없었다.

로키는 두 손을 허리에 짚고 주먹을 불끈 쥐었다. 당장이라도 영상 안으로 들어가 저 사람의 어깨를 붙잡고 얼굴을 확인하고 싶었다. 설령 자기 자신의 얼굴을 보게 된다 해도.

거울 속 이미지가 다시 깜빡이자 그는 아모라에게 소리쳤다.

"이걸로는 부족해!"

"내가 소환할 수 있는 에너지는 이게 전부야!" 아모라도 큰소리로 받아쳤다.

로키는 거울에 손을 대고 몸을 앞으로 기울이며 마음속으로 외쳤다. *'보여줘. 저게 누군지 보여줘.'*

이미지가 깜빡이다가 잠시 또렷해졌지만 얼굴을 알아보기에는 충분하지 않았다. 바로 저기에, 손에 닿을 거리에, 그의 미래가 있었다.

로키는 자신의 힘이 손끝에 모아졌다가 거울로 흘러 들어갔다는 걸 미처 깨닫지 못했다. 거울 표면에 하얀빛이 피어오르자 그는 깜짝 놀라 뒤로 물러섰다. 손이 타들어가는 것처럼 뜨거웠다. 거울의 다른 쪽 끝에서 아모라가 소리를 지르는 게 들렸다. 두 사람의 힘이 결합하자 어마어마한 양의 빛이 뿜어져 나오며 거울의 환영을 깨끗이 지워내고 있었다. 로키는 거울에 댄 팔을 얼른 들어 올렸다.

그때, 거울이 산산이 부서지기 시작했다. 중앙의 한 지점부터 갈라지더니 이내 와르르 무너지며 매끄러운 가루가 되어 산처럼 쌓였고, 군데군데 칼처럼 기다랗고 날카로운 파편들도 섞여 있었다. 몇몇 조각은 벽으로 날아가 박히기도 했다. 로키는 손으로 얼굴을 가렸지만, 아모라가 주문으로 일종의 방어막을 만들어 그들에게로 날아오는 파편을 막아냈다. 파편 하나가 두 사람의 건너편에 있는 보관실 옆으로 날아가 소리굽쇠를 쳤다. 그러자 거울이 부서지는 소리를 뚫고 수정같이 맑고 투명한 소리가 방 안에 울려 퍼졌다. 아주 높고 뚜렷한 음이라 귀로 들린다기보다 온몸으로 느껴질 정도였다. 로키는 그 소리에 치아까지 덜덜 떨렸다. 순간, 방 안의 불빛이 전부 화르르 타올랐다가 훅 꺼지며 사방에 어둠이 내리깔렸다.

로키는 몸을 일으켜 앉았다. 그의 옷에 소복이 내려앉은 검은 가루가 공중으로 피어올랐다. 로키는 온통 먼지를 뒤집어쓴 기분이었다. 맞은편에선 아모라가 몸을 웅크린 채 콜록거리고 있었다. 금발 머리에 검은 가루가 내려앉아 한층 색이 어두워져 있었다. 로키는 화끈거리는 손바닥으로 땅을 짚으며 그녀를 향해 기어갔다. "괜찮아?"

아모라는 검은 줄무늬가 그어지는 것도 모르고 먼지 묻은 손으로 얼굴을 마구 비벼대며 물었다. "너 무슨 짓을 한 거야?"

"우리 힘이 너무 셌나 봐."

"아니야, 우리가 뭘 어쨌다고…." 그녀는 머리를 어깨 뒤로 휙 넘기며 쏘아붙였다. "*네가* 마법을 걸었구나."

"어쩌다 보니 그렇게 됐어. 그냥 널 도와주려던 거야."

"글쎄, 너희 아버지는 네 의도 같은 건 신경 안 쓰실걸."

그녀의 시선을 따라 어깨 뒤를 돌아보자 거울의 잔해가 눈에 들어왔다. 검은 가루와 불에 그슬리고 휘어진 금 막대기의 윤곽 정도만 알아볼 수 있었다. 갑자기 두려움이 몰려와 로키는 배를 움켜쥐었다. 금방이라도 토할 것만 같았다. 그들은 오딘의 보물 저장실에서 가장 강력한 마법 물건 중 하나인 갓즈아이 거울을 파괴한 것이다.

난 갓즈아이 거울을 부서뜨릴 만큼 강력해.

미처 막을 새도 없이 이런 생각이 머릿속을 스쳐 지나갔다. 원래대로라면 소름 끼치게 무서워야 했다. 하지만 그렇지가 않았다. 오히려 마음이 설렜다.

난 강력해.

그때, 어둠 속에서 뭔가 윙윙거리는 소리가 들렸다. 두 사람의 발밑이 흔들렸다.

아모라가 고개를 들었다. "무슨 일이지?"

로키는 칼 한 자루를 손에 쥔 채 벌떡 일어나 금고실 안의 피해 상황을 살펴보았다. 어둠 속에서 어떤 진동이 느껴졌다. 그들이 거울에 흘려보낸 것보다 훨씬 큰 힘이었다. "넌 여기 가만히 있어." 그가 아모라를 돌아보며 말했다. "내가 살펴보고…."

무언가가 그의 허리를 감싸 쥐고 발을 잡아당겼다. 로키는 땅으로 내팽개쳐져 등으로 떨어졌고, 손에 쥐었던 칼은 어두운 그림자 속으로 날아갔다. 돌바닥에 머리를 부딪치면서 잠시 시야가 활짝 트였다.

눈앞이 선명해지면서 어디선가 포효 소리가 들리는가 싶더니 거대한 생명체가 그를 굽어보았다. 신장은 180센티미터 정도에 피부는 보라색이고, 머리는 전부 벗겨진 데다가 두꺼운 입술 아래 뭉툭한 이가 툭 튀어나온 기괴한 얼굴이었다. 어깨는 바위처럼 떡 벌어졌고 가슴은 술통처럼 부풀어 있었다. 괴물은 벌어진 입술 사이로 굉음을 내며 로키를 향해 핏줄과 근육이 어지럽게 얽혀 있는 주먹을 뻗었다. 로키는 공격을 피해 몸을 굴렸다. 심장이 튀어나올 것처럼 쿵쾅거렸다. 괴물이 다시 포효하며 몸통을 부풀리는가 싶더니 옆구리에서 세 번째 팔이 불쑥 튀어나왔다. 로키는 키가 30센티미터쯤 더 커진 것 같은 괴물을 바라보며 공포에 질려 뒷걸음질을 쳤다. 그를 쫓아오는 괴물의 발걸음에 돌로 된 중앙 통로가 와장창 부서졌다.

그런데 다음 순간, 괴물이 돌연 비틀거리며 고통스러운 신음을 토해냈다. 보관실 바닥에 널브러져 있던 아모라가 어느새 일어나 괴물의 등에 거울 파편을 찔러 넣은 것이다. 괴물은 크기가 그녀의 머리통만 하고 손가락이 여섯 개나 달린 손을 휘둘렀지만, 아모라는 녀석의 다리 밑으로 몸을 날려 로키 옆으로 굴러왔다.

“저게 대체 뭐야?” 괴물의 포효에 묻혀 그녀의 목소리가 겨우 들려왔다.

“러킹 언노운.” 소리굽쇠에 거울 파편이 부딪쳤을 때 소환된 게 틀림없었다. 로키는 예전에 에인헤랴르 군대에 지원한 전사들이 통과 시험을 치르는 경기장에서 저 괴물을 본 적이 있었다. 소리굽쇠의 부름을 받고 나타난 괴물은 한 번 몸을 형성한 후 사그라졌다가도 다시 소환될 때마다 몇 번이고 새롭게 몸을 만들어냈다. 러킹 언노운은 에인헤랴르 병사가 되기 위한 마지막 테스트로, 전투에 나가서 발휘할 수 있는 공격력은 물론이고 적을 마주했을 때 극도의 침착함을 유지할 수 있는 능력을 동시에 평가할 수 있었다. "놈은 두려움을 양분으로 빨아들여. 우리가 두려워하면 할수록 놈의 몸은 커지지." 로키가 양손 사이로 에너지를 모으고 있는 아모라에게 외쳤다.

괴물에게서 뻗어 나온 세 번째 팔은 괴물의 이름이 불리면 힘이 떨어지기라도 하는지 아까보다 오그라든 것처럼 보였다. 하지만 러킹 언노운이 그들의 향해 팔을 휘두르자 휘잉 하며 바람을 가르는 소리가 났다. 아모라가 그쪽을 향해 뜨거운 푸른색 에너지를 발사했지만 괴물의 피부에 닿는 즉시 불꽃이 꺼졌다. 로키는 두 번째 단검을 찾아 헤맸다. 손이 벌벌 떨렸다. 괴물이 점점 커지는 건 그의 탓이었다. 그가 두려워하기 때문이었다. 그의 내면에 넘쳐흐르던 힘이 순식간에 사라져버렸다.

난 강력하지 않아. 약해 빠졌어. 난 겁이 많아. 힘을 조절하지도 못해.

"저걸 물리치려면 어떻게 해야 해?" 아모라가 벽에 박힌 거울 조각을 하나 더 빼내려고 더듬거리며 물었다.

"완전히 사그라질 때까지 두려움 없이 맞서 싸워야 해." 로키는 답을 하면서도 그건 불가능하다고 생각했다.

러킹 언노운은 사그라지기는커녕 점점 자라났다. 이윽고 옆구리에서 네 번째 팔이 튀어나와 허공을 갈랐다. 얼굴을 정통으로 맞은 아모라가 벽으로 날아갔다. 괴물의 손은 이제 빙글빙글 돌며 로키를 향해 날아와 목덜미를 붙잡았다. 로키는 콜록거리면서 괴물의 목으로 손을 뻗으려 안간힘을 썼다. 손가락 끝에 괴물의 울퉁불퉁한 목 근육이 느껴지자마자 그는 칼을 뽑아 있는 힘을 다해 꽂아 넣었다. 괴물이 고통스러워하며 비틀비틀 뒷걸음질을 치는 바람에 로키는 땅으로 떨어졌다. 상처 입은 괴물의 목에서 굵은 핏방울이 쏟아져 내렸다.

로키는 숨을 헐떡이며 웅크리고 앉았지만 몸을 수습할 시간이 없었다.

러킹 언노운은 목에 박힌 단검을 홱 잡아 빼서 로키에게 던졌다. 로키는 재빨리 몸을 피했지만 역부족이었다. 날아온 칼은 그의 뺨을 스치고 벽까지 날아가 돌바닥에 쨍그랑 떨어졌다.

괴물은 다시 손을 들어 올렸다가 아모라를 향해 내리쳤다. 하지만 아모라는 높이 뛰어올라 그의 목에 두 다리를 감은 다음, 그 힘을 이용해 괴물을 쓰러뜨렸다. 괴물의 등이 쿵 하고 떨어지자 금고실 전체가 흔들리는 것 같았다. 아모라가 그 위에 우뚝 서서 뾰족한 굽으로 가슴팍을 찍어 누르자 시커먼 피가 콸콸 쏟아졌다. 그녀는 손바닥 사이에 다시 한 번 에너지를 모아 괴물의 얼굴에 충격파를 발사했다. 괴물은 또다시 비명을 질렀다. 몸집이 움츠러드는 동시에 자라나는 것 같았다. 용감히 싸우는 아모라의 침착함과 로키의 두려움이 합쳐진 결과였다.

하지만 이번에도 아모라가 발사한 에너지는 괴물의 피부로 흡수돼버렸다. 괴물은 아모라의 다리를 잡고 그녀를 달랑달랑 흔들더니 종잇조각처럼 방 건너편으로 날려버렸다. 아모라는 벽에 늘어선 금이 간 기둥 하나에 부딪히며 바닥에 쓰러지더니 미동도 없이 뻗어버렸다.

순간, 지금까지와는 전혀 다른 두려움이 로키를 덮쳐왔다. 자기 자신보다 아모라가 잘못될지도 모른다는 두려움이 훨씬 더 괴로웠다. 괴물은 점점 더 거대해졌다. 벽돌처럼 둔탁했던 이가 날카로워지고, 등에서는 새로운 팔이 뻗어 나오고 있었다. 그는 육중한 몸을 휘청거리며 로키에게로 다가왔다. 로키는 통로 가장자리를 따라 뒷걸음질을 치다가 길과 벽 사이의 공간으로 미끄러져 들어갔다. 괴물이 문 쪽으로 느릿느릿 몇 발자국을 디디자 돌바닥이 부서졌다.

로키는 다시 통로로 올라오다가 뒤집힌 돌에 걸려 옷이 찢어졌다. 러킹 언노운을 막아 세울 주문이 설령 있다 해도 로키는 알지 못했다. 괴물은 괴성을 지르더니 금고 끝에 있는 문을 어깨로 들이받아 금이 가게 했다. 두 번째로 맹렬하게 부딪히자 문이 벌컥 열렸다. 문밖에서 아연실색한 병사들의 비명이 들려왔다.

아모라는 어느새 로키의 옆에 와 있었다. 이마에 난 상처에서 피가 흘러 얼굴이 피범벅이었다. "너 피를 흘리고 있어." 로키가 말했다.

"너도 마찬가지야." 그녀가 손을 뻗어 그를 끌어당겼다. 로키는 갈비뼈가 잡아당겨지는 느낌이었다. "어서 가자."

금고실 밖에서도 괴물은 계속 날뛰었다. 게다가 괴물과 마주하는 병사마다 소스라치게 놀랐기 때문에, 그 두려움을 먹고 덩치가 점점 커져서 이제 어깨가 천장에 닿을 정도였다. 괴물이 지나가는 자리에서는 샹들리에가 고리에서 툭툭 떨어졌다. 경기장에서 러킹 언노운을 상대하던 병사들이었지만, 예기치 못하게 마주친 녀석과 싸우는 건 또 다른 문제였다. 에인헤랴르 병사들이 창으로 공격해오자 괴물은 창의 윗부분을 두두둑 부러뜨렸다. 공격 대형을 갖추어 전진하던 병사들의 함성에는 두려움이 깔렸고, 결국 돌바닥도 부서뜨리는 러킹 언노운의 발아래 쓰러지고 말았다. 그래도 용케 도망친 병사가 있었는지 괴물의 울부짖음을 뚫고 적의 침략을 알리는 경보음이 복도에 울려 퍼졌다.

로키는 금고실 문간에 그대로 얼어붙은 채 괴물이 에인헤랴르 병사들을 때려눕히는 광경을 지켜보았다. 그중에는 로키의 무술 스승도 있었는데, 검을 올바르게 쥐는 법과 몸을 피할 때는 무릎을 구부려야 한다는 걸 가르쳐준 그분도 풀썩 쓰러지더니 금세 목숨이 끊긴 것 같았다. 로키는 어찌해야 좋을지 알 수 없었다.

순간, 러킹 언노운이 싸울 때 지르던 괴성과는 다른 비명을 내질렀다. 마치 소리굽쇠가 울릴 때 퍼져 나오는 맑고 투명한 소리 같았다. 그러더니 괴물의 몸이 줄어들고 쪼글쪼글해지면서 저절로 움츠러들었다. 로키는 바닥에 쓰러져 비틀거리며 점점 오그라드는 괴물의 모습을 멍하니 바라보았다. 로키의 몸집만큼 작아졌다가 그의 반토막이 되고, 이내 손바닥에 들어갈 만큼 줄

어드는가 싶더니 어느새… 사라져버렸다.

로키는 고개를 들었다.

계단 꼭대기에 카르닐라와 오딘이 보였다. 카르닐라는 러킹 언 노운을 제지하려고 주문을 발사한 손을 아직 거두지 않고 있었다. 그녀가 천천히 그들을 향해 내려왔다. 원래는 치마를 입고 있었지만 병사들의 피가 계단에 뚝뚝 떨어지고 있는 걸 보고는 치맛자락이 끌리지 않도록 도중에 바지로 바꾸었다. 오딘은 팔짱을 낀 채 계단 위에 그대로 서 있었다. 표정은 침착했지만 붉어진 얼굴을 보니 화가 머리끝까지 났다는 걸 알 수 있었다. 그의 뒤에는 에인헤랴르 근위병들이 창을 들고 서 있었다. 앞에 선 두 명은 얼굴에 공포의 빛을 드러내지 않으려 애쓰는 것 같았다. 근위병들 뒤에서는 토르가 로키에게 시선을 고정하고 있었다.

오딘이 병사들에게 신호를 보내자 그들은 계단을 뛰어 내려가 카르닐라를 보조했다. 그녀는 쓰러진 병사들의 상태를 살펴보며 치료받아야 할 부상자와 이미 손을 쓸 수 없는 이들을 나누고 있었다.

"로키!" 오딘이 외쳤다. 살얼음이 낀 연못에 발을 잘못 디뎌 표면이 갈라지는 듯한 목소리였다. 로키는 고개를 들어 아버지의 차가운 시선을 마주 보았다. 핏방울이 볼을 타고 흘러내리는 것 같아 닦아내고 싶었지만 애써 참았다. "어떻게 된 일인지 설명해." 오딘이 다그쳤다.

로키는 아모라를 힐끗 쳐다보았다. 그녀는 반항적인 눈길로 오딘을 쏘아보고 있었다. 로키도 그렇게 아버지를 도발하고 싶었지만 결국 매서운 눈빛을 이기지 못하고 수그러들었다. "죄송해요, 아버지."

"여긴 왜 내려온 거냐?" 오딘은 아들에게서 눈을 떼지 않으며 몰아세웠다. 어떤 이유를 갖다 대도 대수롭지 않게 여겨질 게 뻔했다. 오딘에게는 남의 말을 들어주는 것만으로도 상대를 어리석어 보이게 하는 능력이 있었다.

"저희는 갓즈아이 거울을 보러 왔어요." 로키는 중얼거리면서도 턱을 치켜들려고 애썼다. 그래 봤자 헛된 노력이라는 걸 모두가 알아채겠지만.

"그래, 거울을 보고 어떻게 했느냐?" 오딘이 쌀쌀맞게 물었다.

로키는 침을 꿀꺽 삼키며 말했다. "거울을 부숴버렸어요."

이건 천하의 오딘이라도 예상치 못한 대답이었다. 냉정했던 얼굴이 한순간 무너져 내렸다. 그 자리엔 충격과 공포가 자리 잡았다. "네가 뭘 어쨌다고?"

"어쩌다 보니 일어난 사고였어요."

"네가 거울을 부쉈다고?"

아버지의 목소리는 화가 난 게 아니라 두려워하는 것 같았다. 로키는 아버지에게 꾸중을 들어 차갑게 식었던 심장이 다시 빨라지는 게 느껴졌다. 아버지는 그를 두려워하고 있었다. 그의 힘이 두려운 것이다. 갓즈아이 거울 같은 유물을 파괴할 만큼 강력하다는 뜻이니까. '*나는 강력하다*'는 깨달음이 이번에는 로키를 얼음물을 뒤집어쓴 것처럼 싸늘하게 만들었다. 이제 오딘도 진실을 알게 됐다. 자신의 아들이 내면의 힘을 폭발시키면 얼마

만큼 강력해질 수 있는지 알게 된 것이다. 로키는 군대를 이끌고 아스가르드를 침공할 만큼 강력했다.

아모라도 현실을 직시한 것 같았다. 두려움이 그녀를 냉철하게 해준 듯했다. 로키가 지닌 마법의 힘이 얼마나 강력한지 왕실에서 알게 되면 그는 절대 왕위 계승자가 될 수 없었다. 아모라의 마음을 움직인 게 무엇인지는 알 수 없지만, 그녀는 어깨로 로키를 밀치며 앞으로 나서더니 오딘을 똑바로 보며 말했다. "거울을 파괴한 건 로키가 아니에요. 제가 했어요. 거울로 에너지를 흘려보냈는데, 제 힘이 너무 셌는지 거울이 부서져버렸어요."

계단 밑에 서 있던 카르닐라의 몸이 얼어붙었다. 로키는 카르닐라를 흘낏 바라보는 아모라의 시선에서 자부심을 포착했다. 그녀는 자기 혼자만의 힘으로 거울을 파괴한 것처럼 의기양양했다. 오딘은 다시 화가 난 표정으로 변했지만, 로키는 그의 얼굴에 안도감이 스쳐 지나간 걸 알아챘다. 오딘은 얼굴을 비비며 한숨을 쉬더니 뒤편에 서 있는 에인헤랴르 병사들에게 명령했다. "저 여자애를 포박하라."

아모라의 얼굴이 새하얗게 질렸다. "뭐라고요?"

"안 돼요." 로키가 외쳤지만, 병사들은 이미 그들 앞에 와 있었다. 그중 한 명이 아모라를 잡으려다 로키를 들이받아 바닥에 쓰러뜨렸다. 병사들이 아모라의 팔꿈치를 붙들었고, 그녀가 저항하자 팔을 등 뒤로 꺾어 억지로 무릎 꿇게 했다. 갑작스러운 사태에 깜짝 놀라고 두려움에 휩싸인 아모라는 악을 쓰며 그들의 손아귀에서 빠져나오려 했지만, 탈출 마법을 쓰기도 전에 쇠사슬로 꽁꽁 묶이고 말았다. 지하 감옥에서 외국인 죄수들의 마법을 진압하는 체포 도구였다.

"아버지, 제발요!" 로키는 무릎을 꿇으며 울부짖었다. 애원하는 표정을 짓기는 싫었지만 다리에 힘이 풀려 똑바로 서 있을 수가 없었다. "저도 같이 했단 말이에요."

오딘은 그를 쳐다보지도 않았다. "너는 가만히 있어라, 아들아."

"저도 같이 잡아넣으세요! 무단침입을 했잖아요. 처음부터 제가 하자고 한 거예요." 로키가 갈라지는 목소리로 외쳤다.

"가만히 있으라고 했다!" 오딘이 소리를 지르더니 병사들에게 명령했다. "그 아이는 지하 감옥에서 판결을 기다리게 하라."

에인헤랴르 병사들이 끌고 가려 했지만, 아모라는 발꿈치로 버티고 선 채 버둥거렸다. 하지만 얼마 지나지 않아 더 이상 버티지 못하고 병사들에게 질질 끌려갔다. 러킹 언노운이 쪼개놓은 뾰족뾰족한 돌바닥에 바지가 찢어지며 그녀의 다리에 피가 흘러내렸다. "날 놔줘요! 카르닐라, 제발요! 카르닐라, 날 데려가지 말라고 해주세요!"

카르닐라는 몸을 획 돌려버렸다.

로키는 아모라를 따라가고 싶었다. 병사들을 쫓아가며 그녀를 놓아달라고 조르거나, 그녀의 희생 덕분에 얻은 혜택을 포기하고 자기도 같이 감방에 들어가고 싶었다. 하지만 그는 한 발자국도 움직일 수가 없었다. 오딘이 지친 표정으로 계단을 터덜터덜 내려오는 동안 아버지의 시선에 핀을 꽂아놓은 곤충 표본처럼 꼼짝도 못했다. 오딘은 뒤를 돌아보며 말했다. "토르, 동생을 네 방으로 데려가서 내 지시가 있을 때까지 기다려라."

토르는 러킹 언노운이 사라진 곳에서 다시 튀어나올지도 모른다고 생각하는지 난간에서 멀리 떨어져 천천히 내려왔다. 그리고 동생에게 손을 내밀었지만 로키는 손을 잡지 않았다. 그저 가만히 서 있을 뿐이었다. 사실 '서 있다'기보다는 비틀거리고 있다는 말이 더 맞았다. 그가 원하는 반항적인 몸짓은 아니었다.

금고실을 나서면서 토르는 로키의 팔을 자신의 어깨에 두르려 했지만, 로키는 몸을 홱 빼버렸다. "뭐 하는 거야?"

"넌 다쳤잖아."

"다리가 부러지진 않았어." 로키는 얼굴에 흐른 가느다란 핏자국을 닦았다. 피가 턱밑으로 흘러내려 옷깃까지 얼룩이 져 있었다. 그는 휘청거릴지언정 토르보다 앞장서서 걸어갔다.

"로키." 토르는 손쉽게 그를 따라잡더니 앞을 막아서며 말했다. "미안해."

"뭐가 미안한데?" 로키는 팔짱을 끼며 물었다. 갈비뼈가 찌를 듯이 아팠지만 팔을 풀지는 않았다. "재미있는 부분은 다 놓쳐서 유감이신가?"

"아까 쓸데없는 말을 해서 미안해."

"이런, 내 예민한 감수성을 그렇게까지 신경 써주다니 고맙네."

"그런 게 아니라. 아까 내가…." 토르는 목덜미를 벅벅 문지르더니 다시 말을 이었다. "넌 훌륭한 왕이 될 거야."

"물론이지. 당연한 거 아니야?"

"그리고 넌 아스가르드를 배반하지 않을 거야. 아버지가 뭘 봤든지 상관없어." 토르는 로키를 바라보던 시선을 복도로, 이어서 천장으로 옮기더니 조용히 속삭였다. "그래서 넌 뭘 봤니?"

로키는 손등으로 이미 피가 멈춘 볼을 한 번 더 훔쳤다. "세상이 끝나는 날, 나랑 형이랑 어머니, 아버지가 함께 모여 있었어. 반역 따위는 모르는 아주 단란한 가족 같던데."

"제발 솔직히 얘기해줘." 토르의 목소리에 간절함이 묻어나왔다.

로키는 그를 밀치고 나가며 말했다. "걱정 마. 형은 아니었어."

ᚠᚱᛁᛏᛗ

Chapter 5

"난 위험한 존재인가요?"

프리가는 열심히 손가락을 움직여 작은 약초 주머니를 싸고 있었다. 말없이 주머니만 내려다보던 그녀는 이내 고개를 들어 아들을 보았다. 로키는 왕비 방의 창가에서 무릎을 가슴팍에 끌어안고 있었다. 타박상을 입은 갈비뼈가 타들어갈 듯 아팠지만 그 상태로 꼼짝도 하지 않았다. 이대로 자기 안에 파묻혀 있어야 안전할 것 같았다.

"왜 그런 걸 묻지?" 프리가가 말했다.

로키는 창문으로 아스가르드를 내다보았다. 첨탑 위로 황혼이 뿌옇게 내려앉아 있었다. 이 시간이면 도시 전체가 빛을 발산하듯 사방이 금빛으로 빛났다. 로키는 무릎에 턱을 괴었다.

아모라는 그가 발휘한 힘 때문에 체포되었다. 그 힘이 너무 강력해서 아모라가 위험한 존재라고 여겨졌다면 실제로 위험한 건 로키였다. 하지만 아버지에게 비난받기 전에 로키는 그 힘으로 인해 처음으로 자신이 강력하다고 느꼈다. 다른 전사들 사이에서나 토르 옆에서는 느껴보지 못한 감정이었다.

로키는 무릎 위로 이마를 짓눌렀다. "다들 나를 두려워해요."

"널 두려워하는 게 아니야." 프리가가 반박했다.

"마법을 두려워하는 거죠. 나 같은 사람이 두려운 거예요."

"그럼 나도 마찬가지겠네?" 그녀가 끈을 잡아당겨 약초 주머니를 오므리며 물었다.

로키는 프리가가 주머니를 입가에 대고 짧은 주문을 외는 걸 보고 열려던 입을 도로 닫았다. 꽃향기와 약초 향이 공기 중으로 퍼져나갔다. 아스가르드에서 어머니만큼 많은 이에게 사랑받는 사람은 또 없었다. 그러니까 마법 탓이 아니었다. 그가 문제였다.

"다 됐다." 프리가가 방을 가로질러 로키 쪽으로 다가오자, 그는 어머니가 다친 갈비뼈에 약초 주머니를 댈 수 있게 옷을 들어 올렸다. 통증이 누그러지면서 이제 심호흡을 할 수 있었다. 아모라와 금고실에 들어가 러킹 언노운과 마주친 이후로 오랜만에 그의 폐에 산소가 가득 찼다. "계속 그렇게 두렴." 프리가가 다시 화장대로 돌아가 천과 물그릇을 챙기며 말했다. "그럼 얼마 가지 않아서 깨끗이 나을 거야."

로키는 자세를 바꿔 팔꿈치로 약초를 누르며 창턱에 등을 기댔다.

프리가는 천을 물에 담갔다가 손으로 쥐어짰다. 로키는 물이 그릇으로 떨어지는 걸 지켜보면서 다시 심호흡을 해보려 했지만, 이번에는 갈비뼈의 통증과는 상관없이 숨이 잘 쉬어지지 않았다. "이리 오렴." 로키는 어머니가 이렇게 말해주기 전에 이미 창가에서 일어나 그녀의 옆에 가서 앉았다. 프리가는 물수건을 그의 목에 대고 귀밑으로 말라붙은 핏자국을 닦아주었다.

"아버지는 거울에서 뭘 보신 거예요?" 로키가 아무것도 모르는 척 담담하게 물었다. "연회장에 불이라도 난 것처럼 재빨리 자리를 뜨셨잖아요."

프리가는 물수건을 로키의 얼굴로 옮겨 살갗에 묻은 핏자국을 지워주었다. "네 아버지가 어떤 분이신지 알잖아. 아주 작은 일에도 괜스레 수선 떠는 걸 좋아하시지."

어머니가 그의 머리카락을 귀 뒤로 넘겨 상처를 닦아주자 로키는 그녀의 손에 얼굴을 기댔다. 문득 아모라가 했던 말이 떠올라 미처 생각도 하기 전에 입 밖으로 내고 말았다. "아버지가 절 두려워하세요?"

프리가는 미소를 지었다. "너무 어려운 질문이구나."

"그렇지 않아요" 하며 일어나 앉는 바람에, 로키의 얼굴이 어머니의 손에서 떨어졌다. 물수건에서 물이 똑똑 떨어져 그의 어깨를 적셨다. "형이 물어봤다면 쉽게 대답하셨을 거잖아요."

"하지만 넌 네 형이 아니니까."

로키는 순간적으로 화가 치밀어서, 갑자기 벌떡 일어나다가 의자를 넘어뜨렸다. "그렇게 말씀 안 하셔도 제가 형과 다르다는 건 매일 의식하며 살고 있어요." 그는 문가로 가려다가 사실은 어머니 곁에 있고 싶다는 걸 깨달았다. 달리 어디로 가겠는가? 지금 이 순간, 혼자 있는 것만은 죽기보다 싫었다. 그래서 어머니에게로 몸을 돌려 그녀의 화장대 앞에 섰다. "아버지는 왜 제가 마법을 못 배우게 하세요?"

"로키…."

"제가 전투 실력으로는 형에게 상대가 안 된다는 걸 아시면서, 왜 질 게 뻔한 시합에 참여하라고 강요하시죠? 다른 시합을 하면 제가 손쉽게 이길 수 있는데도 말이에요. 제가 지길 바라시는 거겠죠." 그의 목소리가 점점 높아졌다. "제가 약해 보이는 게 좋으신 거예요. 제가 왕이 되기에 부적절해 보이면, 제가 아닌 형을 후계자로 지명할 명분이 생기니까요. 저는 스스로 부적격하다는 걸 이미 증명하고 있잖아요. 제가 라그나로크를 일으킨다면 그건 아버지 탓이에요. 그러니까 애매모호한 말이나 아버지를 위한 변명 같은 건 그만두시고 진실을 말해주세요. 제 질문에 답을 해주시라고요!"

로키는 고래고래 소리를 질렀다. 소리를 지를 생각은 아니었지만 그렇게 돼버렸다. 프리가는 물그릇을 화장대에 내려놓고 손을 흔들어 쓰러진 의자를 똑바로 세웠다. 로키는 그녀에게 손을 뻗고 싶었지만, 그러지 못하고 힘껏 주먹을 쥔 채 우두커니 바라만 보았다. 프리가는 자리에 앉으며 두 손을 허벅지 위에 가만히 내려놓곤 그를 올려다보았다. "네가 라그나로크를 일으킨다고 누가 그러든?"

"제가…." 로키는 말을 더듬었다. "아무튼 아버지가 본 게 그거 맞죠?"

"너도 그 장면을 봤니?" 그녀가 물었다.

로키는 갈비뼈가 욱신거렸다. 그만 자고 싶었다. 이대로 쓰러져서 며칠이고 잠만 자고 싶었다. "아니요. 아버지가 어머니한테 말할 때… 형이랑 같이 밖에서 엿들었어요."

프리가는 입을 꾹 다물었다. 도시의 불빛이 피부에 비치자 그녀는 마치 황혼이 사람의 형상을 이룬 것처럼 반짝였다. 왕비가 마침내 입을 열었다. "너희 아버지는 자기 아들이 죽음에서 돌아온 군사들을 이끄는 걸 봤어. 그리고 그게 세상의 종말을 보여주는 거라고 믿으셨지."

"그 아들이 저였나요?" 프리가가 아무 대답도 없자 로키는 더 세게 밀어붙였다. "제가 절대 왕궁을 떠나지 않겠다고 결심한다면요? 아버지가 저를 감옥에 넣는다면요? 제가 멀리 떠나서 다시는 아스가르드로 돌아오지 않겠다면요?"

"앞으로 닥칠지도 모르는 일 때문에 그걸 성취하거나 피하기 위한 삶을 살아선 안 돼."

"하지만 아버지가 갓즈아이 거울을 보고 하는 일이 바로 그거잖아요. 위험을 미리 보고 피하는 일이요."

"로키, 위험한 건 네가 아니라 마법이야. 마법은 사람을 타락시키거든. 아주 강력한 마법사만이 그 힘을 통제할 수 있어. 네 아버지는 왕국이 마법으로 무너지는 걸 보셨어. 그래서 경계하시는 거지. 그게 전부야."

"그럼 제게 마법을 통제하는 법을 가르쳐주세요! 아버지는 제가 마법 때문에 잘못된 길로 빠질까 걱정된다면서, 왜 그런 일을 방지하는 법은 가르쳐주지 않는 거죠?"

"통제하는 법을 배운다는 건 결국 마법을 배우는 거니까. 아버지는 네가 아무것도 모르는 상태로 머물러 있길 바라셔. 그럼 네 안의 능력을 전부 발휘하지 못할 테니까. 그렇다고 나까지…"

프리가는 잠시 말을 멈췄다. 옷장에서 고급스러운 실크 스카프를 꺼내듯 다음 말을 신중하게 고르는 느낌이었다. "네 아버지의 결정에 찬성하는 건 아니야. 하지만 왕은 네 아버지니까." 그러더니 눈빛을 반짝이며 로키를 올려다보았다. "네 마음은 나도 잘 알아. 늘 목이 마르지. 그건 한순간 왔다가 사라지는 열망이 아니거든. 점점 더 심해지지." 그녀는 양손으로 로키의 얼굴을 잡았다. 더 어릴 때는 이 상태로 그의 이마에 코를 대고 누르곤 했다. "넌 아직 어리고 너무나 강력해. 앞으로 살아야 할 세월이 길고 배워야 할 것도 많아."

"그럼 배우게 해주세요."

"그러마."

로키가 예상치 못한 말이었다. "네? 뭐라고요?"

"네가 가진 힘과 그걸 사용하는 방법을 진작 가르쳐줘야 했어. 너희 아버지와 나, 둘 다 잘못한 거야." 그녀는 물수건을 다시 집어 들고 비틀었다. 물그릇의 물이 녹슨 갈색으로 변했다.

"마법을 배우고 싶으면 내가 가르쳐줄게."

"뭘 가르쳐주실 건데요?" 로키가 쌀쌀맞게 물었다. "불을 일으키거나 내 모습을 바꾸는 것처럼 왕궁 사람들이 신기해하지만 무서워하지는 않을 간단한 속임수요? 그런 식으로 길들이실 생각이라면 너무 늦었어요. 저를 야생 상태로 너무 오래 방치해두셨거든요."

갑자기 등 뒤에서 프리가의 목소리가 들려왔다. "힘을 조절하는 법을 가르쳐줄게. 마법을 다스리는 법." 로키가 뒤를 돌아보니 그녀가 손을 다소곳이 모은 채 창문 앞에 서 있었다. 어느 쪽이 진짜 어머니인지 잠시 혼란스러웠다. 창밖의 불빛에 둘러싸인 쪽인지, 화장대 의자에 앉아 그를 바라보는 쪽인지. 두 사람이 양쪽에서 그를 향해 몸을 돌리자, 로키는 두 시선 사이에 갇혀버린 기분이 들었다. "지구상의 모든 것에는 마법이 깃들어 있지. 그게 바로 공기 중에도, 땅속에도, 너와 내 안에도 있는 에너지야. 어떤 이들은 그 에너지를 통제하고 조종할 수 있는 능력을 지니고 태어난단다." 창가에 서 있던 왕비의 모습이 가장자리부터 희미해지더니 불붙은 종이처럼 오그라들다가 연기가 되어 사라졌다. 로키는 화장대에 있는 어머니에게로 고개를 돌렸다. 그녀의 시선은 로키에게 고정돼 있었다. "내가 널 가르치겠다고 아버지께 말씀드리마. 하지만 정확히 뭘 배우는지는 우리 둘만의 비밀로 하자."

로키는 뭐라고 말해야 좋을지 몰라 그녀를 빤히 바라만 보았다. 그는 여태껏 어머니가 아버지와 완벽한 한 쌍이라고 생각했다. 그녀의 자상함은 전쟁으로 다져진 오딘의 날카로움과 좋은 균형을 이루었다. 어머니는 언제나 아버지를 도왔다. 아버지는 모든 걸 어머니와 협의했다. 두 사람은 서로를 절대적으로 지지하며 강력한 의견과 규칙을 만들어왔다.

하지만 어머니는 아버지의 소유가 아니었다. 독립적인 존재였다.

"아스가르드의 에너지는 너에게로 향하고 있어." 그녀가 말을 이었다. "그건 너도 어쩔 수 없는 일이야. 그 에너지를 사용하는 건 훈련을 통해 얼마든지 할 수 있어. 근육을 단련하거나 책을 반복해서 외우는 것처럼. 하지만 그걸 통제하는 게 진짜 실력이야. 그 단계까지 가야 마법에 사로잡히지 않고 네가 마법을 다스릴 수 있어." 그녀는 자리에서 일어나 그에게 손을 내밀었다. "그걸 네게 가르쳐줄게. 진작 그랬어야 하지만."

로키는 그녀의 손을 잡지 않았다. "카르닐라가 아모라에게 가르치는 것도 그런 거예요?"

프리가는 손을 내렸다. "아모라는 너랑 달라. 너희 아버지와 카르닐라는 그녀가 통제 못할 만큼 강력하다며 염려했어. 아모라를 잡아넣은 건 순간적으로 내린 결정이 아니야. 두 사람은 벌써 오래전부터 그 문제를 의논해왔지. 오늘 저지른 일 때문에 시기가 빨라진 것뿐이야."

로키는 침을 꿀꺽 삼켰다. 목구멍으로 죄책감이 스멀스멀 기어 올라왔다. "아모라는 이제 어떻게 되는 거예요?"

"그건 너희 아버지와 카르닐라에게 달렸어."

"그럼 저는 어떻게 되는데요?"

그가 진짜 묻고 싶었던 건 '*저는 어떤 벌을 받는데요?*'였다. 하지만 입 밖으로 나오자 이 말이 더 심각한 질문처럼 느껴졌다. '*저는 앞으로 어떻게 되죠?* 이런 힘을 지닌 저는 앞으로 어떻게 될까요?' 그가 자신의 힘과 맞서 싸우기로 결심하면 어떤 일이 벌어질까? 아니, 그보다 더 궁금한 건 따로 있었다. 만약 맞서지 않기로 결심하면 어떻게 될까?

프리가는 손을 뻗어 아들의 볼을 어루만졌다. "그렇게 조급해 하지 않아도 된단다."

오딘은 아모라의 처벌 판결을 내리면서 조정의 신하들을 소집하지 않았다. 아모라가 쇠사슬에 묶인 손목을 뒤로한 채 끌려 나올 때, 왕좌에 앉은 오딘 옆에는 프리가와 카르닐라, 토르와 로키뿐이었다. 그녀는 아직도 금고실에서 입고 있던 피와 먼지로 얼룩진 연회용 드레스 차림이었고, 머리카락은 예전과 달리 가늘고 푸석푸석해져 있었다.

로키는 자신이 왜 이 자리에 불려왔는지 알 수 없었지만, 공격에 대비하는 것처럼 발끝에 무게중심을 두고 서 있었다. 그도 아모라 옆에서 함께 벌을 받게 될지도 몰랐다. 아니면 아모라에게 벌을 내리는 장면을 지켜보게 함으로써 로키에게 경고하는 것일 수도 있었다.

아모라의 발목에 감긴 쇠사슬이 바닥에 부딪히며 짤랑 소리를 냈다. 보석에나 어울릴 법한 섬세한 소리였다. 아무도 닦아주지 않은 그녀의 얼굴에는 여전히 피가 묻어 있었다. 치료를 받지 못해 상처도 그대로였다.

병사들이 왕좌로 이어지는 계단 밑까지 걸어와 멈춰 섰지만, 오딘은 자리에서 일어나지 않았다. 궁니르를 든 손의 위치만 조금 바꿀 뿐이었다. 왕좌를 사이에 두고 로키와 토르, 프리가와 카르닐라가 입을 굳게 다문 채 아모라를 내려다보며 서 있었다. 카르닐라는 검은 머리를 길게 땋아내려 평소보다 얼굴이 더 창백해 보였다.

"노른헤임의 아모라." 조정 대신들이 없는데도 오딘은 재판이나 국무회의를 진행하는 듯한 목소리로 말했다. 큰소리가 쩌렁쩌렁 울려서 방 안이 더욱 썰렁하게 느껴졌다. "너는 반역죄와 절도죄, 신성한 유물을 파괴한 죄, 강도죄로 기소되었다. 변론할 말이 있느냐?"

아모라는 고개를 숙인 채로 답했다. "죄목이 좀 중복되네요."

로키는 옆에 선 토르의 몸이 뻣뻣해지는 걸 느꼈다. 오딘이 미간을 찌푸리며 말했다. "뭐라?"

"절도죄와 강도죄는 똑같지 않습니까, 폐하?" 아모라가 물었다. "비슷한 말들로 죄목을 부풀리시려는 것 같습니다만."

"조용!" 로키는 아버지가 고함을 지를 줄 알았지만, 의외로 목소리를 높인 건 카르닐라였다. 아모라는 움찔했다. 카르닐라가 계단을 내려갔다. 그녀의 망토가 계단참마다 끌리며 사그락거렸다. "난 네게 모든 걸 주었어. 물려받을 왕국. 마법 교육. 집."

"집이 아니라 새장이겠죠." 아모라가 대꾸했다.

카르닐라는 다시 목소리를 높였다. "그런데 이게 그 보답인 거냐? 넌 폐하께 무례를 범했어. 내게도 무례를 범했고. 힘을 다스릴 도구를 획득하고도 그걸 내던져버렸지. 마법의 힘이 자신을 타락시키고 통제하게 내버려둔 거야."

"난 통제당하고 싶지 않아요. 난 강해요. 그러니 강력한 힘을 발산하게 내버려두란 말이에요!" 아모라가 외쳤다.

"넌 바로 그 힘 때문에 파멸된 거다." 오딘이 끼어들었다. "난 카르닐라에게 너를 변호해주겠느냐고 물었다. 너희 노른헤임의 대표단에도 널 위해 나서줄 사람이 있는지 물었다. 하지만 아무도 없었다. 아모라 너를 변호해줄 사람은 아무도 없어."

로키가 입을 열어야 했다. 그도 말을 하고 싶었다. 입안에서 여러 가지 말이 맴돌았다. *'사실은 저였어요. 벌을 받아야 하는 건 저예요. 너무 강력해서 위험한 건 바로 저예요.'*

고개를 들었더니 아모라가 그를 보고 있었다. 그녀는 로키를 대신해 죄를 뒤집어썼다. 하지만 일이 이렇게 될 줄은 두 사람 다 몰랐다. 그는 말없이 고개를 숙였다.

오딘이 말을 이어갔다. "네 힘은 너무 강해서 억제할 필요가 있지만 넌 그걸 거부하고 있다. 그러므로 너는 미드가르드로 추방되어 평생 그곳에 머물게 될 것이다."

로키는 깜짝 놀라 숨을 헐떡였다. 그렇게 천천히 죽음을 맞이

하는 건 너무나 잔인했다. 차라리 사형집행수의 손에 목숨을 잃는 편이 훨씬 자비로운 처분이었다. 미드가르드에는 그녀에게 생명과도 같은 마법의 힘이 존재하지 않았다. 아모라가 이용할 힘이 없으니 내면의 힘이 서서히 쇠락하고 그녀 역시 사라져갈 것이다. 자신이 다른 세계로 유배를 당하고, 자기 몸에서 마법의 힘이 서서히, 서서히, 서서히, 한 번에 한 방울씩 빠져나간다고 생각하자 로키는 소름이 돋았다. 그건 치욕이었다. 고통이었다. 죽음이었다. 오딘에게 조금이라도 자비심이 있다면 당장 도끼를 휘둘러 지금 여기서 목숨을 끊어주었을 것이다.

아모라의 눈이 휘둥그레졌다. 공포의 빛이 그녀의 존재 전체를 집어삼킬 듯 이글이글 타올랐다. 금고실에서 로키를 대신해 나설 때 어떤 결과를 예상했는지 몰라도 이건 아니었다. "제발 그러지 마세요."

"지금부터 너는 망루로 끌려가 바이프로스트를 건너가게 될 것이다." 아모라의 목소리가 비명처럼 커졌지만 오딘은 말을 계속했다. "그리고 다시는 되돌아오지 못할 것이다."

아모라는 몸부림을 쳤다. "안 돼요! 제발요! 카르닐라, 그러지 말라고 얘기해줘요! 제발요!"

오딘이 고개를 까닥거리는 신호에 경비병들이 그녀를 끌고 가려 하자, 아모라는 올가미에 걸린 매처럼 요동을 쳤다. '*무슨 말이든 좀 해봐.*' 로키는 자기 자신에게 말했다. '*아모라를 구해야지.*' 하지만 아무 말도 할 수가 없었다.

"카르닐라, 도와줘요! 폐하, 자비를 베푸소서! 부디 자비를!"

아모라의 무릎이 땅에 떨어지자 로키는 지진과도 같은 진동을 느꼈다. “절 지하 감옥에 넣어주세요. 거기서 썩게 해주세요. 아니면 노른헤임에 가두거나 웜홀에 던지셔도 좋으니 제발 그 처분만은 피하게 해주세요!”

경비병들은 쇠사슬을 내려놓더니 그녀의 뒤편에서 팔꿈치를 잡아 올려 복도로 끌고 나갔다.

“카르닐라!” 아모라는 몸을 뒤틀며 탄원의 대상을 바꿨다. “프리가 왕비님! 제발 자비를 베푸셔서 폐하를 말려주세요!”

“어머니.” 로키가 작은 목소리로 속삭였지만, 프리가는 그의 등에 가만히 손을 갖다 댔다.

경비병들은 이제 출입문에 거의 다다랐다. 아모라의 목소리가 앙칼진 비명으로 변해갔다. “여왕님, 제발요! 도와주세요, 여왕님! 로키, 잠깐만! 로키 제발, 아버지께 말씀드려….”

문이 쾅 닫혔다. 오딘은 그제야 자리에서 일어나더니 로키를 돌아보았다. 로키 옆에 선 토르마저 분노에 찬 아버지의 시선을 보고 몸을 움츠렸다. 자신을 노려보는 게 아닌데도 두려웠던 것이다.

프리가가 한 발 앞으로 나와 아들들 사이에 섰다. “여보, 이쯤에서 그만….”

하지만 오딘은 손을 들어 그녀의 말을 막았다. “난 내 아들에게 할 말이 있어.” 프리가는 입을 다물었지만 오딘이 가까이 와도 뒤로 물러서지는 않았다. 오딘은 평소보다 무거운 발걸음으로 다가와 지팡이에 힘을 실어 몸을 기댄 채 로키 앞에 섰다.

"이걸 네게 보내는 경고로 생각하거라. 힘을 무모하게 쓰면 너 역시 같은 처분을 받게 될 거야. 왕자라는 신분으로 보호 받는 건 이번뿐이다. 네가 이 왕국을 무너뜨리게 놔두진 않을 거야."

그랬구나. 오딘이 갓즈아이 거울에서 무엇을 봤는지가 명백히 드러났다. 이제 로키는 알게 되었다. 토르도 알게 되었다. 둘 중 어느 왕자가 아스가르드를 침공하게 될지 모두가 알게 되었다.

로키는 목구멍이 조여들었고, 옆구리에 있던 손은 저절로 주먹이 쥐어졌다.

그런 일은 없을 거라고 자신을 변호할 수도 있었다. 로키도 차라리 그러고 싶었다. 토르처럼 아버지와 말다툼이라도 한판 벌인 다음, 나는 정의롭고 올바른 일을 했다고 만족하며 후련하게 털어내고 싶었다. 그럴 때면 오딘은 큰아들의 다혈질적인 성격과 자기 의견을 확고하게 밀고 나가는 모습을 보며 속으로 기뻐했다. 하지만 그는 토르가 아니었다. 건방짐은 강함이 아닌 반항의 표시로 비춰질 것이다. 그와 토르는 아버지가 고안한 경기에 함께 출전했을지는 몰라도, 그들에게 주어진 규칙은 전혀 달랐다. 어둠은 빛과 다른 방식으로 움직인다. 빛이 나오기 전에 먼저 깔려 있는 게 어둠이다. 따라서 더 빠르고 영리하고 은밀해야 한다.

로키는 아버지와 달랐다. 형이나 어머니와도 달랐다. 그와 같은 존재는 아모라뿐이었지만, 그녀는 쇠사슬에 묶인 채 미드가르드로 추방되었다. 이제 그는 그녀보다도 영리하고 은밀해져야 했다. 최대한 모든 것을 배워두되, 자신이 아는 걸 절대로 드러내선 안 됐다.

자기 자신이 왕자라는 인식은 이제 사라졌다. 결코 왕이 될 수 없을지도 모른다. 그는 타고난 전사가 아니었고, 악당이 되고 싶은 건지도 확실치 않았다. 그 문제에 대해 자신에게 결정권이 있는지도 확신할 수 없었다.

확실히 아는 건 자신이 강력한 마법의 힘을 지녔다는 것뿐이었다.

그는 세상에 종말을 가져올 만큼 강력했다.

Part Two

ᚠᚱᚨᛗ

Chapter 7

외교 사절로 방문한 알프헤임에서 먼저 일을 복잡하게 만든 건 토르였다.

토르와 로키는 사전에 아이스 엘프의 문화와 얼음 궁전에서 지켜야 할 격식을 철저히 교육받았다. 왕족 앞에서 손님이 먼저 말을 꺼내서는 안 되는 게 이곳의 문화였다. 그런데 두 형제가 안내된 대기실에 왕자이자 장군인 아스문트가 들어오자마자 토르가 "아스문트!"라고 외친 것이다. 그의 인사말은 높다란 천장 끝까지 울려 그곳에 매달린 고드름마저 흔들거리게 했다. 토르의 다른 부분도 마찬가지지만, 그의 목소리는 전쟁터에서 사용할 목적으로만 만들어진 것 같았다.

거기까지는 의도치 않은 실수일 수도 있었다. 아니면 금기라는 걸 기억하면서도 자신의 우월함을 드러내려고 토르가 일부러 규칙을 무시한 걸 수도 있었다. 최근 들어 그런 일들이 점점 늘어나고 있으니까. 그것도 아니라면 강의 중에 그의 주장대로 '눈만 감고 있던 것'이 아니라 정말로 잠들어서 자신의 실수를 전혀 깨닫지 못하는 것일 수도 있었다. 이유야 어찌 됐든, 로키는 설사 이 임무가 잘못되더라도 먼저 일을 그르친 건 토르라는 사실을 머릿속에 담아두었다.

하지만 그런 건 아무래도 상관없을 것이다. 로키는 이번 임무를 계획대로 마치지 못하면 어쨌든 비난받는 건 자기가 될 거라고 확신했다. 무언가 말썽이 일어났을 때 로키가 세 왕국이나 떨어진 곳에서 의자에 꽁꽁 묶여 있다 해도 오딘은 어떻게 해서든 그에게 책임을 떠넘기려 할 것이다.

물론 로키가 세 왕국이나 떨어진 곳에 가는 건 드문 일이었다. 어디에 묶여 있는 일은 여태껏 한 번도 발생한 적 없었다.

아버지에게 임무를 받고 토르와 함께 아홉 세계를 돌아다니는 건 로키에게 자주 있는 일이 아니었다. 전장에서 형을 넘어선 공적을 올린 적이 없는 데다가, 협상장에서는 상대방을 당황하게 하는 매서운 눈빛 때문에 다른 나라의 귀족들이 그를 꺼려했던 것이다.

아스가르드에서 그와 토르 정도의 나이면 성인으로 여겨지지만, 로키는 아직 근육도 부족하고 금발 머리도 아닌, 둘 중 못난 왕자였다. 외국 지도자들을 만나면 언제나 로키가 아버지를 전혀 안 닮았으며 반대로 그의 형은 아버지를 쏙 빼닮았다는 말로 대화가 시작되었다. 어쩌면 오딘은 그런 쓸데없는 관찰에 시간이 낭비되는 게 싫어서 로키를 외국에 보내기를 꺼리는 건지도 몰랐다. 토르는 공격적이고 시끄럽게 굴어도 리더십이 뛰어나다고 오해받는 반면, 로키는 말투도 부드럽고 주먹으로 벽을 뚫는 일이 없는데도 상대방은 그를 약삭빠르게 보았다.

한 번은 토르가 이렇게 충고해주기도 했다. '*너한테는 사람들이 널 믿지 못하게 하는 뭔가가 있어.*'

하지만 로키도 노력하고 있었다. 지난 몇 년간 공부에 몰입하고, 열심히 일하고, 똑똑하게 굴며 더 나은 전사이자 마법사, 왕자가 되려고 노력했다. 아버지가 갓즈아이 거울에서 본 것 같은 아스가르드의 반역자가 되지 않기 위해 노력했다.

오딘은 점점 늙어가고 있었다. 일어서는 속도가 느려지고, 관절이 아프다고 호소하는가 하면, 벌꿀주 두 잔이면 곯아떨어져서 가끔은 연회가 끝나기도 전에 식탁에서 잠들 때도 있었다. 그리고 왕자들은 한창 혈기왕성한 나이가 되었다. 하지만 시간이 지날수록 로키는 아무리 열심히 해도 오딘이 자신을 후계자 후보로 보고 있다고 믿기가 어려워졌다. 오딘이 왕관을 넘겨줄 날은 다가오는데, 그것이 누구의 머리에 얹힐지는 이미 결정돼 있는 느낌이었다.

그게 바로 미래를 안다는 일의 함정이었다. 로키는 이런 생각을 지울 수 없었다. 오딘이 거울을 들여다보지 않았다면, 로키가 군대를 이끄는 모습을 보지 않았다면, 그를 왕위 후계자로 고려

했을지도 모른다. 그가 왕이 되면 군대를 끌고 자기 백성들을 치러 올 일이 없지 않은가. 미래는 모든 행동을 거기에 맞추기 시작하는 순간부터 피할 수 없는 게 돼버리는 건지도 몰랐다.

하지만 로키는 아버지가 본 미래가 오지 않을 거라는 사실을 증명하려고 매일 노력하고 있었다. 그리고 지금, 그는 토르와 함께 아버지의 명령을 받아 알프헤임에 와 있었다. 노른 스톤을 도둑맞은 상황을 아이스 엘프들에게 설명하고, 아스가르드가 모든 문제를 차질 없이 수습할 수 있다고 그들을 안심시켜야 했다.

어쨌든 지금 먼저 실수를 저지른 건 토르였다.

아스문트 왕자는 문간에 우뚝 멈춰 섰고, 뒤따르던 근위병들은 서로 험악한 눈빛을 주고받았다. 은발 머리를 길게 땋아 내린 근위병 한 명이 오딘의 아들을 해치우라는 밀명이라도 받은 듯 검자루를 만지작거렸다.

아스문트가 가슴 위로 팔짱을 끼자 그의 은색 튜닉이 겨울 햇빛을 반사하며 반짝거렸다. 그도 토르처럼 긴 금발 머리였지만, 토르의 머리가 햇빛 같은 노란색이라면 아스문트는 그보다 색소가 부족해 보이는 금발이었다. 피부는 너무 하얗고 창백해서 푸른빛마저 돌았다. 아이스 엘프들의 피부는 하나같이 빙하의 중심부를 깎아 만든 듯한 모습이었다. 서리로 뒤덮인 왕국의 풍경과 잘 어울리도록 눈으로 빚어 만든 게 아닌가 싶을 정도였다. 아스문트의 옅은 금발과 미간에 엷게 낀 서리만 봐도 이곳이 얼마나 추운 곳인지 절실히 알 수 있었지만, 어찌 된 일인지 로키는 그다지 춥지 않았다. 토르가 털로 안감을 댄 망토를 둘둘 말고도 온몸을 부들부들 떠는 것과 달리, 로키는 살을 에는 추위가 괴롭지 않았다. 신기한 일이었다.

아스문트는 격식을 어긴 토르의 행동에 당황해서 멈춰선 게 분명한데도, 토르는 그걸 가까이 다가오라는 환영의 의미로 받아들이곤 손을 뻗으며 왕자에게로 나아갔다.

로키는 기쁜 마음에 얼굴을 움찔했다. 두 번째 실수다. 아이스 엘프들은 악수를 하지 않는다. 어깨를 툭툭 치는 것조차 지나친 친밀감의 표현이라고 여기며 신체 접촉을 최대한 피하는 게 그들의 문화였다.

아스문트는 토르의 손을 한참 바라보더니 이내 고개를 들어 그의 커다란 미소와 맑고 푸른 눈동자를 응시했다. 로키는 형이 무례하다며 뺨을 맞기만 기다리며, 그렇게 되면 도와주러 뛰어나가야겠다고 준비하고 있었다. 그때, 아스문트가 한 손가락씩 힘들게 움직여 토르의 손을 맞잡았다. 교육 시간에 얘기만 들었지 실제로는 처음 보는 뻣뻣한 동작이었지만, 토르는 왕자의 손에서 팔꿈치까지 덥석 움켜잡더니 머리카락에 얹힌 얼음 결정체가 몇 개쯤 날아갈 정도로 그의 등을 세게 후려쳤다. "만나서 반갑습니다, 장군."

그러자 아스문트의 얼굴에 미소가 걸렸다.

로키는 알프헤임 전체에 불을 지르고 싶은 심정이었다. 그는 지금 이 임무에 대비해 공부한 아이스 엘프들의 예절대로 근육이 덜덜 떨릴 만큼 무릎을 낮추며 인사하고 있었다. 반면에 토르는 문을 박차고 들어가는 무례를 범했는데도 왕자는 당장 이곳을 떠나라고 요구하지 않았다. 도대체 형은 어떻게 미소 하나로 모두의 마음을 얻는 걸까?

"어서 오시오, 오딘의 아들 토르여." 아스문트가 하는 말이 '올스피크'를 통해 아스가르드어로 통역되어 로키의 귀에 닿았다. 아스문트의 눈이 토르의 어깨 너머, 땅에 닿을락 말락 몸을 굽힌 채 인사 자세를 유지하고 있는 로키에게로 쏠렸다. "당신도요, 론리(Lonely, 외톨이라는 뜻–옮긴이) 왕자."

로키는 이를 악물었다. "로키입니다."

"제가 그렇게 말하지 않았나요?" 아스문트가 받아쳤다.

토르가 껄껄 웃었다. 로키는 얼굴을 찌푸렸다. '환상적이군. 이젠 둘이 한패가 됐어?'

"아버지께서도 안부를 전해달라고 하십니다. 저희를 왕궁으로 맞아주셔서 감사하다는 말도 함께 전하셨습니다." 토르가 인사말을 늘어놓는 틈을 타 몸을 일으켰더니 척추뼈 마디마디가 우두둑 소리를 냈다.

"저야말로 영광이지요." 아스문트가 답했다.

아모라도 처음에는 그를 론리 왕자라고 불렀다. 그녀가 이 자리에 있었다면 배꼽이 빠지도록 웃었을 것이다. 아모라가 떠나간 이후로 로키는 그녀가 함께 있다면 지금 무슨 말을 하고 어떻게 웃었을지 상상하고 있는 자신을 자주 발견하곤 했다. 그녀라면 노른 스톤 같은 건 아무도 신경 쓰지 않다가 사라지니까 갑자기 중요하게 여기다니 우습다고 할 것이다. 무언가가 눈앞에서 사라지자 그 힘을 더욱 두려워하게 되다니 얼마나 이상한 일인가.

아모라. 로키는 그녀의 부재를 날마다 인식했다. 무언가를 생각할 때마다, 손가락 끝으로 주문을 발사할 때마다, 피부밑에 까칠까칠한 모래알이 들어간 것처럼 괴로웠다. 그녀는 지금 어디에 있을까? 아모라는 추방당한 후에 헤임달의 감시에서 빠져나갔다. 그녀의 행방을 아는 사람은 아무도 없었다. 어쩌면 이미 죽었을지도 모른다. 미드가르드에서 내면의 힘과 마법이 빠른 속도로 고갈되어 바짝 메마른 폐인이 됐을 수도 있다. 아니면 누구에게도 발견되고 싶지 않은 다른 사람들과 함께 우주 한구석에 숨어 있을 가능성도 있었다. 로키는 언젠가 자신이 왕이 되면 아모라를 찾아내겠다는, 아스가르드로 데려와서 오딘이 카르닐라를 옆에 두었듯 그녀를 자신의 마법사로 삼겠다는 소망을 붙들고 있었다. 물론 몇 가지 이유에서 전혀 가망 없는 환상이기는 했다. 우선 아모라에게 마법의 힘이 남아 있을 리가 없었다. 그리고 그가 왕이 될 확률은 지극히 낮았다.

하지만 아모라가 쫓겨나지 않았다면 그는 지금쯤 어떻게 됐을까? 더 강력한 마법사가 됐을까? 그녀가 카르닐라에게 배워 가르쳐준 지식으로 왕위 경쟁에서 좀 더 유리한 위치에 서 있을까? 어머니에게 힘을 통제하는 법을 배우며 그의 마법은 더욱 강해졌지만, 그녀는 절대 아모라만큼 그를 시험하며 밀어붙이지 않았다. 아모라가 계속 있었다면 이렇게 알프헤임까지 와서 인사하다가 무릎을 두둑거리며 일어날 일도, 그래서 토르에게 창피하다는 눈길을 받을 일도 없었을 것이다.

아스문트는 뼈가 앙상한 손을 들어 로키와 토르의 뒤편을 가리켰다. “두 분을 위해 만찬을 준비했습니다.”

그러자 토르가 나섰다. “저희는 만찬을 즐기러 온 게 아닙니다. 이번 사건에 대해 설명을 드리고….”

“식사하시면서 얘기를 나누면 되죠. 자, 어서 오시죠. 배가 많이 고프실 텐데 저녁은 드셔야죠.”

“그럼 감사히 먹겠습니다.” 로키가 끼어들어 말했다. 아스문트가 빙하처럼 느릿느릿 고개를 돌려 그의 눈을 바라보자, 로키는 아까보다 무릎을 덜 굽혀 다시 인사를 했다. 바닥까지 굽혔다가는 다시 못 일어설 것 같았기 때문이다. “왕자님께서 앞장서시죠.”

토르와 아스문트는 신발 바닥에 묻은 오물처럼 로키를 바라보았다. 로키는 마음속으로 양손을 내던지듯 쳐들며 지금껏 공부해온 예절은 전부 잊어버리기로 했다. 아이스 엘프 왕국에서도 사람을 봐가며 예의를 지키는 것 같으니 말이다.

아이스 엘프들이 대접한 코스 요리는 열두 가지나 됐는데, 뒤로 갈수록 점점 더 차가워졌다. 대화가 허용되는 건 요리가 교체되는 막간뿐이라, 식사 중에는 축축한 음식 씹는 소리만 울려 퍼졌다. 로키는 입맛이 뚝 떨어졌다.

토르는 옆에서 쉬지 않고 꼼지락거리며 음식을 먹어 치우곤,

그들이 온 이유를 설명하고 싶어 안절부절못하고 있었다. 맞은 편에 앉은 아스문트는 손가락까지 핥아가며 천천히 식사를 해 나갔다. 통째로 구워져 나온 새하얀 토끼를 뼈째 들고 조금씩 발라먹으면서 다음 요리가 나오기 직전까지 접시 위를 열심히 탐색하는 통에 이쪽에서 말을 꺼낼 틈이 없었다. 상대방이 지연 작전을 쓰는 게 분명한 만큼 로키도 초조함을 감추려고 안간힘을 썼다. 고개를 들어 위를 올려다보니 비스듬히 기울어진 천장에 빛을 내되 열은 발산하지 않는 푸른 구체가 점점이 박혀서 눈꽃 결정체처럼 반짝이고 있었다. 연회장 벽의 하단부에는 알프헤임의 역사적 장면들이 새겨져 있는데, 언젠가 얼음 조각이 녹아 흘렀던 것 같은 흔적도 남아 있었다. 갑작스러운 온도 변화로 자신의 작품이 녹아버린 걸 알면 예술가들은 얼마나 화가 날까 싶었다. 로키였다면 당장 불을 질러버렸을 것이다.

마침내 마지막 요리까지 식사를 마치자 아스문트는 입가를 닦고 냅킨을 조심스럽게 세 번 접어 내려놓았다. 모서리의 레이스 장식에 음식 자국이 살짝 묻어 있었다. "자, 그럼 오딘의 아들들이 무슨 용건으로 찾아왔는지 들어볼까요?"

토르는 팔꿈치를 식탁에 대고 몸을 앞으로 숙였다. 지금까지 말하고 싶은 걸 억지로 참았던 탓에 이마의 정맥이 요동을 쳤다. "지금쯤이면 왕자님께서도 마법사 카르닐라가 지키고 있던 노른 스톤이 도난당했다는 소식을 전해 들으셨겠죠."

아스문트가 잔을 다시 채우려고 들어 올리자, 손가락마다 반짝이는 반지가 끼워져 있는 게 눈에 띄었다. 반지에는 하나같이 뾰족뾰족한 못 같은 게 달려 있어 손가락 관절에 고드름이 일렬로 서 있는 것 같았다. "아, 들었죠. 카르닐라의 노른 스톤이요. 아홉 세계를 통틀어 가장 강력한 마법 증폭 장치 아닙니까."

로키는 자신이 느낀 섬뜩함을 토르도 느꼈는지 보려고 그를 힐끗 쳐다보았다. "그렇습니다, 왕자님."

"카르닐라가 용케도 그걸 분실했다죠?"

"통째로 잃어버렸습니다. 전부 다섯 개죠." 토르가 말했다.

"잃어버린 게 아니라 도난당한 겁니다." 로키가 정정했다.

"마법으로 현재 위치를 추적할 수 없습니까?" 아스문트가 물었다.

"그건 돌이 사용되는 순간에만 가능합니다." 로키가 대답했다. "그런데 도둑들은 아직 돌을 사용하지 않고 있죠."

"저희가 오늘 아버지를 대신해 왕자님을 찾아뵌 것은, 노른 스톤을 되찾기 위한 아스가르드의 계획을 설명하고 아이스 엘프 왕국에 도움을 청하기 위해서입니다."

"노른 스톤을 되찾으면 어떻게 하실 예정이죠?" 아스문트가 물었다.

"노른헤임의 카르닐라에게 돌려주어 지키게 할 겁니다." 로키가 답했다.

"이미 한 번 도둑맞은 장본인이지 않습니까?"

"세상에 뚫리지 않는 요새는 없죠." 로키가 반박했다. "도난 사고 후에 보안을 한층 강화했으니 걱정 마십시오."

은색 술병을 든 시종 한 명이 잔을 채워주려고 로키와 토르

사이에 섰다. 하얀 술은 마치 얼음 슬러시 같았다. 냄새만 맡아도 너무 달아서 로키의 취향은 아니었다.

아스문트는 입을 삐죽거리며 잔의 테두리를 손으로 훑었다. "잃어버린 유물을 되찾는 일에 우리의 도움이 필요하다면, 위험한 물건을 아스가르드에만 두지 말고 아홉 세계에 고루 배분하시는 게 어떤지 논의하고 싶군요."

"노른 스톤을 달라고요?" 토르가 소리쳤다.

아스문드는 미간을 찌푸렸다. "저희는 하나면 됩니다. 각 왕국이 하나씩 갖고 있으면 아스가르드의 도움을 기다리는 대신 각자의 힘을 증폭해서 스스로를 지킬 수 있으니까요."

"여러분은 오딘의 보호 아래 안전합니다." 토르가 답했다.

"그런데 노른 스톤은 왜 도난당했죠?"

"아스가르드는 아홉 세계의 수호자입니다. 수 세기 전부터 그렇게 지내왔죠. 우리는 국제 정세의 변화를 도모하러 온 게 아닙니다. 당신네 알프헤임에도 영향을 미칠 수 있는 사건이 일어났는데 당신은 자기네 왕국을 보호할 생각만 하는군요. 그런 것까진 우리가 신경 쓸 바가 아니에요!"

"저희 형이 말하고자 하는 요점은…." 토르의 한쪽 주먹에 힘이 들어가는 걸 본 로키가 얼른 끼어들었다. "노른 스톤이 아스가르드의 소유라는 겁니다."

아스문트는 달콤한 술을 한 모금 더 홀짝이며 말했다. "노른헤임의 소유죠."

"거기도 아스가르드의 영토예요." 토르가 재빨리 대꾸했다.

로키는 이를 악물었다. “아스가르드의 왕실 마법사는 노른 스톤으로 자신의 힘을 증폭시켜 아홉 왕국 전역의 백성들을 지켜주고 있습니다.”

“다른 말로 하면 우리 왕국에 사용될 수 있는 마법을 아스가르드가 독점하고 있다는 얘기도 되죠. 다른 왕국들도 같은 생각일 겁니다.” 아스문트가 말했다.

토르가 말을 가로챘다. “아스가르드의 마법사는 한 번도 다른 왕국의 이익에 반하는 행위를 한 적이 없어요.” 역사 강의에서 깨어 있던 얼마 안 되는 시간 동안 적어도 이거 하나는 제대로 들은 모양이었다.

“그런 마법사가 어쩌다 평범한 도둑에게 돌을 빼앗겼는지 모르겠군요.” 아스문트는 토르를 노려보다가 다시 미소를 지었지만 눈은 전혀 웃고 있지 않았다. “노른 스톤의 힘이 얼마나 큰지 아십니까? 그 돌은 마법사의 상상력에 따라 무궁무진하게 사용될 수 있어요. 물질의 형태를 재구성하고, 서로 다른 세계 간에 포털을 만들고, 환상을 만들어내고, 능력을 확대하고, 죽은 자를 살려낼 수 있죠. 그런데 왜 그런 힘을 아스가르드의 마법사 혼자서 독차지하죠? 노른 스톤을 한곳에 보관하면 한 세계의 힘만 너무 커져요. 그런 힘은 반드시 분배해야 합니다.”

“당신네 영역이 그런 힘을 소유할 가치가 있다고 생각합니까?” 토르가 물었다.

아스문트는 차분함을 잃지 않았지만, 로키는 그가 이를 앙다물며 턱이 날카로워지는 걸 보았다. “아스가르드만큼이나 그럴 가치가 있죠. 남쪽 아이스 엘프 왕국도 우리를 지지하고 있어요. 바나헤임에 있는 우리 사절단도 그쪽에서 우리의 대의명분에 동참할 거라고 장담하고 있고요."

"그러니까 아스가르드에 대항하는 연합 세력을 조직하고 계시다? 우릴 함정에 빠트리려고 여기까지 부른 겁니까?" 토르가 씩씩거렸다.

"오딘에게 이 문제를 더 구체적으로 논의하고 싶다면, 아들들만 달랑 보내지 말고 직접 찾아오라고 전하시죠."

"우린 아버지를 대신해서 온 거요." 토르가 소리 질렀다.

"오딘은 당신들처럼 강압적이거나 어설프게 굴지 않소."

토르는 벌떡 일어서다가 식탁이 덜컹거릴 정도로 다리를 세게 부딪쳤다. 얼음처럼 새하얀 와인이 술잔 밖으로 철퍽 튀어나오며 레이스가 달린 테이블 러너를 흠뻑 적셨다. 뒤따라 일어선 로키는 형의 팔을 꾹 잡았다. 그래봤자 토르를 막을 순 없겠지만 때로는 그의 존재를 상기시키는 것만으로도 도움이 됐다. 로키는 심장 박동을 늦춰 성난 사람을 진정시키는 간단한 주문을 발사했다. 토르의 팔뚝 살이 부르르 떨리더니, 그가 크게 숨을 들이쉬었다.

아스문트는 전혀 움찔도 하지 않았다. 그는 손에 들고 있던 잔을 기울여 우아하게 한 모금을 마셨다. "오딘의 아들들이여, 오늘 밤은 우리 왕궁에서 묵어도 좋습니다, 이 문제는 내일 다시 논의해보도록 하죠."

"그러죠." 토르가 뭐라고 반박하기 전에 로키가 선수를 쳤다.

손바닥을 통해 형의 팔 근육에 다시 힘이 들어가는 게 느껴졌다. "편의를 제공해주셔서 감사합니다. 그럼 저희는 그만 쉬러 들어가보겠습니다."

식탁에서 몸을 돌리던 로키는 혹시라도 토르가 식탁을 뒤엎을까 걱정돼 가까이 와 있던 경비대장과 정면으로 마주쳤다. 두 사람은 넘어지지 않으려고 서로를 붙들었다.

"실례했습니다." 경비대장이 웅얼거렸다.

"제 잘못입니다." 로키는 웃으며 대답하곤 등을 돌려 토르를 바라보았다. "형? 갑시다."

토르는 눈을 가늘게 뜨고 아스문트를 노려보다가 로키와 경비대장을 밀치며 성큼성큼 방을 빠져나갔다. 나가면서 연회장 문을 어찌나 세게 열었는지, 문이 벽에 부딪히며 덜컹거렸다.

Chapter 8

"일이 대체 어떻게 돌아가고 있는 거야?" 신하들의 안내를 받아 손님방으로 걸어가는 중에 토르가 물어왔다. 로키는 그들을 따라가려고 안간힘을 쓰고 있었다. 부츠 밑바닥에 징이 박혀 있는데도 얼음 바닥을 걷는 건 쉽지 않았다. "알프헤임이나 다른 세계에서 노른 스톤의 소유권을 주장할 순 없어. 그건 아스가르드의 물건이라고!"

"정확히 말하면 노른헤임 소유지." 로키가 답했다.

"어쨌든 아스가르드의 영토야."

"그래, 아까도 말했잖아. 지리 수업의 첫 5분은 들었나 봐. 선생님이 자랑스러워하시겠는걸." 순간, 로키는 얼음 바닥에 발을 헛디디며 몇 걸음 정도 미끄러졌다. 그를 붙잡아 일으켜준 토르의 행동은 손아귀에 들어간 불필요한 힘과 매서운 눈빛만 아니면 사려 깊다고 평가됐을 것이다.

“내 한계를 시험하지 마라. 지금 운동할 기분이 아니니까.”

“아까 엘프 왕자한테 온몸을 비벼댈 때는 엄청 움직이더니 왜.”

“난 그냥 친근감을 표현한 거야.”

“무례한 행동이었어. 왕실 도서관에서 준비해준 예의범절 개요도 안 읽었어?”

토르는 다시 한 번 으르렁 소리를 내며 로키의 말을 멀리 치워버리려는 듯 허공에 팔을 휘둘렀다. “난 책 같은 걸 읽을 시간이 없어.”

“그렇겠지. 밤낮으로 건초더미 사이에서 시프를 껴안느라 너무 바쁘시니까.”

다음 순간, 로키는 토르가 자신을 벽에 박아 넣을지도 모른다고 생각했다. 그럼 그건 국제 사건일까, 국내 사건일까? 형제간의 싸움이 자신들의 세계 밖에서 일어나면 대개 최악의 사태로 치닫던데. 토르는 이미 여러 번 동생을 벽으로 밀어붙였지만 그걸로 전쟁이 일어나지는 않았다.

“왕자님들….” 경비병 한 명이 끼어들고 나서야 로키는 그들이 방에 도착했다는 걸 깨달았다.

경비병들이 문을 열어주자 토르는 말 한마디 없이 그들을 스쳐지나 방으로 쿵쿵 걸어 들어갔다. 로키는 짧은 감사 인사를 건네며 그의 뒤를 따라 들어갔다. 방 안은 연회장처럼 천장이 기울어져 있었지만, 벽면은 매끈한 데다 두꺼운 태피스트리가 달려 있었다. 로키는 이곳이 추위에 익숙하지 않은 손님을 위한 방일 거라고 확신했다. 침대에는 갈색 모피가 겹겹이 깔려 있고, 맞은편 벽에 창문이 하나 있었다. 토르는 침대에 몸을 던지다가 얼음으로 된 장식판에 머리를 부딪쳤는데도 눈 하나 깜짝하지 않았다. 로키는 형이 기절해버리면 혼자 여유롭게 생각을 정리할 수 있을 텐데 싶었지만 어림도 없는 생각이었다. 창가로 가서 정원을 내려다보니 경비병들이 안뜰을 순찰하고 있었다.

"이건 원래 단순한 임무 아니었어?" 토르가 갑자기 물었다. "아버지한테 아주 간단한 일이라고 들었는데."

로키는 형을 쳐다보지도 않은 채 대답했다. "아버지가 주는 임무 중에 간단한 건 없어."

"네가 연관되면 늘 그렇지." 토르가 딱딱거렸다.

로키는 토르를 획 돌아보았다. 그는 형을 잘 알았다. 지금 형은 단순히 로키의 화를 돋워서 그의 반응을 보며 즐기려는 것이며, 이럴 때 가장 효과적인 대응은 침착하고 담담하게 대꾸하는 거였다. "그래. 내가 맡는 임무는 주먹만 휘두른다고 해결되는 게 아니니까."

"난 주먹 말고도… 쓸 줄 아는 게 많아!"

"단어가 조금만 길어져도 제대로 못 쓰면서."

"그럼 네가 아버지한테 돌아가서 기나긴 단어로 보고하면 되겠네. 노른 스톤을 되찾을 계획을 설명하러 왔다가 전쟁이 나게 생겼다고 말이야." 토르가 쏘아붙였다.

"형은 늘 너무 극단적이야."

"아니면 뭐라고 보고를 드릴 건데?"

"아이스 엘프들이 그 말도 안 되는 제안을 스스로 포기하게 하면 아버지한텐 아무것도 보고 안 해도 돼."

"어떻게 포기하게 할 건데?"

"이곳의 '프리즘'이 그들의 주장만큼 안전하지 않다는 걸 증명하면 되지."

"프리즘?" 토르가 되물었다.

"이 왕궁의 중심부 말이야. 알프헤임에서 가장 보안이 철저한 장소. 그곳에 보관된 마법이 왕궁 전체에 동력을 공급하고 발열 없는 조명을 만들어내지. 정말 보고서를 대충도 훑어보지 않은 거야?"

"그래서 그 프리즘 방에 어떻게 침입할 생각인데?"

"일단 여기서부터 시작하자고." 로키는 외투 주머니에서 묵직한 열쇠 다발을 꺼내 토르의 옆 침대에 던졌다.

토르는 열쇠를 물끄러미 바라보며 벌떡 일어나더니 로키에게로 고개를 돌렸다. "이거 어디서 났어?"

"선물로 받아왔지."

사실은 아까 토르가 연회장에서 한창 쇼를 벌일 때, 로키는 경비병이 자신의 의자 뒤로 지나가기를 기다렸다가 일어서서 일부러 그녀와 정면으로 부딪쳤다. 다른 병사들과 달리 투구에 깃털 장식이 달리고 칼자루는 더 화려한 것으로 보아 계급이 높은 게 분명했다. 로키와 부딪쳤을 때 그녀는 몸의 균형을 바로잡으며 사과하느라 바빴고, 신체 접촉을 싫어하는 아이스 엘프의 본능이 작용해 정신이 산만해져 있었다. 로키는 그 순간 그녀의 주머니에 불룩하게 들어 있던 열쇠를 슬쩍하는 대신 자신의 수저를 채워 넣어 무게에 변화가 없게 했다. 열쇠가 사라졌다는 걸 언제 들킬지 알 수 없었지만, 아직까지는 아무런 경고음도 들리지 않았다. 경비병으로서는 너무나 당황스러운 일이라 실수를 인정하는 데 하루 정도 걸릴지도 몰랐다. 그렇다면 동료들의 열쇠를 사용하며 은밀히 수색에 나설 터였다. 로키는 나중에 그녀에게 자비를 베풀 마음이 생기면, 열쇠를 쉽게 발견할 만한 장소에 놔둘 생각이었다. 그럼 경비병은 열쇠를 잃어버렸었다는 걸 인정할 필요가 없을 테니까.

아스문트가 그들을 거스르는 말을 꺼낸 순간부터 로키는 다음에 취할 행동을 계획하기 시작했다. 토르는 아무것도 눈치 못 챘을지 모르지만, 로키는 절호의 기회가 그에게 다가오는 게 보였다. 엘프들은 그들의 주장을 듣지 않으려 했고, 아스가르드에서 노른 스톤이 사라진 이때를 틈타 오래전부터 노려온 싸움을 걸려는 게 분명했다. 그들을 막으려면 그들이 부족한 점을 증명하는 방법밖에 없었다. 폭동이 일어날 뻔했다는 걸 오딘이 알기 전에 조용히 물러나게 하는 것이다.

로키는 이 임무에 실패해선 안 됐다. 토르는 몰라도 그는 아직 증명해야 할 게 너무 많았고, 상대적으로 기회는 너무 적었다.

"내일 협상을 계속할 수도 있어. 그럼 아스문트와 팽팽히 맞서

다가 교착 상태에 도달하겠지. 그리고 아스가르드로 돌아가 아버지한테 말하는 거야. 전부 다 합쳐도 우리 궁전의 벽장 하나를 채울까 말까 한 규모의 아이스 엘프 왕국이 우릴 만만하게 보고 함부로 굴었다고. 게다가 몇몇 세계가 연합해서 아스가르드에서 보호하는 유물을 요구하고 우리의 권위에 의문을 제기하려 한다고."

"또 다른 방법은 뭔데?"

"아무리 노력해봤자 아스가르드에 비하면 이곳의 보안이 취약하다는 걸 증명하는 거야. 노른 스톤은 물론이고 어떤 유물도 스스로 보호할 수 없다는 거지. 그럼 아스문트도 생각을 바꿀 거고, 우린 알프헤임의 왕자가 노른 스톤을 찾는 일을 돕게 됐다는 소식을 들고 아버지에게 돌아가는 거지."

토르는 아무 말이 없었다.

"하지만 형이 이 상황에서 주도권을 잡을 마음이 없다면 할 수 없지." 로키가 그를 자극했다. "괜찮아. 그럼 다음번에는 아이스 엘프들과 더 자세한 협상을 진행하라는 임무가 내려질 거야. 그렇지만 이제 아버지가 모든 걸 감독하시겠지. 우리끼리 와서는 실패했으니까. 아버지가 함께 와주실 거야. 우릴 위해서 말이야. 우린 한 번 일을 망친 전력이 있으니까 이제 협상장에서 입도 뻥긋 못하겠지."

토르는 자신의 손바닥에 주먹을 짓이겼다. 열심히 머리를 굴리는 소리가 들리는 것만 같았다. 녹슨 쇠가 삐걱거리는 소리였다. "날 꼬드기지 마."

“난 우리가 처한 현실을 말해주는 것뿐이야. 노른 스톤은 아스가르드의 자산이야. 그렇게 강력하고 위험한 유물을 저런 얼치기 경비대장이 지키는 왕궁에 둘 순 없어. 자기 주머니에서 열쇠가 빠져나가는 것도 모르잖아. 우리가 손에 넣었는데 다른 도둑들이라고 못하겠어? 아이스 엘프들에게 노른 스톤을 맡기면 바로 다음 축일도 되기도 전에 스바르탈프헤임의 암시장에 나와 있을걸.”

토르는 열쇠를 낚아채더니 공중에 한 번 던져 올렸다가 잡았다. 그리고 로키를 보며 씨익 웃었다. 알프헤임에 도착한 후로 동생에게 처음 지어 보이는 미소였다. 아니, 그보다 더 오래됐을 수도 있다. “간단하게 끝났어야 할 임무인데 말이야.”

로키는 흘러내린 모피 망토를 다시 어깨에 둘렀다. 손끝에서 마법이 튀어 나가려고 안달하는 게 느껴졌다. “하지만 덕분에 재미있어졌잖아.”

Chapter 9

아이스 엘프 궁전의 복도는 가는 데마다 고운 눈이 얇게 쌓여 있고, 왕궁 중심부로 갈수록 눈이 얼어붙어 뽀드득 소리가 났다. 로키와 토르는 어둠이 깔릴 때까지 기다리다가 방 밖으로 나왔다. 얼음덩어리 안에 설치된 전구들이 복도를 따라 으스스한 푸른빛을 내뿜고 있었다. 몰래 돌아다니기엔 안성맞춤인 불빛이라고 로키는 생각했다.

궁전 안쪽으로 들어갈수록 기온은 점점 떨어졌다. 중간에 몇 번 경비병들이 나타나기도 했지만, 그럴 때마다 로키가 간단한 주문으로 다른 쪽을 보게 했고, 그러기엔 늦었다 싶으면 토르가 뒤통수를 가격해 쓰러뜨렸다. 보초들이 두른 망토는 저녁 식사

자리를 지키던 병사들보다 두꺼웠고, 소재는 생선 비늘처럼 미끄럽고 기름져 보였다. "너는 왜 추워하지도 않아?" 토르가 로키에게 조용히 불평했다. 그는 두 팔을 가슴에 꼭 낀 채 망토를 최대한 꽁꽁 동여매고 있었다. 다만 허리에 찬 망치 묠니르만은 어쩔 수 없이 모피 밖으로 불쑥 튀어나와 있었다.

프리즘까지 가려면 세 개의 문을 통과해야 했다. 전부 아름다운 외관보다는 견고하게 짓는 데 집중한 듯 두꺼운 얼음을 대강 잘라내 만든 문으로, 경비대장의 허리띠에서 가져온 각각 다른 열쇠로 열 수 있었다. 알프헤임에는 아스가르드처럼 암암리에 마법 에너지를 흘려보내는 첨단 방어 시스템이 갖춰져 있지 않았다.

마지막 문을 열자 나타난 방은 천장이 대성당처럼 높았고, 한가운데는 푸른빛이 너울거리는 거대한 실린더가 얼음에 싸여 있었다. 로키는 목덜미의 털이 삐쭉 솟아올랐다. 한 공간에 집약된 엄청난 마법의 힘이 그의 몸을 전율시켰다. 지금 서 있는 문가와 프리즘을 빙 둘러싼 복도를 이어주는 건 가느다란 다리 하나가 전부였다. 아무리 봐도 너무 빈약해 보이는 다리라서, 로키와 토르의 무게를 못 이기고 부서질 것만 같았다. 다리 아래 고여 있는 물에는 반짝이는 얼음덩어리가 둥둥 떠다니고 있었다. 천장에서 차가운 물줄기가 뚝 떨어져 등을 타고 흘러내렸다. 로키는 고개를 들어 위를 올려다보았다. 천장에는 투명한 고드름이 줄지어 달려 곧 떨어질 기세로 흔들리고 있었다. 끝이 뾰족해서 마치 날카로운 칼 같았다.

토르는 머뭇거리며 다리 위로 한 걸음을 내디뎠다. 발밑에서 빠드득 소리가 나는 바람에 둘 다 움찔했지만 다리는 무사했다. 토르는 한 걸음, 또 한 걸음 나아가 문간에서 몇 십 센티미터 떨어진 거리까지 전진하더니 시험 삼아 제자리에서 펄쩍 뛰어보았다. 다리가 흔들거렸지만 금이 가지는 않았다. 발밑에서 뭔가 갈라지는 소리도 나지 않았다. 그는 로키를 돌아보았다. "보기보다 튼튼한가 봐. 너도 이리 와." 형의 뒤를 따라가던 로키는 그의 손에 묠니르가 들려 있는 걸 보았다. 도대체 왜 여기서 저걸 쓸 일이 있을 거라고 생각했는지 알 길이 없었다.

그때, 프리즘의 힘에 압도되는 것과는 또 다른 감각에 로키는 피부가 오싹해졌다. 뭔가 알 수 없는 공포감이 스멀스멀 기어 올라와서, 뒤에 누가 있는 건 아닌지 돌아볼 뻔했다. 왠지 감시당하는 느낌이 들었던 것이다.

"자!" 프리즘을 둘러싼 통로에 다다르자 토르는 양팔을 벌리며 로키를 돌아보았다. "우린 아이스 엘프 왕궁의 중심부까지 뚫고 들어왔어. 엘프들은 노른 스톤을 지킬 능력이 안 된다는 게 증명됐네. 그럼 이제 어떻게 하면 돼?"

로키는 토르의 옆으로 옮겨가며 아래를 내려다보았다. 푸른 불빛 때문에 피부가 파래져서 자기 손도 낯설게 보였다.

토르가 말을 이어갔다. "여길 폐쇄해버릴까? 아니면 아예 부숴버려? 그건 좀 아마추어 같아 보이려나. 그래도 그 정도는 해야 충격을 받지… 너 왜 그래?"

"뭔가 잘못됐어."

"무슨 말이야? 잘못되다니? 전부 네가 계획한 거잖아."

로키는 토르 쪽으로 한 발자국을 떼려 했지만 발을 들어 올리는 것조차 힘들었다. 얼음이 갈라지며 차가운 파편이 바지에 튀었다. 로키는 발밑을 내려다보았다. 그의 부츠 바닥을 둘러싸고 엷은 얼음막이 형성되고 있었다. 그는 재빨리 발을 굴러 굳어가는 얼음을 깼다. "이 계획을 제안할 때 난관에 부딪힐 일이 전혀 없을 거라는 말은 안 했어."

"그럼 난관에 부딪히기 전에 어서 처리하자고. 어떻게 하는 게…." 프리즘의 통로를 걷던 토르가 갑자기 멈춰서더니 발밑을 내려다보았다. 무슨 일인가 해서 그의 시선을 따라가 보니, 토르의 다리도 거의 무릎까지 얼음에 감싸여 있었다. 토르는 다리를 빼내려고 허우적거렸지만 얼음이 그를 단단히 붙들고 있었다. 짜증이 난 그는 얼음을 깨부수려고 묠니르를 들었지만, 얼음이 다리를 타고 올라가는 속도가 훨씬 더 빨랐다. 이제는 반대쪽 발까지 얼음에 갇혀버렸다.

"로키! 이게 어떻게 된 거야?"

로키는 다리가 무언가에 조여드는 느낌에 아래를 내려다보았다. 두꺼운 얼음 결정체가 두 발을 둘러싸고 있어 움직일 수가 없었다. 발을 빼내려고 했지만 얼음은 꿈쩍도 하지 않았다. 얼음을 녹여보려고 마술로 양손 사이에 뜨거운 에너지 덩어리를 만들어봤지만, 얼음이 자라나는 속도가 너무 빨랐다.

머리 위에서 또다시 물 한 방울이 떨어지는 걸 느낀 로키는 고개를 들어보았다. 천장이 주황색으로 빛나고 있었다. 창백한 얼음 궁전과는 너무나도 대조되는 색상이라 분명 빛을 이용한 속임수일 거라고 생각했다.

그때, 고드름 하나가 떨어지며 출입문으로 이어지는 다리에 구멍을 뚫어버렸다.

"이건 함정이야!" 로키는 소매에서 아스가르드의 단검 두 개를 꺼내 그중 하나를 프리즘의 옆구리에 힘차게 박아 넣으며 얼음에서 빠져나가려 했다. 거친 동작에 어깨가 뻐근해졌다. 토르는 묠니르를 휘둘러 겨우 한쪽 다리를 떼어냈지만, 얼음은 그 반대쪽 몸통을 타고 점점 위로 올라갔다. 끙끙대며 몸을 비틀어 기껏 타격하기 좋은 각도를 만든 것도 잠시, 묠니르는 얼음에 튕겨 나오고 말았다. 토르는 어서 자신을 구해달라는 듯 묠니르를 허공에 흔들어댔다. 하지만 소용없었다. 그는 나무처럼 꼼짝없이 굳어버리고 말았다.

또다시 고드름 하나가 떨어졌다. 다리의 한 구획이 무너지며 아래쪽의 얼음에 부딪히자 뾰족뾰족한 파편들이 공중으로 튀어 올랐다. 그중 몇 조각이 얼굴에 스쳐 따끔거렸다. 그다음에 떨어진 고드름은 다리의 중심을 완전히 무너뜨렸다. 천장에서 흘러내린 긴 물줄기는 다리 아래 웅덩이에 닿는 즉시 얼어붙었다.

로키는 이제 허리까지 얼음에 갇혀버렸다. 심호흡하며 얼음을 떼어낼 수 있는 마법이라는 마법은 전부 소환해봤지만, 얼음이 너무 튼튼한 데다가 기어오르는 속도도 너무 빨랐다. 이제 가슴까지 죄어드는 바람에 숨 쉬는 것조차 힘들었다. 게다가 설령 얼음에서 가까스로 빠져나간다 해도 유일한 탈출구가 끊어져 버린 상태였다. 고드름이 계속 떨어지며 수위가 높아진 물웅덩이는 거품을 부글거리며 뿌옇게 변해 있었다. 얼음이 손까지 조여오자 토르는 묠니르를 쥔 손가락 마디마디를 더욱 힘껏 구부리며 고통에 겨워 비명을 질렀다.

그때, 프리즘실의 문이 벌컥 열리며 함성 소리가 들려왔다. 한 무리의 군인들이 나타나 그와 토르에게 창과 활을 겨누자, 로키는 목이 절로 움츠러들었다. 군인들 한가운데 있는 아스문트는 칼을 뽑기는 했지만 무심히 들고 있었다. 자신의 왕궁 중심부에서 아스가르드의 왕자들이 목까지 얼어붙어 있는 걸 보고도 놀라는 기색이 아니었다.

로키는 가슴이 철렁 내려앉았다. 얼음물에 빠지느니 차라리 군인들에게 잡히는 게 낫지만, 그렇게 되면 그들이 한 짓이 오딘의 귀에 들어갈 수밖에 없었다. 아스가르드의 힘을 보여주려 했던 로키의 계획은 생각보다 심각한 국제 문제로 변해버렸다.

옆에 있던 토르도 동생의 기분을 감지했는지 조용히 위로의 말을 건넸다. "걱정 마. 아버지는 이해해주실 거야."

Chapter 10

오딘은 도무지 이해가 가지 않았다.

그는 자신의 왕좌 앞에 머리를 숙인 채 무릎 꿇고 앉아 있는 두 아들을 내려다보았다. 얼음 궁전을 몽땅 녹여버릴 만큼 이글거리는 눈빛이었다. "그동안 얼마나 많은 사람이 달라붙어서 너희를 지도하고, 교육하고, 외교술을 가르쳤는데, 그 상황에서 동맹국의 요새를 급습하는 게 적절한 행동이라고 판단했다니 제정신이냐? 그걸로 유물을 청구할 자격이 없다는 걸 증명하겠다고?"

"우리 유물을 함부로 넘보잖아요." 토르가 중얼거렸다. 로키는 곁눈질로 형을 힐끗 보았다. 아버지의 훈계가 이어지는 동안 토르는 바지에 드러난 실밥을 뜯으면서 자신이 저지른 잘못은 잊은 듯 심하게 분한 표정을 짓고 있었다.

"시끄럽다!" 오딘이 그의 창인 궁니르를 바닥에 내리치자 쿵 소리가 텅 빈 국왕 집무실 전체에 울려 퍼졌다. 진동은 로키의 무릎을 후들거리게 하더니 온몸으로 퍼져나갔다. 이까지 딱딱 부딪칠 정도였다. 두 왕자가 임무에 실패하고 돌아왔다는 소식을 프리가나 왕실 고문들, 조정 대신들은 아직 아무도 모른다는 건 그나마 다행이었다. 아스문트는 홀딱 젖고 동상에 걸린 두 사람을 직접 아스가르드로 데려왔다. 병사들과 함께 망루를 통해 바이프로스트를 건너, 성문을 지키는 보초 중 누구도 막아설 수 없는 기세로 국왕 집무실까지 행진해 온 것이다. 이른 새벽 시간이라 궁정에서 이 부끄러운 장면을 목격한 사람은 극소수라는 점이 그나마 왕자들에게 작은 위안이었다. 오딘은 자던 중에 불려 나와서 가운 차림으로 아들들을 내려다보고 있었다. 잠옷을 입고도 위풍당당해 보이는 존재는 아홉 세계를 통틀어도 오딘밖에 없을 터였다.

로키는 딱딱한 돌바닥 위에서 몸을 움찔거렸다. 오랫동안 얼음 속에 굳어 있던 탓에 아직 성치 않은 무릎이 서서히 저려오기 시작했다.

"우린 속은 거예요." 토르가 허락도 없이 일어서며 말했다. 그런데도 오딘은 화를 내지 않았다. 일어선 게 로키였다면 벌써 불호령이 떨어져 방 안을 쩌렁쩌렁 울렸을 것이다. "아스문트는 아스가르드를 지원하기 전에 노른 스톤을 넘겨주겠다는 약속을 받아내려고 우릴 자기네 궁전으로 유인한 거예요."

"그리고 너희는 협상을 시도하지도, 나와 상의하지도 않은 채 파괴와 전복 행위를 저질렀지." 오딘이 쏘아붙였다.

"저쪽에서 도발한 거예요." 토르가 강조했다.

"당연히 도발을 했겠지!" 오딘이 소리쳤다. "내 아들들이 얼음 궁전의 마법 공급원을 파괴하려다 붙잡히면 아스가르드는 강력한 유물을 보유하기에 부적합한 곳이라는 주장이 정당화되니까."

"아버지…." 토르가 입을 열었지만 오딘이 말을 가로막았다. "네 얘기는 충분히 들었다."

오딘은 궁니르를 한 번 고쳐 쥐곤, 나직하지만 날카로운 목소리로 말했다. "너희는 나를 실망시켰어. 내 나이쯤이나 돼야 왕위를 이을 능력이 된다는 걸 증명할지도 모르겠구나. 이렇게 큰 책임을 지기에는 너무 일렀던 것 같다."

"제가 꾸민 일이 아니에요." 토르가 불쑥 말했다. 그의 두 볼은 벌겋고 이마의 정맥이 불끈 솟아 있었다. "로키가 우리의 힘을 보여주자면서 먼저 제안했어요. 전부 로키가 계획한 거라고요."

로키는 국왕 집무실 한가운데서 토르를 흰담비로 바꿔버리면 아버지가 어떻게 나올지 순간적으로 궁금해졌다.

오딘의 시선이 토르한테서 로키에게로 건너왔다. 부주의하게 흘러나온 기름처럼 언제 불이 붙어 타오를지 알 수 없는 위험한 눈빛이었다. "그게 사실이냐, 로키?"

로키는 여전히 무릎을 꿇은 채 고개만 들어 먼저 자신의 시선을 피하고 있는 형을 한 번 쏘아보곤, 강렬한 눈빛을 보내고 있는 아버지를 바라보았다. 설령 모든 게 그의 잘못이라 해도 토르의 말은 너무 직설적이었다. 둘이 함께 책임질 수도 있는 일 아닌가.

"전 로키를 따라갈 수밖에 없었어요." 토르가 말했다.

아니다. 토르에게는 흰담비도 과하다. 로키는 그를 거미로 바꿔버려야겠다고 마음먹었다. 작고 성가시다며 발로 밟아 찌부러뜨릴 수 있으니까.

"로키." 오딘이 다시 한 번 그를 불렀다.

로키는 눈을 내리깐 채 침을 꿀꺽 삼켰다. 창문으로 쏟아져 들어와 금빛 바닥에 떨어지고 있는 햇빛이 너무 밝고 강하게 느껴졌다. 눈을 꾹 감아버리고 싶었다. "네, 사실이에요."

"좋아." 오딘은 손가락으로 궁니르의 손잡이 끝을 두드리며 잠시 두 아들을 가만히 내려다보았다. 그리고 잠시 후 입을 열었다. "토르. 왕은 자신의 행동을 남의 탓으로 돌리지 않는 법이다. 어떤 결과가 나오더라도 받아들이지. 왕은 자신의 실수에 책임을 질 만큼 강해야 하고, 잘못된 선택을 했을 때는 그걸 인정해야 해. 다른 방도가 없었다는 말은 절대 하면 안 돼. 선택의 여지는 언제나 존재하니까. 지금 내가 한 말을 잘 기억해두는 게 좋을 거다."

"네, 아버지." 토르가 우물거리며 대답했다.

"그리고, 로키…." 오딘이 그에게 몸을 돌렸을 때, 로키는 아버지의 눈 밑이 한층 어두워진 걸 느꼈다. 오딘은 한숨을 한 번 내뱉은 후 다시 입을 열었다. "토르는 그만 나가보아라. 네 동생과 둘이서 할 얘기가 있다."

토르로서는 거부할 이유가 없었다. 그는 주위를 열심히 두리번거리면서도 로키 쪽은 고집스럽게 보지 않은 채 쏜살같이 국왕 집무실을 빠져나갔다. 그의 등 뒤로 문이 쾅 닫혔다. 오딘은 궁니르로 땅을 짚으며 힘겹게 일어나더니 왕좌 밑으로 펼쳐진 계단을 내려오기 시작했다. 무거운 발걸음이었다. "일어나거라, 아들아." 로키는 아버지의 말을 따랐다. 그는 오딘보다 호리호리했지만 수평면에 서면 눈높이가 맞을 만큼 키는 엇비슷했다. 그러나 오딘은 바닥보다 두 계단 위에 멈춰서 여전히 아들을 내려다보는 높이를 유지했다. 애꾸눈인 오딘이 어떻게 두 눈이 멀쩡한 다른 사람들보다 훨씬 매서운 눈빛을 던질 수 있는지 정말 신기한 일이었다.

"우리에게 본능이 있는 데는 다 이유가 있다." 로키는 언뜻 심오하게 들리지만 곰곰이 따져보면 알맹이가 없는 아버지의 도덕 강의가 시작되자 마음을 단단히 먹었다. 대부분의 궁정 사람들은 왕이 하는 말이 너무 철학적이어서 자신들이 못 알아듣는다고 생각하지만, 끝까지 침착하게 들으며 분석해본 로키는 그의 말이 대개 헛소리에 불과하다는 걸 잘 알고 있었다.

오딘이 말을 이어나갔다. "본능은 우리를 지켜주는 일종의 보호 장치야. 제일 처음 떠오르는 본능은 우리의 가슴속 깊이 숨어 있는 순수한 욕망에서 나오지. 로키, 나는 네 본능이 타락한 건 아닌지 걱정되는구나." 로키는 반박하려고 고개를 들었지만 오딘이 손을 들어 제지했다. "나는 네가 이 임무를 수행할 준비가 돼 있기를 간절히 바랐다. 벌써 수년간 네 어미와 공부를 해왔으니 이제 준비가 됐으면 했어. 네게 그 일을 해낼 능력이 있기를, 어리석은 마음은 접어두고 임무를 완수할 수 있기를 바랐지. 이번 기회를 통해 왕실 구성원으로서 앞으로 더 많은 임무와 책임을 맡을 준비가 돼 있다는 걸 스스로 증명해 보이길 말이다. 하지만 내가 잘못 생각한 것 같구나."

로키는 입을 앙다물었다. 토르를 내보내면서는 왕의 역할에 관해 충고하던 아버지가 로키는 거의 궁정 신하 취급을 하고 있었다.

"아이스 엘프들은 우릴 상대로 음모를 꾸미고 있었어요." 로키는 생각도 하기 전에 말이 먼저 튀어 나갔다.

"그래서 너도 음모로 갚아준 게 정당했다는 거냐?" 과장이 심하긴 했지만 날카로운 지적이었다.

로키는 볼을 빨아들였다. "전 그들에게 신세 진 게 없으니 거리낄 것도 없죠."

"넌 얼음 왕궁에 초대받은 손님이었어. 외교관이었단 말이다. 상대국을 존중했어야지. 그런데 넌 본능에 따라 모든 걸 정반대로 행동했어. 세상에는 아무리 가르쳐도 고칠 수 없는 게 몇 가지 있는데, 그중 하나가 본성이다. 결국에는 본모습이 드러나기 마련이거든."

로키의 머릿속에는 되받아치고 싶은 말들이 잔뜩 떠올랐다.

'만찬장에서 아이스 엘프 왕자를 때려눕힐 뻔했던 건 아버지가 아끼는 그 아둔한 장남이었어요'부터 '아버지가 아홉 세계를 좀 더 자비롭게 통치했다면 우리가 그런 외교적 언쟁을 치르지 않아도 됐잖아요'를 거쳐, '저를 갓즈아이 거울에서 본 침략자로만 보지 말고 형한테 하듯이 참아주고 용서해주는 건 어떠세요?'까지 하고 싶은 말이 너무나 많았다.

하지만 결국 그의 입에서 나온 말은 "네, 아버지"였다.

오딘은 등을 돌려 다시 계단을 오르면서 로키를 등진 채 말했다. "나는 토르를 데리고 알프헤임에 가서 정식으로 사과하고, 도둑맞은 노른 스톤을 찾아 나설 생각이다."

로키의 허벅지 근육이 뜨겁게 달아올랐다. 앞으로 달려 나가고 싶었다. "그럼 저는요?"

오딘은 잠시 멈춰서며 먼 곳을 응시했다. "너는 여기 아스가르드에 남아 있거라."

로키는 고개를 벌떡 들었다. "아버지…."

"공부를 계속하던지." 그리고 잠시 후 다시 입을 열었다. "우리가 없는 동안 조정 회의에도 참석하고."

"그런 결정을 내려주신 것에 감사하면서요?" 로키가 씁쓸한 목소리로 말했다.

다른 말을 덧붙이면 안 된다는 건 로키도 알고 있었다. 이미 위험한 강에 발을 들여 아슬아슬한 상태였다. 하지만 말을 하고야 말았다. "형은 왕이 될 자격을 증명할 기회를 또 한 번 얻는데 저 혼자 여기 남아 있긴 싫습니다." 오딘은 왕좌의 팔걸이에

한 손을 짚은 채 다시 멈춰 섰다. 로키는 계속 밀어붙였다. "제게도 기회를 한 번 더 주세요. 능력을 증명할 기회를 주세요. 제 본능은 타락하지 않았습니다. 실수를 한 것뿐이에요. 인정할게요. 왕이라면 마땅히 그래야 한다고 아버지도 말씀하셨잖아요."

오딘은 왕좌에 주저앉더니 턱수염을 만지작거리며 로키를 바라보았다. "왕위 계승자로서 능력을 증명할 기회가 네게만 충분히 주어지지 않았다고 생각하느냐?"

로키는 덫에 걸려드는 걸 느끼면서도 곧바로 대답했다. "그렇습니다."

"그러니 다시 한 번 기회를 달라?"

"네."

"그럼 네게 다른 임무를 하나 맡기도록 하마. 네 어리석은 행동을 수습하느라 내가 거기까지 신경 쓸 여유가 없어졌거든. 지금 지구에 마법이 관련된 문제가 하나 생겼는데…."

"미드가르드요?" 로키는 코웃음을 쳤다. "됐습니다. 그냥 아스가르드에 남겠습니다."

"아까는 기회를 달라고 하지 않았느냐?" 오딘이 물었다.

로키는 왕실 바닥에 주먹을 날리고 싶은 충동을 간신히 참았다. 아버지가 스스로 뱉은 말을 후회하게 해주자. "미드가르드에서 제가 맡게 되는 건 어떤 임무입니까?" 그는 이를 악물며 물었다.

"지구에는 다른 세상에서 미드가르드로 흘러드는 움직임을 감시하는 조직이 있다. 미드가르드의 인간들은 자신들 외에 다른 세상이 존재한다는 걸 모르는 채 살아가고 싶어 하지. 우리 입장에서도 그런 상태가 편하고. 이 조직의 이름은 샤프 소사이어티(SHARP Society)라고 한다."

"웃기는 이름이네요." 로키가 중얼거렸지만 오딘은 그의 말을 못 들었거나 철저히 무시했다.

"최근 런던에서 일련의 불가사의한 살인 사건이 발생했는데, 그들은 이게 다른 세계에서 흘러들어온 마법에 의한 건 아닌지 의심하고 있어. 그래서 우리에게 수사에 필요한 도움을 요청했다." 오딘은 로키를 보며 눈썹을 치켜들었다. "죽음과 마법이라니, 네가 흥미를 느낄 만한 이야기가 아니냐?"

로키는 어깨를 으쓱했다. "그래봤자 고작 인간들이잖아요."

"그래서 너에 비하면 그들의 목숨은 보잘것없다는 거냐?"

로키는 '*당연하죠. 그들은 인간일 뿐이니까요*'라고 생각했지만 입에 담지는 않았다.

"너는 나를 대신해서 미드가르드로 가게 될 거야. 샤프 소사이어티와 만나서 함께 조사를 해봐. 그들에게 필요한 조언과 도움을 주면서 말이야."

'*조언과 도움이라.*' 토르가 아스가르드에서 가장 강력한 마법 유물 중 하나를 찾아 나설 때, 로키는 아스가르드인에게 동족이 살해당했다고 주장하는 인간들을 지휘하며 미소와 고갯짓으로 감정적인 그들의 비위를 맞춰줘야 한다. 아스가르드에도 할 일은 얼마든지 있는데 말이다.

"내가 그만 돌아와도 좋다고 명령할 때까지 그곳에 머물도록

해." 오딘이 말했다.

이건 거의 추방이나 다름없었다. *따끔한 교훈을 얻을 때까지 한쪽 구석에 쭈그리고 있으라는 거로군.*

로키가 빠져나갈 방도를 생각하고 있을 때, 오딘은 긴 한숨을 내쉬더니 두 손가락으로 관자놀이를 눌렀다. 어깨도 축 처져서 피곤해 보였다. 최근 들어 늘 지쳐 보이긴 했지만 지금 이 순간은 특별히 더 기력이 쇠한 모습이었다. "내 선의를 시험하지 마라. 네가 저지른 어리석은 실수 때문에 어떤 파문이 일어날지 생각하면, 더 큰 처벌을 내려도 할 말이 없을게다. 이만큼 은혜를 내려준 걸 감사하게 생각해."

로키는 온몸에 힘을 꽉 주며 아버지를 올려다보았다. 국왕 집무실에 불을 지를 수도 있었지만 그건 너무 뻔한 선택이었다.

그는 벌써 오래전부터 아버지 앞에서 어떻게 처신하는 게 최선인지 잘 알고 있었다. 그래서 자존심을 접고 고개 숙여 절했다. 이미 수년간 이렇게 오딘의 결정에 순응하는 척 연기해왔다. 그는 조용히 앉아서 끓어오르는 분노를 숨기는 데 성공했다.

"네, 아버지." 로키는 이 말을 끝으로 집무실을 나섰다. 오딘은 아들을 불러 세우지 않았다.

ᚠᚨᛏᛖ

Chapter 11

침실로 돌아온 로키는 어릴 때 사소한 잘못으로 아버지에게 혼나 방 안에 갇혀 있었을 때보다 지금이 더 죄수가 된 느낌이었다. 그는 어린 시절처럼 절망감에 빠져 침대에 드러누웠다. 천장의 전등을 올려다보며 화를 삭이려 했지만 좀처럼 분이 가라앉지 않았다. 형은 아버지가 내린 임무를 수행하며 그보다 훨씬 더 무모하게 행동한 적이 많았다. 그런데도 벤치로 쫓겨난 적은 없었다. 왕위에 적합한 인물인지 시험해보려는 의도가 다분한 임무에서 그만 혼자 배제당한 것이다. 처음부터 로키를 끌어내리기 위한 덫이었을까? 사전에 모의한 음모였나? 아니면 오딘에게는 그저 로키를 왕위에 부적합한 자로 남겨놓을 핑계가 필요했을 뿐인가?

노크 소리 같은 건 없었지만, 로키는 누군가 들어오는 소리만 듣고도 토르라는 걸 알아챘다. 저렇게 쿵쾅거리며 걷는 사람은 토르밖에 없었다. "날 그냥 내버려둬." 로키는 침대 위의 털 담요에 볼을 파묻은 채 웅얼거렸다.

"미안해." 토르가 말했다.

"웃기지 마." 로키는 몸을 일으켰다. 손가락으로 머리를 빗어 넘기고 싶었지만 참았다. 방에 들어오자마자 그대로 누우면 이 불보에 머리가 헝클어질 걸 알았지만, 이렇게 분노가 치밀어오를 때는 외모에 신경 쓸 정신이 없기 마련이었다. "정말로 미안했으면 자기 몫의 책임은 졌어야지. 아버지 말씀 못 들었어?"

"내 책임은 하나도 없었어."

"그것 참 이상하네. 내가 얼음 궁전의 프리즘실에 들어갈 때, 내 옆에는 분명히 금발 거인이 있었는데. 거기서 탈출하겠다고 망치를 막 휘두르면서 말이야. 속 좁은 내가 헛것을 봤나 보군."

"거기에 있었다고 해서 내가 같이 책임져야 하는 건 아니야." 토르가 반박했다.

"하지만 날 도우면서 따라왔잖아. 그런 사실만이라도 아버지께 말씀드리지 그랬어."

"미안해, 로키. 지금 당장은 아버지의 노여움을 견뎌낼 자신이 없어." 여전히 자신은 잘못한 게 없다는 말투에 로키는 빽 고함을 지르고 싶었다.

"그럼 나는 그럴 자신이 있고?" 로키가 따져 물었다.

"난 너를 돕고 싶어서 이러는 거야. 아버지도 마찬가지고."

로키는 다시 침대에 벌렁 누웠다. "꺼져. 난 혼자 부루퉁해 있을 테니까."

"제발 나한테 화내지 마."

"흥, 그러기엔 너무 늦지 않았나? 형 앞에 내 용들을 풀어놓지 않는 걸 다행으로 알아. 이가 아주 날카롭고 식욕이 왕성한 놈들이거든."

"로키, 나 때문에 기분이 나빴다면…."

"*나빴다면?*"

토르는 크게 한숨을 내쉬며 말했다. "나도 내가 무슨 짓을 한 건지 모르겠어." 평소답지 않게 연약한 말투였다.

로키는 코웃음을 쳤다. "이거 왜 이러셔."

"난 지금 사과하는 거야."

"뭐 때문에 사과하는지도 모르는데 그게 무슨 사과야."

토르는 옆구리를 짚은 손으로 주먹을 쥐었다 폈다 하며 로키를 노려보았다. 로키는 형이 무언가를(그가 될 가능성이 컸다) 후려칠 상황에 대비해 몸에 힘을 주었지만, 토르는 상처 받은 것 같은 목소리로 조용히 푸념할 뿐이었다. "넌 나를 경멸하기로 완전히 마음먹었구나."

차라리 한 대 얻어맞는 게 나을 것 같았다. 로키는 실제로 맞은 것처럼 움찔했다. "난 그런 게…."

하지만 토르가 손을 들어 그의 말을 막았다. "날 용서해줘. 네가 나한테 어떤 억한 마음을 품건, 나의 어떤 면 때문에 상처를 받았건, 이것만은 알아줘. 나는 네 적이 아니야. 너와 맞서 싸우고 싶지 않아. 네 옆에서 함께 싸우고 싶어."

형제는 서로를 똑바로 쳐다보았다. 로키도 할 수만 있다면 두 사람을 지금의 모습으로 빚어온 보이지 않는 힘과 형의 존재를 분리해서 생각하고 싶었다. 그 힘은 두 사람 사이에 깊은 골을 파놓았다. 두 사람은 각자가 아는 유일한 방식으로 자기 주변의 세상을 만들어왔다. 로키는 자신이 만들어온 이 세상에서 이제 어떻게 살아가야 할지 몰라 막막했다. 세상은 그에게 반역자가 될 운명을 예비해놓고 있었다.

한참이 지나, 마침내 토르가 입을 열었다. "난 아버지와 함께 알프헤임으로 돌아가."

로키는 엎드린 자세에서 벌렁 돌아누워 무릎을 가슴까지 끌어올렸다. "무사히 도착하면 까마귀나 한 마리 보내줘. 그래야 내가 안심하지." 그의 목소리는 쌀쌀맞기 그지없었다.

한동안 침묵. 그리고, "너도 같이 가면 좋을 텐데."

"난 싫어." 로키는 벽을 쳐다보며 말했다. "인간들이 사는 미드가르드에 가게 돼서 얼마나 기쁜데. 인간들의 귀여운 얼굴도 보고, 기름진 음식도 먹고, 마법 없는 피도 흘리고 말이야."

"몸조심해." 토르가 말했다.

로키는 토르를 향해 손가락을 탁 튕겼다. "그만 꺼져."

그리고 천장을 응시한 채 격자 모양 타일에서 움푹 들어간 부분을 세며, 형의 부츠 소리가 문밖으로 물러나고 이어서 문이 부드럽게 찰칵 닫힐 때까지 기다렸다. 그런 다음에야 머리카락 사이로 손을 밀어 넣었다. 머리가 그새 많이 길어서 어깨에 닿을락 말락 했다. 그는 머리카락을 손바닥으로 감은 다음 그 안에 손가락을 집어넣었다. 아모라가 무언가를 생각할 때 하던 행동이었는데, 동그랗게 말렸다가 풀어지던 그녀의 머리카락과 달리 로키의 머리는 매듭이 지며 엉켜버렸다. 그는 손을 확 빼버렸다.

마녀가 돼야 해. 그는 속으로 생각했다. 그 누구보다 똑똑하고 예리하고 민첩해져야 했다. 무언가 돌파구를 생각해내야 했다.

하지만 질투와 분노로 머리가 굳어 멈춰버린 것 같았다. 로키는 난생처음 자신에게도 망치가 있었으면 싶었다. 뭔가를 마구 때려 부수고 싶었다.

미드가르드에서는 뭔가를 부술 기회가 있을지도 모른다. 너무 심하지만 않으면, 너무 티만 나지 않으면, 약간의 주목을 받을 정도는 괜찮다. 난장판을 벌여놓고 스스로 해결해서 영웅이 되는 것이다.

ᚠᚱᛁᛗ

Chapter 12

그를 아스가르드에서 지구로 이동시켜준 희뿌연 포털이 사라지자, 로키는 허허벌판에 덩그러니 남겨졌다. 애초에 미드가르드 자체가 아홉 세계 중에서는 황량한 변방인데, 로키가 떨어진 이곳은 문명의 흔적조차 보이지 않았다. 게다가 비까지 추적추적 내렸다. 아직 미드가르드에 첫발을 내딛지도 못했는데 이미 발목까지 진흙투성이가 됐다.

시골 풍경을 보니 약간은 상쾌한 기분도 들었지만, 그렇다 해도 여기는 너무 시골이었다. 구불구불 펼쳐진 푸른 잔디 언덕에서 점점이 흩어진 하얀 양들이 풀을 뜯어 먹으며 맥 빠진 소리로 매애 하고 울어댔다. 로키도 거기에 섞여 푸념을 늘어놓고 싶었다. 그는 끈적끈적한 진흙에서 발을 떼어 한 걸음을 내디뎠다. 부츠가 거의 벗겨질 뻔한 걸 겨우 추슬러 발을 땅에 디딘 로키는 깜짝 놀랐다. 당연히 철퍽거리는 진흙 웅덩이일 거라고 생각했는데 뭔가 딱딱한 것이 밟혔다. 그는 발아래를 내려다보았다. 땅에 두 개의 쇠막대가 평행하게 뻗어 있고, 그 사이에 직각으로 나무판자들이 깔린 것이 일종의 궤도 같았다.

그때, 귀청이 찢어질 듯한 기적 소리가 들려와 로키는 비틀거리다가 하마터면 넘어질 뻔했다. 그는 고개를 들어보았다. 무언가가 궤도를 따라 그를 향해 달려오며 검은 연기를 하늘로 뿜어내고 있었다. 떨어지는 빗줄기가 금속으로 된 그것의 측면을 두드려댔다. 다시 한 번 시끄러운 소리를 내지르는 걸 보면 속도를 늦출 생각이 없는 게 분명했다. 로키는 펄쩍 뛰어 옆으로 비켜서 본능적으로 단검을 꺼내 들었다.

'아, 저건 기차다.' 로키는 순간적으로 깨달았다. 피스톤이 바퀴를 밀며 선로를 따라 칙칙폭폭 다가오더니 그의 옆을 스쳐 지나갔다. 엔진 위에 걸터앉은 운전사가 아무래도 욕설인 게 분명한 말을 로키에게 퍼부었다. 로키는 단검을 소매에 집어넣으며 비틀비틀 몸의 중심을 잡았다. 미드가르드가 얼마나 원시적인 곳인지 잠시 잊고 있었다. 아스가르드에 비하면 이곳의 기술은 엄청나게 뒤처져 있었다. 증기 기관차는 구시대의 유물이었다. 아버지는 도대체 그를 얼마나 퇴보된 세계로 쫓아낸 것인가?

로키는 기차가 지나가는 모습을 지켜보았다. 처음 몇 칸은 줄줄이 창문이 달려 있어 웅크리고 앉은 인간들의 모습을 희미하게나마 볼 수 있었다. 기차의 뒤쪽 절반은 창문이 없는 검은 칸들이었다. 옆면에는 엠블럼이 그려져 있었다. 해골 밑에 뼈다귀 두 개가 교차해 있고, 자기 꼬리를 먹고 있는 뱀이 그 주위를 둘러싼 그림이었다. 글씨도 쓰여 있었지만 기차의 속도가 너무 빨라서 올스피크로 번역하기도 전에 지나가버렸다.

그는 자기 자신을 내려다보았다. 진흙은 이제 무릎까지 튀어 있고, 비를 쫄딱 맞은 옷이 온몸에 들러붙어 있었다. 한숨을 한 번 내쉬고는 더 이상 비를 맞지 않도록 간단한 방수 주문을 걸었다. 어머니는 미드가르드에 가면 힘이 더 빨리 소진될 테니 주의하라고 했다. 여기는 아스가르드처럼 순수한 마법의 힘이 풍부하지 않기 때문에 힘을 보충하는 데도 시간이 오래 걸릴 터였다. 간단한 주문을 사용하는 데도 더 많은 에너지가 들어가고, 그게 지나치다 보면 결국 내면의 힘이 다 말라버릴 것이다. 아스가르드와 달리 이곳은 공기 중에 마법이 흐르지 않는다. 사막 탐험대가 물통을 들고 다니듯 어머니에게 배운 대로 힘을 축적해서 그것에 의지해야 한다.

확실히 안락한 생활이 불가능한 비상 상황이라고 할 수 있었다.

샤프 소사이어티와 만나기로 한 장소는 아버지에게 전해 들었다. 런던에 있는 대영박물관의 북유럽관이었다. 그렇게만 말하면 알아들어야 한다는 건가? 박물관이라는 게 뭔지는 모르겠지만 비가 쏟아지는 이 풀밭 한가운데는 아닐 터였다. 그는 기차의 선로를 따라 언덕을 올라갔다. 꼭대기에 올라서서 보니 저 멀리서부터 하늘이 어둑어둑해지는 가운데, 수많은 굴뚝에서 검은 연기가 피어올라 하늘을 시꺼멓게 뒤덮고 있었다. 빗방울조차 두꺼운 연기를 뚫고 내려갈 틈을 찾느라 움찔거리는 것 같았다.

저기가 런던이군. 로키는 선로를 따라 도시로 걸어가기 시작했다.

평생을 아스가르드에서 지낸 그에게 미드가르드는 실망 그 자체였다. 이렇게 극단적일 필요는 없지 않았을까? 그가 살던 곳에서는 아버지의 황금 궁전 위로 수정 같은 하늘이 펼쳐져 있고, 거리는 너무 깨끗해서 빛이 나며, 광장마다 설치된 분수에서 하얀 물이 시원하게 떨어졌다. 그런데 이곳 런던은 하늘이 회색빛이라 지금이 황혼녘인지 안개가 낀 건지도 분간하기 힘들었고, 기다란 탑들은 흉측한 연기를 하늘 위로 뿜어 올리고 있었다. 갑작스러운 변화에 로키는 혼란스러웠다. 공기는 꿉꿉하고, 길거리는 질퍽거리고, 사람들은 하늘 못지않게 우중충해 보였다. 행인들은 저마다 지저분한 옷 속에 몸을 구겨 넣은 모습으로, 철커덕하며 멀어져가는 거대한 기계 너머로 서로를 향해 소리를 질러댔다. 길모퉁이에서는 누더기를 입은 조그만 소년들이 신문을 허공으로 들어 올리며 오늘의 헤드라인을 외쳤고, 아직 한낮일 텐데도 사창가와 선술집에서 그에 못지않은 괴성이 터져 나와 여러 소리가 어지럽게 섞여 들어갔다. 사람들은 기름진 머리

카락이 얼굴에 들러붙어 달랑거렸고, 피부는 낡은 가죽 부츠처럼 주름지고 거뭇거뭇했다. 그들이 끌고 가는 말은 굶주려서 곧 죽을 것처럼 생겼고, 옆구리에는 파리가 들끓었다. 말들은 뱃속의 내용물을 길거리에 토해내고는 얼마 안 가 그 위에 털썩 드러누웠다.

로키는 자신의 부츠에 묻은 건 그냥 진흙일 뿐이길 간절히 바랐다.

하지만 런던은 더러운 것만 빼면 아주 불쾌하기만 한 곳은 아니었다. 마치 전쟁터처럼 뭔가 요란하고 어지러워서 그저 똑바로 서 있는 데만도 엄청난 기지가 필요했다. 이곳에 비하면 아스가르드는 장례 행렬처럼 조용했다. 어쩌면 전쟁터에서 맞은편의 적을 노려보며 한바탕 붙을 준비를 할 때 토르도 이런 기분일지 모르겠다. 혼란스러운 에너지. 도시가 뿜어내는 열기. 여기가 바로 로키의 전쟁터였다.

아스가르드가 그를 버린다면 이곳을 그의 왕국으로 삼을 수도 있을 것이다. 이 도시는 지도자가 절실히 필요해 보였다. 인간들이 자신의 동상을 세워줄지도 모른다.

그는 몇 분간 사람들을 관찰한 다음, 아스가르드에서 늘 입던 녹색과 검은색이 어우러진 튜닉 대신 미드가르드의 남성들이 입는 옷으로 갈아입었다. 검은 양복에 목깃이 높다란 셔츠를 입고 넥타이를 맸다. 그리고 손을 뻗어 기다란 정장 모자를 만들어내서 머리에 얹었다. 이렇게 화려한 의상을 마법으로 오래 지속할 순 없겠지만, 샤프 소사이어티를 찾아 진짜 옷을 구할 때까지는 버틸 수 있을 것이다. 물론 실제로 다른 옷이 필요해질 때까지 이런 꼴로 있을 마음은 없었다.

한 블록쯤 걸어가던 로키는 모자가 너무 높다고 판단하고, 부드러운 털모자로 바꿨다.

대영박물관의 위치는 신문팔이 소년에게 묻자 바로 알 수 있었다. 소년은 수고비로 동전 한 닢을 요구했다. 로키가 돌멩이에 마법을 걸어 바꾼 1실링을 내밀자 소년은 기뻐하며 자기가 직접 데려다주겠다고 했다.

대영박물관은 로키가 어린 시절부터 드나들던 도서관이나 미술관에 비하면 보잘것없었지만, 이 음침한 도시 안에서는 인상 깊은 건물일 터였다. 정면에 늘어선 돌기둥의 윗부분에 구불구불한 장식이 얹혀 있고, 그 위에 뾰족한 지붕이 있었다. 공장 매연이 층층이 쌓인 더러운 하늘 아래서도 돌로 된 박물관 건물만은 반짝였다. 안으로 들어가자 입구의 홀에 더 많은 아치형 돌들이 겹겹이 쌓여 있었는데, 높은 천장 밑으로 시끄럽게 울려 퍼지는 소음 속에서 간간이 웃음소리와 인사말이 들려왔다. 로키는 입구에서 가져온 지도를 따라 계단 꼭대기에서 목을 길게 빼고 있는 박제된 동물 두 마리를 지나, 황금 묘비들이 유리함 안에 놓여 피아노 건반처럼 가지런히 전시된 복도를 빠져나갔다.

로키는 자신이 누구를 찾고 있는지, 샤프 소사이어티와 어떻게 접선해야 하는지 몰랐지만, 북유럽관에 들어가자마자 여기구나 싶었다. 자신의 고향에서 가져온 듯하지만 실은 그렇지 않은 물건들에 둘러싸여 있자니 기분이 묘했다. 아스가르드의 일상용

품을 진흙 바닥에 굴리고 모서리에 금을 낸 다음 몇 천 년쯤 썩히면 이런 유물이 될지도 몰랐다. 청동에 장식된 선들은 위그드라실의 뿌리처럼 복잡하게 얽히고 꼬여 있었고, 도끼 손잡이에는 둥근 돔형의 용머리 장식이 새겨져 있었으며, 화려하게 장식된 방패도 전부 낯익은 모양이었다. 윤을 내고 보석을 단 술잔은 왕궁의 하급 귀족들이 연회 때 들고 마시는 장면을 어렵지 않게 떠올릴 수 있었다. 유리함 안은 온갖 유물들로 꽉꽉 채워져 있었고, 일반에 공개되지 않는 전시관 2층에는 두껍고 주름진 가죽 장정으로 된 고서들이 보였다. 전시관 중앙까지 이어진 테이블은 윗부분에 유리판이 덮여 있고, 그 안에는 목걸이 장식과 식기류, 작은 돌조각들이 푹신푹신한 받침대 위에 놓여 있었다.

'이게 무슨 정신 나간 짓이람.' 로키는 특별한 형태도 없는 울퉁불퉁한 돌멩이 두 개를 바라보며 생각했다. 작은 명패에 주사위 한 쌍이라고 쓰여 있었다. 인간들은 저런 걸 보존할 가치가 있는 조상의 흔적이라며 전시해놓는 것이다. 후손들에게 포크나 빗으로 기억되길 바라는 사람이 누가 있겠는가? 저런 물건들은 그들의 삶에 관해 아무것도 말해주지 않는다.

"정말 흥미롭지 않나요?"

로키는 뒤를 돌아보았다. 젊은 남자가 서 있었는데, 납작한 모자 밑으로 적갈색 머리카락이 제멋대로 구불구불 삐져나와 있고, 창백한 얼굴에는 주근깨가 어찌나 많은지 진흙이라도 튄 것 같았다. 어쩌면 정말 진흙일지도 몰랐다. 로키는 이 더러운 도시를 도무지 신뢰할 수가 없었다. 미드가르드인의 나이를 구분하는 데 자신은 없었지만, 이 남자는 틀림없이 젊어 보이는데도 지팡이를 짚고 다른 쪽 다리로 조심스럽게 균형을 잡고 있었다.

로키는 양손을 주머니에 넣고 다시 전시품 쪽으로 몸을 돌렸다. 이런 자세를 취하면 누구라도 혼자 있고 싶으니 내버려두라는 뜻으로 알아들을 터였다. "나쁘지 않네요."

"나쁘지 않다고요?" 청년은 무척 집요한 성격이거나 사회성이 떨어져서 로키의 암시를 알아채지 못하는 것 같았다. 그는 절뚝거리며 로키 옆에 있는 전시대로 다가오더니 유리를 마구 만져서 얼룩덜룩하게 손자국을 냈다. "지금 보고 계신 게 뭔지나 아세요?"

"식사 도구잖아." 로키가 답했다.

청년은 자신이 남긴 손자국을 보며 얼굴을 찡그리더니 소매를 끌어올려 닦아내려 했지만, 얼룩은 더 번질 뿐이었다. "수천 년 전에 살았던 문명인들이 사용한 포크와 나이프예요."

"여기 해설사인가?" 로키가 물었다. "난 해설 같은 거 관심 없거든."

"아니에요. 그저 유물의 진가를 못 알아보는 사람들을 보면 속상해서 그래요. 이걸 좀 보세요." 그는 뒤를 돌아 전시대를 바라보았다. 해골 두 개가 아직도 땅속에 누워 있는 것처럼 가지런히 놓여 있었다. 뼈들은 곧 부서질 것처럼 푸석푸석해 보였지만, 양쪽 모두 누군가가 손가락을 잘 접어서 칼자루를 쥐게 해놓은 상태였다. 칼날은 세월의 흔적으로 검게 변해 있었다. 두개골 하나는 한쪽 면이 움푹 들어가 있고, 다른 하나는 앞면에 부적이 새겨진 투구를 쓰고 있었다.

청년은 로키의 반응을 기다리는 것처럼 그의 얼굴을 빤히 바라보았다. 로키는 그의 화를 돋우려고 일부러 무표정한 얼굴을 유지했다. "저들은 전사들이에요." 청년이 참지 못하고 설명하기 시작했다.

"아니, 저건 뼈다귀들이야."

"살아 있을 때 전사였다고요."

"그게 무슨 상관이지? 어떤 남자건 죽으면 다 똑같아져."

"일단 저 둘 중에 한 명은 남자가 아니에요." 청년이 말을 가로챘다. "저쪽은 여자예요. 칼은 두 사람이 결혼 예물로 교환한 거죠. 제가 볼 땐 반지보다 나은 것 같아요. 훨씬 실용적이고."

"그건 네가 전사일 때의 얘기지."

"장신구를 싫어해도 마찬가지죠." 그는 손을 내밀었다. 손톱 밑에 새까맣게 때가 꼈고, 피부는 거칠게 터 있었다. "전 테오예요. 테오 벨."

로키는 무시하듯 그의 손을 한 번 툭 치고는 돌아섰다. "난 관심 없어."

"정말 이런 것들을 보고도 감격스럽지 않으세요?" 테오가 물었다.

"감격을 해야 하나?" 로키가 대꾸했다.

"그럼요. 여긴 런던에서 가장 흥미로운 장소이고, 여긴 그중에서도 가장 흥미로운 전시관 중 하나니까요."

로키는 피식 웃었다. "너희 세계에서 가장 훌륭한 보물이라고

하기에는 별로 인상적이지 않은데."

"세계요?"

"너희… 지구 말이야."

"당신도 지구에 살잖아요."

"그렇다고 누군가의 뒷마당에서 캐내 명패를 붙인 물건에 꼭 감격해야 하는 건 아니지." 그러면서 고갯짓으로 '냄비'라는 명패가 붙은 한 쌍의 유물을 가리켰는데, 녹아내린 금속 덩어리를 끝부분만 대충 갈아내고 부서뜨려서 녹이 슬게 한 것처럼 보였다.

돌아서는 로키의 등에 대고 테오가 물었다. "그럼 이런 얘기들을 아세요? 신과 신화들. 배와 검과 유물들. 오딘과 토르와 로키."

로키는 그대로 멈춰 서서 어깨 너머를 힐끗 돌아보았다. 테오가 어떤 신호를 주고 있는 게 분명했지만, 로키는 필사적으로 무시하려고 했다. 저게 샤프 소사이어티의 대표라면 당장 돌아서서 아스가르드로 돌아가는 게 낫다고 생각했다. 저런 인간들과 상대하느니 토르가 아버지와 함께 노른 스톤을 찾는 동안 손톱으로 궁전 바닥에 낀 때나 긁어내며 지내겠다고.

테오가 그를 보며 미소를 지었다. 그의 귀는 얼굴에 비해 너무 큰 데다가 나뭇잎처럼 툭 튀어나와 있었다. "여기 출신이 아니죠?"

로키는 이 사람이 자신의 접선책이라는 사실을 받아들이며 한숨을 내쉬었다. "네가 샤프인가?"

테오가 더욱 활짝 웃었다. "다른 물건들도 보여드릴까요?"

"그러시든지."

"너무 실망한 티는 내지 말아주세요."

테오를 따라 전시실을 가로지르자 닫힌 문이 하나 나왔다. 테오는 주머니에서 열쇠를 꺼내 자물쇠를 풀더니 주위를 한 번 둘러보곤 로키를 안으로 안내했다. 또 다른 전시실이 나올 거라고 생각했지만, 방 안은 창문이고 뭐고 아무것도 없는 어두운 창고 같았다. 대신 관처럼 으스스하게 생긴 기다란 나무 상자가 하나 놓여 있었는데, 안에 보관하는 물건을 보호하는 용도인 듯 하얀 지푸라기가 가득 채워져 있었다. 아까 본 부부 해골과 그들의 검을 다 넣고 운반해도 될 만큼 큰 상자였다.

등 뒤에서 문이 쾅 닫히자 로키는 팔짱을 낀 채 테오를 돌아보았다. "이 벽장에서 뭘 보여주려고 날 데려온 거지? 더 많은 해골? 너희 속담 중에 그런 게 있지 않아?" 테오는 대답 없이 지팡이를 문에 기대놓고는 작은 은색 상자만 만지작거렸다. "그게 뭐지?"

"담배 피우세요?" 테오가 걸쇠를 풀며 말했다.

"아니."

"잘됐네요." 그가 어깨를 으쓱했다. "저도 담배는 없거든요."

로키는 얼굴을 찌푸렸다. "뭐라고?"

로키가 어떤 행동을 취하기도 전에 테오는 상자 뚜껑을 열어 불이 꺼져가는 숯을 발로 밟은 것처럼 거칠거칠한 검은 가루를 로키의 얼굴에 훅 불었다. 로키는 숨을 멈출 새도 없이 가루를 들이마셨다. 검은 가루가 목구멍을 막으며 목 안이 화끈거렸다.

그는 잔기침을 하다가 점점 더 세게 콜록거렸다. 공기 중에 흩어진 가루는 검은 안개처럼 점점 더 짙어졌다. 눈앞이 희미해졌다. "이게 뭐지?" 기침을 하는 중간에 겨우 말을 꺼냈다.

테오는 은상자를 이미 주머니에 집어넣은 채, 문 옆에 달린 고리로 손을 뻗더니 재킷을 벗어 제복처럼 보이는 옷으로 갈아입었다. 이건 다른 세상에서 온 외교관을 맞이하는 집단일 리가 없었다. 함정이었다.

로키는 단검을 뽑으려고 손을 더듬었지만 마법을 사용하는 게 점점 더 어려워지고 있었다. 검은 아주 천천히 그의 손으로 미끄러져 들어왔다. 그 소리에 테오가 단추를 채우다 말고 고개를 들며 인상을 썼다. "이런, 이런." 그는 로키가 단검을 휘두르기 전에 지팡이 끝을 로키의 가슴에 대고 밀었다. 그렇다고 격하게 밀어붙인 건 아니었다. 아스가르드인을 쓰러뜨릴 정도의 세기는 아니었다. 그런데도 로키는 버텨내지 못하고 다리가 후들거려 벌러덩 넘어지며, 뒤에 열려 있던 상자 안으로 쓰러졌다. 지푸라기 몇 가닥이 풀썩 날아오르며 그의 양복에 달라붙었다. 단검은 손에서 빠져나가 땅바닥에 떨어졌다.

테오가 그걸 낚아채 자신의 부츠에 집어넣었는데, 그 동작이 자연스러운 것으로 봐서 무기를 처음 만져보는 것 같지는 않았다. 그는 문손잡이 밑에 지팡이를 받쳐놓고 절뚝거리며 관으로 다가왔다. 로키는 일어서려고 애썼지만 엿가락처럼 흐느적거리는 팔다리가 뇌에서 내리는 명령을 해석 못하겠다는 듯 한참을 꾸물거렸다.

테오는 다음엔 뭘 해야 할지 고민하는 것처럼 로키가 몸부림치는 모습을 잠시 지켜보다가, 다시 주머니를 더듬어 은상자를 꺼냈다. 그리고 남은 내용물을 로키의 얼굴에 마저 부었다.

로키는 근육이 점점 느슨해져 상자 안으로 다시 쓰러졌다. 천천히 눈을 깜빡이다가 다시 떴을 때, 머리 위에서 뚜껑이 쾅 닫히며 모든 것이 어둠 속에 묻혀버렸다. 은상자 안에 든 가루가 무엇이었든 간에 마침내 그를 완전히 굴복시켰고, 로키는 의식을 잃어갔다. 하지만 그때, 망치 소리가 들리더니 어둠 속에 얇은 빛줄기가 나타났다. 뚜껑에 못이 박힐 때 나무판에 금이 간 것이다.

그는 마법을 끌어 모을 수도, 다시 단검을 빼낼 수도 없었다. 지금 테오가 내는 소리로 미루어 보아 관이 어딘가에 착지했는데, 할 수만 있다면 뚜껑 위로 칼을 찔러 넣어 여기가 어딘지 알아보고 싶었다. 밖에서 목소리가 들리기 시작했을 때, 로키는 아직 의식이 완전히 돌아오지 않은 상태였다. 그리고 관이 기울기 시작했는데, 방향이 잘못돼 머리가 아래로 향하는 바람에 안에서 주르륵 미끄러져 머리를 세게 부딪쳤다. 너무 세게 부딪쳐서 다시 기절해버릴 것 같았다.

관 밖에서 테오의 목소리가 들렸다. "아니, 아니야. 거꾸로 돌려야 해!"

"뭐, 괜찮겠지." 관이 다시 쿵 하고 놓이자 로키는 이까지 덜덜 떨리는 것 같았다. 일어나. 그는 스스로에게 명령했다. *움직여! 생각을 해! 싸우란 말이야!*

하지만 그가 할 수 있는 거라곤 아무래도 자신의 장례용 관인 것 같은 상자 바닥에 가만히 누워서, 여기가 어딘지 아는 사람들에 의해 운반되는 것뿐이었다.

Chapter 13

가루의 약효가 떨어지기 전에 가장 강력하게 작용해서인지, 어둠 속에 거꾸로 처박혀 방향 감각이 흐려졌기 때문인지 몰라도, 로키는 밀폐된 관 속에서 완전히 곯아떨어졌다. 테오가 그를 쓰러뜨렸을 때부터 관이 쿵 소리와 함께 최종적으로 착지하기까지 시간이 얼마나 흘렀는지 알 수 없었다. 그 후로 뚜껑에 쇠지레를 끼워 넣는 소리가 들리고, 테오가 박았던 못이 빠지기까지는 또 얼마나 시간이 흘렀는지 그것도 알 수 없었다. 어둠 속에서 아무것도 볼 수 없었던 이유도 있지만, 가루가 그의 감각을 생각보다 더 심하게 어지럽힌 게 틀림없었다. 몇 마디의 단편적인 대화만이 깜빡깜빡 머릿속으로 들어오다 말다 했다.

"…그걸 다 썼다고?"

"어쩔 수 없었어요!" 이건 테오의 목소리가 분명했지만, 그와 이야기를 나누는 여자는 누군지 알 수 없었다.

여자가 다시 입을 열었다. "너 그게 얼마나 강력한 건지 알아? 서리 거인도 쓰러뜨릴 만한 양이었어."

"서리 거인을 쓰러뜨릴 수 있는지 없는지 어떻게 아세요?" 테오가 물었다.

세 번째 목소리가 끼어들었다. 굵고 거친 남자 목소리였다. "서리 거인쯤은 네 암내로도 기절시킬 수 있을걸."

"시끄러워." 테오가 딱딱거렸다.

그때, 쇠지레가 달그락하며 옆으로 치워지고 뚜껑을 들어 올리는 소리가 났다. 뚜껑이 바닥에 떨어지며 쩍 하고 나무가 갈라졌다. 눈꺼풀에 희미한 불빛이 내리쬐는 게 느껴졌지만, 로키는 그대로 눈을 감고 있었다. 누군가가 그의 손목을 잡고 아직 살아 있는지 확인하려는 듯 맥을 짚었다. 목덜미에 붙은 지푸라기가 까슬까슬하게 느껴지던 찰나, 누군가가 그의 피부에 손을 댔다.

바로 위에서 테오의 목소리가 들렸다. "그러니까 이게 바로 아스가르드의 왕자 로키라는 거죠? 어둠과 속임수와 혼돈과 온갖 악의 제왕 로키요."

조금만 더 정신이 돌아왔다면 로키는 뒤쪽에 불린 호칭, 특히 그것을 당연하다는 듯 내뱉은 테오의 말투에 철저히 항의했을 것이다. 그는 아스가르드의 왕자이긴 하지만, 어둠의 제왕 등등의 명칭은 그의 출생 기록에 기재된 적이 없었다.

높은 굽으로 돌바닥을 밟는 소리가 짧게 몇 번 울려 퍼졌다. 그리고 여자의 목소리가 들렸다. "저쪽에서는 그런 호칭을 좋아하지 않을걸. 하지만 맞아. 그 로키야."

"생각보다 키가 작네." 몇 십 센티미터쯤 떨어진 곳에서 세 번째 목소리가 말했다. "테오 너랑 거의 비슷하잖아."

"입 다물어, 젬." 여자가 말했다. "그를 일으키기나 해."

로키는 그 가루가 자신을 얼마나 무력화시켰는지 알 수 없지만, 싸워보지도 않고 절뚝거리며 어딘가로 무기력하게 운반되기는 싫었다. 그는 눈을 활짝 뜨면서 벌떡 일어섰다. 그에게 몸을 기대고 있던 테오는 깜짝 놀라 비명을 지르며 뒤로 물러섰다. 팔다리가 아직 축 늘어진 듯 흐물거렸지만, 로키는 최대한 집중력과 통제력을 발휘해서 한 팔을 테오의 목에 감고 가슴을 압박했다. 그리고 그를 자신을 운반해 가려 했던 다른 남자 쪽으로 밀어붙여 자신과 그 남자 사이에 끼게 했다. 그런 다음 손바닥으로 단검을 소환해 테오의 목에 갖다 대려 했지만… 아무것도 튀어나오지 않았다. 그는 빈손이었다.

로키는 위를 올려다보았다. 어두침침한 방 안은 관처럼 천장이 낮고 세로로 기다란 모양으로, 그가 인정사정없이 내던져졌던 것과 비슷한 나무 상자와 궤짝들이 여러 개 쌓여 있었다. 조명이라고는 전등 몇 개가 전부였는데, 그 주변으로 나방들이 달려들어 빛이 어른거렸다. 구부러진 천장의 경사면에 작은 창문이 하나 나 있었다. 그 더러운 유리창을 통해 도로를 걸어가는 신발들이 보였다. 그가 운반되어 온 관의 반대편에서 두 사람이 놀란 표정으로 그를 바라보고 있었다. 한 명은 어깨가 떡 벌어진 남자로 머리를 너무 바짝 깎아서 마치 그려놓은 것 같았다. 저 정도의 어깨너비면 토르도 겁을 먹을 것 같았다. 그는 싸움을 걸려는 듯, 뚜껑을 따는 데 사용했을 것이 분명한 쇠지레를 들어 올렸다. 옆에서 싸움을 말리려고 조심스럽게 손을 내민 사람은 여자였다. 회색 머리카락을 뒤로 묶어 둥글게 말아놓은 모습이 단정해 보였다. 그녀는 통이 넓은 검은색 바지를 입어 깔끔한 인상을 줬는데, 로키는 그녀가 한 걸음 앞으로 나오기 전까지는 치마를 입은 줄로만 알았다. 어찌나 깡말랐는지 파이 위에 올린 껍질처럼 해골에 살점만 얇게 발라놓은 것 같았다. 로키를 바라보는 시선은 조심스러웠지만 두려워하는 기색은 없었다.

로키는 테오의 목을 붙잡지 않은 다른 쪽 팔을 흔들며 다시 단검을 소환하려 했다. 하지만 이번에도 실패였다. 테오는 로키의 손아귀를 움켜잡으며 빠져나가려 했다. 로키는 그를 놓치기 일보 직전이었다. 인질을 잡아 그의 목숨을 놓고 납치범들과 협상하려던 그의 계획은 무기를 손에 넣지 못하는 바람에 역효과만 낳았다.

아니면 아무 주문이라도 먹히면 좋으련만. 박물관의 북유럽관에서 여기까지 오는 사이에 화려한 정장은 사라지고 어느새 그는 다시 아스가르드의 튜닉 차림이 되었다. 로키는 마법으로 다른 무기를 꺼내거나 하다못해 세게 휘두르면 치명상을 입힐 수 있는 무언가를 바닥에서 소환해보려고 손을 더듬었다. 하지만 이곳의 공기는 바싹 메말라서 마법을 단 한 방울도 끌어올 수가 없었다. 사막에서 느끼는 갈증과도 비슷하지만 해결 방법이 없다는 점에서 훨씬 더 절망적이었다. 숨이 막힐 지경이었다.

여자가 팔짱을 끼며 말했다. "음, 아주… 극적인 등장이었네요." 또박또박하고 격식을 갖춘 그녀의 말투는 덩치 큰 남자의 웅얼거리는 모음이나 불분명한 자음과 뚜렷한 대조를 이루었다.

"너희는 누구지? 날 어디로 데려온 거야?" 로키가 사납게 물었다.

"우선 테오를 놔주신 다음에 정식으로 대화를 해보죠."

"나한테 원하는 게 뭔지 먼저 말해." 그는 칼을 빼내려고 필사적으로 손을 구부렸고, 이번에도 역시 실패하자 좌절감에 으르렁거렸다. 벼랑 끝에서 떨어질 위기인데 손끝으로 땅을 움켜쥘 듯 움켜쥐지 못하고 있는 기분이었다.

"마법을 사용하려는 거라면 그만 포기하는 게 좋을 거예요." 여자가 말했다. "그러다가 힘을 다 고갈시키고 싶지 않다면요."

"내가 왜 마법을 쓸 수 없는 거지?" 로키가 물었다.

"우리가 마법에 쇠고랑을 채웠으니까요." 여자가 답했다.

"쇠고랑?" 로키는 자유로운 손을 들어 팔목에 금속 띠가 둘려 있는 걸 발견했다. 그가 무방비 상태에 가까워졌을 때 채워놓은 게 틀림없었다. 다른 쪽 손목에도 똑같은 게 채워져 있었다. 그는 이 금속 물체를 단번에 알아보았다. 아스가르드 궁전의 지하 감옥에서 죄수들이 마법을 쓰지 못하게 채워놓는 쇠사슬과 똑같았다. 정말 아스가르드에 있는 것과 같은 물건이라면 착용자가 스스로 제거할 수 없었다. 그는 조용히 욕설을 내뱉었다.

"미세스 S." 테오의 쉰 목소리를 듣고 로키는 자신이 아무 의미도 없이 그의 목을 계속 죄고 있다는 걸 깨달았다. 팔을 느슨하게 풀자 테오는 숨을 헉헉거리면서도 로키의 팔을 찌르고 있던 손가락에서 힘을 풀지 않았다.

"당신이 깨어나셨을 때 안전을 확보하기 위한 조치였어요." 미세스 S라고 불린 여자가 말했다. "정확히 이런 혼란을 막기 위한 거였죠. 첫 만남부터 이성적인 대화를 시작할 수 있게요."

"한쪽이 묶여 있는 상태에서 이성을 발휘할 여지는 별로 없을 것 같은데." 로키가 대꾸했다.

여자의 입가에 처음으로 작은 미소가 걸렸다. "그래요, 그걸 채운 건 우리 잘못인 것 같군요. 그러니 이제 그만 테오 군을 놓아주고 서로 자기소개를 하는 게 어떨까요? 아무도 신체의 자유가 구속되는 일 없이요."

"이걸 풀어주겠다고?" 로키가 한쪽 손을 들어 올려 쇠사슬을 보여주며 물었다.

"아직은 안 돼요." 미세스 S가 답했다. "그걸 차고 있는 동안에는 테오 군을 붙들고 있는 게 무의미하다는 데 서로 의견이 일치할 것 같은데요."

"난 마법 없이도 싸울 수 있어."

"물론 그러시겠죠. 하지만 불필요한 시간 낭비를 줄이려면 그런 건 굳이 증명해 보이시지 않는 편이 낫지 않을까요?"

"기절 가루 남은 거 없어?" 덩치 큰 젬이라는 사내가 부정적인 대답이 나오면 바로 사용하겠다는 듯 쇠지레를 쥔 손에 힘을 주며 말했다.

"원래대로라면 남아 있어야지." 미세스 S가 험악한 표정으로 테오를 바라보며 중얼거렸다. 로키조차도 인질로 잡혀 있는 사람에게 비난을 퍼붓는 건 조금 심하다고 생각했다.

"내 잘못이 아니에요!" 테오가 컥컥거리며 말했다. "상대가 생각했던 것보다 훨씬 강했다고요!"

"맙소사." 미세스 S가 투덜거렸다. "새파랗게 질렸잖아. 전하, 제 동료를 풀어주십시오. 높으신 분이 힘을 과시할 만한 상대가 못 됩니다."

"내가 누군지 어떻게 알고 있지?" 로키가 다그쳤다.

미세스 S가 한쪽 눈썹을 치켜들자 로키는 마지못해 테오의 목을 감고 있던 팔을 풀었다. 테오는 비틀거리며 그에게서 멀어지다가 성치 않은 다리에 힘이 풀렸는지 나무 상자의 모서리에 주저앉았다. 젬이 바닥에 떨어져 있던 테오의 지팡이를 주워 그에게 던져주었다.

테오와 미세스 S는 그다지 위협적이지 않았고, 젬이 위협하는 방식은 토르와 똑같아서 전혀 낯설지 않았지만, 로키는 자신이 수적으로 열세이고, 현재 위치도 모르며, 무기도 없고, 힘의 원천에도 접근할 수 없는 상황이라는 걸 갑작스럽게 깨달았다. 마법의 힘과 단절된 상태로 지내는 건 난생처음이어서, 그 사실만으로도 불안하고 초조해졌다. 잽싸게 방 안을 둘러보며 저들이 덤벼들 경우에 무기로 쓸 수 있는 물건을 찾아봤지만 쓸 만한 것들, 그러니까 젬의 쇠지레와 테오의 지팡이는 이미 상대방의 손에 들어가 있었다. 짚이 깔린 나무 상자가 여기저기 널브러져 있는 것 외에는 아무것도 없는 방이라서, 그 사이를 헤집고 다니며 뭔가 뾰족한 게 없는지 뒤져보는 건 효율적인 시간 활용이 아닐 것 같았다. 그는 무심코 주먹을 쥐어보았다. 마법 없이 싸우는 법도 알고는 있었지만, 만일의 경우에도 마법을 쓸 수 없다고 생각하자 두뇌가 회전을 멈춰버렸다. 마법 없이 싸울 방법 따위는 하나도 떠오르지 않았다.

"전하, 앉으시겠습니까?" 미세스 S가 물었다.

"어디에?" 로키가 물었다.

미세스 S는 어깨를 으쓱했다. "그냥 예의상 여쭤본 겁니다. 하지만 필요하시다면 젬에게 쪼그리고 앉아 의자의 형태를 갖추라고 하겠습니다."

"너희는 누구지?" 로키가 추궁했다.

"저희는 거대한 비밀 조직의 대표단입니다. 외계 행성에서 온 손님을 대접하는 일을 맡고 있죠."

"당신들이 샤프 소사이어티로군." 로키가 말했다.

미세스 S는 고개를 살짝 숙여 인사했다. 왼손에 낀 반지가 반짝였다. "그렇습니다."

"아버지는 내가 오는 걸 당신들도 알고 있다고 했는데."

"네, 알고 있었습니다."

"그런데 왜 날 기절시키고 마법까지 쓸 수 없게 한 거지?"

"저희는 차원 간의 위협을 관리하는데, 당신은 외계 차원에서 오는 미지의 힘을 지닌 방문자니까요. 신중에 신중을 기해서 나쁠 게 없죠. 특히나… 당신 같은 분을 맞이할 때는요." 그녀가 대답했다.

"나 같은 사람이라니 무슨 뜻이지?" 로키가 따져 물었다. "나는 아버지를 대신해서 온 거다." 오딘이 아들의 반항기를 인간들에게 말하진 않았을 테니, 로키가 오기도 전에 그에 관한 잘못된 소문이 이렇게 멀리까지 퍼졌다고밖에 볼 수 없었다. 오딘이 직접 나타났다면 저들은 아버지를 기절시켜서 나무 상자에 넣지 않았을 게 분명했다.

"당신은 우리 지구인들과 다르니까요. 예방 조치가 과했다면 용서해주십시오."

"아니, 절대 용서 못해."

"여기서는 방문자 신분이라는 걸 잊지 않으셨으면 좋겠네요."

"나는 아스가르드의 왕인 내 아버지를 대신해서 왔어. 이 세계에 발을 들일 권리가 있다고." 로키가 쏘아붙였다.

미세스 S는 입을 씰룩거렸다. "지구를 식민지쯤으로 생각하시는군요. 샤프 소사이어티는…."

"그건 정말 바보 같은 이름이야. 당신도 알고 있지? 샤프 소사이어티라니. 아무 의미도 없고, 시옷이 중복해서 들어가잖아." 로키가 빈정거렸다.

"외계 행성의 손님을 대접하는 조직(Society for Hospitable Activities from Remote Planets)라는 뜻이…." 미세스 S가 설명을 시작지만, 로키가 도중에 말을 잘랐다.

"그건 아까도 들었어."

"앞글자만 따서 배열한 거예요." 테오가 중얼거렸다.

"이름은 좀 더 정확하게 지어야지. 손님을 완전히 따돌리는 조직이라든지. 그럼 줄여서…."

미세스 S가 끼어들었다. "사소한 문제는 차치하고, 우리 샤프 소사이어티는 다른 세계에서 지구로 건너오는 존재들을 관찰하고 필요할 땐 직접 간여합니다. 당신은 손님이지만, 지구에 계시는 동안은 어느 정도 견제하는 게 우리의 임무예요."

로키는 지금까지 자신은 '견제를 당해야 할' 짓은 아무것도 하지 않았으며 그들을 도우려고 왔지 말썽을 일으키려고 온 게 아니라고 항의하고 싶었지만, 똑같은 설전이 반복될 게 뻔해서 관뒀다.

"여기로 소환된 이유가 뭔지 아버지께 들으셨나요?" 미세스 S가 물었다.

"소환이라는 표현은 너무 오만한 것 같군." 로키가 말했다. 여전히 다리가 후들거려서 나무 상자에 걸터앉고 싶은 마음이 간절했지만, 약한 모습은 보이지 않기로 결심했다. "난 부탁을 받고 온 거야."

"사소한 부분을 물고 늘어지는 건 당신 생각만큼 재미있지 않아요." 미세스 S가 날카로운 목소리로 말했다. 그는 그녀의 인내심을 시험하고 있었다. 바라던 바였다. "우린 런던에서 발생하고 있는 일련의 불가사의한 죽음을 조사하려고 아스가르드에 도움을 요청했어요."

로키는 양손을 쳐들었다. “그건 별거 아니야. 난 벌써 파악이 끝났지.”

잠시 침묵이 흐른 후, 테오가 쭈뼛거리며 물었다. “정말요?”

“그래.” 로키는 엄청난 소식을 전하려는 듯, 두 손을 모아 쥐며 아주 진지하게 말했다. “너희 인간들을 죽인 건… 다른 인간들이야.” 아무도 웃지 않자, 로키가 대신 웃어주었다. “다른 차원의 존재들이 고작 인간 몇 명을 죽이겠다고 이 보잘것없는 세상까지 일부러 올 것 같아? 이렇게 말하면 파리 목숨 같은 너희에게 미안하지만, 난 마음만 먹으면 대륙 몇 개쯤은 한 번에 쓸어버릴 수 있어. 아무튼 지구인 따위에 신경 쓸 *외계인*은 거의 없다고 보면 돼.”

“사람들이 죽어가고 있어요. 분명히 마법사의 짓이에요. 무시하고 지나갈 일이 아니라고요.” 미세스 S가 말했다.

“증거도 없잖아.”

“일단 시체들을 보면 인간이 한 짓이 아니라는 걸 바로 아실 거예요. 마법이 관련된 게 틀림없어요.”

“시체를 보라고? 그거 아주 멋진 제안이군.” 그는 두 손을 마주 비볐다. “내 볼일은 여기서 끝난 것 같은데.”

로키는 문 쪽으로 발을 내디뎠지만, 미세스 S와 젬, 테오가 동시에 뛰어와 그를 가로막았다. “우린 아스가르드의 도움이 필요해요.” 미세스 S가 말했다. 처음으로 그녀의 목소리에 약간의 절망감이 깃든 걸 로키는 눈치챘다. “아스가르드의 도움 없이는 마법사와 싸울 방법이 없어요.”

"싸울 필요는 없을 거야. 여긴 마법 같은 게 없어도 꽤 많은 사람이 죽어 나가는 도시 같으니까. 여기서 나가는 길이나 가르쳐줘. 그만 집에 돌아가야겠어." 젬이 미세스 S를 힐끗 보더니 관으로 손을 뻗자 로키가 끼어들었다. "웃기지 마. 난 다시는 관에 안 들어가."

"내가 그를 '페어리 링(요정의 고리라는 뜻–옮긴이)'으로 안내할게요." 테오가 말했다.

"정말?" 미세스 S의 시선이 슬쩍 그의 지팡이로 향했지만, 테오는 그걸 눈치챘는지 못 챘는지 자신이 가겠다고 나섰다.

"젬은 곧 순찰을 돌아야 하잖아요. 내가 갈게요."

"지상까지 나가는 길을 설명만 해줘도 돼." 로키가 말했다. 이 인간들과 한시라도 빨리 헤어지고 싶었다. "그리고 이것도 좀 벗겨줘." 그는 손목을 테오에게 내밀며 고개로 수갑을 가리켰다.

테오는 미세스 S쪽을 바라보았다. 그녀는 여전히 팔짱을 낀 채 눈을 찡그리고 있어서, 로키는 그녀의 눈이 저 상태로 고정돼 버린 건 아닌지 의심이 들었다.

"옷매무새를 가다듬어야 해. 이 차림으로 길거리를 돌아다니면 머저리 같아 보일 거라고."

"테오의 안전을 위해서라면 그 정도 위험은 감수하겠어요." 미세스 S가 말했다.

"걱정 마세요." 테오가 덧붙였다. "런던에는 당신보다 머저리 같아 보이는 사람이 차고 넘치니까요. 자, 어서 따라와요. 여긴 혼자서 빠져나가기 힘들어요."

로키는 코웃음을 쳤다. "당신들은 비밀경찰이 아니라 취미로 탐정 놀이를 하는 동아리잖아."

"우린 비밀 조직이에요. 비밀을 지키는 게 생명이죠. 테오, 네가 안내해. 그럼 곧 또 뵙겠습니다, 전하." 미세스 S가 고개를 숙여 인사했다.

로키는 답례로 입을 삐죽 내밀었다. "그럴 일은 없을 거요."

ᚠᚨᚾᛗ

Chapter 14

테오의 말이 옳았다는 걸 인정하고 싶진 않았지만, 대영박물관의 지하 터널은 어디가 어딘지 알 수 없을 만큼 복잡했다. 통로는 하나같이 어둡고, 똑같은 돌이 깔려 있는 데다가, 조명은 형편없었으며, 로키가 갇혀 있던 상자보다 조금 더 큰 것부터 주머니에 들어갈 만한 크기까지 다양한 나무 상자가 늘어서 있었다. 몇몇은 뚜껑이 열려서 내용물이 드러나 있었는데, 회색 화산암으로 조각한 두상들, 금색 브로치, 정교한 금줄 세공이 들어간 흉판 등 종류도 다양했다. 마침내 테오를 따라 런던 거리의 누런 햇빛 속으로 나왔을 때, 로키는 자기가 어디에 있었고 어느 방향에서 나왔는지조차 감을 잡을 수가 없었다.

테오는 뭔가 끈적끈적한 걸 떼어내려는 듯 지팡이로 자신의 신발 바닥을 톡톡 두드렸다. "페어리 링으로 돌아가야 해요."

"그게 뭔데?"

"처음에 도착한 곳이요. 아스가르드와 지구의 연결 지점이죠." 테오가 대답했다. "지구에는 그런 장소가 몇 백 개쯤 있지만, 제일 가까운 게 거기예요."

"왜 페어리 링이라고 하지?"

"인간들은 거기에 온갖 이름을 갖다 붙였어요. 스톤헨지, 페어리 링, 포털 등등. 서로 다른 세상이 겹쳐지는 곳이죠."

"그럼 박물관이 아니라 거기서 나랑 만날 수도 있었잖아."

테오는 어깨를 으쓱했다. "제비뽑기로 정한 거예요. 아무도 비를 맞으면서 당신을 기다리고 싶어 하지 않았거든요. 미세스 S가 박물관에서 일하니까 편리하기도 하고, 신기한 물건들이 잔뜩 있는 곳이라 우리가 뭘 가져가든 아무도 놀라지 않죠. 게다가 홈그라운드에서 적을 맞이하는 게 안심이 되잖아요."

"내가 너희의 적이야?" 로키가 물었다. "간절한 요청에 부응해 아스가르드에서 온 도움의 손길인 줄 알았더니."

테오는 그의 말을 못 들은 것 같았다. 아니면 듣고도 못 들은 척했거나. 그는 목도리를 칭칭 감고 맨손에 짧게 숨을 불어넣었다. "자, 그렇게 집에 가고 싶으시다면 어서 가죠."

하지만 로키는 움직이지 않았다. "난 너를 해치지 않아."

테오는 미소를 지었다. "믿어볼게요."

두 사람은 아무 말 없이 함께 걸었다. 땅거미가 내리기 시작하자 테오는 가스등 점등원에게 돈을 주고 촛불과 전등갓을 샀다. 흐릿한 촛불에 의지해 길을 나아가다 보니 도시는 어느새 시골로 변해 있었다. 빈약하나마 깔려 있던 포장도로가 사라지며, 바퀴 자국이 패이고 가축의 발굽 자국이 찍힌 진흙길이 나왔다.

먼저 침묵을 깬 건 테오였다. 머리를 뒤로 젖히자 그의 불그스름한 곱슬머리가 얼굴 뒤로 흘러내렸다. 황혼 무렵이라 물에 막 들어갔다가 나온 것처럼 피부가 매끄러워 보였다. 입술에는 작은 미소가 걸려 있었다. 그는 손을 들어 올려 위를 가리켰다.

"저길 보세요."

로키는 그의 손가락을 따라 고개를 들었지만, 뭘 보라는 건지 알 수 없었다.

"오늘 밤하늘이 진짜 맑네요. 도시에서는 절대 별을 볼 수 없거든요." 테오가 말했다.

테오가 별을 보고 있었다는 걸 깨닫고 로키도 하늘을 올려다보았다. 어둠을 배경으로 온갖 행성과 별자리들이 사방으로 흩뿌려진 은하수가 흐르고 있었다. 그들의 등 뒤로는 가스등을 점등한 도시가 황금빛으로 빛나며 밤하늘 아래 그들만의 작은 은하수를 이루고 있었다. 자욱한 연기에 둘러싸인 가운데 공터와 빈민가만이 빛을 집어삼킨 듯 시커먼 것이, 황동이나 은으로 된 반지 같았다.

"여기서도 아스가르드가 보여요?" 테오가 밤하늘을 전부 들이마실 듯이 고개를 뒤로 젖힌 채 물었다.

로키는 답을 알고 있었다. 저 별들은 자신의 고향보다 지구에서 훨씬 가까웠다. 그런데도 왜 혹시나 하며 두리번거리게 되는지 모를 일이었다. "아니."

"아스가르드에도 별이 있어요?"

"별이 있냐고?"

"별을 볼 수 있어요?" 테오가 질문을 정정했다. "아니면 밤하늘은 그냥 깜깜한가요?"

"아스가르드에서도 별을 볼 수 있어. 지구에서보다 훨씬 많이 보이지. 이것보다 수십 배는 많아."

"그럼 맥주는요?"

"아스가르드에서 맥주를 볼 수 있냐고?"

테오는 하늘에서 눈을 떼고 로키에게 힐난하는 눈빛을 보냈다. "아스가르드에도 맥주가 있어요?"

"온갖 종류가 다 있지." 대답하면서도 이 질문이 도대체 어디로 향하는지 알 수 없었지만, 어떻게 하늘에서 바로 술로 주제가 전환되는지 재미있다고 생각했다. "꿀처럼 달콤한 와인과 거품이 나는 과실주, 젊음을 유지시켜주는 사과 벌꿀주, 다 큰 장정들도 한 방에 쓰러뜨리는 식초주 등등."

"음악은요?"

"연회에 음악이 빠질 순 없지."

"그럼 춤은요?"

"음악이 흐르는데 춤을 안 추겠어?"

"강아지는요?"

로키는 처음으로 말문이 막히며 얼굴을 찡그렸다. "그게 뭔지 모르겠는 걸로 봐선 없는 것 같네."

"이런, 강아지가 없다니 감점 요인이네요."

이번에는 로키가 힐난하는 눈빛을 보냈다. "그래봤자 미드가르드 따위가 아스가르드에 비교가 될 것 같아?"

테오는 고개를 젖히며 껄껄 웃었다. "미드가르드요? 지구를 그렇게 불러요?"

"그게 웃겨?"

"아니요, 마음에 들어요. *미드가르드!* 그럼 전 '*미드가르드인*'인가요?" 그는 가슴을 부풀리며 말했다. "엄청나게 센 놈 같은데요."

"그럼 의미 전달이 제대로 안 됐나 보네."

"잠깐만 기다려주시겠어요?" 테오는 그 자리에 멈춰 서서 나무에 몸을 기대더니, 인상을 쓰며 성치 않은 다리를 쭉 뻗었다. "제가 너무 느려서 죄송해요."

"내가 들게." 로키가 손을 뻗자 테오는 전등을 그에게 건넸다. "부러진 거야?"

"제 다리요?" 테오는 거친 숨을 몰아쉬는 와중에 크게 웃었다. "오래전에요. 제대로 치료를 못했어요."

"기차를 탈걸 그랬나 봐." 로키가 말했다. "거기까지 곧장 선로가 나 있잖아. 거길 뭐라고 부른다고 했지? 아, 페어리 링."

테오가 코웃음을 쳤다. "그 열차는 타고 싶지 않으실 걸요. 그건 '네크로폴리스 레일'이에요. 런던에서 나온 시체를 매장할 묘지까지 싣고 가는 열차죠."

"런던에서 죽었는데 왜 여기에 묻지 않고?"

테오는 고개를 저었다. "여긴 남는 땅이 없어요. 한바탕 콜레라가 돈 후에 거리마다 시체가 쌓여가고 있거든요." 그러면서 다시 한 번 가쁜 숨을 몰아쉬었다. 얼굴을 찌푸리며 조용히 숨을 고르는 그의 모습을 보고 있자니 로키는 갑자기 기분이 이상해져서 주위의 시골 풍경을 둘러보았다. 하늘 밑으로 무성한 나무들이 어두운 그늘을 만들어내고 있었다. 한 무리의 박쥐 떼가 달을 가리며 날아올랐다.

다시 뒤를 돌아보자 테오가 기묘한 미소를 띤 채 그를 바라보고 있었다.

"왜 날 그렇게 쳐다보는 거야?" 로키가 으르렁거렸다.

테오는 얼굴색 하나 변하지 않았다. "제가 뭘요?"

"재미있다는 듯이 쳐다봤잖아."

"아뇨, 재미는 없어요." 그는 나무에 기대놓았던 지팡이를 들더니, 다시 얼굴을 찌푸리며 다리에 힘을 주고 일어섰다. "미세스 S와 함께 일한 지 벌써 꽤 됐지만, 다른 세계에서 온 사람을 실제로 만나본 적은 없거든요. 그런데 처음 만난 게 다른 사람도 아닌 당신인 거예요." 그러면서 전등을 달라고 손을 내밀었지만 로키는 돌려주지 않았다.

"다른 사람도 아닌 나라니 무슨 뜻이지?"

"당신은…." 테오는 허공을 가르며 애매한 손짓을 했다. "당신은 로키잖아요."

"그건 나도 알아." 두 사람은 어둠 속에서 서로를 응시했다. 전등불이 깜빡거리며 둘 사이의 공기가 금빛으로 춤을 추었다. 로키는 테오가 자신에 관해 무언가를 알고 있다고 확신했다. 샤프 소사이어티 전체가 알고 있는 것이다. 하지만 알고 있는 정보가 대체 무엇이기에 자신을 그렇게 이상하게 대한 걸까. 아버지는 저들에게 무슨 말을 한 것일까. *내가 거기로 보낼 아들은 군대를 이끌고 내 왕궁으로 쳐들어와 세계의 종말을 가져온다고 예견된 놈이야. 같이 즐겁게 지내게. 녀석의 마법을 빼앗으려면 그렇게 하고, 의심하고 싶으면 마음껏 의심해!*

아버지라면 충분히 그러고도 남았다.

테오는 모자를 고쳐 쓰고 다시 길을 걷기 시작했다. "이제 거의 다 왔어요."

페어리 링(풀밭 한가운데 원 모양으로 풀이 베어져 있고, 가운데로 선로가 지나가며 원을 이등분하고 있는)에 다다르자, 테오는 지팡이를 옆에 던져두고 가까운 바위에 앉아 모자를 벗으며 팔뚝으로 이마를 닦았다. 로키는 그에게서 무슨 말이 나올까 싶어 잠자코 기다렸다. 아까 자신을 바라봤던 그의 눈빛으로 미루어 짐작하건대 작별 인사라거나, 아니면 와줘서 고마웠다는 말이 나올 것 같았다. 아니면 이렇게 만난 것도 추억인데 사인이라도 해달라든지. 하지만 테오는 그저 바보 같은 미소를 지으며 그를 바라볼 뿐이었다.

로키는 손목을 내밀었다. "이거나 벗겨."

"말이 너무 짧은 거 아니에요?" 테오가 물었다.

"내 마법을 빼앗아간 건 너희잖아. 예의 차릴 기분이 아니라는 건 이해해야지."

테오는 로키의 손을 잡고 손바닥이 위로 가도록 돌리더니 수갑의 연결 부분에 있는 장치를 만지작거리기 시작했다. 로키는 아스가르드 수갑의 변형된 버전을 어떻게 손에 넣게 됐냐고 물어볼 뻔했지만, 그런 것 따위는 이제 알 바 아니었다. 곧 집으로 돌아갈 거니까.

아버지가 집으로 돌아가게끔 받아준다면 말이다.

수갑이 풀어지자 테오는 로키의 손목 부분을 살짝 쓰다듬어 주곤 수갑을 겉옷 주머니에 넣었다. "자, 됐습니다, 전하. 이제 자유이십니다."

로키는 손가락을 구부리며 피부밑에 다시 차오르는 마법의 힘을 음미했다. 아스가르드에서보다는 느린 속도였지만 그래도 안심이었다. 그는 소매를 훌훌 털고는 테오를 바라보았다. "음, 만나서 반가웠다고 말해주고 싶지만 난 거짓말은 질색이라서."

"알겠어요."

그러고도 로키는 움직이지 않았다. 테오가 악수조차 제안하지 않는다는 사실에 왜 이렇게 짜증이 나는지 알 수 없었다. 테오는 두 다리를 뻗고 양팔로 뒤통수를 받치며 관심 없다는 듯한 행동을 해 보였다. "잘 봐둬. 이제 곧 차원 간 여행을 보게 될 테니까. 넌 그냥 내가 여기 있는 것만으로도 흥분했으니까, 이걸 보면 놀라서 기절할지도 몰라."

"두고 보자고요." 테오가 답했다.

"두고 보자니? 무슨 뜻이야?"

"아스가르드에서 당신을 받아줄지 두고 보자고요."
"왜 아스가르드에서 날 받아주지 않을 거라고 생각하지?" 두려운 마음을 숨기려고 일부러 더 공격적인 말투로 목소리를 높였다. 아버지는 로키가 주어진 임무를 만족스럽게 해결할 때까지 여기에 머무르게 될 거라고 했다. 하지만 앓는 소리를 하며 용서를 빌면 받아주실 것이다.
"당신은 우릴 도와주려고 여기까지 파견된 건데, 아직 아무 일도 하지 않았잖아요. 미세스 S가 그러는데 당신이 임무를 완수하기 전엔 아버지가 받아주지 않을 거래요."
"흥, 알았으니까 잘 보라고." 로키는 페어리 링의 중앙으로 성큼성큼 걸어가선 하늘을 향해 고개를 젖히며 두 팔을 뻗고 외쳤다. "헤임달!" 적당히 극적인 연출을 해서 테오가 한 말이 얼마나 어리석었는지 보여주고 싶었다. "날 다시 데려가!"
그는 하늘이 열리길 기다렸다. 이제 공기가 흔들리고 갈라질 터였다. 구름이 흩어지며 바이프로스트가 펼쳐질 것이다.
하지만 아무 일도 일어나지 않았다.
밤공기는 조용하기만 했다.
"헤임달!" 로키가 다시 소리쳤다. "헤임달, 날 데려가라고!"
여전히 조용했다.
로키는 강렬하게 쏘아보면 바이프로스트로 뚫고 들어갈 수 있다는 듯이 하늘만 계속 노려보았다. "헤임달, 이러는 거 재미없거든. 어서 날 데려가. 아버지한테 날 받아달라고 해. 헤임달, 이 자식이…." 그때, 등 뒤에서 오도독 소리가 들려서 로키는 테오를 휙 돌아보았다. "설마 지금 뭘 먹는 거야?"

테오는 기름기 묻은 종이봉투에 한 손을 넣은 채 그대로 멈췄다. "당신을 안내하느라 끼니를 놓쳐서요."

"내가 차원 간 포털에 접속하려는 이 순간에 간식을 먹어?"

테오는 봉투를 내밀었다. "좀 드실래요? 땅콩이에요. 아스가르드에도 땅콩이 있어요?"

로키는 다시 하늘을 향해 고개를 쳐들었다. "헤임달, 날 여기서 데려가줘. 어서, 헤임달!" 그는 테오에게로 돌아섰다. "지금 다른 일로 바쁜 것 같은데."

"그렇겠죠."

"아니면 내가 자기를 부를 줄은 생각도 못하고 있거나."

테오는 땅콩 하나를 허공에 던져 올렸지만, 입이 아닌 이마를 맞고 튕겨 나갔다. "알았어요."

"그러니까 헤임달은 아마… 낮잠을 자고 있거나, 뭐 그런 것 같아."

"그럼요." 테오가 진지하게 고개를 끄덕이며 말했다. 하지만 로키는 그의 입꼬리가 건방지게 올라가는 걸 보았다. "낮잠이라. 그럼 좀 기다렸다가 다시 불러보시겠어요? 그가 낮잠에서… 깨어날 때요."

로키는 답답해서 발이라도 쿵쿵 구르고 싶은 심정이었다. 헤임달을 깨우려는 게 아니었다. 어차피 낮잠을 자는 게 아닐 테니까. 어머니는 그가 언젠가 서로 다른 세계를 사이를 이동하는 법도 배울 수 있을 거라고 했지만, 아직은 아득히 먼 이야기였다. 그는 아스가르드에서 방과 방 사이를 순간 이동하는 것도 아직 쩔쩔매는 수준이었다. "아스가르드에 연락할 방법은 있어? 아버지와 얘기를 좀 해야겠는데." 로키가 테오에게 물었다.

테오는 손등으로 입을 쓱 닦으며 말했다. "그럼 본부에 가야 해요."

로키는 하마터면 눈을 부라릴 뻔했다. 아마추어 탐정단에도 본부가 있긴 있겠지. "좋아. 나를 너희 본부로 데려가줘."

"그 전에 서더크에 들렀다 가셔야 해요."

"어디?"

"런던의 남쪽에 있는 지역이에요. 거기에 시체들이 보관돼 있어요." 테오는 땅콩 봉지를 다시 주머니에 밀어 넣으며 웃었다. "헤임달이 깨어나기를 기다리는 동안, 우리가 당신을 여기로 부른 이유를 봐둬서 나쁠 것 없잖아요."

로키는 코로 한숨을 내쉬었다. 이렇게 하면 콧구멍이 벌어지면서 못나 보인다는 걸 알았지만(아모라가 그렇게 말했었다), 신경 쓰지 않고 마음껏 바람을 내뿜었다. 마음 같아서는 그대로 땅에 드러누워 팔짱을 낀 채, 이 재미없는 세상에서 바이프로스트로 끌어올려줄 때까지 꼼짝도 안 하겠다고 버티고 싶었다. 런던으로 돌아가느니 축축한 풀밭에 누워 진흙 속으로 가라앉는 게 나을 것 같았다. 그는 지금 알프헤임에 있어야 했다. 아버지와 형 옆에 있어야 했다. 이런 진흙탕에서 뒹구는 대신 왕에게 맞는 일을 해야 했다. 진흙탕을 굴러야 한다면, 최소한 칼싸움이라도 해야 했다.

"수갑은 다시 안 찰 거야." 로키가 말했다.

테오는 어깨를 으쓱했다. "좋아요. 하지만 마법으로 말썽을 일으키면 저도 가만히 있지 않을 거예요."

주제에 자기가 뭘 어쩌겠다고. 로키는 테오를 개구리로 변신시켜서 둘 중 우위에 있는 게 누군지 똑똑히 가르쳐주고 싶은 충동을 느꼈다. 하지만 마법이라고는 없는 세상에서 그런 본격적인 주문은 심각하게 여겨질 게 뻔했다. 보면서 내 기분은 풀리겠지만.

로키는 살며시 한숨을 내쉬었다. "알았어. 그럼 사더크로 안내해."

"그게 아니라 사덕후예요." 테오가 정정했다.

"내가 뭐라고 했는데?" 테오의 입꼬리가 살짝 올라갔다. 로키는 그를 노려보았다. "날 놀리는 거군."

"눈치가 엄청 빠르다고 들었는데 정말이네요."

"누가 그랬는데?"

"여기저기 책에 많이 나와 있어요."

"책이라고?" 로키가 물었지만 테오는 이미 지팡이를 짚고 그들이 왔던 길을 되돌아가고 있었다.

"서두르죠. 미세스 S가 시체 안치소에서 기다리고 있어요."

ᚠᚱᚨᛗ

Chapter 15

서더크는 강둑에 면해 있는 마을이었다. 강에서 썩은 내가 진동을 하는 통에 셔츠 깃을 올려 코를 막았더니, 테오는 무례하기도 하고 너무 눈에 띄는 행동이라며 그만두라고 했다. 흐릿한 가스등 아래 벽돌집들은 검댕을 뒤집어써 거뭇거뭇했고, 부서진 석고 벽면이 산사태라도 난 듯 길거리로 흘러 내려와 있었다. 숯 검둥이 얼굴을 한 아이들은 무너진 지붕 끝에 쪼르륵 앉아 씨앗인지 치아인지 모를 무언가를 서로에게 뱉어댔다. 자갈길은 땅 밑에서 거대한 나무뿌리가 밀어 올리기라도 한 듯 여기저기 아무렇게나 튀어나와 있었고, 거리로 흘러나온 도랑물에는 걸쭉하고 물컹해 보이는 내용물이 떠다녔다.

"여기가 너희 동네야?" 로키는 돌에 짓이겨져 썩어가는 음식물 쓰레기를 일부러 밟아가며 입을 비죽거렸다. "아주 자랑스럽겠어."

"어서 따라 오세요. 위그드라실에 엮여 있는 세상 중에는 이런 낙후된 곳이 꽤 있지 않아요? 적어도 여기 한 군데는 확실히 낙후됐죠." 테오가 쾌활하게 답했다.

"다른 데도 있을지 모르지만 난 본 적 없어."

그는 테오를 따라 좁은 길로 들어가서 빨간 덧문이 쳐진 선술집을 끼고 뒤편으로 돌았다. 창유리는 삐뚤삐뚤하고 2층이 1층보다 한참 튀어나와 위험한 각도로 기울어져 있는 가게였다. 모퉁이를 돌자 눈앞에 나온 골목에 건물이 하나 있었는데, 놀랍게도 안에 들어가려고 기다리는 사람들이 장사진을 치고 있었다. 저마다 들떠서 떠들어대는 소음으로 좁은 통로 안은 시끌벅적했다. 그런 군중 사이를 비집고 다니며 오렌지 조각이며 비스킷 등을 파는 상인들도 있었다.

뭔가 의사소통에 오해가 있었던 것 같았다. 테오가 시체를 보러 간다고 했을 때 로키가 예상한 건 이런 게 아니었다. 공동묘지나 조용한 지하실로 가게 될 줄 알았다. 차라리 박물관의 지하 통로가 여기보다는 더 적절한 장소 같았다. 시끄러운 사람들과 공기 중에 떠도는 즐거운 흥분감이라니. 여긴 마치 축제 같았다.

하지만 테오는 이런 풍경에 개의치 않는 것 같았다. 그는 아무렇지도 않게 사람들 사이를 헤치고 그들을 기다리고 있던 미세스 S를 찾아갔다. 그녀는 석탄통에 앉아 뜨개질을 하고 있었는데, 두 사람이 다가와도 고개를 드는 둥 마는 둥 하며 인사했다. "다행히 여기까지 오는 동안 강도질은 안 당했나 보네."

"강도들이 어슬렁거려도 왕자님이 날 지켜줬겠죠." 테오가 말했다. "아니면 본인의 몸을 방어하다가 뜻하지 않게 나까지 지켜주거나요."

"지갑은 무사해?" 그녀가 물었다.

"그럼요." 테오는 자신만만하게 대답했지만, 그의 손이 잽싸게 바지 주머니로 들어가는 걸 로키는 눈치챘다. "뭘 뜨고 계시는 거예요?"

"왕자님께 드릴 모자." 그녀가 형체 없는 실뭉치를 들어 올리며 말했다. "뿔도 달아드릴 거야."

"여긴 도대체 어디지?" 로키가 끼어들었다.

미세스 S는 그를 빤히 보며 눈을 깜빡였다. "테오한테 얘기 못 들으셨어요?"

"분명히 시체 안치소라고 했는데. 이 사람들은 다 뭘 하고 있는 거야?"

"관광객들이에요." 미세스 S가 뜨개질 도구를 손가방에 집어넣은 후 바지를 툭툭 털고 일어나며 말했다. "시체 전시를 처음 시작한 건 파리였는데, 이젠 런던에서도 유행이 된 거죠. 6펜스를 내면 다양한 방식으로 세상을 떠난 사람들을 가까이서 볼 수 있는 거예요. 끔찍한 시체일수록 인기가 좋죠. 최근에 불가사의한 죽음이 늘어나면서 그런 인기에 불을 지폈어요." 그녀는 고갯짓으로 구경꾼들을 가리켰다. "저 사람들은 당신네에게 일종의 중개료를 내야 할지도 모르겠네요."

"그러니까 저게 다 시체를 구경하러 온 사람들이라고?" 로키가 물었다. "그게 무슨 소름 끼치는 짓이야?"

미세스 S는 어깨를 으쓱했다. "인간이란 원래 그래요. 어서 들어가죠."

관람객들의 흐름에 밀려 건물 입구에 도착했을 때, 또 다른 한 무리의 사람들이 문 주위에 모여 있는 게 보였다. 저마다 팻말을 높이 쳐들거나 어깨에 판을 두르고 있었다. 그중 몇 명은 선전물에 쓰인 것과 같은 구호를 외쳐댔다. 미세스 S는 눈길 한 번 주지 않고 그들을 스쳐 지나갔다.

로키가 그녀를 따라가려고 할 때, 어깨에 선전물을 두른 여자가 그의 앞으로 뛰어들며 손에 전단을 쥐어주었다. "이 안에 시체처럼 전시된 사람들은 아직 저세상으로 간 게 아니에요!" 그녀는 반은 그를 향해, 그리고 반은 다른 관람객들에게 들으라는 듯이 크게 소리쳤다. 로키의 얼굴에 그녀의 침이 튀었다. 군데군데 희끗희끗한 갈색 머리 위에 작고 아기자기한 모자를 핀으로 고정한 모습으로 보아 미세스 S와 비슷한 연배가 틀림없었다. 선전물을 단 옷자락이 팽팽히 당겨지며 검은색 치마 끝이 딸려 올라가 있었다. "경찰과 언론은 죽었다고 주장하지만, 저들은 잠을 자고 있는 것뿐이에요!" 그녀가 다시 소리치며 이번에는 테오에게 전단을 찔러주었지만 그는 지팡이를 안 쥔 손을 주머니에 넣고 일부러 다른 쪽을 쳐다보았다. "저들의 장례를 치르는 건, 산 사람을 생매장하는 거라고요!"

"어서 가요." 테오가 주머니에서 손을 빼더니 로키의 팔을 붙잡고 문 쪽으로 끌어당기며 여자에게서 멀리 떨어졌다. 로키는 손에 든 전단을 내려다보았다. 글자는 여자의 축축한 손바닥 때문에 땀으로 얼룩져 있었지만, 맨 위에 그려진 삽화는 알아볼 수 있었다. 해골 하나가 소용돌이무늬 테두리에 기대어 서서, 뼈다귀 손으로 날이 굽은 커다란 낫자루를 움켜쥐고 있었다. 그 아래는 굵은 글씨로 밑줄까지 그어놓은 다음과 같은 문구가 쓰여 있었다. **산 자들을 무덤 속에서 숨 막혀 죽게 하지 말라. 죽었다고 생각돼도 아직 살아날 희망이 있다.**

그리고 긴 문단이 계속됐는데 글씨가 너무 작아서 자세히 들여다보지 않으면 안 보였지만, 선전물을 두른 여자가 이 문제에 관해 할 말이 많다는 건 충분히 전달이 됐다. 로키는 전단을 주머니에 밀어 넣고 테오와 미세스 S를 따라 시체 안치소로 들어갔다.

시체 안치소의 복도는 발 디딜 틈도 없이 붐볐다. 로키는 희미하게 불이 켜져 있는 전시 케이스를 향해 목을 쭉 빼보았지만 그래봤자 시야를 확보하는 건 무리였다. 복도 양쪽으로 바닥에서 천장까지 유리벽이 쳐져 통로와 전시 공간을 분리하고 있었다. 시체들은 평평한 판 위에 눕혀진 채 관람객들을 향해 기울어져

전신을 드러내고 있었다. 민감한 부위에는 교묘하게 천이 둘러 있고, 시체들의 옷가지는 활짝 펼쳐져 뒤편 벽에 걸려 있었다. 천장을 따라 난 파이프에서 시커먼 물이 뚝뚝 떨어졌는데, 차가운 기온을 유지해 시체를 보존하려는 것 같았다. 경찰관 몇 명이 이런 구경거리에는 관심 없다는 듯 유리벽 양쪽을 천천히 돌아다녔다.

로키는 혐오감에 몸을 떨었다. 죽음 그 자체는 괴롭지 않았다. 모든 생명에는 끝이 있다. 토르와 그는 어린 시절부터 그렇게 배워왔다. 전사들은 매일 아스가르드를 위해 목숨을 바쳤다. 늙어서 평화롭게 죽는 사람들은 왕국을 섬기느라 기력이 쇠한 채 사라져갔다. 그가 참을 수 없는 건, 이 치욕스러운 광경이었다. 시체를 전시한다는 비뚤어진 생각과 그걸 멍청히 바라보는 사람들 말이다. 어린아이들이 시체의 딱 벌어진 상처를 구경하겠다며 유리벽에 코를 박고 얼굴을 비벼대고 있었다. 저 시체들은 한낱 인간에 불과했지만, 지금 이 순간 그는 저들을 모두 배에 태워 '헬(Hel)'로 배웅하고 싶었다.

"이건 야만적인 짓이야." 그가 속삭였다.

옆에 있던 테오가 땅만 바라보며 말했다. "그래도 우리한텐 강아지가 있어요."

미세스 S는 제일 큰 무리의 뒤쪽에 멈춰선 채, 지루함을 달래려고 한 발로 바닥을 굴렀다. 드디어 차례가 되어 유리벽으로 다가갈 때, 뒤에서 어떤 여자가 친구에게 속삭이는 게 들렸다. "살아 있는 시체들을 보려고 일주일 내내 기다렸지 뭐야."

로키는 잽싸게 뒤를 돌아보았다. "지금 뭐라고 했지?"

키가 작고 주근깨투성이인 소녀는 갑작스러운 질문에 깜짝 놀라는가 싶더니 이내 반항적으로 턱을 내밀며 말했다. "신문에서 그렇게 부른단 말이에요."

그녀는 유리벽을 향해 손가락을 찔러댔다. "원인 모를 죽음을 맞이한 거잖아요. 저 여자는 살아 있어야 한다고요."

여자의 표현이 그의 머릿속에서 어떤 기억을 되살렸다. 몇 년 전에 아버지가 마지막으로 갓즈아이 거울을 봤을 때 한 말이었다. '*살아 있는 시체들을 끌고 쳐들어온다.*'

미세스 S가 그의 팔을 감싸 쥐고 소녀들에게서 떼어냈다. "잘 봐요. 시간이 많지 않으니까."

로키는 테오만 뒤에 남기고 그녀를 따라 관람객 무리의 선두로 나아갔다. 그리고 유리벽에 바짝 붙어 앞에 놓인 여자의 시체를 바라보았다. 벌거벗은 몸 위로 길게 풀어헤친 머리카락이 흐물흐물 늘어져 가슴을 가리고 있었다. 그녀는 전혀 죽은 사람 같지 않았다. 싸늘한 불빛이 비치는 유리벽 속에서 잠이 든 것만 같았다. 피부도 일반적인 시체처럼 음습하고 창백하지 않았고, 변색된 부분도 없었으며, 어딘가를 앓거나 다친 흔적도 없었다. 이 일에 관심이 있는 것처럼 비치기 싫었는데도, 로키는 자신이 너무 가까이 다가가 유리에 코를 박고 있다는 걸 깨달았다.

그제야 고개를 돌려 줄지어 늘어선 시체들을 바라봤더니, 전부 다 같은 상태였다. 잠들어 있을 뿐 죽었다고는 할 수 없는 모습이었다. 출혈도 부상도 눈에 띄는 사망 원인도 보이지 않았다.

죽었다는 사실 외에는 공통점도 없었다.

미세스 S가 왜 이들이 마법에 의해 살해됐다고 확신하는지 이해가 됐다. 자연스러운 죽음이 아니었던 것이다. 인간다운 죽음도, 미드가르드에 어울리는 죽음도 아니었다.

"이렇게 죽은 게 몇 명이나 되지?" 그가 묻자 유리에 성에가 꼈다.

"시체로 꽉 찬 복도가 여기 말고 두 개 더 있어요." 미세스 S가 답했다. 유리를 통해 그녀의 굳은 입매가 비쳐 보였다. "런던 경찰국에선 시체에 매장 허가를 내주지 않고 있어요. 전부 여기에 모아놓고 지켜볼 뿐이죠."

"지켜본다고? 여기서 대체 뭘 지켜보겠다는 거야?" 로키가 물었다.

"그들도 모를 거예요. 하지만 이 시체들은 아직 썩지 않았으니 진짜 죽은 게 아니라고 믿는 사람들도 있어요. 심장 박동도 호흡도 없지만 시체는 아니라는 거죠. 부검을 하면 생사를 확정지을 수 있지만… 아, 부검은 시체를 조사해서 사망 원인을 밝혀내는…."

"부검이 뭔지는 나도 알아." 정색하고 말을 끊기는 했지만 사실은 처음 듣는 단어였다.

"죽은 자들의 가족들이 동의하지 않고 있어요."

"부검하는 게 뭐 어떻다고 동의를 안 해?" 로키는 자신 있게 그 단어를 발음해봤지만 왠지 입에 잘 달라붙지 않았다.

그의 발음이 이상했는지 어땠는지 모르겠지만 미세스 S는 아무런 언급이 없었다. “시체들의 상태가 워낙 특이해서 공식적으로 사망 선고를 하고 매장하려면 부검을 하는 수밖에 없어요. 그런데 이들이 실제로 사망했는지 여부에 관해서 아직 논란이 남아 있기 때문에, 가족의 동의 없이 검시관 마음대로 부검할 수가 없어요. 그리고 사랑하는 형제나 자매, 아버지나 어머니가 다시 살아날 수도 있는 상황에서 함부로 몸을 가르는 일에 자원할 가족은 없죠. 그런 사정으로 부검도 매장도 할 수가 없어요. 시체들은 이렇게 쌓여서 전시될 뿐이죠. 밖에 있는 저런 단체들이…” 그녀는 엄지손가락으로 어깨 뒤편, 그들이 들어온 방향을 가리켰다. “사망자 가족을 일일이 찾아가서 부검에 동의하지 말라고 설득했어요. 진짜로 죽은 게 아니라는 거죠.”

“저 시위자들 말이야?” 로키가 물었다.

미세스 S는 고개를 끄덕였다. “아스가르드에선 어떤지 모르겠지만, 여기선 살아 있는 사람을 땅에 묻지 않거든요. 아직 목숨이 붙어 있는데 땅에 묻으면 죽으니까요.”

“그건 어느 세계나 마찬가지일 거야. 지하 세계에선 시신을 하늘에 묻는 경우도 있긴 하지만.”

미세스 S가 살며시 웃었다. 시체와 그들을 사이를 가로막고 있는 유리벽에 그녀의 모습이 아직 희미하게 비치고 있었다. “우주의 신비를 하나 알았다 싶으면, 늘 새로운 게 또 나타난다니까요. 하늘 장례식이라니.” 그러면서 가만히 턱을 문지르는 걸 보니 머릿속으로 그 장면을 그려보고 있는 게 틀림없었다.

“그런데 당신들은 이런 일이 일어나고 있는 걸 어떻게 알았지?"

"경찰 내부에 우리 쪽 사람이 있거든요. 그가 정보를 흘려준 거죠. 이런 일의 진상을 밝혀내는 게 우리의 임무예요."

"그런 임무는 누가 부여하는 건데?"

"당신 아버지요."

"아버지는 그 대가로 뭘 주지?" 로키는 다시 유리벽을 향해 돌아섰다. "당신들은 외계를 위해 일하느라 시간을 낭비하는 거야."

"그럼 전하께서도 저희와 함께 조금 더 시간을 낭비해보시겠습니까? 그러고 보니 아직 아스가르드로 안 돌아가셨네요."

"일정이 좀 지연됐어." 이 여자나 아버지 앞에서(물론 다시 집으로 돌아가는 게 허락됐을 경우의 이야기지만) 인정하고 싶진 않았지만 로키는 이 일에 흥미가 생겼다.

"아, 그렇습니까?" 미세스 S의 말투에 장난기가 묻어났지만 로키는 무시했다.

"그러니까 일단 여기 남아서 자네들과 이 일을 조사해봐야겠어."

그녀의 웃는 모습이 유리에 비쳤다. "영광입니다, 전하."

ᚠᚫᛏᛗ

Chapter 16

샤프 소사이어티의 사무실은 핀치가 3½번지에 자리 잡고 있었는데, 공간 배치를 할 때 깜빡 잊고 있다가 마지막 순간, 골목 안 남는 공간에 억지로 쑤셔 넣은 듯한 모습이었다. 도저히 거대한 비밀 조직을 수용할 만한 공간이 아니었다. 양옆의 상점들보다 창문 수도 적고 현관문도 좁았다. 뒤편에 있는 공장에서는 간헐적으로 검은 연기가 뿜어져 나왔다. 이른 새벽의 희미한 불빛 속에서 로키는 가게에 'B. A. 샤프 골동품'이라는 작은 간판이 걸려 있는 걸 겨우 발견했다.

테오의 안내를 받아 문을 열고 들어가자 현관 벨 소리가 들리긴 했지만, 가게 안은 황량하기 그지없었다. 유리 케이스와 선

반은 텅 비어 있는 데다가, 모서리마다 먼지가 쌓이고 거미줄이 걸려 있었다. 천장 파이프가 샌 지 오래됐는지, 카운터에는 물이 흐른 흔적을 따라 곰팡이가 피어 있었다. "이 가게 자체가 골동품이라는 뜻인가?" 로키가 물었다.

"뭐라고요?" 램프에 불을 켜려고 더듬거리던 테오가 고개를 들었다. "아, 아니요. 여긴 샤프 씨의 가게였어요. 지금은 이 뒤에 있는 방만 사용하고 있어요. 저 안이 우리 사무실이에요. 따라오세요."

테오는 카운터를 빙 돌아 퀴퀴한 벨벳 커튼을 젖혔다. 곰팡내로 미루어 보아 물이 카운터에 떨어지기 전에 이 커튼을 따라 흐른 게 틀림없었다.

드디어 나타난 방은 사무실이라고 보기 힘들었다. 로키는 그들이 진짜 조직이라고 할 만한 규모인지 의심이 들기 시작했다.

가게와 달리 방 안은 물건들로 꽉 들어차 있었다. 먼저 천장까지 쌓인 책들이 눈에 들어왔다. 방 한가운데를 차지한 커다란 원탁은 서류 뭉치와 나무 상자, 녹슨 검 등의 무게를 못 이기고 푹 주저앉아 있었다. 한쪽 구석에 붙어 있는 작업대에는 각종 장치와 전선들이 어지럽게 늘어져 있었다.

테오가 외투를 벗는 사이에, 로키는 가짜 보석이 박힌 반지를 집어 들었다. 보석 접착부를 비틀어 열린 자리에 작은 장치가 드러나 있었다.

"그건 만지지 마세요." 테오가 재빨리 말했다.

"이게 뭐 하는 건데?" 로키가 물었다.

"안정제가 묻은 다트를 발사하는 거예요. 제대로 작동한다면요. 복불복이죠."

"이런 건 다 어디서 난 거야?"

"거의 다 저한테서요."

"네가 만들었어?"

"대부분은요. 제가 한때는 공학도였거든요. 그대로 공학자가 될 생각이었지만, 중간에 계획이… 망가져버렸죠." 그는 어깨를 으쓱했다. "아스가르드에서 쓰던 물건들에 비하면 다 엉터리 같아 보이겠지만요."

"맞아."

테오는 난로에 불을 붙이다 말고 로키를 쏘아보았다. "빈말이라도 아니라고 해주면 어디 덧나나요?"

로키는 어깨를 으쓱했다. "네가 먼저 그랬잖아."

"그야 조금이라도 반대해주길 바라면서 한 말이죠. '*아니야, 아주 놀라워. 아스가르드에서도 통하겠는걸. 넌 아주 멋지고 똑똑하고 잘생겼어, 테오.*' 이렇게요." 그는 탁자에 놓인 성냥갑에 성냥을 그어 난로 안에 던져 넣었다. 불이 붙을락 말락 하며 연기가 모락모락 났다. "제가 너무 무리한 기대를 했나보네요."

로키는 변색된 황금 건틀릿 한 쌍을 집어 들었다. 지구보다는 그의 고향에 어울리는 물건이었다. "이건 뭐 하는 거야?"

테오가 두 번째 성냥에 불을 붙이다가 고개를 살짝 들었다. "아무것도 아니에요. 샤프 씨가 탐험을 떠났다가 발견한 골동품이죠."

"또 샤프 씨군. 텅 빈 가게에 물품을 조달하는 비밀스러운 인물."

"비밀 같은 건 없어요. 미세스 S의 남편이에요. 고고학자였어요. 대영박물관에 소속돼서 북유럽 유물을 수집했죠. 부부가 같이요. 아스가르드에 있는 당신 아버지와 맨 처음 접촉한 것도 그와 미세스 S였어요. 브룩우드 근처에서 우연히 페어리 링을 발견하면서 그렇게 됐대요."

"샤프 씨라고? 너희 조직에 왜 그런 바보 같은 이름을 붙였는지 이제 좀 이해가 되는군." 테오가 코웃음을 쳤다. "명칭을 변경하자고 탄원해봐. 지금 이대로는 명함을 내밀 때 부끄럽지 않아?"

"요즘은 명함 같은 거 나눠줄 일 없어요." 테오가 난로에 바람을 불어넣으며 말했다. "게다가 명함 같은 걸 돌리고 다니면 그건 비밀 조직이 아니잖아요."

"표결에 부칠 생각은 안 해봤어?" 로키는 먼지 낀 창턱을 손가락으로 쓱 훔쳤다. "근사한 이름으로 바꾸면 거대한 너희 비밀 조직의 수많은 구성원들도 사무실에 더 자주 얼굴을 비칠 텐데."

로키는 입술을 깨물며 성냥갑만 노려보고 있는 테오를 힐끗 쳐다보았다.

"우린 그 이름으로 존경을 표하는 거예요." 테오가 말했다.

"존경?"

"샤프 씨에게요."

"그럴 줄 알았지. 그 사람이 어떻게 됐는데?"

"몇 년 전에 돌아가셨어요. 저는 실제로 뵌 적도 없어요. 그건 그렇고 마법으로 불 좀 피워주면 안 돼요? 수갑도 벗겨드렸잖아요." 그는 세 번째로 검게 그을린 성냥을 난로에 집어던졌다. "추워 돼질 것 같은데 도무지 불이 안 피워져요."

로키는 그를 가만히 바라보았다. 싫다고 거절하려 했다. 그때, 테오가 몸을 부르르 떨며 이를 딱딱 부딪쳤다. "알았어." 로키는 두 손을 비비며 난로 앞으로 다가갔다. 약간 허세를 부리는 동작이기도 했고, 이 조그만 뒷방이 실제로 춥기도 했다. 손가락 사이에 불꽃을 모아 난로 한가운데로 떨어뜨렸다. 불길이 활활 타오르며 테오와 그의 몸을 따뜻하고 발그레하게 데워주었다. 로키는 난로 위에 손을 대고 기대다가 테오를 돌아보았다. "왜?"

"정말…" 테오가 말을 더듬으며 턱을 문지르자 로키는 갑자기 이상한 기분이 들었다. 아스가르드에서 마법을 드러낼 때마다 느꼈던 불편한 감정이 치솟았다. 하지만 테오는 곧 이렇게 말해주었다. "정말 멋져요."

"이런 건 간단한 마법이야."

"그래도요. 여기 마법 같은 건 전혀 못하는 사람도 있거든요." 테오는 탁자에 놓인 의자 등받이에 지팡이를 걸고 그 자리에 앉으며 앞에 놓인 서류 더미에서 녹슨 검을 치웠다.

"그 수갑도 네가 직접 만든 거야?" 로키는 맞은편 의자에 앉아 난로 위에 발뒤꿈치를 올려놓으며 은근슬쩍 물었다. "마법을 억제하는 수갑 말이야."

"아니요, 그건 아스가르드에서 온 거예요. 당신 아버지가 샤프 씨에게 보내준 거죠. 여기서 마법을 지닌 존재들을 철저히 잡아둘 수 있게요. 그런 사건이 몇 번 있었던 모양이에요."

로키는 누군가를 자신을 대신해서 강력한 마법 존재들과 싸우게 하려면 일단 적절한 무기로 무장시켜주는 게 먼저 아닌가 싶었다. 하지만 그 생각을 입 밖으로 꺼내기 전에 테오가 위태롭게 쌓여 있는 서류 더미에서 밑바닥에 있는 한 뭉치를 꺼내더니 테이블 너머 로키를 향해 흔들어댔다. "자, 여기 경찰 보고서가 있으니까…."

"잠깐만." 테오가 손을 내밀 때 로키가 보고서의 첫 페이지를 꽉 쥐는 바람에 잠시 두 사람의 손이 맞닿았다. 의도치 않은 어설픈 접촉이었다. 서로의 손에서 느껴지는 감촉에 두 사람 다 화들짝 놀랐지만, 화상이라도 입은 듯 손을 문지르며 먼저 피한 건 테오였다.

"시체 안치소에 같이 가주면 아스가르드에 연락하게 해준다고 약속했잖아." 로키가 말했다.

"제가요?" 테오는 목덜미를 벅벅 긁었다.

"난 바로 어제 일처럼 생생하다고." 로키는 잠시 멈췄다가 말을 이었다. "실제로 어제였군. 시간상으로는 겨우 몇 시간 전이지만."

"알았어요. 기억났어요. 감사합니다." 테오는 한숨을 내쉬며 몸을 일으키더니 작업대 옆의 선반에서 도자기로 된 주전자와 그릇을 꺼내 경찰 보고서 위에 올려놓았다. 그리고 주전자 뚜껑을 연 다음 투명한 액체를 그릇에 따랐다. "이것도 오딘이 준 거예요."

"아이고, 물주전자도 주셨어?" 로키는 한 손을 가슴에 갖다 댔다. "우리 아버지는 어찌나 사려가 깊으신지."

"아니요, 이 그릇이요. 이게 바로 여기와 아스가르드 사이의 쌍방향 통신 기기예요." 테오는 뒤로 물러섰다. 액체의 표면이 희미하게 빛나다가 어떤 이미지가 떠올랐는데, 로키가 서 있는 각도에서는 잘 알아볼 수가 없었다. "조용히 통화하게 자리를 비켜 드릴까요?" 테오가 물었다.

"왜? 양쪽의 대화 내용이 다 들리나?"

"왜요?" 테오가 그를 흉내 내며 물었다. "제 얘기를 하시려고요?"

"아마도. 흉만 볼 거니까 걱정하지 마."

테오는 의자 등받이에서 지팡이를 낚아채고 아쉬운 듯 난로 쪽으로 시선을 던지더니 벨벳 커튼을 밀고 나가며 뒤편을 향해 소리쳤다. "아버지께 안부 전해주세요."

로키가 몸을 숙이고 그릇을 들여다보자 땅이 진동하기라도 한 것처럼 액체의 표면이 살짝 흔들렸다. 그는 아버지의 회의실이나 헤임달의 망루가 나타나기를 기대했다. 아니면 집무실일 수도 있었다. 최악의 경우라도 아스가르드 궁전을 방문한 고관들이 드나드는 지도 제작실이나 도서관 정도는 나오겠지 싶었다.

하지만 그의 멍한 시선 앞에 펼쳐진 건 아무것도 없는 돌벽이었다. 그게 어딘가의 천장이라는 걸 깨닫는 데는 시간이 조금 걸렸다. 아무런 장식도 없이 밋밋한 걸로 봐서 궁전 내의 중요한 장소일 리는 없었다. 오딘이 샤프 소사이어티와의 통신 지점으로 정한 게 어딘지는 몰라도 상대방에 대한 존중 같은 건 찾아볼 수 없는 곳이었다. 로키는 자신을 이런 변변찮은 세상으로 쫓아 보낸 아버지에게 다시 한 번 분노가 치밀어 올랐다. 오딘은 인간들과 협력하면서도 그들과의 통신을 위해 집무실 한구석조차 내주지 않았다. 저런 어두운 쪽방을 백날 지켜보고 있어 봐야 아스가르드에 있는 누군가와 연락이 닿을 리 없었다. 변기를 청소하는 어린 시종이라도 지나가면 천만다행일 터였다.

그는 허리를 펴고 테오를 찾아 고개를 두리번거렸다. 아스가르드와 연락할 방법이 정말 이것밖에 없는지, 이런 걸로 어떻게 통화를 하는지, 순찰 중인 경비병이 지나가는 일정표라도 있는지 테오를 데려와서 물어봐야 할 것 같았다. 그때, 수면 위로 무언가가 휙 지나갔다. 로키는 물속에 코를 박다시피 하며 다시 그릇을 들여다보았다.

"토르 형!"

한참 침묵이 흐르다가 어지러운 발자국 소리가 들리더니, 천장을 가리며 어떤 그림자가 드리워졌다. 토르였다. 땋은 머리가 땀으로 헝클어지고 웃통을 벗어 맨가슴인 채였다.

토르는 깜짝 놀라 소리를 질렀다. "로키!"

"설마 바지도 벗고 있는 건 아니지?" 로키가 대꾸했다.

"너 세면대에서 뭐 하는 거야?"

거기였나? 로키가 짐작한 것보다 훨씬 심했다. 오딘은 샤프 소사이어티와의 통신망을 군사들이 무술 연습을 하는 훈련장 탈의실에 처박아둔 것이다. 왕인 오딘은 절대 들어가지 않는 곳이었다. "형이 왜 말하는 세면대 앞에서 내 말을 받아주고 있어? 훈련장에 간 거야?"

"여긴 그 밑에 있는 탈의실이야. 넌 어쩌자고…." 토르가 살짝 움직이더니 로키의 시선 밖에 있는 어딘가에서 수건을 집어 몸을 가리려는 듯 어깨에 둘렀다. "내가 다 벗고 있으면 어쩌려고?"

"그럼 못 볼 꼴을 봤다며 영원히 괴로워했겠지." 로키가 건성으로 답했다. "내가 정하는 거였으면 절대 그런 장소랑 연결되게 안 했어."

토르는 수건으로 머리를 털곤 바닥에 던져버렸다. 로키가 저기에 있었다면 수건을 집어 들고 싶은 충동을 억누르느라 상당한 노력이 필요했을 것이다. "그렇게 뭉쳐놓으면 잘 안 마르잖아."

"뭐라고?"

"수건 말이야."

"넌 갑자기 나타나서 한다는 말이… 고작 주변 정리 잘하라는 거야?"

"겨우 그 정도 말로 날 화나게 할 수 있을 것 같아?"

토르는 씩씩거리며 한숨을 내쉬곤 바닥의 수건을 내려다보다가 이내 줍지 않겠다고 마음먹은 것 같았다. "너 지금 어디야?" 그가 물었다.

"미드가르드. 난 여기로 추방당했잖아." 로키가 대답했다.

"넌 추방된 게 아니야." 토르가 발끈했다. "임무를 받고 떠난 거잖아."

로키는 과장된 미소를 지어 보였다. "어머나, 그런 말을 믿다니 대단하시네요. 형은 지금쯤 알프헤임에 있어야 하는 거 아니야?"

"거긴 아버지 혼자 가셨어. 난 다른 군사들이랑 바나헤임 인근 밀수 항구로 가서 노른 스톤을 찾아보래. 우리 첩자 하나가 스톤이 암시장에 넘어갔을지도 모른다는 정보를 보내왔거든."

로키는 화가 나서 하마터면 대야에 고꾸라질 뻔했다. 그렇게 하면 바로 아스가르드로 넘어갈 수 있지 않을까 하는 일말의 희망을 품어보기도 했다. "이미 산처럼 쌓인 공적에 용감무쌍한 원정이 하나 더 추가되다니 좋으시겠어."

"아버지는 그쪽에서 내 능력을 활용하는 게 낫겠다고…."

"그러셨겠지." 로키가 말을 자르고 들어갔다. "그리고 내 능력은 인간들과 탐정 놀이를 하는 데 알맞고."

"네 임무도 왕이 명령한 중요한 일…." 토르가 설교를 시작하자 로키는 다시 말을 잘랐다.

"아니, 날 벌주려고 쓸데없는 일을 던져준 거야. 형이 날 여기서 꺼내줘."

토르는 얼굴을 찌푸렸다. "헤임달을 불러봐."

"불러봤어. 그런데 아버지가 날 데려오지 말라고 하신 것 같아. 나한테 바이프로스트를 열어주지 않아."

"그럼 나도 널 데려오면 안 되겠네."

로키는 자신이 아무 의미도 없이 대야 양옆을 움켜쥐고 있다는 걸 깨달았다. "형, 제발."

"하지만 네 임무는…."

"임무 같은 건 없어. 아버지가 날 아스가르드에서 쫓아내려고 가짜로 지어낸 거야. 그러면서 자기들에게 일어난 일이 우리한테도 중요할 거라고 믿는 한심한 인간들도 안심시키고 말이야. 나도 같이 노른 스톤을 찾으러 가게 해줘. 내가 거기로 가는 게 아버지한테도 훨씬 도움이 될 거야. 게다가 지금 아스가르드에 안 계시니까 내가 형이랑 같이 돌아오기 전까진 아무것도 모르실 거 아니야."

토르가 뺨 안쪽을 잘근잘근 씹자, 예의 그 험상궂은 핏줄이 이마에 툭 튀어나왔다. "미안하다, 로키."

"형, 제발…."

"거기서 임무 잘 마치고 아스가르드에 돌아오면 보자."

"형!" 로키는 소리를 질렀지만 토르는 이미 가고 없었다. 그러다가 다시 돌아와 자기가 던졌던 수건을 낚아채더니 어설프게 접어놓곤 다시 성큼성큼 사라졌다.

로키는 몸을 뒤로 젖혀 의자에 기대며 두 주먹을 이마에 대고 괴로움에 신음했다. 지구에 머무를 이유가 없다고 한 건 물론 약간 과장된 말이었다. 런던 사람들에게 실제로 마법 같은 일이 일어나고 있었다. 하지만 그 문제를 자신이 해결하고 싶진 않았다. 토르와 함께 여러 세계를 돌아다니며 노른 스톤을 찾고 싶었다. 이렇게 양팔을 다 펼 수도 없을 만큼 좁은 방에서 아스가르드인과 외모만 비슷한 인간들에게 둘러싸여 있긴 싫었다. 여긴 공기도 너무 건조해서 피부가 가려웠다. 그는 집에 가고 싶었다. 다시 기회를 얻고 싶었다.

로키는 벌떡 일어나서 커튼을 젖히고 나가려다가 바로 앞 카운터에 몸을 기대고 있던 테오와 부딪칠 뻔했다.

"조용히 통화하게 나가준다며?" 로키가 몰아붙였다.

"커튼이 가려져 있었잖아요." 테오가 뺨을 붉히며 말했다. 그러다가 도저히 못 참겠다는 듯 로키에게 물었다. "그러니까 당신 아버지에게 우리는 어떻게 돼도 상관없는 한심한 인간들이군요?"

로키는 코로 긴 한숨을 내쉬었다. "너희가 하는 일은 너희 세계에선 아주 중요한 일이겠지. 이곳의 안전과 균형과 질서, 뭐 그런 외교적인 명분을 지키는 일이니까. 하지만 너희는 우주가 얼마나 광대한지 이해 못해. 미드가르드에서 일어나는 가장 큰 사건도 우주적인 차원에서 보자면 일시적인 거야. 찰나에 지나지 않지. 재채기 한 번이나 마찬가지야. 우리 형은 지금 은하계에서 가장 위험한 마법 증폭기를 추적하려고 여러 세계를 가로지르는 탐험을 떠난다고. 그러니 이 시궁창 같은 도시에서 인간 몇 명이 죽어 나간다 한들, 내가 이 일에 온 힘을 쏟을 마음이 생길 리가 없잖아."

테오가 이를 앙다무는 걸 본 로키는 그가 진짜 하고 싶은 말을 억누르며 겨우 말을 꺼냈다는 걸 눈치챘다. "그들도 누군가의 가족이에요."

"가족 없는 사람이 어디 있어."

"그렇다고 그들의 생명을 가치 없는 것으로 취급하면 안 되죠."

"맙소사." 로키가 코웃음을 쳤다. "생명은 귀중하고 진귀한 게 아니야. 여기저기 발에 차이는 게 생명이지. 소중한 사람이 죽을 때마다 울면 세상이 끝날 때까지 훌쩍여야 해."

"그들은 죽음의 진상을 알 권리가 있어요." 테오가 다그쳤다. "런던 사람들을 죽이고 다니는 게 뭔지는 모르지만, 우린 그것으로부터 자유로울 권리가 있다고요. 당신네가 당신 형이 찾는 유물로부터 안전할 권리가 있듯이요."

"지금 날 감동시키려는 거야?" 로키가 양팔을 벌렸다. "나한테서 눈물을 끌어내려고? 미안하지만 난 울보가 아니라서 말이야."

"아니, 당신한테 그런 건 무리한 부탁이라는 거 알아요." 그때, 현관에서 벨소리가 들려오자 테오는 뒤를 돌아보며 "지금은 영업 안 합니…" 하다가 움찔하며 말했다. "아, 너였구나."

로키는 그 사람이 대영박물관의 컴컴한 지하 통로에서 본 젬이라는 걸 알아보기까지 시간이 조금 걸렸다. 지금은 깔끔한 푸른색 제복에 길쭉한 고깔 같은 모자를 쓰고 있었다. 어젯밤 시체 안치소에서 경관들을 보지 못했어도 저것이 미드가르드의 경찰 복장이라는 걸 알아채는 건 어렵지 않았을 것이다. 전사들은 어딜 가나 똑같이 생겼으니까.

젬은 얼굴이 빨개져서 숨을 헐떡이고 있었다. 산처럼 거대한 어깨는 지진이라도 난 것처럼 들썩거렸다. "하나 더 나왔어."

테오의 팔꿈치가 카운터 모서리에서 미끄러졌다. "뭐라고?"

"스코틀랜드야드(런던경찰국의 별칭-옮긴이)에 신고가 접수됐어." 젬이 헐떡거리며 대답했다. "클래펌의 순경 하나가 발견했대. 플라우 뒤쪽에 시체가 나왔어."

테오는 조그맣게 욕설을 내뱉었다. 그리고 "미세스 S도…" 하는데 젬이 말을 끊었다.

"내가 박물관으로 연락드렸어. 지금쯤 그쪽으로 가고 계실 거야. 어딘지 알겠어? 난 너랑 같이 있는 걸 들키면 안 되니까."

"찾아갈 수 있어. 도구를 챙겨올게. 외투도." 테오는 뒷방으로 뛰어 들어가다가 로키와 부딪칠 뻔했다. "아, 당신도요. 같이 가요."

"살인이 난 곳에?" 로키가 물었다.

"범죄 현장이에요." 테오가 답했다.

Chapter 17

플라우 여관에도 시체 안치소 밖에 늘어서 있던 것만큼이나 많은 구경꾼이 몰려와 있었다. 로키는 죽음에 대한 인간들의 그칠 줄 모르는 호기심에 감동해야 할지 역겨워해야 할지 모를 지경이었다.

무리 지어 있는 구경꾼들 뒤쪽에 그들을 기다리고 있는 미세스 S가 보였다. 목깃이 높은 블라우스 위에 검은 망토를 뒤집어쓴 차림이었다. 통 넓은 바지의 밑단이 짧은 부츠 위로 펄럭였고, 팔짱을 낀 두 팔은 뼈만 앙상해 보였다. 기다리느라 지쳤다는 속내를 드러내는 것 같기도 했지만, 로키에게는 단순히 추위를 피하는 동작으로 보였다. 그녀는 코에 검은 안경을 걸쳐놓고 있었는데, 안경테가 어찌나 작은지 눈알과 거의 비슷해 보였다. "드디어 왔군." 그녀가 두 사람에게로 다가왔다. "저 땍땍거리는 경찰들에게 귀중한 정보를 좀 캐내볼까 했지만, 나중에 젬한테 자세히 들을 수 있겠지. 애쉬포드와 베인즈래." 그녀의 마지막 말이 뭔가 중요한 얘기였는지 테오가 입술을 오므렸다. "자, 그럼." 그녀가 로키를 돌아보며 말했다. "지금부터 일어날 일을 미리 경고해드리자면…."

"시체를 보게 된다는 거지?" 로키가 말했다.

"아." 그녀가 잠시 뜸을 들였다. "그건 그렇지만 제가 경고해드리려는 건 그게 아니고요. 현장의 경찰들은 좀 거칠거든요."

"누구한테나?"

"네, 하지만 우리한테 좀 더 심하게 굴죠."

"미세스 S." 로키가 그녀와 똑같이 팔짱을 끼며 말했다. "설마 누가 당신들한테 거칠게 굴겠어?"

"제가 하고 싶은 말은, 범행 현장에 접근할 수 있는 시간은 한정돼 있으니 그 안에 시체를 최대한 자세히 살펴보자는 거예요. 도구는 가져왔겠지?" 그녀의 물음에 테오는 어깨에 멘 가죽 가방을 툭툭 두드렸다. "좋아. 왕자님은 네가 책임져."

"나에 대한 책임은 내가 스스로 질 수 있어." 로키가 불쑥 끼어들었다.

미세스 S는 한쪽 눈썹을 들어 올렸지만 딱히 반박은 하지 않았다. "그럼 따라오시죠."

여관 앞을 둘러싼 사람들은 시체 안치소 밖에 있던 구경꾼들

만큼 들떠 있진 않았다. 삼삼오오 모여 소곤거리는 게 장례식장에서 고인에 대한 소문을 쑥덕거리는 조문객들 같았다. 로키는 미세스 S를 본 사람들이 그녀의 독특한 안경에서 통 넓은 바지로 시선을 옮기며 옆 사람들에게 뭐라고 속삭이는 걸 눈치챘다. 그러고 보니 미드가르드에서 미세스 S 외에 바지를 입는 여자는 보지 못했다.

구경꾼들 앞에서 경관 두 명이 팔짱을 낀 채 사람의 진입을 막고 있었다. 둘 중 한 명은 젬이었는데, 그들을 보고도 자연스럽게 못 본 척했다. 다른 한 명도 젬 못지않게 어깨가 떡 벌어진 데다 삐뚤빼뚤 짧게 자른 머리 스타일도 비슷했다. 세 사람이 다가가자 그의 얼굴에 비웃음이 걸렸다. "불청객들이 또 나타나셨군."

"안녕, 폴." 미세스 S가 인사를 받았다. "건강해 보이는구나."

"이제 경관님이라고 부르셔야죠, 샤프 부인." 폴이 대꾸했다.

미세스 S는 혀를 찼다. "이런, 나한테 그런 식으로 말하는 걸 너희 어머니가 보시면 못마땅해하실 텐데."

폴이 얼굴을 붉혔다. "어머니는 이제 당신 일에 상관하고 싶지 않아 하세요. 우리도 마찬가지고요."

"그래, 나한테도 그렇게 말하더구나." 미세스 S가 말했다. "경감님과 잠시 얘기 좀 나누고 싶은데."

"엄마가 그러는데 아줌마는 남편을 떠나보내고 실성했대요." 폴이 말했다.

미세스 S의 미소가 굳어졌다. "날 그렇게 평가하다니 너희 어머니는 참 친절하시구나. 여기서 그런 말을 꺼내는 너도 마찬가지고." 그러더니 젬을 돌아보며 말했다. "잠시 경감님을 뵐 수 있게 지나가게 해주시면 안 될까요? 형님이 고집불통이라서요."

로키는 그제야 폴과 젬의 닮은 부분이 눈에 들어왔다. 처음에는 손이 크고 어깨가 넓은 덩치들은 다 비슷하다고만 생각했다. 하지만 둘 다 코가 납작하고 눈이 작은 데다가 이마는 광고판으로 써도 될 만큼 넓었다.

젬이 형에게 시선을 던지며 말했다. "말썽을 일으키시진 않을 거야."

"베인즈 형사님이 펄펄 뛰실…." 폴이 발끈했지만 젬은 팔을 풀며 말했다. "들어가보세요, 샤프 부인."

"고마워, 젬." 그녀는 감사 인사를 하며 테오와 로키를 데리고 두 경관 사이를 지나갔다. "어머니에게 내가 아직 정신은 꽉 붙들고 있으니 걱정 마시라고, 건강 잘 챙기시라고 전해주렴."

젬이 고개를 끄덕였다. "네."

살해된 남자는 안치실에 있던 다른 시체들과 똑같은 상태였다. 이목구비가 느슨하고 사지는 축 늘어졌어도 죽은 게 아니라 자고 있는 것처럼 보였다. 그는 무릎까지 올라오는 양말을 신고 표면이 거칠거칠한 외투를 걸치고 있었다. 손가락 관절 부위가 새까맣게 더러웠다. 등에 묶인 손잡이가 긴 브러시 세트는 진흙 속에 떨어져 있고, 목에는 그 끈이 단단히 감겨 있었다.

젬과 같은 제복을 입은 남자 몇 명이 골목을 어슬렁거리며 나무 상자를 뒤집어보거나 흙더미를 발로 차면서 남아 있는 단서를 찾고 있었다. 사진 촬영을 위해 가느다란 삼각대에 카메라를 설치하는 남자도 있었다. 두 남자가 시체를 내려다보며 이야기를 나누고 있었는데, 한 사람은 콧수염이 덥수룩하고 다른 사람은 턱수염이 드문드문 난 비쩍 마른 빨강머리였다. 로키 일행이 다가가자 둘은 고개를 들고 그들을 바라보았다. 콧수염 난 남자가 아무 감정도 드러나지 않는 가짜 미소를 지었다. "다들 여기 좀 봐. 유령 패거리가 납셨어."

미세스 S도 싸늘한 미소를 보냈다. "안녕하세요, 애쉬포드 형사님." 그리고 빨강머리 경찰 쪽으로 몸을 돌려 짧게 고개를 끄덕였다. "베인즈 형사님."

"샤프 부인." 애쉬포드는 손을 들어 그들이 더 가까이 오는 걸 막았다. "스코틀랜드야드가 조사 중인 범행 현장에 무단 침입하신 겁니다. 이게 몇 번째더라."

"그래서 '당장 떠나라, 싫다' 하는 실랑이를 또 한판 벌이고 싶으세요?" 미세스 S가 물었다.

"부인을 그냥 체포하는 편이 훨씬 간단하겠죠." 애쉬포드가 답했다.

"그건 형사님답지 않은데요." 미세스 S가 두 손을 쫙 펴고 손가락을 꼼지락거리며 말했다. "본인의 손은 더럽히지 않는 게 형사님 특기잖아요."

애쉬포드는 쌀쌀맞게 웃으며 바지를 추켜올렸다. "그래서 이번 사건은 범인이 누군가요? 귀신? 혼령? 유령이 목을 조른 건가요? 아니면 이 남자도 다른 시체들과 똑같이 마녀에게 당했나요?"

"어이, 테오. 새 애인이 생겼나 봐." 미세스 S가 대답을 하기도 전에 베인즈가 테오에게 시비를 걸었다. "번들번들한 들고양이잖아. 지적인 스타일을 좋아하는 줄 알았는데."

경찰들 앞에서 마법을 사용하거나 주문을 걸겠다고 협박하는 건 현명하지 못한 일 같아서, 로키는 그저 '*확 두꺼비로 만들어 버릴까 보다*' 하는 표정만 최대한 사납게 지어 보였다.

"무시해요." 테오가 다소 긴장된 목소리로 로키를 향해 속삭였다.

"제 바지 어때요?" 미세스 S가 불쑥 끼어들자 테오는 지팡이로 로키의 다리를 쿡쿡 찔렀다.

"이리 와요. 부인이 시간을 끄는 동안 우린 시체를 살펴봐야 해요." 테오가 말했다.

"이제 박물관에서도 이걸 입고 다니게 해주거든요." 로키는 테오를 따라 띠가 둘러쳐진 범행 현장으로 다가가며 미세스 S의 말에 귀를 기울였다.

"남편이 죽었으니 이제 본인이 직접 자신의 남편이 되려고요?" 베인즈가 심술궂은 미소를 지으며 물었다. "왜 그렇게 남자처럼 보이려고 애를 쓰죠?"

"당신 같은 사내들이 보고 배울 좋은 역할 모델이 필요하니까." 미세스 S가 도전적인 눈빛으로 상대의 기를 누르며 말했다.

테오는 이를 악물며 시체 옆에 웅크리고 앉았다. 성치 않은 다리에 체중이 실리자 그의 입에서 고통스러운 한숨이 새어 나왔다. 로키도 그의 옆에서 몸을 굽혔다.

"이걸 써요." 테오는 가방을 뒤적거려서 미세스 S가 쓴 것과 똑같은 안경 두 쌍을 꺼냈다.

"이게 뭐 하는 건데?" 로키가 안경을 받아들며 물었다.

"그걸 쓰면 마법의 잔여물을 볼 수 있어요."

"마법이 잔여물을 남기는 줄은 몰랐는데."

"지구에서만 볼 수 있는 거예요. 여기는 공기 중에 마법이 떠다니지 않으니까요. 아스가르드에선 마법의 농도가 너무 진해서 그런 흔적은 못 찾을 거예요."

로키는 안경을 들어 눈앞에 대보았다. 그러자 주변 모든 것이 색을 잃고 칙칙하게 보였다. 하지만 죽은 사람 위로는 하얀 공기 조각이 맴돌아 몸 전체에 고운 눈가루가 덮인 것 같았다. 렌즈를 눈 위로 들자 광채는 사라졌다. 그는 안경을 코에 걸친 다음, 자신의 손을 내려다보며 손가락 끝에 마법을 모아보았다. 놀랍게도 손가락에서 희미하게 빛이 났다.

"이것도 네가 만들었어?" 그가 테오에게 물었다.

"안경이요?" 테오는 으쓱하며 콧등에 안경을 썼다. "직접 만들기야 했지만 이론 자체는 제가 생각해낸 게 아니에요. 기본적으로 심령사진의 이중 노출과 같은 원리로 작동하죠."

"난 그게 뭔지 하나도 몰라."

"대단한 건 아니에요." 테오가 말했다. "이게 무슨 마법인지 알아보겠어요?"

"마법 종류에 따라 뭔가 달라 보이진 않을 것 같은데. 이걸

봐." 그는 손을 들어 테오에게 보여주며 다시 한 번 에너지를 모았다.

테오는 눈을 가늘게 뜬 채 안경을 썼다 벗었다 하며 그것을 지켜보았다.

"그리고 난 인간이든 다른 어떤 존재든 상대에게 이런 짓을 할 수 있는 마법은 몰라." 로키는 몸을 뒤로 젖히다가 손을 잘못 디뎌서 넘어질 뻔했다. 아차 싶어 뭐라도 잡아보려고 허둥대던 그의 손이 죽은 남자의 맨 팔뚝에 털썩 떨어지고 말았다.

순간, 정확히 뭔지는 알 수 없지만 어떤 마법이 느껴졌다. 죽은 사람이지만 아직 온기가 남아 있구나 싶었을 때, 시체가 갑자기 경련을 일으켰다. 그리고 손을 뻗어 로키의 팔목을 움켜잡았다. 사내가 눈을 번쩍 뜨며 로키와 눈을 맞췄다.

그러더니 잠시 후 온몸에 힘이 풀리며 다시 죽은 상태로 되돌아갔다.

로키는 허둥지둥 뒤로 물러나며 색안경을 벗고 남자를 멍하니 바라보았다. 그는 죽었다. 그랬었다. 죽은 사람이었다. 그런데 잠깐이지만 조금 전에….

문득, 이걸 목격한 건 자신만이 아니라는 걸 깨달았다. 경찰들이 대화를 멈추고 혼비백산해서 방금 일어난 일에 대해 소리를 지르고 있었다. 구경꾼 중에도 젬과 폴의 우람한 팔뚝 너머로 그 광경을 본 사람들이 있는지 여기저기서 비명을 질러댔다. 누군가가 로키의 외투 깃을 잡고 멀리 좇아 보내더니, 시체 옆에 꿇어앉아 맥박을 짚었다. "안 뛰어." 그는 누구에게랄 것도 없이 그렇게 외쳤다.

애쉬포드 형사는 하얗게 질린 얼굴로 눈을 둥그렇게 떴다. "내가 봤어. 내가 봤는데…."

베인즈가 고개를 들었다. "나도 봤어. 다들 봤다고."

"이런 제기랄."

"뭘 어떻게 한 거예요?" 테오가 조용히 로키에게 속삭였다.

"나도 몰라." 그가 대꾸했다.

베인즈가 갑자기 빙그르 돌더니 테오를 밀어 물웅덩이에 빠뜨렸다. 테오의 안경이 그의 얼굴에서 튕겨 나와 자갈 위로 떨어졌다. "감히 우리 앞에서 속임수를 써?"

"전 아무 짓도 안 했어요!" 테오가 항의했다.

"퍽이나 아무 짓도 안 했겠다." 형사는 일부러 테오의 안경을 밟으며 으르렁거렸다. 안경은 그의 발밑에서 뼈가 부러지듯 우두둑거렸다. "너희는 뭔가 이상하고 설명할 수 없는 일이 일어날 때면 어김없이 꼬여 들잖아. 그게 그냥 우연의 일치라고?"

"그 애를 괴롭히지 마세요." 미세스 S가 외쳤다.

베인즈가 더러운 물웅덩이를 걷어차자 흙탕물을 맞은 테오는 움찔했다. "너 같은 걸 다시 체포하는 건 일도 아니야."

그는 다시 발을 들더니 어디로 떨어뜨릴까 고민하는 것처럼 아까보다 더 높이 올렸다. 그때, 로키가 재빨리 일어서서 베인즈와 테오 사이를 가로막고 섰다. 단검을 뽑아 들고 싶어서 몸이 근질근질했지만 그랬다가는 셋 다 체포되기 십상일 것 같아서 꾹 참았다. 베인즈는 여전히 발을 올린 채 가만히 멈춰 섰다. 그리고 로키와 한참 눈싸움을 하다가 기어코 발을 땅에 쿵 구르며 두 사람이 몸을 돌리기도 전에 그들에게 흙탕물을 튀겼다.

"샤프 부인, 동료들을 데리고 당장 여길 떠나시는 게 좋겠네요." 애쉬포드의 목소리가 들려왔다.

로키는 뒤를 돌아 테오에게 손을 내밀었다. 테오가 손을 잡자, 로키는 그를 일으켜 세우며 희미한 떨림을 느꼈다. 미세스 S가 테오의 지팡이를 주워 건네주며 고갯짓으로 그들이 왔던 방향을 가리켰다.

세 사람이 구경꾼들을 밀치며 지나가자, 몇몇이 야유하며 빨강머리 형사와 똑같이 모욕적인 말을 내뱉었다. 아무것도 못 본 사람들은 그들 앞으로 뛰어들며 무슨 일이 일어난 건지 알려달라고 애원했다. 신문사에서 나왔다며 한마디만 해달라고 매달리는 남자도 있었다. 하지만 미세스 S는 그들 모두를 무시하고 지나갔다.

마침내 클래펌 커먼으로 나오자 도로는 마차와 짐차들이 뒤엉켜 난장판이어도 인도는 덜 혼잡했고 그들에게 달려드는 사람도 없었다. "당신네한테 필요한 게 뭔지 알아? 과도한 인구를 조금이라도 줄일 수 있는 역병이야."

"병이 돈 적도 있어요." 미세스 S가 말했다. "여러 번 있었죠. 하지만 개새끼들은 끈질기게 살아남더라고요." 그녀는 우뚝 멈춰서 테오를 돌아보았다. "어디 잠시 앉았다 갈래? 다친 덴 없어?"

테오는 고개를 저었지만 표정은 많이 힘들어 보였다. "그냥 돌아가요."

"그래. 그러자. 내가 마차를 잡아볼게. 이 애랑 같이 있어줄래요?" 그녀는 로키에게 테오를 부탁하곤 도로로 뛰어가더니 지나가는 마차를 세우려고 손을 흔들었다.

테오는 정육점 벽에 기대어 털썩 주저앉았다. 로키도 그의 옆에 기대서서 발밑의 벽돌 바닥을 내려다보았다. 정육점에서 골목에 내다 버린 쓰레기로 얼룩덜룩했다.

"고마워요." 테오가 잠시 뜸을 들이다가 말했다.

로키는 어깨를 으쓱했다. 용기 있는 사람으로 비춰지는 게 불편했지만, 사실 개입할 의도 같은 건 없었다고 말하는 건 쓸데없이 잔인한 일인 것 같았다. 반쯤 일어서기 전까지는 자신이 일어서고 있다는 자각도 없었다.

"그런데 늘 그런 식이야? 경비병들 말이야." 로키가 물었다.

"경찰 말이죠?" 테오의 얼굴에 아주 잠깐 미소가 스쳐 지나갔다. "그런 셈이죠. 우리한테 침을 뱉을 때도 있어요. 욕도 더 심하게 하고요. 오늘은 무난히 넘어간 편이에요."

"저들과 함께 일해야 할 상황이 자주 발생하나?"

"함께 일한다는 건 너무 과한 표현이고요. 이래저래 마주치게 되죠. 꽤 자주요. 뭔가 불가사의한 사건이 발생하면 경찰이 원인을 조사하러 출동해요. 그들은 당연히 마법과의 연관성을 고려하지 않죠. 그럴 땐 우리도 현장을 찾아가는데, 그들은 우리를 보고 달갑지 않아 하니까 험한 말이 오가는 거예요." 테오는 모자를 벗고 엉킨 머리카락을 손으로 정리했다. "하지만 우린 경찰 내부에 잼을 심어뒀으니까요. 다른 요원들도… 있고요." 마지막 문장은 약간 얼버무리며 끝맺었다.

"너희의 그 거대한 비밀 조직 요원들 말이군." 로키가 콕 짚어 말했다.

테오는 곁눈질로 그의 눈치를 봤다. "맞아요. 규모가 엄청나죠."

그때, 미세스 S가 돌아왔다. "사무실까지 타고 갈 마차를 잡았어." 그녀는 팔을 뻗어 굽히더니 로키의 한쪽 팔에 휙 걸었다. "어서 가시죠, 전하. 인간들이 울분을 어떻게 해소하는지 보여드리겠습니다."

"어떻게 하는데?" 로키가 물었다.

"기분을 풀면서 코가 비뚤어지게 마시죠."

ᚠᚱᚨᛗ

Chapter 18

사프 소사이어티의 사무실로 돌아온 세 사람은 비좁은 뒷방에 비해 너무 큰 탁자에 둘러앉아 술을 마셨다. 미세스 S가 찬장에서 투명한 술이 담긴 병을 꺼내 와서 각자의 잔에 따랐고, 나머지 두 사람이 입술을 축이기도 전에 혼자서 두 잔을 단숨에 비워버렸다. 로키는 자신의 잔을 들고 킁킁거렸다. 알코올 냄새가 너무 강했고 약간의 꽃향기도 났다. 겨우 몇 모금을 넘기자 눈물샘이 터져 나와 얼른 잔을 내려놓았다. 알코올이 그의 내장을 부식시켜 영구적인 손상을 입힌 게 틀림없었다. 테오도 잔을 들어 벌컥벌컥 마셨지만 금세 후회하는 것 같았다. 그는 술을 내뱉지 않으려는 듯 입을 꼭 다물고 볼을 빵빵하게 부풀린 채 가슴을 움켜쥐었다.

“그러니까…” 로키가 침묵을 깨고 입을 열었다. “너희는 진짜 대규모 비밀 조직은 아닌 거지?”

그러자 테오가 어느새 또 한 잔을 채우고 있는 미세스 S를 바라보았다. “정부에서 인가한 조직이냐고 물으시는 거라면 아니에요. 우린 제복도 급여도 없고 법으로 보호받지도 못해요.”

“그래서 조직원이 몇 명이나 있는데?”

“세 명이요.”

“겨우 세 명 더 있는 거야?”

“아니요. 우리 셋이 전부예요.” 로키는 그럴 거라고 이미 예상했고, 그녀가 직접 인정하는 걸 들으면 쾌감을 느낄 줄 알았지만 오히려 동정심만 부풀어 올랐다. 미세스 S는 엄지손가락으로 입가를 쓱 닦곤 다시 술병을 집어 들었다. “인원수의 부족함은 개개인의 개성으로 벌충한다. 바이런 경도 이런 말을 하지 않았던가?”

“아니요.” 테오가 고개도 들지 않고 말했다.

미세스 S가 손을 흔들며 말했다. “그럼 그 전우 어쩌고 하는 건 뭐야?”

“‘우리는 소수의, 행복한 소수의 전우들이다’” 테오가 암송했다. “‘오늘 나와 함께 피를 흘리는 자는/나의 형제가 되리니.’ 하지만 이건 바이런 경과는 전혀 관련 없어요.”

미세스 S는 테오가 자랑스럽다는 듯 고개를 끄덕이더니 로키를 보며 말했다. “우리 팀에는 대학 교육을 받은 인재도 있죠.”

"절반뿐이지만요." 테오가 정정했다. "대학 교육을 절반만 받았다고요. 난 중간에 퇴학당했잖아요."

"우리도 노력은 해봤어요." 미세스 S가 술잔을 검사하듯 불빛에 비춰보며 말했다. "처음엔 경찰들에게 우리 상황을 설명하고 도움을 청했죠. 그들이 이해하지 못하는 위협에 대해 경고도 해주고요. 하지만 돌아오는 건 조롱과 불신인 경우가 많았어요."

"그것뿐이었죠." 테오가 다시 정정했다. "우리에게 돌아온 건 조롱과 불신뿐이었다고요."

"우리 아버지는 어떻게 알게 됐지? 아스가르드와 아홉 세계 등을 어떻게 알게 된 거야?" 로키가 물었다.

미세스 S가 술잔을 자기 쪽으로 끌어당기더니 아주 진지하고 나지막하며 은밀한 말투로 이야기했다. "우리 어머니가 발키리였어요."

테오가 입을 떡 벌리고 그녀를 올려다보았다. "잠깐만요, 정말요?"

미세스 S는 아무 말도 하지 않았다. 그저 로키를 빤히 바라보다가 한쪽 눈썹을 천천히 이마선 근처까지 치켜들었다. 로키는 그녀의 표정을 가만히 살피다가 의자 등받이에 몸을 기대며 고개를 저었다. "그럴 리가 없어."

그녀가 깔깔대며 웃었다. 테오는 눈을 치켜뜨곤 힘겹게 자리에서 일어섰다. "난 오줌 누러 다녀올게요."

그가 커튼 뒤로 사라지자 미세스 S는 다시 의자에 몸을 파묻은 채 한쪽 다리를 몸 안쪽으로 끌어당기며 천장을 올려다보았다. 그러고 한참을 아무 말이 없어서 로키는 그녀가 자신의 질문을 잊어버린 줄만 알았다. 그런데 잠시 후, 그녀가 입을 열었다. "남편과 나는 고고학자였어요. 우린 각국을 돌아다니며 골동품을 수집했죠. 주로 대영박물관에 납품했지만 개인적으로 거래를 하기도 했어요. 그러다가…" 그녀는 가게 쪽을 향해 어렴풋이 손을 흔들었다. "파리의 한 경매에서 바이킹의 것으로 추정되는 유물을 구입했는데, 그걸 박물관에 가져가자 진품 인정을 거부하는 거예요. 모조품이라면서요. 남편은 그들이 틀렸다는 걸 증명하겠다고 단단히 결심했고, 그 과정에서 이게 모조품이 아닌 아스가르드의 유물이라는 걸 알아냈어요. 바나헤임의 밀수업자가 당신 아버지의 궁전에서 훔쳐 온 거였죠. 아스가르드의 군사들이 유물을 회수하러 찾아왔고, 오딘은 우리 부부에게 감사의 뜻으로 금으로 가득찬 배를 선물했어요."

"배 전체를 가득 채워서?" 로키가 끼어들었다.

"그냥 요만큼 정도요." 미세스 S가 손을 들어 보여주며 말했다. "하지만 안락한 생활을 하기에는 충분했어요. 그 후로 남편과 나는 지구에서 발생하는 차원 간의 문제를 감시하겠다고 자원했고, 당신 아버지가 그걸 받아들이면서 우리의 협력 관계가 시작된 거죠."

"어떤 문제 말이야?" 로키는 이곳으로 보내지기 전까지 아버지의 입에서 샤프 소사이어티의 이름을 들어본 적이 없었다.

"별별 게 다 있었죠. 프라하에 있는 문을 차원 간 포털로 이용해 시간 여행을 하는 도둑도 있었고요. 헬에서 소환된 악마가

이탈리아의 수도승을 사로잡은 일도 있었어요." 그녀는 술을 한 모금 마시고는 심각하게 말을 이어갔다. "남편은 당신 아버지의 명령으로 파리를 공포에 떨게 한 가고일을 잡으러 갔다가 목숨을 잃었어요. 혼자 나서는 건 어리석은 일이었지만 당신 아버지가 지원병을 보낼 수 있게 됐을 때는 이미 너무 늦어버렸죠. 남편을 구하기에는요." 그녀가 재빨리 덧붙였다. "파리는 여전히 쌩쌩하지만요."

"그게 언제쯤이었지?" 로키가 물었다.

그녀는 어깨를 으쓱거렸다. "그리 오래되진 않았어요. 겨우 몇 년 전이니까요."

로키는 인상을 찌푸렸다. 그는 지난 2년간 모든 왕실 회의에 참석했지만 지구에 가고일이 출몰했다는 얘기는 들어본 적이 없다고 확신했다. 아버지에게 샤프 소사이어티에 대해 들어본 적도 없었다. 미드가르드에서 어떤 구원 요청이 들어왔었는지 몰라도, 그런 안건이 아스가르드의 왕실 회의에서 언급된 적은 단 한 번도 없었다.

미세스 S는 술잔의 윗부분을 따라 엄지손가락을 쓰윽 문질렀다. "우린 런던 이외에 다른 지역의 페어리 링도 계속 감시하고 있어요. 아스가르드에선 뭐라고 부르는지 모르겠네요. 무언가가 바이프로스트에서 우리 세상으로 뚝 떨어지는 지점 있잖아요. 포털. 레이 라인. 문턱. 하늘에서 물건이 떨어지는 곳이요." 그녀는 술잔을 깨끗이 비우고 잔을 멀리 밀어냈다. "내가 더 못 마시게 하세요. 한 잔 더 따르려고 하면 안 된다고 막아줘요."

"그러고 나서는 혼자 이 일을 떠맡은 건가?" 로키가 물었다.

미세스 S는 고개를 끄덕였다. "여자가 사회생활을 하는 건 어느 분야에서나 힘들지만, 미지의 영역에서는 특히 더 심해요. 어떤 가상의 분야에서도 남자들은 어떻게든 여자를 쫓아내려 하거든요."

"테오와 젬은 어떻게 만난 거지?"

"젬하고는 그 애가 어릴 때부터 알던 사이에요. 그 애의 엄마와 친구였거든요. 우리 부부의 관심 분야가 바뀌자 그녀와 남편은 우리와 어울리지 않겠다고 선언했죠. 우리가 제정신이 아니라고 생각한 거예요. 젬은 남아프리카에서 군 복무를 마치고 돌아오자마자 우리 부부를 찾아와서 피부가 초록색인 여자를 만났다고 했어요. 그녀는 자기가 외계에서 왔다고 했대요. 아마도 두 사람 사이에 약간의 로맨스가 싹텄던 것 같아요. 직접 물어본 적은 없지만요." 그녀는 술병을 잡으려고 손을 뻗다가 멈칫했다. "둘 사이에 무슨 일이 있었는지는 모르지만 그 영향으로 젬은 우리를 찾아온 거예요. 그리고 이제 경찰관이 됐고, 우리를 도와주고 있죠. 경찰 내부에 우리 사람이 있어서 얼마나 다행인지 몰라요. 게다가 그는 힘도 세니까요."

로키는 코웃음을 쳤다. "그럼 테오는?"

"아. 테오는 얘기가 조금 더 복잡해요." 그녀는 테오가 아직 돌아오지 않는다는 걸 확인하곤 낮은 목소리로 속삭였다. "그 애는 원즈워스에 있었거든요." 로키가 무슨 뜻인지 몰라 멍한 표정으로 바라보자 그녀는 다른 말로 바꿔 말했다. "교도소요."

"테오가 전과자야?"

"그렇게 순진해 보이는 애가 의외죠? 다리도 그러니 누가 의심이나 하겠어요. 개인적으로는 지팡이로 머리를 후려치는 게 사람을 죽이기에 가장 좋은 방법이라고 생각하지만요. 그렇다고 테오가 살인범이라는 건 아니에요." 그녀가 재빨리 덧붙였다. 유리잔 입구를 매만지던 손가락이 꺾이며 관절이 하얘졌다. "남편이 죽은 직후에 나는 이 세상 것이 아닌 기술을 사용한다고 의심되는 '스타크'라는 사람의 군수 공장을 조사했는데…" 그녀는 갑자기 손을 흔들며 말을 끊었다. "자세한 사정은 그리 중요한 게 아니고. 아무튼 그 일로 원즈워스에 가서 수감돼 있는 공장 관계자들을 면담했고, 그중 한 명이 테오 벨이라는 청년이었어요. 제대로 된 식사를 한 지 족히 일 년은 넘어 보였고, 다리도 부러져 있었죠. 누군가 그 애의 그… 그러니까 정체를 알고… 대퇴골을 짓밟았는데 아무도 도와주지 않은 거예요."

"공장의 스캔들에 깊이 연루됐었나 보지?" 로키가 물었다. 그리고 자신이 이 모든 일에 엄청난 관심을 쏟고 있다는 사실에 스스로도 놀랐다. 인간은 전부 하찮고 시시하다고 생각했고, 자신을 이곳으로 불러낸 책임이 있는 세 사람은 더더욱 경멸하려 했는데. 그런데 지금 이러고 있는 것이다.

"테오는 대규모 체포가 이루어졌을 때 공장에 있었던 죄밖에 없어요. 학생 신분으로 공장 기계를 업데이트하는 프로젝트를 돕고 있었죠."

"현장에 있었다는 이유만으로 체포하는 게 어디 있어. 그건 공평하지 않잖아."

"세상이 어디 공평하게 돌아가나요. 그건 당신네 세상도 마찬가지일 것 같은데요. 그거야말로 전 우주에서 일관되게 통하는 진리 아닐까요?" 그녀는 다시 의자에 등을 기대고 고개를 똑바로 들었다. 창밖에는 저녁 어스름이 깔리고 있었다. 어둑어둑해진 실내에서 그녀의 얼굴선이 날카롭게 빛났다. "다른 사람들이 다 풀려날 때도 테오는 외설죄로 계속 잡혀 있었어요."

"외설?"

미세스 S는 고개를 앞으로 숙이며 눈을 가늘게 뜨고 그를 바라보더니, 코로 훗 하고 웃음을 흘려보냈다. "하아, 당신이 온 곳은 모두가 평등한 권리를 지닌 평화로운 낙원이겠죠. 거기선 여자들에게도 투표권이 있나요?"

"미드가르드에선 여자가 투표를 못하나?"

미세스 S는 그의 진심을 가늠하려는 듯 한참을 바라보다가 결국 입을 열었다. "테오는 사내를 좋아하는 사내예요. 그렇다고 상대가 꼭 사내여야 하는 건 아닐 거예요. 내 생각에는요. 그 문제를 길게 논의해본 적은 없거든요. 하지만 우리 세상에선 그게 범죄예요. 남자들끼리 육체관계를 맺는 것 말이에요."

"아." 로키는 무슨 말을 해야 할지 알 수 없었다. 나라는 존재를 구성하는 어떤 부분 때문에 쫓겨나고 배제당하고 조롱 받는 게 어떤 건지는 그도 너무나 잘 알았다. 나를 나로 만들어주는 것에서 강점을 찾아내고 자부심을 느끼고 싶어도 세상은 그것을 꽁꽁 숨기라고 한다. 그런 위화감은 직접 겪어보지 않고서는 이해하기 힘들었다.

"내가 말했다고는 하지 마요. 그 얘기를 하는 건 별로 안 좋아하니까." 엿듣는 사람은 없었지만 미세스 S는 몸을 은밀하게 기울이며 말했다. "난 좀 취한 것 같네요. 마시면 기분이 좋아진다고는 장담 못하지만 독한 놈인 건 확실해요." 그녀는 자신의 빈 잔을 아직 가득 차 있는 로키의 잔에 부딪혔다. "저런, 입도 안 댔네요."

"너무 고약해."

미세스 S는 가슴에 손을 얹으며 말했다. "우리나라의 국민 술을 모독하다니. 내가 당신 행성에 가서 벌꿀주를 모욕하면 기분이 어떻겠어요?"

"그럴 리는 없을 거야. 정말 맛있으니까." 로키는 한 모금이라도 마셔서 그녀의 기분을 풀어주려고 술잔에 코를 대고 한 번 더 킁킁거렸지만 그것만으로도 역겨워서 토할 뻔했다. "이것과 비교하면 특히 더 그렇지."

미세스 S가 깔깔거리며 웃을 때 먼지를 일으키며 커튼이 열리더니 테오가 들어왔고, 바로 뒤에서 젬이 쿵쿵거리며 따라왔다. "내가 누굴 찾았는지 보세요."

미세스 S는 비틀거리며 일어나 그들을 향해 양팔을 벌렸다. "지오!"

젬은 눈썹을 치켜 올렸다. "취하셨어요?"

"조금. 티도 안 날 정도로 약간만 마셨어." 그녀는 의자 다리에 발을 걸어 테오 쪽으로 밀어주곤 다시 자리에 앉았다. 젬은 난로 위에 몸을 웅크리고 손을 녹였다. "뭐 좀 밝혀진 게 있어, 젬?"

"남자의 이름은 로리 가버예요. 21세, 굴뚝 청소부죠. 시체 안치소에 여자 세 명이 찾아와 그의 신원을 확인했어요."

"딸들이에요?" 테오가 묻자 젬은 고개를 저었다.

"부인들."

"모르몬 교도였어요?" 테오가 입을 떡 벌리며 물었다.

그게 무슨 뜻인지 로키가 묻기도 전에 젬이 고개를 저었다. "그냥 개새끼였어. 셋 다 자기가 유일한 부인이라고 생각했지."

미세스 S는 폭소를 터뜨렸다. "저런, 영안실에서 그런 진실을 깨달았다니 끔찍하군. 나 커피 좀 따라줄래, 젬?" 젬이 찻잔을 건네자 그녀가 다시 질문을 이어갔다. "사망 원인에 대해서는 더 알아낸 거 없어? 아니면 사망 시간이라든지?"

젬은 고개를 저었다. "다른 시체들과 마찬가지로 아무것도 없어요. 사망 원인이라고 부를 만한 게 안 나오네요. 세 부인 모두 그가 생전에 아주 건강했다고 증언했어요. 시간도 방법도 전부 오리무중이에요."

"목격자도 당연히 없겠지." 미세스 S가 말했다.

"네. 하지만 주머니 안에서 6실링과 주머니칼, 명함, 주사위 한 쌍이 나왔어요."

"누구의 명함이요?" 테오가 물었다.

젬은 기억을 되살리려고 눈을 가늘게 떴다. "인페르노 클럽. 코벤트 가든에 있는 으스스한 술집 중 하나지. 여자 이름도 하나 쓰여 있었어. 영매 같아. 카드점을 쳐주거나 뭐 그랬겠지."

테오는 미세스 S를 힐끗 쳐다보았다. "이 클럽을 조사해볼 필요가 있을까요?"

미세스 S는 이마에 손을 짚으며 말했다. "지금까지 시체에서 나온 명함 중에 일치하는 건 하나도 없었고, 조사해서 수상한 자가 나온 적도 없었잖아. 그냥 요즘 명함이 쓸데없이 유행인 것 같아. 아, 그리고 한 가지 더 논의할 게 있지." 미세스 S가 기다란 손가락으로 컵을 움켜쥔 채 팔꿈치를 짚어 로키 쪽으로 몸을 숙이며 말했다. "당신 일이에요. 죽은 남자한테 뭔가를 했잖아요."

"나도 모르는 일이야."

"그를 죽음에서 되살렸잖아요." 테오가 말했다.

로키는 그를 노려보았다. "그렇지 않아."

"아니요, 틀림없어요. 우리도 다 봤단 말이에요. 골목에 있던 사람들은 다 봤어요."

"난 죽은 사람을 살려내는 건 못해." 로키가 반박했다. 왠지 모르게 점점 목소리가 커졌다. "내 마법은 그렇게 작동하는 게 아니라고."

"하지만 어떤 식으로든 그에게 생기를 불어넣은 건 사실이에요." 미세스 S가 말했다.

"난 아무것도 안 했어!" 로키가 반항했다. "테오한테 그 남자를 죽인 마법과 내 마법이 어떻게 다른지 보여주다가 실수로 그 남자를 만졌는데…."

“그에게 한순간 생명의 숨결을 불어 넣은 거죠.” 미세스 S가 말했다.

‘*살아 있는 시체.*’ 로키의 마음속에 검은 그림자가 지나갔다. 그 말이 아버지의 목소리로 들려왔다.

“그럼 시위자들 말이 맞는 거예요?” 젬이 물었다. 그가 커피 한 잔을 따라 들자 커다란 손안에 든 찻잔이 소꿉놀이 장난감처럼 보였다. “다시 살려낼 수 있을지도 모르는 거네요.”

그러면서 미세스 S를 바라봤지만 그녀는 아무 말이 없었다. 입술을 오므린 채 손가락 하나로 탁자를 계속 두드릴 뿐이었다. 테오는 아픈 다리를 쭉 펴고 손바닥 아랫부분으로 무릎을 문질렀다. “이건 말이 안 돼요.”

“뭐가 말이 안 된다는 건지 자세히 말해봐.” 미세스 S가 다그쳤다.

“이 연쇄 살인에는 패턴이 없어요. 아무런 공통점이 없다고요. 천하의 잭 더 리퍼도 특정 유형만 노렸어요. 화이트채플의 매춘부들만 살해했죠. 이번 사건의 범인은 누군지 몰라도 사방팔방 다니며 아무렇게나 사람을 해치고 있어요.”

“그래서 네 의견은 뭔데?” 미세스 S가 눈가를 찌푸리며 말했다.

“마법은 분명하지만 살인자의 짓은 아닐 수도 있어요. 뭔가 다른 존재일지도 몰라요.” 테오가 말했다.

젬이 갑자기 손가락을 탁 튕겼다. “인챈트리스!”

로키는 고개를 벌떡 들었다. “뭐라고?”

"인챈트리스라고 코벤트 가든의 영매예요. 시체에 있던 명함이 그 여자 거였어요."

로키는 얼굴이 화끈거리며 순식간에 온몸의 피가 머리로 쏠려 어지러울 지경이었다.

인챈트리스. 그동안의 세월과 거리를 뛰어넘어 *이곳에서* 그녀를 찾게 되는 건가?

그녀일 리가 없어.

그녀여야만 해.

"친구예요?" 테오가 물었다.

"아니." 로키는 얼굴에 다 티가 난다는 걸 알면서도 재빨리 부정했다. 심장이 너무 빨리 뛰어서 숨이 가쁜 소리가 났다. "그냥 그 이름이 마음에 들어서. 언젠가 내가 써먹어야겠어. 로키 더 인챈트리스라고."

테오가 코웃음을 쳤다. "그게 무슨 뜻인지는 알고 계시는 거죠? 인챈터의 여성형이잖아요."

"그게 뭐 어때서?"

"남자들은 대부분 그런 이름을 쓰길 거리낄 거예요. 여성스러운 건 약하다고 생각하니까요." 미세스 S가 대답을 마치더니 고개를 들어 천장을 바라보았다. "클럽을 조사해보자고. 현재로선 다른 단서가 없으니까."

"내가 갈게." 로키가 너무 간절하게 들리지 않도록 주의하면서 말했지만, 어림없는 일이었다.

테오가 눈썹을 찡그렸다. "당신이요?"

"그러는 게 제일 합리적이지 않겠어? 마법과 관련된 일이 벌어지고 있는 거라면 당연히 내가 조사를 해야지. 여기서 마법을 부릴 수 있는 건 나밖에 없잖아. 물론 클럽에 마법 같은 건 없겠지. 그 여자가 마법을 쓰는 것도 아닐 거야. 그러니까, 뭐냐… 진짜 인챈트리스는 아니니까 말이야. 아무튼 내 생각은 그래. 하지만 아닐 수도 있지. 어쨌든 난 그 여자를 모르니까!" 로키는 속으로 스스로를 나무랐다. *너 왜 이래. 정상적으로 굴란 말이야!* 그는 침을 꿀꺽 삼키고 이번에는 좀 더 덤덤하게 말했다. "게다가 테오는 다리가 아프고, 젬은 순찰 중이고, 당신은 취했잖아. 그러니까 내가 갈 수밖에."

테오가 여전히 얼굴을 찌푸리고 있는 걸 보니 반대하고 나설 게 틀림없다고 생각했지만, 그 전에 술기운이 더 오른 건지 누가 가도 상관없어서인지는 몰라도 미세스 S가 나섰다. "전하께서 드디어 저희와 조사를 함께하신다니 다행이군요." 그녀는 빈 잔을 높이 들어 올렸다. "아스가르드의 왕자님을 위하여. 앞으로도 오래오래 인간들과 함께 협력해 나가시기를!"

ᚨᛋᛏᛖ

Chapter 19

그가 인페르노 클럽 근처에 다다를 무렵에는 태양이 뉘엿뉘엿 넘어가며 주변 건물의 꼭대기를 호박색으로 물들이고 있었다. 도중에 다 죽어가는 잔디밭에서 풀을 뜯어 먹고 있는 검은 양 떼를 지나쳤는데, 자세히 보니 검은 양이 아니라 너무 오랜 시간 도시에 머물러 거무죽죽하게 때가 낀 흰 양이었다. 발걸음이 닫는 거리마다 사람들로 붐벼서 도시 전체가 만원 사태인 것만 같았다. 인도를 따라 천으로 된 차양이 늘어서 있고, 그 아래로 보이는 상점의 정면은 진흙과 내부에 존재하는 알 수 없는 유해 화학물질로 인해 얼룩덜룩 변색돼 있었다. 도로는 수많은 마차와 그 사이를 요리조리 오가는 사람들로 혼잡했으며, 마차가 들어가지 못하는 좁은 골목에서는 야생 고양이들이 꽉 막힌 배수구와 냄새나는 오물더미를 피해 어슬렁거렸다.

인간들이란 정말로 역겹기 그지없었다.

인페르노 클럽의 입구는 거무죽죽하고 칙칙한 가게들과 세탁물이 널려 있는 공동 주택들 사이에 자리 잡고 있었다. 평범한 거리에서 혼자만 튀는 게, 마치 썩어가는 입안에 박혀 있는 금니 같았다. 클럽의 정문을 지키고 있는 건 두 개의 악마 석상으로, 날개를 활짝 펴고 꼬리를 상인방에 휘감은 채 문틀을 감싸고 있었다. 클럽에 들어가려고 줄 선 사람들을 내려다보며 이를 다 드러낸 채 웃고 있는 석상들 옆으로 인페르노 클럽이라는 글자가 금색으로 반짝였다. 그 아래로는 문틀의 측면을 따라 **이곳에 들어오는 자여, 모든 희망을 버릴지니**라고 세로로 길게 쓰여 있었다.

너무 극적인 효과를 내려고 애쓴 느낌이랄까.

로키도 클럽 안에 들어가려고 줄을 섰다. 여기 손님들은 그가 지금까지 길거리에서 본 사람들과 달리 사치스러운 옷차림을 하고 있었다. 베일이나 꼭대기에 봉제된 새를 붙인 기다란 모자, 땅까지 질질 끌리는 기다란 주름치마 등이 눈에 띄었다. 색상은 전부 검은색이었다. 그도 평소처럼 손톱을 검은색으로 바꿔볼까 생각했지만 주변에 손톱을 칠한 사람은 아무도 없었다. 괜히 긁어 부스럼 만들 필요는 없었다. 클럽 안쪽에서 끽끽거리는 각종 현악기 소리가 귀신이 나올 것처럼 음산하게 들려왔다. 손님들은 높아지는 심박 수와 서서히 고조되는 스릴감으로 와글거리고 있었다.

인간들은 역겹기도 하고 쉽게 흥분하기도 했다.

문 안으로 들어가자 지하로 내려가는 계단이 나왔는데, 벽과 천장을 빙 둘러 일종의 터널 같은 분위기를 내고 있었다. 터널에는 전등갓을 씌우지 않은 가스 램프가 벽을 따라 뜨겁게 타오르고 있었지만 조도는 높지 않아서, 문 앞에 있던 것과 비슷한 악마상이 늘어서 있다는 것만 겨우 알아볼 수 있었다. 서로 뒤엉킨 채 기어오르고 밀어내는 형태였다. 동글동글한 대머리에 작은 뿔들이 삐죽삐죽 나오고, 얼굴은 하나같이 날카롭고 사악해 보였다. 그 아래로 벌거벗은 인간들이 고통에 신음하는 모습이 부조로 새겨져 있어서, 마치 횃불이 지옥의 불길처럼 밑에서부터 혀를 날름거리고 위에서는 악마들이 짓누르는 것 같은 착각을 불러일으켰다. 그때, 뒤편에서 한 여자가 작게 비명을 지르는가 싶더니 이내 친구들과 함께 까르르 웃어댔다.

계단을 다 내려가자 터널 끝에 검은 커튼이 나왔고, 그걸 밀치며 들어가자 클럽이 모습을 드러냈다. 뼈다귀로 만든 새장 안에 전등이 드문드문 걸려 있을 뿐이라 여기도 그리 밝지는 않았다. 벽마다 드리워진 두꺼운 검은색 커튼에는 우아하게 주름이 져 있었다. 하지만 모든 것이 지극히 과장된 느낌이었다. 탁자는 관 모양이었고 커튼 사이에 드러난 벽은 해골과 뼈다귀, 악마 같은 얼굴들로 장식돼 있었다. 카운터 위에는 **유해한 독극물**이라는 표시와 함께 전쟁과 참수 장면이 그려져 있었다. 그 밑에 붙어 있는 메뉴에는 *시체에서 나온 간암*, *폐결핵*, *콜레라균*이라고 쓰여 있었다. 카운터 뒤에 있는 남자는 수도승처럼 차려입고 뼈다귀로 만든 커다란 십자가를 목에 두르고 있었다. 로키가 그 앞을 지나가자, 남자는 이 사이로 쯧 소리를 내더니 재떨이에 잿빛 가래를 뱉어냈다.

클럽 안은 이미 사람들로 붐볐다. 조문객처럼 차려입은 사람들이 탁자마다 가득했는데, 몇몇은 이 장소가 주는 스릴감에 잔뜩 들뜬 것 같아 보였고, 삐질삐질 땀을 흘리며 난감해하는 사람들도 있었다. "너무 많이 마셨어." 카운터 자리에 앉은 한 남자가 스툴 위에서 빙그르 돌며 외쳤다. "온몸에 퍼졌어. 페스트균이. 이건 위험하다고."

터널 입구에서 제일 멀리 떨어진 구석에 검은 커튼이 쳐져 있고, 팔뚝이 로키의 허리만큼 굵은 정장 차림의 사내가 그 앞을 지키고 있었다. 그의 머리 위에는 **일곱 번째 지옥**이라는 표지판이 붙어 있고, 그 아래 **인챈트리스**라고 쓰여 있었다. 로키는 심장이 쿵쾅거리며 가슴이 꽉 죄어오는 걸 느꼈다. 심호흡을 하자.

문간의 사내는 두툼한 이마 때문에 반은 가려진 눈으로 홀을 가로질러 다가가는 로키를 지켜보았다. 두꺼운 망토의 두건이 뒤로 흘러내려가자 그의 민머리가 드러났다.

"안녕하세요. 인챈트리스를 잠깐 보고 싶은데요." 로키가 말했다.

"10실링." 사내가 퉅퉅거리며 말했다.

"뭐라고?"

사내는 숱 많은 눈썹 한쪽을 치켜들었다. "10실링 내라고." 그가 천천히 말했다. "1파운드의 절반. 자릿값이야."

"자리?" 로키가 물었다.

"너 바보냐?" 사내는 손등으로 코를 쓱 훔치곤 바지에 문질러 닦았다. "돈을 내고 쇼의 관람석을 사면 인챈트리스를 볼 수 있다고."

"내가 한가하게 앉아서 쇼나 볼 사람으로 보여?" 로키가 물었다.

사내는 그를 위아래로 훑어보았다. "꼭 마녀 같아 보이는데."

로키는 자기 자신을 내려다보았다. 에너지를 아끼기 위해 그동안 입고 다니던 화려한 옷을 벗고 진짜 정장을 사 입은 참이었다. 위아래 모두 검은색에 작은 핀으로 넥타이를 고정했고, 팩스턴 구두점에 있는 신사용 부츠 중에 제일 굽이 높은 걸 골랐지만 그의 기준에서는 턱없이 낮았다. "고맙군."

"마녀는 여자야."

"그래서 내가 기분 나빠할 이유가 있나?"

남자는 콧방귀를 뀌었다. 물론 로키의 농담에 공감해서 웃는 건 아니었다. "다음 쇼도 10실링이야." 그가 로키를 머리부터 발끝까지 쳐다보며 말했다. "나한테 마법을 걸어도 소용없어, 마녀씨."

로키는 손이 근질거렸지만 가까스로 참았다. "그녀한테 말 좀 전해줄 수 있어?" 사내에게서 안 된다는 말이 나오지 않자 로키는 계속 밀어붙였다. "그녀의 트릭스터가 여기에 와 있다고 좀 전해줘."

"그녀의 트릭스터?" 사내가 따라 하자 로키가 말한 것보다 훨씬 더 진지한 뜻으로 들렸다.

"아니, 그녀의 것은 아니고. 그러니까…" 로키는 당황한 마음에 얼굴이 붉어지는 것도 몰랐지만, 사내의 히죽거리는 미소에서 자신의 상태를 눈치채지 않을 수 없었다. 그는 '트릭스터'라고 정정하곤 재빨리 덧붙였다. "트릭스터가 세상에 한 명은 아니겠지만. 그러니까… 아무튼 좀 전해주겠어? 부탁해."

"10실링 내면 전해줄게."

로키는 사내가 지키고 서 있는 문간에서 등을 돌려 카운터 쪽으로 걸어갔다. 아까 그 남자가 아직도 페스트 어쩌고 하며 의자 위에서 빙빙 돌고 있었다. 완전히 취한 게 틀림없었지만 구두는 반짝반짝 잘 닦여 있었고 머리도 단정하게 이발한 상태였다. 설령 부자가 아니더라도 페스트균을 마시고 취할 만큼의 돈은 갖고 있다는 뜻일 터였다. 한심한 꼴에 눈을 치켜뜨고 싶었지만 로키는 간신히 마음을 추스른 다음 넥타이를 삐딱하게 풀고 머리도 마지못해 조금 헝클어뜨렸다. 그리고 남자 앞에서 넘어질락 말락 하며 그를 붙잡았다.

남자는 하마터면 의자에서 떨어질 뻔했다. "어이, 조심해."

"술 한 잔만 사주세요." 로키가 혀 꼬부라지는 소리로 말했다.

"에잇, 저리 가." 남자가 몸을 돌려 술잔을 집었지만, 로키는 그에게 매달리듯 바짝 붙어서 꿀을 바른 듯한 목소리로 동정심을 자아내며 말했다. "술 한잔하게 10실링만 줘요. 오늘 직장에서 쫓겨났어요. 아내는 죽었고 애들은 일곱 명 모두 홍역에 걸렸는데, 먹을 게 없어서 그중 한 놈을 잡아먹어야 할지도 몰라요."

"알았어, 알았다고!" 남자는 경악에 가까운 표정으로 로키에게서 몸을 빼더니 주머니를 뒤져 동전을 한 움큼 꺼냈다. 그리고 "여기" 하며 로키 쪽으로 밀어 보냈다. "이걸로 술이나 마시고 난 그냥 내버려둬."

"건배." 로키는 그대로 뒤를 돌아 넥타이를 바로잡고 문간을 지키고 있는 사내에게로 돌아가 그의 손에 동전을 떨어뜨려 주었다.

로키가 이 돈을 손에 넣는 모습을 봤는지 모르겠지만, 사내는 동전을 세느라 바빠 별다른 말이 없었다. 그러고는 투덜거리며 동전을 주머니에 챙겨 넣곤 고개를 들었다. "운이 좋으시군."

"내가?" 로키가 물었다.

사내는 고갯짓으로 카운터에 앉은 술 취한 남자를 가리켰다. "저 사람 권투 선수야. 전에 그쪽보다 덩치가 두 배는 되는 놈을 때려눕혔다고."

"그래?"

"주문 거는 실력이 꽤 괜찮은가 봐, 마녀 씨."

"그런가 보네." 로키가 답했다.

커튼 뒤에 자리한 어두운 방은 층이 나뉘어 있는 반원형 극장이었다. 맨 아래 있는 무대에는 공간을 다 차지할 정도로 커다란

원형 탁자가 놓여 있었는데, 검은색 상판의 한가운데 미드가르드의 알파벳이 금색으로 표시된 판자가 보였다. 관람석을 빙 두른 의자에는 관객들이 앉아 있었다. 대부분이 검은 옷을 입고 있어서 천장이며 벽에 늘어져 있는 검은 천과 구별이 잘 안 됐다. 방 안은 공기가 탁하고 연기가 자욱했다. 출입구 양쪽에 향을 피운 쟁반이 걸려 있는데, 손님이 입장할 때마다 문지기가 양쪽에 성냥을 하나씩 더 떨어뜨려 공기 중의 향냄새가 점점 짙어졌다. 로키는 기침이 나오려는 걸 삼켰다. 미드가르드인들은 이런 냄새를 맡으면 기분이 좋고 마음이 안정되는지 몰라도 로키에게는 일종의 폭력처럼 느껴졌다.

그는 가슴 밖으로 튀어나올 듯 두근거리는 심장을 느끼며 맨 뒷자리에 자리를 잡았다. 검은 커튼 사이로 새로운 사람이 들어올 때마다 벨벳에서 살포시 먼지구름이 피어올랐다. 로키는 어둠 속에서 사물의 형체를 알아보려고 주위를 두리번거렸지만, 이 방은 좁은 공간에 갇혀서 갑갑한 기분을 느끼도록 설계된 것 같았다. 관 속에 들어가 있는 기분을 느끼게 하려는 건지도 모른다.

“여러분, 반갑습니다.” 무대에서 목소리가 울려 퍼졌다. 로키의 오른쪽에 앉은 여자가 소리를 꽥 지르며 그의 팔을 붙잡았다. 너무 놀라고 충격을 받은 탓에 남편은 반대쪽에 앉아 있고 자신이 지금 매달려 있는 건 생판 모르는 남이라는 걸 미처 깨닫지 못하는 것 같았다.

“인페르노에 오신 것을 환영합니다.” 다시 들려오는 무대의 목소리는 꿀처럼 부드러워서 런던 토박이들처럼 모음에서 쉰 소리를 내지도, 끝을 딱딱하게 끊지도 않았다. 모든 음절을 가장 순수한 형태로 발음해 완벽한 균형을 이루는 말투였다. 로키는 온몸에 소름이 돋았다. "저는 인챈트리스입니다. 오늘 밤 여러분을 이곳 너머에 있는 다른 세계로 안내해드리겠습니다.

탁자 위에 걸려 있는 색 전등에서 희미한 불빛이 동그랗게 떨어지고, 한 여자가 그 안으로 걸어 들어갔다. 얼굴에 베일을 쓴 데다가 어두운 장막이 시야를 가려 그녀가 맞는지 확신할 수가 없었다. 로키는 불투명한 베일 너머에 있는 얼굴을 조금이라도 가까이서 보고픈 마음에 제자리에서 몸을 앞으로 내밀었다. 그녀의 목소리는 비단처럼 매끄럽고, 깊고, 울림이 좋았지만 너무 쇼에 맞춰 꾸며낸 목소리라 그녀인지 아닌지 아리송했다.

그녀가 틀림없어.

그녀일 리가 없어.

인챈트리스가 탁자 앞에 놓인 의자에 앉자 그녀의 손가락에 끼워진 반지들이 짤랑 소리를 냈다. 하나하나가 정확히 보일 만큼 조명이 밝진 않았지만, 그래도 반지는 빛을 받고 반짝였다. "저는 우주의 진실을 알고 있는 지구상에 몇 안 되는 사람 중 한 명이에요. 서로 다른 세계를 구분하고 있는 베일은 종잇장처럼 얇아요. 저는 이 세상 너머에 있는 세상과 실질적이고 강력하며 대부분의 인간들은 이해할 수 없는 방식으로 연결돼 있죠. 오늘 밤 세션에서 마음을 열고 자신의 지식과 상상을 넘어서는 진실을 기꺼이 받아들인다면, 여러분도 오늘, 바로 이 방에서, 도저히 불가능해 보이지만 사실은 우리의 편협한 마음 너머에 있을 뿐인 것들을 보고 들을 수 있을 겁니다. 그런 것들은 허구가 아닌 여러분이나 저만큼이나 생생한 현실이죠."

맨 앞줄에선 이미 한 여자가 울고 있었다. 옆에 앉은 남자는 위로하는 것처럼 보이려고 그녀의 머리를 외투 안으로 끌어당겼지만, 사실은 흐느낌을 억누르려는 속셈인 것 같았다. 남자는 인챈트리스를 보며 겸연쩍게 웃었다. "집사람이 너무 감정적이어서요."

"감정적인 게 성격상의 결함인 것처럼 말씀하시네요." 인챈트리스가 말을 이었다. "예민한 건 약점이 아니에요. 그건 마음이 열려 있다는 뜻이죠. 당신은 다른 사람들과 달리 우주의 움직임에 민감한 거예요. 이름이 어떻게 되시죠, 부인?"

"지드레 마툴리스요." 여자가 거센 억양에 흐느낌이 더해져 알아듣기 힘든 말투로 대답했다.

"무대로 올라오지 않으실래요? 두 분 다요." 그녀가 손을 내밀었다. 지드레와 남편은 둘이 손을 잡은 채 짧은 계단을 올라가서 무대 위로 희미한 빛을 드리우고 있는 가스등 주변에 어색하게 섰다. 인챈트리스가 그들을 보며 탁자 앞에 놓인 의자 두 개를 가리켰다. "누구를 찾고 계신가요?" 그녀는 최대한의 미적 효과를 위해 치마의 무릎 부위를 활짝 펼치며 지드레에게 물었다.

"우리 딸이요. 이름은 몰리 로즈예요. 서더크의 시체 안치소에 있는 사람 중 하나죠." 지드레가 대답했다.

"살아 있는 시체 말이군요." 인챈트리스가 속삭이자 방 안 전체에 오싹한 기운이 퍼져나갔다. "따님이 죽은 건 언제죠?"

"2주 전이에요. 그만 묻어주고 싶은데 저쪽에서는… 검시관 사무실에 있는 남자가 딸아이는 아직 죽은 게 아닐지도 모른다며 막았어요. 다른 시체들도 사망했다고 단정할 수 없다면서요. 우리는 딸아이의 영혼을 만나서 물어보고 싶어요."

"그럼요, 그래야죠." 인챈트리스는 관중들을 향해 몸을 돌렸다. "저와 이 가련한 부모님들께 힘을 빌려주실 지원자를 몇 분만 앞으로 모시고 싶은데요." 그녀는 관중들을 천천히 둘러보았다. 몇 사람이 손을 들었고, 그녀는 검은 장갑을 낀 기다란 손가락으로 대충 몇 명을 가리켰다. 로키는 꼼짝도 할 수 없었다. 손을 들고 싶지도 않았고, 미친 듯이 부풀어 오르는 기대감에 부채질을 하고 싶지도 않았다. 이길 확신이 없는 도박에 아무것도 걸고 싶지 않았다.

하지만 그때, 그녀의 얼굴이 그를 향한 채 얼어붙었다. 그녀의 눈이 보이진 않았지만 로키는 그것이 자신에게 꽂혀 있는 걸 느꼈다. 그를 똑바로 보며 관찰하고 있었다. 단 한 번의 시선으로 그의 피부는 벌겋게 달아올랐다.

잠시 후, 그녀가 손을 뻗어왔다. "저희와 함께해주시겠어요?"

그녀일 리가 없었다.

그녀는 가까이 다가와 아주 살짝이지만 베일을 올려 얼굴을 드러냈다. 반짝이는 진녹색 눈동자가 눈에 들어왔다.

아모라였다.

그는 일어섰다. 다리가 후들거렸다. '왜 이렇게 떨리지?' 그리고 무대로 걸어갔다.

인챈트리스는 탁자를 둘러싼 의자가 다 찰 때까지 관객 몇 명을 더 불러 모았다. 로키는 갑자기 자신의 피부와 호흡, 머리카락이 얼굴로 흘러내리는 방식까지 모든 것을 생생히 의식하며 그녀와 마주 보는 자리를 차지했다. 그녀의 온기가 느껴진다고 생각했지만, 어쩌면 가까이 있다는 사실 때문에 자신의 체온이 달아오르는 건지도 몰랐다. 이렇게 가까이 있는 건 정말이지 오랜만이었다.

지드레는 아직도 흐느끼면서 망사로 된 아모라의 소매를 붙들고 말했다. "딸아이의 머리카락을 가져왔는데…." 하지만 아모라는 손을 들어 그녀를 제지하곤 뒤로 돌아섰다.

그녀는 아무 말도 없이 탁자 중앙에 양초를 네 개 모아놓고 불을 붙인 다음 색칠한 글자가 쓰인 각각의 모퉁이로 돌려보냈다. 그리고 글자판 위에 가운데만 뚫린 둥근 판을 겹쳐놓은 심령 소환 도구 '플랑셰트'를 꺼냈다. "영혼은 세속적인 방식으로 이야기하지 않아요." 그녀는 지드레를 보지도 않고 말했다. "당신의 딸과 지금 당장 접속할 순 없어요. 그들이 내게 말을 거는 건… 이 남자를 통해서예요." 그녀가 로키를 향해 몸을 돌릴 때, 베일이 벌어지며 진녹색 눈동자 한쪽이 보였다. 아모라는 그에게 두 손을 뻗었다. "그들은 당신과 얘기하고 싶어 해요."

로키는 침을 꿀꺽 삼켰다. "나도 그들에게 물어보고 싶은 게 많아요."

"그럼 내 손을 잡아요."

그는 팔을 뻗어 탁자 너머로 그녀의 손을 잡았다. 서로 맞잡은 손가락 밑으로 글자판 위의 둥근 판이 돌아가기 시작했다. 지드레는 숨을 헐떡이며 남편의 팔뚝을 움켜쥐곤 더욱 크게 울부짖었다. 둥근 판은 한쪽 끝에서 다른 쪽 끝까지 왔다 갔다 하더니, 구석에 칠해진 안녕이라는 단어에 잠시 멈춰 섰다가, 알파벳 사이를 정신없이 오가며 단어를 만들기 시작했다.

"영혼이다!" 탁자에 앉은 남자 한 명이 덜덜 떨며 소리쳤다. "그들이 여기에 와 있어!"

"그들이 뭐라고 하는 거죠?" 지드레의 남편이 물었다.

안녕프린스.

"프린스?" 아모라는 둥근 판을 돌린 건 자신이 아니라는 듯 깜짝 놀라며 물었다. 로키는 정확히 방법까지는 몰라도 그녀가 했다는 걸 알았다. 마법일 리는 없었다. 그녀는 아스가르드를 오랫동안 떠나 있었다. 이런 장난에 낭비할 힘이 남아 있지 않을 것이다. "선생님의 성인가요?" 그녀가 장난스럽게 입꼬리를 올리며 물었다. "아니면 오늘 이 자리에 왕족께서 함께하고 계신 건가요?" 관중석에서 곳곳에서 소심한 웃음소리가 터져 나왔다. "그럼 첫 번째 질문을 해주시죠, 왕자님."

로키는 베일 아래 반짝이는 그녀의 녹색 눈동자를 바라보았다. 그가 무슨 말을 할 수 있을까? 설령 이 자리에 그들의 재회를 바라보는 인간 관객들이 없다 하더라도, 자신에게 가장 소중한 사람에게 그가 지금 무슨 말을 할 수 있을까? 이미 오래전에 영영 헤어졌다고 생각한 상대에게?

"어떻게 한 거죠?" 첫 질문을 하는데 약간 쉰 목소리가 나왔다.
둥근 판이 이리저리 움직이며 답을 만들기 시작했다. 마법.
로키가 흠칫하며 바라보자 그녀는 초승달처럼 고개를 기울여 히죽거리고 있었다.
"보고 싶었어요." 그는 단숨에 터뜨리듯이 말해버렸다.
그녀가 손가락으로 그의 손등을 두드렸다.
"그건 질문이 아니잖아요."
"내가 보고 싶었나요?"
둥근 판이 돌기 시작하자 그녀의 턱이 판자 쪽으로 기울어졌다.
항상.
"왜 여기에 있는 거죠?" 그가 물었다.
둥근 판이 돌아갔다. 은신.
"마지막 질문은요?" 그녀가 물었다.
"내가 당신을 찾아올 줄 알았나요?" 그가 물었다.
"오, 내 사랑." 둥근 판이 글자 위를 돌아다니는 소리에 묻혔지만, 로키는 그녀의 속삭임을 똑똑히 들었다.
의심한적없어.

Chapter 20

쇼가 끝나고 탁자 주위에 앉아 있던 사람들은 하나둘 일어나 관중석으로 돌아갔다. 아모라의 손이 다시 한 번 로키의 손등을 스치더니 그를 무대 옆으로 끌고 갔다.

"시간이 별로 없어." 속삭이는 그녀의 숨결이 로키의 귀를 간지럽혔다. "날 따라와."

커튼을 젖힐 때 나는 부드러운 바스락 소리를 들으며 로키는 그녀를 따라 무대 뒤로 빠져나갔다. 밧줄과 도르래가 늘어선 좁은 벽돌 복도를 지나 옆문을 열자 탈의실 같은 공간이 나왔다. 벽난로의 불이 거의 다 사그라진 상태라 방 안은 어두웠고, 줄지어 벽에 붙은 거울들은 뿌연 모서리에 금이 가 있었다. 거울

앞에 있는 화장대에는 각종 화장품과 걸쭉한 페인트 통, 붓들이 어지럽게 흩어져 있었다. 뒤집힌 가루 분통에서는 하얀 눈에 박힌 총알처럼 반짝이는 내용물이 쏟아져 나와 있었다.

아모라는 문을 닫고 로키를 돌아보며 베일을 벗었다. 그러자 고정돼 있던 머리카락이 풀리며 그녀의 등 뒤로 흘러내렸다. "로키!" 그녀가 입을 열었지만, 그는 무슨 말을 해야 좋을지 알 수가 없었다. 그녀의 이름조차 감히 입에 담을 수가 없었다. 그가 팔다리도 움직이지 못하자 아모라가 먼저 다가와 양손으로 그의 얼굴을 붙잡고 가만히 바라보았다. "믿을 수가 없어."

"아모라." 마침내 그도 정신을 차렸다. 양팔을 벌리자 그녀가 안겨왔다. 그의 머릿속에서 아홉 세계에 속한 모든 단어와 소리가 사라지고, 그녀의 이름만이 맴돌았다. 머리카락 향기. 살이 맞닿을 때의 감촉. 이렇게 재회한 후에야 자신이 그녀를 얼마나 절절하게 그리워했는지 비로소 알 것 같았다.

"*여긴* 어떻게 온 거야?" 그녀가 로키의 어깨에 얼굴을 파묻은 채 물었다. "아버지 명령으로 임무를 수행하러 왔어."

"임무? 엄청 딱딱한 말처럼 들린다. 꼭 왕 같아." 아모라는 그의 목에 팔을 감으며 고개를 젖혀 얼굴을 찬찬히 바라보았다. "내가 호칭을 잘못 사용한 거야? 로키 왕이라고 불렀어야 해?"

그런 말은 하고 싶지 않았다. 아스가르드 얘기는 잠시 미뤄두고 싶었다. 아모라가 추방된 후 그와 아버지 사이에 어떤 일들이 있었는지는 이미 아는 내용이었다. 로키는 그녀에 관해 알고 싶었다.

"앉아." 아모라가 벽난로 옆에 있는 의자 하나를 가리키며 말했다. "차라도 마실래? 다음 쇼까지 15분밖에 안 남았지만, 불은 아직 따뜻하니까."

"어떻게 여기서 일하게 됐어? 운세를 봐주고 영혼을 불러내는 거야?" 그가 자리에 앉으면서 물었다.

그녀는 벽난로 위에 걸려 있던 주전자를 들어서 화장대에 있던 찻주전자에 물을 따르기 시작했다. "나도 처음부터 여기로 온 건 아니야. 내 힘을 회복시켜줄 수 있는 사람을 찾으려고 이 한심하고도 좁은 세계를 얼마나 돌아다녔는지 몰라. 런던은 심령술이 진짜 마법이라고 믿는 사람이 많아서 그런 인간들을 착취하며 살기엔 최적의 장소야. 검은 옷을 입고 심각한 척 말하면 무슨 얘기든지 믿는다니까. 게다가 난 항상 연극을 좋아했잖아." 말을 마친 그녀가 씩 웃었다.

"이런 걸 그렇게 불러? 심령술?"

"여러 가지 명칭 중 하나야. 인간들은 자기들 중에 영적인 세계와 소통할 수 있는 특별한 사람이 있다고 믿거든. '영적인 세계'란 것도 그들이 쓰는 명칭이야. 죽은 사람들이 사는 곳이지."

"정말 그런 게 가능해?"

"아니, 말도 안 되지." 그녀가 까르르 웃었다. "지구에는 귀신 하나 불러낼 마법조차 없어. 그런데 콜레라니 장티푸스니 이질이니 하는 것들로 사람들은 매일 죽어 나가지. 화이트채플의 연쇄살인마에게 잔인하게 살해당하기도 하고. 그것도 모자라 최근에는 이상한 죽음도 늘어나고 있잖아. 시체가 너무 많아서 제

때 매장도 못해. 아무런 전조도 없이 갑자기 아파서 죽기라도 하면 작별 인사를 할 시간이 없어. 인간들이 원하는 건 그것뿐이거든. 작별 인사를 하거나 '사랑한다' 혹은 '미안했다' 같은 생전에 못한 마지막 말을 전하고 싶다는 거야. 정말 못 봐줄 만큼 한심한 일이지."

아모라는 주전자 뚜껑을 닫고 다시 불 위에 걸었다. 로키가 꺼져가는 불길을 마법으로 살리려고 몸을 앞으로 기울일 때, 아모라가 먼저 벽난로의 쇠살대 위로 손을 뻗었다. 그러자 그녀의 손가락 밑에서 불길이 다시 활활 타올랐다.

로키는 숨을 헉 들이쉬었다. 아모라는 그가 놀란 것만큼이나 격하게 기뻐하며 로키를 향해 고개를 까딱했다. "놀랍지?"

"아직도 마법을 쓸 수 있구나." 목소리에서 충격의 기색을 숨길 수가 없었다. "어떻게?"

"쉽진 않았어." 아모라는 로키 옆으로 의자를 끌어오며 그와 팔을 스쳤다. "미드가르드는 내 힘을 탈탈 털어갔어. 마법을 쓸 때마다 힘이 다시 채워지지 않고 메말라갔지. 상상이 가니? 마법 없이 산다는 게? 그건 마치 팔다리를 잃는 것과 같아. 아니, 더 심해. 가슴에서 심장을 도려내고 그 상태로 살아가라는 것과 마찬가지야. 그렇게 힘이 서서히 사라지면서…." 그녀는 오한이 든 것처럼 팔뚝을 위아래로 비비며 몸을 떨었다. "난 죽어가고 있었어. 쇠락해간다는 게 더 정확한 표현이겠다. 정말 갑갑하고 끔찍했어."

"그러다가 힘을 회복할 방법을 찾은 거야?"

아모라가 난롯가에서 몸을 뒤로 젖히며 손가락으로 공기를 휘젓자 불길이 구불구불 춤을 추었다. "심령술이라는 엉터리 쇼를 하면서 깨달았어. 처음 여기서 일하기 시작했을 땐 죽음보다 못한 운명이라며 체념하고 있었는데, 점차 이 쇼를 보러 오는 인간들이 놀라울 만큼 무지한 데다가 내가 보여주는 힘 앞에 흔쾌히 자신을 드러낸다는 걸 알게 된 거야. 심지어 자기 자신을 기꺼이 바치려고 하지. 인간의 에너지를 뽑아내봤자 그렇게 큰 양분이 되진 않지만, 그럭저럭 살아갈 만큼은 돼. 간단한 주문 정도는 실행할 수 있지. 게다가 자기 자신을 바치고 싶어 안달하는 인간들이 넘쳐나거든. 정작 그들은 자기가 무슨 일을 하고 있는지 모를 때가 많지만."

은근히 핵심을 피하며 에두르는 그녀의 말을 듣고 있자니, 로키의 마음속에서 무언가 동요가 일어났다. 아모라는 벽난로에서 주전자를 꺼내 잔 두 개에 차를 따르더니 하나를 받침에 올려 그에게 건넸다. 그녀는 독특한 자세로 찻잔을 들어 입에 댔다. 깔끔하게 정리된 긴 손톱이 도자기로 된 찻잔에 딸랑하며 부딪혔다. 그녀의 피부는 여전히 팽팽하고 창백했다. 그와 헤어진 후로 전혀 나이를 먹지 않은 것 같은 데다가, 다른 런던 사람들처럼 거무죽죽한 때를 뒤집어쓰고 있지도 않았다. 로키는 그녀가 말해주지는 않지만 그러면서도 알리고 싶은, 어떤 진실을 숨기고 있다는 느낌을 받았다. 그가 알아맞혀야 할 차례였다.

아모라는 그를 바라보며 빙긋 웃었다. 찻잔 너머로 살짝 올라간 입꼬리가 보였다.

"네가 사람들을 죽였구나." 그가 불쑥 말했다.

그녀는 잔을 입에 댄 채 그대로 얼어붙었다. "뭐라고?"

"런던 전역에 죽지 않은 시체들을 만들어놓은 게 너지?" 로키는 말을 하면 할수록 확신이 섰다. "샤프 소사이어티가 찾고 있는 게 바로 너였어."

"맙소사." 딸그락하며 찻잔을 받침에 내려놓는 소리가 마치 그녀의 웃음소리 같았다. "오딘이 너한테 시킨 일이 그 사회 부적응자들과 탐정 놀이를 하는 거였어?"

"그들을 알아?"

"얘기는 익히 들었어. 자기들의 감시 범위 안에 인간이 아닌 존재가 들어오면 끈질기게 쫓아다닌다며. 우릴 막을 수 있다고 생각하다니 정말 귀엽지 않니?"

"우리 아버지 밑에서 일하는 거야."

아모라는 가슴에 손을 대더니 애처롭다는 표정을 지어 보였다. 중력이 어떻게 작용하는지 모르는 어린아이에게 우리 발이 땅에 붙어 있게 해주는 눈에 보이지 않는 접착제 같은 거라고 설명해주는 표정이었다. "오딘에게 그들은 궁정 마구간에서 하수구를 청소하는 하인이나 마찬가지야. 너희 아버지 쪽의 실수로 그 멍청한 샤프라는 사내가 아스가르드인의 존재를 알아채는 바람에, 아홉 세계에 대해 떠벌리고 다니지 말라고 시시한 일자리를 던져준 거지. 차원 간의 문제에 인간이 관여하는 건 아무도 바라지 않아. 그들 때문에 모든 게 느려질 테니까."

"그는 죽었어. 샤프 씨 말이야. 지금 조직을 이끄는 건 그의 부인이야."

"그 여자가? 불쌍하기도 하지." 아모라가 입술을 씰룩이며 말했다. "지구 여자들은 무슨 일을 하건 남자보다 두 배는 더 큰 짐을 짊어져야 하거든."

"그런데도 넌 인간들의 에너지를 훔친 거야?"

아모라는 어깨를 으쓱하며 발밑에 있는 의자에 다리를 올려놓았다. "처음엔 아주 조금씩만 빼앗았어. 내 생명을 유지하고 그들도 눈치 못 챌 만큼만. 그러다가 점점 그것으로는 부족해졌지." 그녀는 차를 한 모금 마시곤, 아직 손도 대지 않은 그의 잔을 힐끗 쳐다보았다. "설탕도 있으니까 넣고 싶으면 넣어. 하지만 내 기억이 맞는다면 넌 차든 술이든… 쌉싸름한 걸 좋아했지."

"네 생명을 유지하려고 인간들의 진액을 빨아먹고 시체를 길거리에 버려둔 거야? 하지만 그런다고 어떻게 마법의 힘이 회복되지? 인간들에겐 마법이 없잖아."

"우리 같은 마법사들은 생명의 본질이 마법과 아주 밀접하게 얽혀 있어서, 두 개가 거의 같다고 보면 돼. 한쪽이 생기를 되찾으면 다른 쪽도 살아나지." 그녀는 강렬한 눈빛으로 그를 구석구석 탐색했다. 오랜만에 느껴보는 그리운 시선이었다. 살갗이 간질간질해졌다. 고개를 돌리고 싶었다. 머리카락이 제멋대로 헝클어진 상태는 아닌지 만져보고 싶었다. 마침내 그녀는 다시 의자에 기대어 앉으며 입을 약간 부루퉁거렸다. "넌 내가 생각했던 것만큼 놀라지 않는 것 같다."

"네가 그런 일을 할 수 있을 거라곤 상상도 못했어."

"나도 마찬가지야. 모를 수밖에 없었지. 제자가 자신을 앞지르지 못하게 하려면 마법의 힘으로 정확히 무엇을 할 수 있는지 알리지 않는 게 최선이니까." 그녀의 목소리에 씁쓸함이 묻어났다.

아모라는 다시 차를 한 모금 마셨다. 잔 테두리를 스치는 그녀의 입술을 보며 로키는 묘한 질투심이 타올랐다. 그동안 얼마나 보고 싶었는지 모른다. 이렇게 다시 만나자 새삼 자신이 얼마나 그녀를 그리워했는지 더욱 강렬하게 느껴졌다. 그녀는 로키가 대화를 나누고 의지할 수 있는 유일한 사람이었다.

그런 그녀가 인간들을 살해하고 있었다. 그는 시체 안치소에 전시된 시체들과 길거리에 뻗어 있던 굴뚝 청소부를 직접 보았다. 그녀는 스스로를 지키기 위해 그들의 영혼을 빼앗아갔다.

그런데도 어찌 된 일인지 로키는 그녀가 너무나도 그리웠다는 생각을 멈출 수가 없었다. 그녀가 이곳에 오게 된 이유도 머릿속에서 떨쳐낼 수 없었다. 지금 그녀는 여기 있고, 그도 여기에 있다. 로키는 그녀가 정말로 옆에 있다는 걸 확인하고 싶은 마음에 손을 뻗어 만져볼 뻔했다.

아모라는 찻잔을 화장대에 내려놓더니 손가락을 모아 쥐며 그를 찬찬히 살펴보았다. "로키, 너 정말 좋아 보인다! 예전에는 진짜 빼빼 마르고 엉성해 보였는데, 그때보다 훨씬 덜 마르고 덜 엉성해졌어."

로키는 피식 웃었다. "이젠 토르 형보다도 크다니까."

"너희 그 잘난 형은 어떻게 지내? 아직도 전투에서 목숨을 잃지 않았어?" 아모라가 물었다.

로키는 차를 한 입 홀짝이다가 뱉어낼 뻔했다. 설탕을 안 넣었는데도 너무 달았다. "아니, 여전히 금발 머리를 휘날리며 위풍당당하게 지내고 있어."

"오딘이 후계자를 지명했어?"

"아직." 그녀의 다음 말을 기다리며 맛없는 차를 한 모금 더 마셨지만, 아모라는 아무 말이 없었다. 물끄러미 그를 바라볼 뿐이었다. 그의 다음 말을 기다리면서. "내가 왕이 되는 일은 없을 거야." 로키는 불쑥 말해버렸다. 이 말은 아모라가 아닌 로키 자신에게 크나큰 충격으로 다가왔다. '내가 이런 말을 큰소리로 내뱉은 적이 있었나? 현실을 똑바로 직시하면서?'

아모라가 이마를 찌푸렸다. "아직도 널 의심하는 거야?"

"아버지한테 난 언제까지나 거울의 환영에서 본, 군대를 끌고 쳐들어오는 아들일 뿐이야." 로키는 미처 자신을 멈출 새도 없이 그녀의 손을 덥석 잡았다. 그녀는 잠시 그대로 있더니 다른 손을 마저 갖다 대며 그의 손을 감쌌다. "정말 보고 싶었어."

"이제 가봐야 해." 그녀가 갑자기 일어나 머리를 틀어 올리며 말했다. 그리고 베일을 집어 들었다. "하지만 꼭 다시 보자. 아스가르드에는 언제 돌아가?"

"모르겠어. 아버지는 지금 노른 스톤을 찾느라 왕궁을 비운 상태거든. 자기가 허락하기 전까지 날 받아주지 말라고 명령해 놓고 가셨어."

"노른 스톤?"

"카르닐라가 보관하고 있던 걸 도둑맞았어."

"그래놓고 찾아내지도 못했다고?"

"돌의 힘이 사용될 때만 위치를 감지할 수 있거든. 그런데 아직 작동하질 않았어."

"이거 아주 흥미롭게 됐네." 그녀는 검지로 치아를 톡톡 두드렸다. "도난당한 노른 스톤이 우리 손에 들어오면 어떤 일을 해낼 수 있을지 생각을 해봐."

"샤프 소사이어티가 널 찾고 있어. 제일 최근에 죽은 남자한테서 네 명함이 나왔단 말이야." 로키도 자리에서 일어나 그녀에게 다가가며 말했다. 아모라는 거울로 화장 상태를 확인하곤 엎질러진 분을 손가락에 쓱 묻혀 광대뼈에 두드렸다.

"그 잘생긴 굴뚝 청소부? 부인을 데리고 점을 보러 왔었는데, 내가 둘의 애정 전선에 위기가 닥칠 거라고 하니까 중간에 끌고 나가더라. 인간들은 불투명한 미래가 겁나면 자기가 지레 결론을 내버리거든. 웃기는 일이지." 그녀는 볼을 꼬집어 발그레한 색이 돌게 했다. "난 샤프 소사이어티 같은 건 두렵지 않아."

"그래, 넌 두려움을 모르니까. 하지만 그들이 네 이름을 살짝 흘리기만 해도, 아버지는 이 일에 더 흥미를 보이실 거야."

아모라는 거울에 비친 자신을 가만히 응시하다가 로키에게로 시선을 옮겼다. "오딘이 날 잡으러 올 것 같아?"

"그건 나도 모르지. 하지만 그렇게 된다면 이번엔 추방으로 끝나지 않을 거야."

그녀는 입을 삐죽이며 웃었다. "난 이미 최악의 형벌을 받았어."

"아버지를 시험하지 마, 아모라."

아모라가 화장대에서 은색 손잡이가 달린 붓을 집어 든 순간, 로키는 충동적으로 그녀의 팔꿈치를 잡아끌어 자신과 얼굴을 마주 보게 했다. 그녀의 얼굴이 생각했던 것보다 훨씬 가까이 다가와 있었다. "제발 부탁이야. 힘을 회복할 수 있는 다른 방법이 있을 거야."

"여기로 추방당한 이후로 그런 방법을 궁리 안 하고 지나간 날이 있을 것 같아?" 그녀가 쏘아붙였다.

"내가 도와줄게. 널 지구 밖으로 데려가줄게. 아버지가 널 찾을 수 없는 곳으로. 살아남기 위해 영혼을 훔칠 필요가 없는 곳으로."

"어떻게?"

"방법을 찾아볼게."

아모라는 잠시 그를 물끄러미 바라보다가 그에게 잡혀 있는 자신의 팔꿈치를 내려다보았다. 그는 불에 데기라도 한 듯 얼른 손을 놓았지만, 그녀는 그대로 멈춰 있었다. 다시 잡아달라는 듯이 여전히 팔을 든 채로. 로키는 망설였다.

하지만 그때, 아모라가 몸을 돌려 화장대에서 베일을 집어 들고 그에게 내밀었다. 베일 위에는 촘촘한 빗이 달려 있었다. "그걸 내 틀어 올린 머리에 꽂아줄래?"

로키는 베일을 들고 그녀의 부드러운 금발 뭉치에 조심스럽게 빗살을 꽂아 넣었다. 그리고 자신도 모르게 그녀의 옷깃 위로 드러난 새하얀 목덜미의 곡선을 눈으로 훑었다. 그의 시선을 느꼈는지 거울로 보았는지, 그녀는 우아하게 고개를 기울이며 보란 듯이 손가락으로 자신의 목을 쓸어내렸다.

로키는 재빨리 눈을 피하며 손을 내렸다. "됐어."

"고마워." 그녀는 몸을 돌리더니 냉큼 그의 볼에 입을 맞췄다. "다시 만나러 와줘. 하고 싶은 말이 너무 많아."

그의 심장이 쿵 뛰었다. "최대한 빨리 시간을 낼게."

"샤프 소사이어티가 날 못 찾게 멀리 떼어놔줄 거지?"

"노력해볼게."

아모라는 잠시 그를 빤히 바라보다가 입을 벌리며 혀로 입술을 적셨다. 뜨거운 눈빛에선 욕망이 들끓고 있었다. 잠시 후 그녀는 몸을 숙이며 다시 입술을 내밀었는데, 때마침 로키가 고개를 돌리던 중이어서 그의 볼이 아닌 입에 가닿았다.

그녀의 얼굴에 어떤 표정이 떠올랐는지 로키가 미처 확인하기도 전에 아모라는 베일을 내렸다.

Chapter 21

심령술 공연장을 가로지르고 술집의 홀 안을 통과하는 동안, 두근대는 심장에 맞춰 발걸음도 통통 튀어 올랐다. 로키는 꿈을 꾸는 기분이었다. 구름 위를 걷는 것 같았다.

그러다가 카운터석에 앉아 있던 누군가를 발견하곤 다시 땅으로 추락했다.

테오가 책을 펼쳐 술잔으로 고정해놓은 채 높다란 스툴에 앉아 있었다. 그것도 로키를 똑바로 쳐다보면서. 그는 손을 들어 손가락을 살랑살랑 흔들더니 자기 옆에 있는 의자를 툭툭 쳤다.

로키는 한숨을 내쉬고는 홀을 가로질러 가서 테오의 옆자리에 털썩 앉았다. "내가 여기 출신은 아니지만, 선술집에 책을 들고 오는 사람은 흔치 않을 것 같은데." 그가 술을 고르는 것처럼 분필로 쓰인 음료 메뉴를 살피며 말했다.

테오가 책을 덮자 먼지가 풀썩 피어올랐다. "셰익스피어 시대도 아니고 선술집이라는 말은 이제 안 써요."

"누구?"

"셰익스피어가 누군지 몰라요?" 로키가 멍한 표정을 짓자 테오는 손뼉을 치며 신나게 꺄악 소리를 질렀다. "셰익스피어를 모르는군요. 세상에, 말도 안 돼. 셰익스피어를 모르는 사람은 처음 봐요. 말하자면 옛날 시인인데, 공연 역사상 가장 많이 무대에 오른 연극들이 이 사람 작품이에요. 모든 문장에 특정한 음절들이 반복되고, 마지막은… 그러니까 문장이 아니라 연극의 마지막은 연인들이 결혼하거나 죽는 것으로 끝나죠."

"사랑 이야기의 결말이라는 게 다 그런 거 아니야?"

"그것보다는 덜 극적인 결말도 많아요." 로키는 테오의 책이 셰익스피어의 작품인가 해서 책등을 힐끗 보았다. 북유럽 이야기라는 작은 글씨가 양각으로 새겨져 있었는데, 큰제목을 읽기도 전에 테오가 책을 무릎 위로 슬쩍 내려서 가려버렸다. "하지만 셰익스피어는 언제나 둘 중 하나의 결말을 취했죠. 제일 유명한 작가라고 보면 돼요, 그러니까… 우리를 뭐라고 불렀었죠? 미드가르드? 여기선 그를 모르는 사람이 없어요."

"아, 그럼 너희의 '라야마가르펜'이라고 보면 돼?"

이번에는 테오가 멍한 표정을 지었다. "라야마가르펜이 누구예요?"

"설마 라야마가르펜을 몰라?" 로키가 조금 전의 테오처럼 신나게 손뼉을 치며 말했다. 하지만 품위를 잃지 않기 위해 꺄악 소리는 지르지 않았다. "맙소사, 어떻게 모를 수가 있지. 아스가르드의 대문호인데, 그의 작품은 언제나 죽은 사람들이 연인이 되든지 결혼한 사람들이 죽는 걸로 끝을 맺지."

테오가 눈을 가늘게 떴다. "지금 절 갖고 노는 거죠?"

"라야마가르펜 얘기를 하면서 어떻게 농담을 하겠어." 로키가 진지한 말투로 말했다.

테오는 눈알을 굴리며 술잔의 테두리를 만지작거렸다. "당신 아버지는 아들이 이렇게 골치 아프게 굴 거라고는 미리 말 안 하셨는데요."

"네가 날 따라온 거잖아."

"아니에요. 난 그냥 맛있는 술이나…." 테오가 자신의 잔을 내려다보며 말을 이었다. "그냥 술 좀 마시러 온 거예요."

"그러시겠지. 그런데 하필 내가 있는 줄 뻔히 아는 술집을 고르다니 대단한 우연이네."

"우연히 그렇게 됐네요." 테오는 술 안에 둥둥 떠다니는 이상한 덩어리를 손가락으로 꺼내고 바지에 손을 닦았다. "그 여자를 알아요?" 테오가 가볍게 물었다.

로키는 카운터 쪽으로 몸을 돌렸다. 홀 건너편에서 붉은 도깨비처럼 차려입은 4중주단이 악기를 튜닝하고 있었다. "누구?"

"인챈트리스요." 로키는 계속해서 연주자들을 응시하면서도, 자신에게 고정된 테오의 시선을 의식했다. 연주자 한 명이 바이

올린 활 끝에 달린 소리굽쇠로 자신의 턱을 찌르고는 큰소리로 욕을 해댔다. "아는 사이라는 게 빤히 보였어요." 잠시 가만히 있던 테오가 입을 열었다. "여기 도착한 후로 내내 이 일에 엮이기 싫다며 미적거리던 사람이 그녀의 이름을 듣는 순간 갑자기 열정적으로 뛰어들었잖아요. 다들 눈치챘어요."

로키는 어떻게 말해야 할지 머리를 굴리면서 코로 길고 커다란 한숨을 내쉬었다. 그리고 마침내 입을 열었다. "예전에 친구였어. 어렸을 때."

"그럼 아는 사이라는 거네요."

"그래, 알아. 하지만 오래전 일이야."

"진짜 마법을 쓰는 인챈트리스예요?"

"예전엔 그랬지."

"그럼 당신은 그 이름을 못 쓰겠네요. 그 여자가 이미 쓰고 있으니까요. 그래서 만나봤어요?" 로키가 고개를 끄덕이자 테오는 더 다그쳤다. "그래서 두 외계인이 재회해서 무슨 얘기를 나눴어요?"

"그냥 이것저것. 라그나로크라든지, 궁정 정치라든지, 내가 형보다 훨씬 커졌다든지 그런 거. 우리 외계인들도 너희와 똑같아." 로키는 분필로 적힌 메뉴를 바라보며 눈을 가늘게 떴다. "내가 저런 술을 한잔하면 폐결핵이나 장티푸스에 걸릴 위험이 너희보다 적을까? 아, 그리고 저 장티푸스는 따뜻한 술일까?"

"질문에 답을 안 해주면, 난 최악의 상황을 예상할 수밖에 없어요."

"최악의 상황이 뭔데?"

"당신네 둘이서 지구를 정복할 음모를 꾸미고 있는 거죠."

로키는 어이없다는 듯 큰소리로 웃음을 터뜨렸다. "어릴 적 친구랑 얘기 좀 나눈 건데 비약이 너무 심한 거 아니야?"

테오는 어깨를 으쓱했다. "당신이라면 그렇게 못할 것도 없잖아요. 미세스 S에게 보고해야겠어요."

"난 그 여자가 두렵지 않아."

"두려워해야 할걸요."

"난 바로 코앞에서 용들과 눈을 맞추며 자랐어."

"나도 마찬가지예요." 테오가 대꾸하더니 술잔에 남은 내용물을 입에 털어 넣었다.

로키는 다시 한숨을 내쉬곤 허리에 힘을 풀어 카운터 위로 털썩 몸을 기댔다. 거짓말을 숨기려고 일부러 과장되게 항복하는 자세를 취한 것이다. "그녀한테 날 아스가르드로 돌려보내줄 수 있는지 물었어. 하지만 지구에 망명을 온 지 너무 오래돼서 마법의 힘이 전혀 남아 있지 않더군." 그는 마지막 말에 담긴 의미를 테오가 알아들을 수 있게 더욱 신중을 기했다.

하지만 테오는 아무 말도 없더니 전혀 다른 소리를 했다. "그렇게까지 우리한테서 도망치고 싶어요?" 이런 반응을 전혀 예상 못한 건 아니었지만, 테오의 말투에서 그가 상처 받았다는 게 전해졌다.

"너무 기분 나빠하지는 마. 내 시간을 활용할 최상의 장소는 아니라는 것뿐이니까."

"그래요." 테오는 의자를 돌려 정면을 바라보았다. "우리가 당신 형이 찾아다니는 도난당한 유물보다 흥미롭지 않은 존재들이라 미안하네요."

"너희가 흥미롭지 않은 건 아니야. 시체들도 절대 시시하진 않아. 그건 인정해. 하지만 도저히 비교가 안 된다고."

"그녀한테 물어봤어요? 시체들에 관해서요."

로키는 심장이 쿵쾅거렸지만 최대한 표정을 그대로 유지했다. "그녀한텐 마법이 남아 있지 않다니까. 벌써 수년 전에 우리 아버지에게 추방당해서 힘을 다 소진한 상태야."

"그게 이거랑 무슨 상관이에요?"

"네 안경으로 확인한 것처럼 시체들은 마법으로 죽었잖아." 로키는 갑자기 몸이 뜨겁고 가려워져서 물을 한 잔 들이켜고 싶었다. 그랬다가는 거짓말을 한다는 게 들통나겠지만. "그러니까 그녀가 사람들을 죽였을 리는 만무하지."

"마법 유물은요? 비밀 살상 무기를 갖고 있을 수도 있잖아요." 테오가 반박했다.

"사람을 죽일 수 있는 건 다 무기지 비밀 살상 무기는 또 뭐야?" 로키가 투덜거렸지만 테오는 그의 말을 무시했다.

"당신네 노른 스톤을 훔친 게 그녀일 수도 있잖아요. 그걸로 살인을 하는 건지도 모르죠."

"노른 스톤이라니 말도 안 돼. 그건 그녀가 추방당하고 한참 뒤에 도둑맞은 거야. 게다가 노른 스톤은 그런 식으로 작동하는 게 아니야. 그 자체로는 아무런 힘도 없어. 그걸 손에 넣은 사람이 이미 갖고 있는 힘을 증폭시켜주는 거라고. 그런 증폭 현상이 일어났으면 우리 왕실 마법사가 감지할 수 있어. 설령 아스가르드에 들키거나 말거나 상관없다며 막무가내로 군다 해도, 그걸 이용해 미드가르드인들을 제거하는 건 쓸데없는 짓이야. 밤중에 칼 한 자루만 들면 얼마든지 해치울 수 있는데 뭐 하러 힘을 낭비해."

테오가 재빨리 곁눈질로 로키를 쳐다보았다. 그의 얼굴은 정말 놀랍도록 주근깨투성이였다. 로키는 이런 얼굴을 본 적이 없었다. 다른 남자였다면 보기 난감했을지도 모르지만, 신기하게도 테오의 얼굴은 주근깨 덕분에 더욱 흥미로워 보였다. 몇 년에 걸쳐 관찰해도 아직 이름 모를 별자리가 남아 있는 밤하늘 같았다. "오늘 밤에 우리 집에서 묵으라고 할 작정이었는데, 밤중에 칼을 든다는 얘기를 들으니 다시 생각해봐야 할 것 같네요."

로키는 눈을 끔뻑였다. "나를… 너희 집에 데려가겠다고?"

"투숙객으로요." 테오가 재빨리 말했다. 주근깨 밑으로 그의 피부가 붉게 물들었다. "어제는 밤새 밖에서 지냈으니 괜찮지만 오늘은 머물 곳이 필요하실 것 같아서요. 미세스 S는 당신이 우릴 적대시하는 마음이 풀어질 때까지 그냥 놔두라고 했지만… 어쨌든 우리 집에 남는 공간이 있으니까요. 별로 넓진 않지만요. 낡아빠진 아파트이긴 해도 천장은 덮여 있어요. 몸을 눕힐 바닥도 있고요."

"침대까지는 못 내주겠다는 거야? 난 아스가르드의 왕자라고." 로키가 무례하다는 말투로 그를 놀려댔다.

테오는 침대를 내주지 않는 일이 실제 차원 간의 스캔들로 비화하기라도 한 듯 잠시 망설였다. 하지만 로키가 한쪽 눈썹을 치켜들자 또 속았다는 미소와 함께 고개를 절레절레 흔들었다. "하룻밤쯤은 차갑고 딱딱한 바닥에서 주무셔도 건강에 이상이 없을 겁니다, 전하."

ᚠᚱᛖᛗ

Chapter 22

테오의 아파트는 그가 미리 경고한 것처럼 낡아빠진 건물이었다. 추운 밤이었는데 어찌 된 일인지 안에 들어가니 더 추워졌다. 복도에는 벽지가 썩어가면서 안쪽의 석고 보드와 그다지 튼튼해 보이지 않는 지지대가 드러나 있었다. 3층까지 올라간 테오는 자기 집 문 앞에 멈춰 서더니 숨을 거칠게 몰아쉬며 성치 않은 다리를 쭉 뻗었다.

"내 기대감을 너무 높여놓은 것 같은데." 거대한 벌레가 무서운 속도로 기어와 벽에 난 커다란 구멍으로 들어가는 걸 본 로키는 얼른 발을 들어 올리며 말했다.

"자, 이제 감탄할 준비를 하세요." 테오가 주머니에서 열쇠를 꺼내 자물쇠에 끼워 넣었다. 한참을 낑낑거리며 미약한 힘을 죄다 소진한 끝에 드디어 문이 열렸다. "내 말이 맞죠? 왕에게 어울리는 침소잖아요." 테오가 성큼성큼 걸어 들어가자 로키도 따라 들어갔다.

집 안은 도저히 살아 있는 생명체가 생활할 수 있는 곳이 아니었다. 서더크의 시체들조차 이곳에 들여놓기 미안할 것 같았다. 카펫 없는 마룻바닥은 한 걸음 뗄 때마다 삐걱삐걱 소리를 냈다. 바닥에 놓인 흐물흐물한 매트리스에 담요가 아무렇게나 구겨져 있고, 작은 난롯가에는 수저 한 세트와 양철로 된 접시, 머그잔이 쌓여 있었다. 창문에는 유리 없이 창틀에 기름종이를 고정해두었는데, 그나마도 못 주위가 조금씩 찢어지고 있었으며, 그 아래에는 깨진 세면대가 놓여 있었다. 창틀 바로 아래 높이까지 삐뚤삐뚤 쌓인 책들이 벽면을 두 군데나 차지하고 있어서 안 그래도 좁은 집이 더욱 좁아 보였다.

로키는 책 더미에서 굴러 떨어진 한 권을 발로 툭툭 치며 말했다. "그런데 말이야. 책을 조금 줄이면 공간이 훨씬 넓어질 것 같은데."

테오는 작은 벽난로 옆 쇠살대에 지팡이를 걸고 잿더미를 쑤석이기 시작했다. "난 공간보다는 책이 많은 게 좋아요."

"나중에 마룻바닥이 무너지고 나서 그때 말을 들을 걸 후회해도 소용없어." 로키는 불씨와 씨름을 하는 테오를 잠시 지켜보다가 "내가 해줄까?"라고 제안했다.

"아니에요." 테오는 재빨리 거절했다. "이런 건 주인이 해야죠.

손님을 접대하기엔 너무 누추한 곳이지만요."

집 안에 침묵이 흐르는 가운데, 로키는 테오가 잿더미에 살살 입김을 불어 넣어 불길을 살리는 걸 지켜보았다. 그러다가 문득, 작은 방 안에 둘이서만 있다는 게 의식되기 시작했다. 서로 반대편 구석에 있어도 겨우 몇 센티미터밖에 안 되는 거리였다. 테오 말고 다른 데 집중해보려고 주변을 둘러봤지만, 딱히 눈에 들어오는 게 없었다. 책 제목을 살펴보기에는 실내가 너무 어두웠고, 그렇다고 썩어가는 마룻바닥을 보는 건 마음이 불편했다. 게다가 자꾸만 테오에게로 시선이 돌아갔다. 어깨의 굴곡, 불길에 숨을 불어넣을 때마다 쏙 들어가는 볼, 눈으로 흘러내린 머리카락을 팔등으로 쓸어 올리는 동작 등등.

'왜 저 친구를 보고 있는 거지?' 그의 안에서 누군가가 질문을 했다. 아모라의 목소리 같았다.

로키는 뒤를 돌았다.

테오는 한 손으로 쇠살대를 짚으며 몸을 일으키곤 양손을 바지 위에 쓱쓱 문질렀다. 눈이 마주쳤을 때, 로키는 그의 시선이 내내 자신에게 꽂혀 있던 걸 테오가 알고 있다고 확신했다. 테오는 수줍게 웃더니 양손을 주머니에 찔러 넣었다.

"차 한 잔 하실래요? 아니면 뭐라도 좀 드실래요? 갈아입을 옷 필요하세요? 아, 옷은 아무래도 사이즈가…." 테오는 한 손을 올려 두 사람의 키를 비교하다가 툭 떨어뜨렸다. "아니, 그런 건 알아서 하실 수 있겠죠? 주문을 걸면 될 테니까요. 혹시 정말 필요하시면…."

"난 아무것도 필요 없어." 로키가 그의 말을 끊으며 대답했다. 테오는 고개를 끄덕이곤 턱을 가슴에 괴었다. 잠시 침묵이 이어지자 로키가 입을 열었다. "고마워."

테오는 아랫입술을 깨물며 고개를 끄덕였다. 그러고는 주위를 둘러보며 말했다. "편하게 앉으세요." 로키가 둘이서 이렇게 어색해할 바에는 그냥 나가겠다고 할까, 생각하고 있을 때, 테오가 입을 열었다. "아무래도 차를 끓이는 게 낫겠어요. 제가 마시고 싶어서요. 괜찮죠? 드시고 싶으면 같이 드셔도 돼요. 차 말이에요."

그는 절뚝거리며 벽난로 옆 고리에서 주전자를 꺼냈다. 지난 범죄 현장에서 사용한 후 방치해둔 녹색 안경으로 불빛이 반사됐다.

"왜 이런 일을 하는 거야?" 로키가 물었다.

테오가 주전자에서 고개를 들었다. "무슨 일이요?"

"미세스 S의 샤프 소사이어티에서 일하는 거 말이야. 아니면 우리 아버지를 위해 일하는 거라고 해야 하나. 진짜 직업을 찾을 수도 있잖아. 돈이 되는 일을 하면 좀 더…."

"저도 미세스 S한테 급여를 받아요." 테오가 반박했다. 하지만 로키가 눈썹을 치켜들자 마지못해 인정했다. "물론 얼마 안 되죠. 그래도 이 집의 월세 정도는 떨어져요."

"진짜 직업을 얻으면 이런 철거 직전의 아파트에서 안 살아도 되잖아."

"전 취업에 제약이 많아요."

"전과 때문이군."

주전자 뚜껑이 테오의 손에서 미끄러져 바닥으로 굴러 떨어졌다. 그는 고개를 번쩍 들었다. "다 아시는군요."

로키는 순간 괜히 말한 건가 싶었다. 그냥 이대로 나갈까도 잠시 고민했다. 하지만 마음을 고쳐먹곤 뒤로 돌아서서 책 더미에서 아무 책이나 집어 들고 휙휙 넘겼다. "미세스 S한테 대충 들었어. 그러니까 경찰이…."

"빌어먹을 스코틀랜드야드." 테오는 주전자를 불 위에 걸고 안으로 밀어 넣었다. 주전자가 벽난로 뒤편에 부딪히며 덜컹 소리가 났다. "그놈들은 기회만 있으면 사람을 괴롭히려 들죠. 그 추악한 일의 전모를 듣고 싶어요? 슬픈 짝사랑과 잘못 이해한 신호와 내가 혼자 저지른 바보짓이 체포로 이어지는 아주 흥미진진한 이야기예요. 싸구려 소설책에나 나올 법한 이야기죠."

"난 이해가 안 가는데."

테오는 한 손을 뒤로 넘겨 목덜미를 주물렀다. "나한테 호감이 있다고 생각한 상대에게 키스를 했어요. 그런데 그 남자는 아니었죠. 그때 공장을 급습한 경찰들한테 체포됐는데, 그 자식이 열이 받아서 경찰한테 일러바친 거예요. 경찰은 나머지를 다 풀어주면서 나만 외설죄로 계속 붙잡아뒀죠."

"그런 자초지종은 알겠는데, 내가 이해가 안 가는 건 미드가르드인들은 왜 그렇게 속 좁게 구냐는 거야."

테오는 고개를 벌떡 들었다. "무슨 말이에요?"

"아스가르드에선 성에 관해 아무것도 제한하지 않아. 아니, 사랑이라고 해야 하나. 누가 누구와 함께하든 그걸 규제하는 법 같은 건 없어. 그런 일로 누군가가 구속되는 일도 없고."

테오는 그를 빤히 바라보았다. 연약한 불빛 속에서 뭔가 희귀하고 소중한 것을 얼핏 본 듯한 표정이었다. 정글의 장막 사이로 꽃잎이 벌어지는 야생화를 발견한 사람 같았다. "정말이에요?"

로키는 할 말이 없었다. 이런 부조리 앞에서 딱히 무슨 말을 할 수 있겠는가. 왜 범죄가 아닌 일로 사람을 벌하지? 감방 낭비에 시간 낭비 아닌가?

테오가 먼저 눈길을 돌리며 찻주전자를 가지러 갔다. 불길이 커지며 그의 얼굴이 움푹 패 보였다. "그럼 당신은 어느 쪽이 취향에 맞아요? 남자, 여자?"

"난 어느 쪽이든 똑같이 편해."

"아니요, 제 말은… 인간들은 성별을 마음대로 바꿀 수 없거든요."

"나도 성별을 바꾸는 건 아니야. 그냥 남자로도 여자로도 존재하는 거지."

"그건… 말이 안 되잖아요."

"나한텐 말이 돼."

"아, 그럼 정말 '아스가르드 만세'네요."

테오는 몸을 뒤로 젖힌 채 손으로 입을 막으며 다시 불길로 눈을 돌렸다. "나중에 돌아갈 때 나도 데려가줄 순 없겠죠? 아스가르드로요."

"어떤 자격으로?"

“글쎄요.” 테오는 어깨를 으쓱하며 말했다. “빈대 붙어사는 애인?” 그러고는 자기 농담에 자기가 웃더니 얼른 덧붙였다. “신경 쓰지 마세요. 맙소사, 정말 다 꿈만 같네요.”

“뭐가?”

“일단은 내가 아스가르드에서 온 로키와 대화하고 있다는 거죠. 토르의 동생인…”

“그만. 날 토르의 동생이라고 부르는 것만은 참아줘.”

“장난의 신, 로키요. 게다가 우주 어딘가에 누구와 사랑에 빠지든 욕먹지 않는 곳이 있다는 거잖아요. 다른 무엇보다도 그게 제일 놀라워요.” 테오는 손등으로 눈을 비비곤, 부지깽이를 들어 주전자를 걸어놓은 쇠막대기를 불 밖으로 끌어당겼다. “정말 차 안 드실래요? 미세스 S가 준 진처럼 고약하진 않을 거예요.”

“알았어, 마실게.” 로키는 테오가 이 빠진 머그잔에 작은 거름망을 올린 다음 뜨거운 물을 붓는 모습을 지켜보았다. 찻잔에서 덩굴손처럼 수증기가 뭉실뭉실 피어올랐다. 잔을 주고받으며 두 사람은 잠시 침묵에 잠겼다. 테오는 책 더미에 걸터앉고 로키는 벽에 기대어 선 채로 둘 다 찻잔에 입술을 대고 차가 알맞게 식기를 기다렸다.

“인간들은 이렇게 사나? 박물관에 가고, 술집에 가고, 차를 마시고, 냉골 같은 방에서 곰팡내 나는 매트리스를 깔고 자면서?” 로키가 물었다.

“대부분은요. 싸움박질을 하거나 공장에서 일하다가 죽어 나가기도 하고요. 그럼 아스가르드인들은 뭘 하면서 사는데요?”

"똑같아." 로키가 대답했다. "우린 공장은 없지만, 전쟁터에서 죽는 경우가 많지."

"인간들도 그래요. 가끔은요." 테오가 조심스럽게 차를 홀짝이면서 찻잔 너머로 로키를 보며 눈을 반짝였다. "아스가르드에도 죽음이 있어요? 그러니까 제 말은… 거기 사람들도 죽어요? 당신들도 사람인가요? 뭐라고 불러야 하죠? 아스가르드인?"

"우리도 죽어. 아스가르드인도 죽지. 인간처럼 쉽게 죽진 않지만. 우리 목숨은 훨씬 더 길거든."

"얼마나 긴데요?"

"몇 천 년쯤. 사람마다 천 년 정도는 차이가 있지만."

테오는 입안에 머금었던 차를 잔에 도로 뱉었다. "설마요. 장난하는 거죠?"

"아니야, 정말이야!" 테오가 의심스럽다는 표정을 풀지 않자 로키는 깔깔 웃었다. "아스가르드인은 인간의 시간 개념보다 훨씬 오래 살 수 있어. 독극물 같은 공기를 매일 들이마시지 않아도 되니까."

"감히 런던을 욕하다니." 테오가 연기하듯 부들부들 떨며 말했다. "런던에는 런던 나름의 매력이 있다고요."

"뭔지는 몰라도 난 아직 못 봤는걸. 강아지가 귀엽다는 얘기는 들었지만."

테오는 찻잔을 입에 댄 채 멈칫했다. "그럼 당신은 지금 장년기인 거예요? 아스가르드 나이로 치면?"

"난 이제 겨우 성년이 됐어." 로키는 차를 한 모금 마셨다. 아직 뜨거워서 찻물보다는 뜨거운 김만 맛봤지만, 톡 쏘는 듯 쌉싸름한 향만은 제대로 감상할 수 있었다. 증기 때문에 그의 양볼에 축축한 막이 입혀졌다. "아스가르드에 가면 넌 행복하지 않을 거야."

테오는 어깨를 으쓱했다. "그래도 여기서보단 나을걸요."

"너만 혼자 인간이라 외로워지겠지."

"그럼 당신이 같이 있어 주면 되잖아요."

"난 아주 바빠."

"난 괜찮아요." 테오는 차를 한 모금 마시곤 재빨리 덧붙였다. "그냥 너무 기뻐서요."

"뭐가?"

"기쁘잖아요…." 테오는 엄지손가락으로 찻잔의 테두리를 훑으며 말했다. "우주 어딘가에 나 같은 사람도 두려움 없이 살 수 있는 곳이 있다는 게."

ᚠᚨᛏᛖ

Chapter 23

로키는 창턱을 두드리는 가느다란 빗소리에 잠에서 깼다. 어젯밤엔 분명히 테오의 더러운 매트리스 옆에서 잠들었는데, 자다가 움직였는지 지금은 같은 매트리스에 누워 각자의 담요 안에 파묻혀 있었다. 테오는 양손을 얼굴까지 끌어올리고 입은 약간 벌린 채 아직도 자고 있었다. 로키는 최대한 조용히 일어나서 문간에 기대어 있는 검은 우산 앞에 잠시 멈춰 섰다. 저걸 쓰면 마법으로 에너지를 낭비할 필요가 없었다. 혼잡한 길거리에서 방수 주문으로 혼자만 비를 안 맞고 돌아다니면 의심을 살 게 틀림없었다. 그가 어디로 갔는지 테오라면 알아챌 것이다. 적어도 짐작할 수 있겠지. 그럼 미세스 S에게 말하거나 혼자서 로키를 찾아올 것이다. '흥, 무슨 상관이람.' 아니다. 아버지가 샤프 소사이어티의 소식에 귀를 쫑긋 세우고 있진 않겠지만, 그가 아모라와 친하게 지낸다는 소식을 미세스 S에게 전해 듣기라도 하면, 바이프로스트로 끌고 올라가 궁전에 가둬둘 게 뻔했다. 그럼 다시는 그녀와 같은 공기를 들이마실 수 없다.

인페르노 클럽까지 가는 길은 그리 멀지 않았지만, 차가운 비 때문에 기온이 한층 내려간 상태였다. 클럽에 가까워질수록 로키는 신경이 곤두섰다. 왜 이렇게 긴장이 되지? 아모라를 보러 가는 거였다. 그녀는 친구였다. 서로 잘 아는 사이였다. 어쩌면 그게 문제인지도 몰랐다. 로키는 자기 자신을 내려다보았다. 어젯밤과 똑같은 검은색 정장 차림이라 넥타이만이라도 바꿀까 싶었다. 그의 녹색 눈동자와 잘 어울리는 에메랄드색으로. 하지만 그녀가 눈치채면 죽을 만큼 창피할 테고, 그렇다고 눈치를 못 채면 죽을 만큼 실망할 것이다. 어느 쪽이든 죽고 싶어질 건 마찬가지였다. 바람직하지 않았다.

아모라가 지금 안에 있는지, 클럽에서 자신을 들여보내줄지도 확실치 않았지만, 로키는 계단 터널을 쓸고 있던 남자에게 그녀의 분장실로 쪽지를 전달해달라고 부탁했다. 몇 분 후에 돌아온 남자는 인챈트리스가 무대에서 만나자고 한다는 말을 전해주었다. 흐릿한 새벽빛이 내려앉은 내부는 어제보다 더 유치하고 천박해 보였다. 탁자 상판은 지난밤에 흘린 음료수로 끈적끈적 얼룩이 져 있었고, 바닥에 널브러진 굴 껍데기며 땅콩 껍데기가 계속해서 발에 밟혔다. 악마 석고상들은 군데군데 금이 간 데다가, 신체 각 부위가 뭉텅뭉텅 잘려 나가 있었다. 로키는 카운터 석에 앉아 신문을 읽고 있는 남자를 알아보았다. 어젯밤에 입장권을 받던 남자인데 저런 데서 셔츠 소매를 말아 올린 채 목에 스카프를 매고 있는 걸 보니 다른 사람 같았다. 신문 일면에 대문자로 큼직하게 박힌 헤드라인이 눈에 들어왔다. **서더크의 살아 있는 시체들: 또 다른 연쇄 살인마의 출현인가?**

누가 빈 홀을 가로지르든 말든 남자는 신문만 보고 있었다. 로키는 유유히 커튼을 젖히고 무대로 들어갔다. 극장 안은 어젯밤만큼이나 어두웠지만, 가스등에서 흘러나오는 희미한 빛이 아모라의 실루엣을 배경과 분리시켜주었다. 그녀는 말하는 판자가 놓인 탁자에서 의자를 밀어내고 그 자리에 꿇어앉은 채, 한쪽 팔을 길게 뻗어 탁자 안의 무언가를 만지고 있었다.

그러다가 로키를 발견하곤 하던 일을 멈추고 일어섰다. 그녀의 뒤편으로 길고 진한 그림자가 드리워졌다. "로키. 다시 와줬구나."

그는 무대로 올라가 아모라를 비추고 있는 빛줄기 안에 섰다. 두 사람만이 공유하는 작은 우주 같았다. 이렇게 가까이서, 게다가 벽난로 불빛으로 몽롱했던 분장실이 아닌 강렬한 무대 조명 아래서 보니, 그녀의 얼굴은 그가 기억하는 것보다 훨씬 연약해 보였다. 그녀는 절대 경계를 늦추지 않고 갑옷 사이의 틈새를 내보이지 않는 사람이었다. 어쩌면 극장 안이 어두워서 자신의 모습이 잘 보이지 않을 거라고 생각하는지도 몰랐다. 로키에게는 이런 모습을 보여줘도 된다고 생각하는 건지도 몰랐다. 아니면 이런 연약한 모습을 보여주는 이유가 있을 것이다.

로키는 무슨 말을 꺼내야 할지 몰라 일단 탁자를 가리켰다. "내가 도와줄까? 그게… 뭘 하는 건지는 모르겠지만."

"새로운 속임수를 설치하고 있어."

"그럼 실제 마법으로 진짜 영혼과 접촉하는 게 아니었어?"

아모라는 눈을 부릅떴다. "내 소중한 목숨을 왜 그런 데 낭비하겠어. 이리 와봐. 내가 보여줄게." 그녀가 의자 두 개를 탁자 앞으로 끌고 오자 로키는 순순히 자리에 앉았다. 아모라도 의자에 앉으며 이야기를 시작했다. "자, 너한테 만나고 싶은 사람이 있다고 상상해봐. 이미 죽은 사람인데, 마지막으로 꼭 전하고 싶은 말이 있는 거야."

"알았어."

그녀는 탁자 밑으로 손을 뻗어 탁상용 종을 꺼내더니, 탁자 한가운데 색칠된 알파벳 위에 놓았다. "난 가끔 약간의 연기도 섞어줘. 신들린 척한다든지 부르르 떤다든지 하는 거지." 그러면서 어설프게 시범을 보여주는 통에 로키는 깔깔 웃었다. "영혼이 여기에 왔다는 걸 보여주는 거야."

"어젯밤엔 그런 연기는 안 했잖아."

"그렇지. 다른 데 정신이 팔렸었으니까." 그녀는 재빨리 눈을 내리깔면서 입술을 오므려 작은 미소를 지었다. "아무튼 네가 보고 싶은 영혼을 부르고 나서 그들이 진짜로 왔는지 확인해야겠지." 아모라는 손으로 탁자를 톡톡 두드리곤 어두운 관중석에서 누군가를 찾는 것처럼 두 팔을 들어 주위를 두리번거렸다.

"영혼이여, 지금 여기에 와 있다면 신호를 보내주세요!"

침묵. 극장 안의 정적이 한층 짙어진 것 같았다. 그때, 위층에 있는 클럽에서 유리잔 깨지는 소리가 들렸다.

그러자 탁자 위의 종이 한 번, 두 번, 세 번 울렸다.

예상했던 일인데도 로키는 펄쩍 뛰었다. 아모라가 작동시켰다는 걸 알면서도 등골이 오싹했다. 그녀는 입술을 깨물며 웃음을 참았다. "영혼에게 질문하고 싶은 거 있어?"

"영혼아, 어떻게 한 거지?" 로키가 물었다. 그리고 아직도 번쩍 들려 있는 아모라의 손과 종 사이를 이리저리 보며 손가락에 끈이나 어떤 장치가 달린 건 아닌지 알아내려고 애썼다.

아모라가 테이블보를 젖히자 그녀의 의자 밑에 페달이 달린 게 보였다. 거기서 종이 매달려 있는 가로대까지 가느다란 봉이 이어져 있었다. 그녀가 페달을 밟는 동시에 종이 울렸다.

로키는 웃음이 터져 나왔다. "그것참 기발한데."

"널 속일 만큼 기발한 장치니까, 인간들은 놀라서 뒤로 넘어가지."

"이 아래 또 뭐가 있어?" 로키가 의자에서 몸을 굽히며 물었지만, 아모라는 손으로 그를 저지했다.

"안 돼, 미리 보지 마! 내가 쇼를 보여줄 테니까." 그녀는 주머니를 뒤져 둥근 판을 꺼내더니 글자판의 알파벳 A 위에 놓았다. 중앙에 뚫린 구멍을 통해 글자가 더 확대되어 보였다.

아모라는 탁자 안으로 기어들어 가서 손가락을 까딱하며 로키에게 따라오라고 했다. 테이블보가 다시 덮이자 두 사람을 둘러싸고 숨 막히게 답답한 공기가 내려앉았다. 아모라는 등을 대고 스르르 눕더니 로키에게도 옆에 누우라고 손짓했다. 똑바로 누워 탁자 바닥을 올려다보니 위에 있는 글자판과 똑같은 그림이 좌우대칭으로 그려져 있었다. 아모라는 다시 주머니에 손을 넣어 이번에는 자석을 꺼내 알파벳 A 위에 갖다 댔다. "쇼에서 글자판을 쓸 때면 보통 무대 관계자 한 명이 탁자 아래에 들어가 있어. 한 번은 참가한 관객에게 얼굴을 걷어차여서 쇼가 끝날 때까지 코피를 쏟은 적도 있지."

"그럼 어젯밤에 나도 탁자 밑에 있는 낯선 인간이랑 대화를 나눈 거야?" 로키는 짐짓 화가 난 척하며 따져 물었다.

"물론 예외를 둘 때도 있어. 내 마법이 소모돼도 아깝지 않은 사람이라면." 그녀가 한쪽 눈을 찡긋하자 로키는 웃음이 나왔다. "참가자가 질문을 하고 나면…." 그녀가 탁자 밑에서 자석을 움직이자 머리 위에서 둥근 판이 휙휙 돌아가며 탁자 상판이 긁히는 소리가 났고, 얼마 후 문장이 완성됐다. 안녕로키.

그의 얼굴에 미소가 펴졌다. "그래, 안녕."

"자, 이제 탁자에 앉아서 해봐."

그는 순순히 기어 나와 다시 의자에 앉았다. 탁자 밑으로 그녀의 다리가 삐죽 튀어나와 있었다. 아모라는 뒤꿈치를 찰싹 부딪치며 말했다. "먼저 영혼을 맞이하는 인사부터 해봐."

"아, 반가워. 영혼들."

둥근 판이 쓱쓱 거리며 글자들 위를 움직이더니 안녕이라는 단어 위에 멈춰 섰다. 글자판 주위로 영혼의 대답을 단순화한 단어 몇 개가 적혀 있었다.

"만나서 반갑다는 말보다는 격식 없고 편안한 인사말이잖아. 글자 수도 훨씬 적고." 아모라가 말했다.

로키는 또다시 웃음을 터뜨렸다. 딱딱하게 굳어 있던 어깨가 풀리는 것 같았다. 미드가르드에 온 이후로 이렇게 마음 편한 적이 있었던가? 지난 몇 년간 이런 느긋한 기분을 만끽한 적이 있었던가? 뭉쳐 있던 게 풀리자 그동안 얼마나 큰 긴장감을 떠안고 살아왔는지 실감이 났다. 지난 몇 년의 세월을 되찾은 느낌이었다. 아모라와 함께 갓즈아이 거울에서 그의 미래를 들여다보기 이전으로 돌아간 것 같았다.

"이제 네가 묻고 싶은 걸 물어봐." 그녀가 재촉했다.로키는 입술을 만지작거리며 어디까지가 게임이고 어디까지가 그녀의 함정인지 고민했다. "오늘 아침 식사로 뭘 먹으면 좋을까요?"

둥근 판이 잠시 부르르 떨렸다. 탁자 밑에서 아모라가 조종하고 있다는 걸 알지만 섬뜩한 기분이 드는 것 어쩔 수가 없었다. 곧 판이 천천히 돌아가며 답을 완성했다. *원수의 피.*

"좋은 제안이군." 로키가 솔직하게 말했다. "비가 얼마나 더 올까?"

둥근 판이 다시 돌아가더니 이번에는 또 다른 답을 내놓았다. *영원히.*

"이 말도 맞을 것 같은데." 그는 탁자 밑에 넣은 발을 더듬어 아모라의 부드러운 배를 찾아 발가락으로 콕콕 눌렀다. 그녀가 까르르 웃자 둥근 판이 요동을 쳤다. "아주 똑똑한 영혼이잖아."

"그럼 진짜 궁금한 걸 물어봐. 네 미래에 관해 알고 싶은 거." 아모라가 말했다.

로키는 멈칫했다. 그는 예전부터 아모라가 자신을 교묘히 조종하려는 걸 눈치챘지만 한 번도 저항하지 못했다. 그녀가 팔을 벌리면 그 손에 칼이 들려 있든 말든 매번 품 안으로 뛰어들고 마는 것이다.

"내가 아스가르드의 왕이 될 수 있을까?" 그가 물었다.

둥근 판은 결심이 서지 않는 듯 한쪽 끝에서 다른 쪽 끝으로 마구 움직였다. 그러다가 마침내 답을 완성했다.

어쩌면.

"모호한 답을 내놔야 할 때도 있어." 아모라가 탁자 아래서 미끄러지듯 빠져나오며 말했다. 둥글둥글한 먼지 뭉치가 머리카락에 여기저기 붙어 있었다. "그럼 최소한 틀리지는 않으니까." 그녀가 빙긋 웃었다. 하지만 로키가 같이 웃어주지 않자 금방 미소를 거두었다. "이리 와봐." 그녀는 자기 옆 바닥을 톡톡 쳤다. 로키는 그녀 옆으로 다가갔고, 아모라가 다시 탁자 밑으로 들어가자 따라 들어가서 둘이 나란히 누워 위를 올려다보았다. 검은 탁자를 배경으로 글자판의 하얀 알파벳이 반딧불이처럼 빛났다.

"널 도와주고 싶어." 로키가 말했다.

"도와준다고?" 아모라는 손가락 끝으로 알파벳을 더듬으며 코웃음을 쳤다. "뭘 도와주게? 난 혼자서도 상당히 잘 헤쳐왔거든요, 왕자님."

"내가 왕이면 추방 판결을 뒤집고 널 아스가르드로 데려갈 수 있을 텐데."

"단조로운 주문이나 외면서 고분고분한 왕비로 살아가라고? 너희 어머니처럼?"

"왕실 마법사가 되는 거야. 아홉 세계에서 가장 강력한 마법사. 그럼 다시는 네 힘을 숨길 필요가 없어."

"난 이제 숨길 힘도 없어."

"얼마나 더 버틸 수 있어? 인간의 생명력을 빼앗지 않고?"

"그건 매번 달라." 아모라가 답했다. "하지만 점점 주기가 짧아지고 있어." 그러고는 씁쓸함이 가득한 웃음을 터뜨렸다. "힘을 내고 싶어도 쥐어 짜낼 힘이 없어."

"조금만 더 버텨줘. 주위가 잠잠해질 때까지. 그럼 샤프 소사이어티도 모든 게 끝났다고 생각할 거야. 내가 다른 무언가에 살인의 책임을 돌린 다음에 이제 시체는 나오지 않을 거라고 모두를 납득시킬게. 그러고 나서 더 이상 죽는 사람이 안 나오는 이유를 만들어내고, 어느 정도 평화가 지속되면 아버지가 날 다시 불러들이실 거고, 그러면…." 로키의 목소리가 점점 작아졌다.

"그럼 나는 네가 왕이 되거나 내가 죽을 때까지 여기 남아 있으라고?" 아모라가 대신 말을 끝맺었다.

로키는 손을 뻗어 그녀의 팔목을 부드럽게 쓸어내렸다. 이렇게 만난 이상 그녀를 다시 잃어버릴 수는 없었다. 단순히 운에 맡겨서 될 일이 아니었다. "내게 조금만 시간을 줘."

"얼마나?"

로키는 다음에 꺼낼 말을 신중히 따지며 입술을 깨물었다. 하지만 결국 "날 믿어줘"라고밖에 할 수 없었다. 얘기해놓고는 머릿속으로 생각한 것보다 바보같이 들려서 후회했다. "절대 널 죽게 하지 않아."

"전하께서 생명까지 주관하시는 건 아닌 것으로 압니다만."

"내가 다른 곳으로 데려가줄게. 안전한 곳으로. 인간들 없이도 힘을 회복할 방법이 있을 거야." 아모라는 아무 말도 하지 않았다. "왜 그래?"

"그냥 네가 좀 더 큰 그림을 그려줬으면 좋겠어." 그녀는 로키의 어깨에 얼굴을 파묻었다. "아스가르드를 정복할 때 다른 시체들과 함께 나도 죽음에서 되살려준다고 약속해줘. 그런 재미를 놓치고 싶진 않단 말이야."

농담 같은 말투였지만, 로키는 가시에 찔리는 것만 같았다. 오딘은 처음 연회에서 그에게 불신의 눈초리를 던진 이후로 토르만을 총애하고 로키는 없는 사람 취급했다. 그가 마법으로 무슨 일을 저지르게 될지 두려웠던 것이다.

"남들이 우릴 두려워하는 데는 이유가 있을 거야." 로키가 말했다.

"당연히 두려워해야지. 우린 강력하니까." 아모라가 대꾸했다.

"우리가 위험해서가 아니고?"

"위험한 게 뭐가 나빠? 오딘도 위험하잖아. 그러니까 아홉 세계을 통치하는 거지. 난 남의 손에 죽느니 남들이 부들부들 떠는 존재가 되겠어." 그녀는 옆으로 굴러가 자신의 양팔을 베고 누웠다. 로키는 그쪽을 보지 않고도 자신의 얼굴을 뜨겁게 바라보는 그녀의 시선을 느낄 수 있었다. "너라고 모두를 구할 순 없지. 여기서 그만 작별 인사를 하고 서로에게 행운을 빌어주자."

"싫어. 네가 여기로 쫓겨난 건 나 때문이잖아."

"내가 선택한 거야."

"내 잘못이었어."

"지나간 일에 시간을 허비하진 말자."

"그럼 뭘 얘기해야 하는데? 내가 끝까지 차남으로 남고 넌 먼지로 변해갈 미래?"

"우리에겐 현재가 있잖아."

로키는 몸을 굴려 그녀를 바라보는 자세를 취했다. 두 사람의 얼굴이 갑자기 가까워졌다는 생각에 긴장됐다. 그녀의 머리칼이 얼마나 아름다운지, 살결은 또 얼마나 고운지 몰랐다. 저 입술에 내 입술을 (우연히 닿거나 순간 닿았다 떨어지는 게 아니라 오래오래) 대면 어떤 느낌일지 그는 오래전부터 궁금했다. 아스가르드에서 매일 붙어 다니며 숨 쉬는 것만큼이나 자주 그 장면을 상상했지만, 정식으로 키스한 적은 한 번도 없었다. 늘 용기를 내지 못했다. 그녀가 승낙하지 않을 것 같았다. 지금도 확신은 없었다.

"영혼에게 마지막으로 묻고 싶은 건 없어?" 아모라가 그의 입술을 힐끔 쳐다보며 물었다.

얼마나 오랫동안 그녀를 그리워했는가? 얼마나 오랫동안 그녀를 원했던가? 얼마나 오랫동안 그녀가 자신을 알아주고 이해해주는 유일한 사람이라고 확신하며 살아왔는가? 그녀는 핏속에 로키와 같은 열정을 간직한 유일한 사람이었다. 하지만 그녀는 스스로가 보석과 빛으로 만들어졌으며 그래서 남들보다 밝게 빛날 수밖에 없다는 자신감으로 충만했다. 창백한 가스 등불 아래 그림자가 진 아모라의 얼굴을 바라보며 그도 그렇게 믿어버리게 될 것만 같았다. 자신이 괴짜이고 소외된 존재라는 느낌을 주던 모든 것이 그녀 옆에 있으면 신기한 연금술로 인해 금으로 변했으니까.

"키스해도 돼?" 그가 물었다.

그녀는 몸을 내밀어 천천히, 부드럽게 그의 입에 입을 맞췄다. 그러다가 입술을 벌리며 치아로 로키의 혀를 간질이곤, 순식간에 그의 몸통 위로 올라탔다. 그녀의 다리가 그의 엉덩이를 감쌌고, 그의 손은 그녀의 엉덩이를 붙잡았다.

그녀는 달콤한 와인처럼 그를 도취시켰다. 그는 그녀가 잔을 다시 채웠다는 걸 깨닫기도 전에 취해버릴 것 같았다. 항상 이런 식이었던 건가? 그들이 어렸을 때도? 그는 정말 눈치를 못 챘던 건가? 아니면 자신의 가치를 알아봐 주는 사람이 있다는 기분을 만끽하고 싶어서 모른 척했던 건가? 오랫동안 아버지에게 방치된 소년에게는 조그마한 관심도 사막의 물같이 느껴졌을 것이다.

'이런 관심 말이야'라고 생각하며 로키는 그녀의 입에 대고 깊은 숨을 내쉬었다. 그의 심장 박동이 빨라지자 무대 조명이 깜빡이다가 훅 꺼졌다. 두 사람은 어둠 속에서 숨을 헐떡이며 서로를 탐했다.

Chapter 24

그 후로 며칠은 죽는 사람 없이 조용히 지나갔다.

아모라는 앞으로 힘을 비축하면서 로키가 지구를 떠날 수 있게 최대한 시간을 벌어주겠다고 약속했다. 그는 주로 샤프 소사이어티 사무실 근처에 머물며 점심시간이면 테오와 함께 대영박물관까지 걸어가 미드가르드의 유물을 구경했다. 비가 오는 날이면 마법을 써서 비바람과 진흙으로부터 테오와 자신의 몸을 보호했다. 옆에서 마차가 더러운 물웅덩이를 지나가면 두 사람에게만 유리막이 덮인 것처럼 흙탕물이 그들을 덮치기 전에 공중으로 튕겨 나갔다. 겨우 비축해놓은 힘을 불필요하게 낭비한다는 자각은 있었지만, 테오의 눈이 휘둥그레지는 걸 지켜보는 건 언제나 재미있었다.

로키는 어느새 테오와 함께 다니는 걸 즐기기 시작했다. 아스가르드에서는 아모라와 가까이 지낼 때를 제외하면 늘 혼자 있고 싶어 했는데, 하고 많은 생명체 중에 인간에게 흥미가 생기게 될 줄은 꿈에도 생각 못했다. 하지만 테오는 재치가 있고, 자신의 농담에 웃어줬으며, 엄청난 다독가였고, 모르는 게 없는 척척박사였다. 한편으로는 음식을 씹을 때 큰소리를 내면서도 먹는 속도는 느렸고, 모자를 너무 푹 눌러써서 곱슬머리가 눈을 찔렀고, 마차가 지나가는 포장도로를 걷는 걸 싫어했다. 왜 이런 것들이 눈에 거슬리지 않는지 알다가도 모를 일이었다.

로키는 미세스 S와 함께하는 시간까지도 조금씩 즐기게 됐다. 박물관 근무가 끝나는 저녁이면 테오와 로키는 그녀와 함께 사무실에서 식사를 했다. 순찰 근무가 없는 날은 젬도 합류했는데, 그는 다른 사람들이 한 접시를 비우기도 전에 두 그릇을 먹어 치웠다. 미드가르드 음식은 대체로 너무 밍밍했지만, 커피점의 진열대에서 사 먹는 걸쭉하고 따끈한 핫초콜릿만은 로키의 입맛을 사로잡았다. 때로는 미세스 S가 찌그러진 사무실 난로 위에서 직접 끓여주기도 했다. 로키가 좋아하는 진하고 쌉싸름한 맛이라서, 나중에 미드가르드를 떠나도 그리워질 것 같았다.

미세스 S는 오딘을 위해 일하기 전부터 남편과 함께 탐험을 다니던 이야기를 들려주었다. 그녀의 무용담을 들을 때면 아스가르드의 평범한 전사들은 나무 막대기와 대련을 하는 훈련병 정도로밖에 안 느껴졌다. 아마존에서 샤프 씨가 독사에 물리자 그녀는 남편의 팔뚝에서 독을 빨아낸 다음, 그를 둘러업고 문명화된 마을이 나올 때까지 약 27킬로미터를 걸었다. 악성 말라리아에 걸려 죽다 살아난 적도 있고, 저주 걸린 무덤에 침입하기도 했으며, 동굴에 들어갔는데 입구가 무너져서 불빛을 찾기 전에 쓰러져 죽을지도 모르는 상태로 그저 앞만 보며 어둠 속을 행군한 일도 있었다. 노르웨이 극지방에서는 개 썰매를 타고 달리다가 쓰러져 나뒹굴었는데, 거기서 오딘의 유물을 처음 발견하곤 손가락이 새파랗게 얼어버릴 때까지 맨손으로 눈을 파헤쳤다고 한다. 장갑을 가지러 다녀오는 사이에 눈에 뒤덮여 사라져버릴까 두려웠던 것이다.

"그런데 왜 이제 탐험을 안 다녀?" 하루는 둘만 사무실에서 테오가 오기를 기다리고 있을 때, 로키가 질문을 던졌다.

"여자 혼자서는 프로 모험가로 살기 힘들거든요. 예전에도 후원금을 확보하거나 여행을 준비하고, 돌아와서 논문을 발표하는 건 남편이 도맡아 했어요."

"그건 불공평하잖아."

"세상에 공평한 게 어디 있나요. 남편이 죽은 것만 해도 그렇죠." 그녀는 슬픈 미소를 지으며 손가락에 낀 결혼반지를 빙빙 돌렸다. 반지의 가장자리가 반들반들하게 닳아 있다는 건 저런 버릇 때문일 터였다.

로키는 머그잔에 가라앉은 찐득찐득한 초콜릿 찌꺼기를 들여다보다가 불쑥 말했다. "우리 아버지가 더 신경을 썼어야 하는데." 그녀의 시선이 자신에게로 향하자 그는 말을 이어나갔다.

"당신 남편을 보호하고, 당신들 모두를 보호했어야 해. 당신들이 하는 일에는 위험이 따르잖아."

"인생에서 위험이 따르지 않는 일이란 없답니다. 우리 남편은 안전한 삶을 바라는 사람이 아니었어요. 스릴을 원했죠."

"하지만 죽지 않을 수도 있었잖아. 우리 아버지를 위해 일하지 않았다면…."

"'그때 이렇게 했다면, 저렇게 했다면' 후회하면서 인생을 낭비해선 안 돼요." 미세스 S가 그의 말을 막으며 끼어들었다. "우리가 당신 아버지를 만나지 않았다면? 내가 애초에 남편을 만나지 못했다면? 우리 부모님이 나를 인도로 보내서 호랑이를 키우는 술탄과 결혼시켰다면? 내가 오늘 핫초콜릿이 아닌 커피를 만들었다면? 평생 이런 생각만 하면서 살면 미쳐버릴 수밖에 없어요." 그녀는 잔에 든 음료를 한 모금 마시고 말을 이어갔다. "우린 이 일이 위험하다는 걸 알았어요. 언제나 위험했죠. 하지만 중요한 일이었어요. 남편은 그런 걸 좋아했어요. 위험하고 중요한 일."

로키는 그들의 일이 아버지에게는 전혀 중요하지 않았다고 말해주고 싶었다. 잔인하게 굴려는 게 아니라 그들도 알 권리가 있다고 생각한 것이다. 이제라도 칼을 내려놓고 자칫 목숨이 위험할 수 있는 전투에서 벗어날 권리 말이다. 이미 잃어버린 목숨도 있지 않은가.

하지만 결국은 아무 말도 못하고 핫초콜릿 잔만 깨끗이 비웠다.

현관 벨이 울리고 잠시 후 테오가 벨벳 커튼을 밀치며 들어왔다. 비를 맞은 어깨가 축축하게 젖어 있었다. 그는 난롯가로 가서 간당간당하게 화상은 입지 않을 만한 거리에 맨손을 갖다 댔다. "밖은 정말 얼어 죽을 만큼 추워요."

"젬한테서 새로운 소식은 없어?" 미세스 S가 물었다.

테오는 고개를 가로저었다. 모자챙에서 빗방울이 몇 개 또르르 흘러내렸다. "새로 시체가 발견된 건 없대요."

"부검은?"

"그 부인은 레이철 보먼한테 전화를 받은 후에 갑자기 동의서를 철회하고 콘월에 있는 부모님 댁으로 옮겨갔대요."

미세스 S는 실망감에 코로 한숨을 내쉬었다. "제기랄."

"레이철 보먼이 누군데?" 로키가 물었다.

"매장 반대파의 우두머리 마녀요." 미세스 S는 툭 내뱉듯이 말하더니 곧바로 덧붙였다. "아니, 진짜 마녀들이 들으면 기분 나쁘겠네요."

테오도 옆에서 말을 거들었다. "서더크 안치소 앞에서 시위를 주도하는 게 바로 그 여자예요. 젬이 그러는데 경찰이 부검에 동의해달라고 유족을 거의 다 설득해놓으면, 그 여자가 꽃을 들고 집까지 찾아가서 당신의 사랑하는 가족은 영원히 떠나간 게 아니라 부활을 기다리고 있는 거라면서 아주 설득력 있는 말을 늘어놓는대요."

로키는 의자를 뒤로 기울여 두 다리만으로 버티고 선 채 목을 구부렸다. 그는 벌써 며칠째 아모라와 함께 꾸며낸 가설을 제

시할 기회만 엿보고 있었다. 사실은 혼자서 생각해냈고, 아모라는 투덜거리며 그를 비난했지만 말이다. 로키가 나타나지 않았다면 그녀는 아무런 죄책감 없이 계속해서 인간들의 생명을 빨아들였을 것이다. 그녀의 협조를 끌어낼 방법은 미드가르드에서 데리고 나가주겠다는 약속뿐이었다. 어디로 가야 할지는 로키도 아직 몰랐다. 한 번에 하나씩만 생각하기로 했다.

"내가 혼자서 조사를 좀 해봤는데 말이야." 로키가 가벼운 말투로 이야기를 시작했다. "아직까지 살인범이 잡히지 않은 이유를 설명해줄 가설이 하나 있어."

미세스 S와 테오는 동시에 그에게로 고개를 돌렸다. 테오는 아직 난로에서 몸을 녹이고 있었다.

"그래서 더 설명을 해주실 건가요, 아니면 가설을 찾았다고 공표만 하시는 건가요?" 미세스 S가 물었다.

로키는 의자를 다시 앞으로 기울였다. 의자 다리가 나무 바닥에 내려앉으며 덜커덩 소리를 냈다. "여태껏 살인범을 잡지 못한 건, 잡을 대상이 없기 때문이야. 살인자 같은 건 없거든. 바이러스가 있을 뿐이지."

"뭐라고요?" 테오가 물었다.

"병을 옮기는 바이러스 말이야." 로키는 좀 더 자세히 설명을 이어갔다. "사람들을 살해한 마법이 뭔지는 모르겠지만, 못된 마법사의 소행은 아닌 거야. 런던의 다른 전염병처럼 사람들 사이에서 퍼져나간 거지. 그러니까 살인범의 짓이 아닌 전염병이었던 거야."

"마법도 그런 식으로 퍼져나가요?" 테오가 물었다.
"그럴 수도 있어. 몇 년 전에 아스가르드의 한 지방에서 마법 바이러스가 퍼진 적이 있거든. 땅에서 부글부글 끓어올라서, 아, 물론 지구는 공기 중에 마법이 없으니까 그렇게는 안 되겠지만, 아무튼 거기에 전염된 사람들은 자기 눈알을 마구 쥐어뜯었어. 그들과 접촉했거나 그들을 막으려던 사람들도 똑같은 고통을 당했지."
당연히도 이건 거짓말이었다. 마법 바이러스라니 들어본 적도 없었다. 하지만 테오는 꽤나 겁을 집어먹은 것 같았다.
"그게 원인이라면 어떻게 막아야 하죠?" 테오가 물었다.
"종양을 잘라내야지. 근원을 찾아내서 제거하는 거야." 로키가 답했다.
"그런데 이 사람들이 어떻게 마법 바이러스에 감염된 거죠?" 미세스 S가 물었다. 테오처럼 완전히 믿는 눈치는 아니었다. 눈을 가늘게 뜨고 로키를 쳐다보는데, 도저히 표정을 읽을 수가 없었다.
"대부분은 이미 감염된 시체에서 옮은 거겠지. 그러니까 서더크의 시체들은 도시 밖으로 옮겨야 해. 빨리 매장을 해야지."
"하지만 마법 바이러스의 근원이 여전히 런던에 머물러 있으면 그래봤자 무슨 소용이 있겠어요. 그 근원은 어떻게 찾죠?" 미세스 S가 물었다.
로키는 숨을 들이쉬었다. "그건 내가 찾은 것 같아." 미세스 S가 눈썹을 치켜들었다. '*침착해.* 거짓말은 쉬워. 거짓말은 자연스러운 거야. 너한테는 모국어 같은 거지.' 로키는 마음속으로 자신을 타일렀다. "인페르노 클럽에 있는 인챈트리스야." 난롯가에 있던 테오가 고개를 번쩍 들었다. 로키는 그에게로 시선을 돌리지 않으며 말을 이어나갔다. "그녀는 한때 아스가르드의 마법사였지만, 미드가르드에 오래 머물게 되면서 그녀의 마법이 독성을 띠게 된 것 같아. 죽은 굴뚝 청소부한테 마법을 이용해 카드점을 봐줬다고 하더라고. 지난주에 우리가 보러 갔던 시체 있잖아. 그래서 인챈트리스의 명함이 있었던 거지."

"클럽에서 심령술을 흉내 내려고 마법을 사용하고 있다고요?" 미세스 S가 물었다. "그래서 그녀와 접촉한 사람들이 감염됐다는 거예요?" 로키가 고개를 끄덕이자 그녀는 다시 물었다. "그 여자한테도 얘기해줬어요? 둘이 아주 자주 만났다면서요. 우리한테는 한마디도 없이요."

"내가 클럽에 간다고 말했잖아."

"다녀온 후에는 거의 아무 얘기도 안 해줬죠. 재방문한다는 건 우리 모두에게 숨겼고요." 미세스 S가 반박했다.

테오는 잠자코 자기 손만 내려다보고 있었다.

"우린 친구였어." 로키는 미세스 S의 반짝이는 눈동자를 똑바로 쳐다보며 말했다. "그녀는 날 믿고 있어. 당신들을 소개했다면 신뢰 관계가 깨졌을 거야. 그런 위험을 무릅쓸 순 없었어."

"우리한테는 돌아가는 상황을 알려줄 수도 있었잖아요."

로키는 어깨를 으쓱했다. "미세스 S, 난 당신 밑에서 일하는 게 아니야. 아버지한테 받은 임무를 수행하는 거지. 난 내가 생각하는 최선의 방식으로 조사를 해왔어. 인챈트리스는 자기가 마법을 써서 인간들을 죽이고 있다는 걸 전혀 모르고 있어."

"그럼 당신 아버지에게 보고해야겠네요. 그녀를 아스가르드로 돌려보내고 죽음이 멈추는지 지켜봐야죠. 아주 간단한 일이에요." 미세스 S가 말했다.

"그녀는 아스가르드로 돌아갈 수 없어. 아버지와 언쟁을 벌였거든. 하지만 내가 다른 곳으로 데려갈 수 있어. 난 그녀를 잘 알아. 인간을 해칠 마음 같은 건 없었을 거야. 진상을 가르쳐주면 더 이상 죽는 사람이 없도록 기꺼이 우리한테 힘을 보태줄 거야."

미세스 S는 손가락을 입꼬리에 대고 생각에 잠겼다. "그건 그렇다 해도 시체들을 매장하는 문제는 아직 해결이 안 됐어요."

"어떤 모임 같은 거, 그렇지, 강령회를 여는 거야." 로키는 지난 며칠간 정교하게 꾸며낸 이야기를 지금 막 떠오른 것처럼 훌륭하게 연기하고 있는 자기 자신을 속으로 칭찬해주었다. "인챈트리스가 영혼들과 접촉해서, 그들이 진짜로 죽었고 땅에 묻히지 않으면 다음 단계로 나아갈 수 없다는 말을 듣게 하는 거지." 로키는 탁자 위로 몸을 숙이며 방금 떠오른 생각이지만 정말 기발하다는 듯이 연기를 해 보였다. "지난번에 내가 클럽에 갔을 때 딸을 잃은 부부가 왔었어. 그들이 인챈트리스에게 원한 게 바로 그거였지. 딸이 이 세상을 떠났다는 확답을 받고 싶었던 거야. 그들을 찾아서 인챈트리스를 통해 딸이 죽었다는 걸 확인시켜주면 부검에 동의해줄지도 몰라. 그럼 다른 시체들도 똑같이 죽었다는 얘기가 되니까 전부 매장할 수 있지."

"그 시체들은 정말 죽은 게 확실해요?" 미세스 S가 물었다.

"당연하지." 로키가 답했다. "심장이 안 뛰잖아. 인간들은 그걸 죽었다는 표시로 받아들이지 않던가?"

"다시 살아났던 굴뚝 청소부는요?" 테오가 조용히 물었다.

로키는 처음으로 다리를 뻐끗한 기분이었다. 죽은 사람이 자신의 손 밑에서 움직였던 기이한 순간을 거의 잊어버리고 있었다. "그건 살아난 게 아니야." 그는 확실하다는 투로 답했다.

"당신의 가설이 사실인지 우리가 어떻게 알죠?" 미세스 S가 물었다.

"내가 왜 거짓말을 하겠어?"

"거짓말을 할 이유야 많죠." 미세스 S가 대꾸했다. "지구에 도착한 순간부터 당신의 유일한 관심사는 집으로 돌아가는 거였잖아요. 그 시간을 단축하기 위한 계략이 아니라고 어떻게 단정할 수 있겠어요?"

"믿고 안 믿고는 당신들한테 달려 있어." 로키가 답했다. "애초에 날 여기로 부른 이유가 그거 아니었나? 조언을 해달라고. 그래서 난 조언을 했어." 그는 의자 등받이에 등을 기댔다. "그걸 받아들일지 말지는 당신들이 정해."

미세스 S는 손가락으로 입술을 삐죽 들어 올리며 그를 응시했다. 그러다가 테오를 힐끔 보며 말했다. "눈썹 다 태워 먹기 전에 난로에서 떨어져." 테오는 로키와 미세스 S 사이에 있는 의자에 앉으며 탁자 밑으로 다리를 뻗었다. "어떻게 생각해?" 로키가 입을 열려고 하자 미세스 S는 검지를 들어 올렸다. "당신 말고요." 그러곤 테오에게 고갯짓을 했다. "넌 이 말을 어떻게 생각해?"

테오는 무언가를 힘들게 삼킨 것처럼 목울대를 꿀렁거렸다. 질문을 한 미세스 S에게서 로키에게로 시선을 옮기더니 다시 그녀에게로 눈을 돌렸다. 로키는 신중하게 짜인 이 가설을 꺼내놓은 이후 처음으로 불안에 몸을 떨었다. 테오는 그가 클럽에 한 번 이상 갔다는 걸 알고 있었다. 그는 현명하지 못하게 아모라와의 관계를 테오에게 너무 많이 털어놓았다. 도대체 왜 테오에게 자기 자신에 관해, 아스가르드에 관해, 이 모든 것에 관해 그렇게 많은 얘기를 해주었단 말인가. 모르는 사이에 너무 방심하고 있었다.

테오는 입술을 깨물더니 잠시 후 입을 열었다. "그의 말을 듣는 게 좋을 것 같아요. 이 일에 관해선 우리보다 아는 게 많으니까요."

로키는 안도의 한숨이 나오려는 걸 꾹 참고 미세스 S를 바라보았다. 여전히 표정이 읽히지 않아서 속이 타들어 갈 것만 같았다. 하지만 얼마 후, 그녀가 고개를 끄덕이며 말했다. "좋아요. 그럼 인챈트리스를 만나러 가보죠."

Chapter 25

이 세상에 로키보다 거짓말에 능한 사람이 딱 한 명 있다면, 그건 바로 아모라였다.

인페르노에 있는 그녀의 분장실에서 미세스 S가 그들의 가설을 설명하자, 아모라는 울음을 터뜨렸다. 우는 척하는 게 아니라 진짜 눈물을 줄줄 흘렸다. 로키는 감명을 받았다. 그가 같은 입장이었다면 저렇게까지 할 자신이 없었다.

"전 몰랐어요." 아모라가 흐느끼며 말했다. "절대로… 누굴 해치려던 게 아니에요."

테오가 그녀에게 손수건을 건네주었다. 친절한 위로도 건넸다. "그렇게 될 줄 어떻게 알았겠어요. 당신 잘못이 아니에요."

그러자 분장실 화장대에 몸을 기대고 있던 미세스 S가 끼어들었다. "아니, 그건 명백한 잘못이야. 무지와 결백은 다른 거니까."

테오의 손수건에 얼굴을 파묻고 있던 아모라는 눈빛을 번쩍이며 미세스 S를 바라보았다. "제발… 제발." 그녀는 말을 더듬으며 미세스 S를 향해 애원하듯 손을 모아 쥐었다. "제발 용서해주세요! 절대 누굴 다치게 할 생각은 없었어요."

"정말 너 때문인지 아닌지는 우리도 몰라." 로키가 재빨리 덧붙였다. "하나의 가설일 뿐이니까."

"하지만 속죄를 하고 싶다면 방법이 하나 있어요." 미세스 S가 말했다.

"뭐든지 할게요." 아모라는 다시 울음을 터뜨리며 엄청난 소리로 코를 훌쩍였다. "이 일을 바로잡기 위해서라면 뭐든 하겠어요."

미세스 S는 로키를 쓱 쳐다보곤 아모라에게 고개를 끄덕였다. 로키는 한숨을 한 번 내쉬고 이야기를 꺼냈다. "경찰이 죽은 사람들의 시체를 매장할 수 있는 동의를 받는 게 중요해." 이미 둘이서 전부 검토한 내용이지만 처음 알려주는 것처럼 말을 이어갔다. 시체를 매장하고 그녀를 지구에서 데리고 나가면 더 이상 죽는 사람이 나오지 않을 것이다. 샤프 소사이어티나 오딘은 진짜로 사람들을 죽인 게 무엇인지 알 필요가 없었다. "네가 심령술로 피해자의 가족을 설득해서 부검을 통해 사망 선고를 받을 수 있게 동의를 얻어줬으면 좋겠어."

"그럼 왕자님이 당신을 우주 멀리 어딘가로 데려가줄 거예요. 당신의 힘이 파괴적으로 작용한 게 의도적이었든 아니든, 그런 일이 벌어나지 않을 다른 세계로요." 미세스 S가 말했다.

"네, 그럴게요. 뭐든지 할게요." 아모라는 코를 다시 훌쩍이며 닭똥 같은 눈물을 뚝뚝 흘렸다. 그리고 손등으로 얼굴을 닦아냈다. "어떻게 이런 일이…."

"너무 자책하지 마." 로키가 웅크리고 앉아 그녀의 손을 잡으며 말했다. 그조차도 그녀의 연기에 깜빡 속아 넘어가려던 찰나였다. 그때, 아모라가 손의 위치를 조금 바꾸더니 그의 손바닥에 자신의 손가락을 대고 손금을 따라 내려가는 통에 로키는 현기증이 날 뻔했다. "내가 쇼에 참석했던 날, 같이 무대에 올라왔던 부부 기억나? 딸의 영혼을 만나 진짜 죽은 게 맞는지 알고 싶다고 했었잖아. 그 사람들을 찾을 수 있을까?" 로키의 물음에 아모라는 고개를 끄덕였다. "그들의 동의를 받고 싶거든. 넌 그들에게 딸이 이미 죽음 너머 다른 세상으로 갔다고만 하면 돼."

"진짜 마법은 사용하지 말고요. 그랬다간 선한 의도를 또 망치게 되니까." 미세스 S가 덧붙였다.

아모라는 또다시 흐느꼈다. 로키는 미세스 S를 비난하듯 쏘아보았다. 그녀는 아모라의 눈물에 전혀 흔들리지 않았다. "그러고 나서 시체를 매장해야만 딸이 사후 세계에서 진정한 안식을 누릴 수 있다고 말해. 그렇게 해서 다른 시체들도 모두 매장되고 바이러스의 근원이 런던에서 사라지면 더 이상 퍼지는 일은 없을 거야. 그렇게 해줄 수 있겠어?"

아모라는 손수건에 코를 휑 풀곤 테오에게 내밀었다. 테오는 코를 찡긋했다. "그냥 가지세요."

"아모라, 우릴 도와줄 수 있겠어?" 로키가 답을 재촉했다.

"당연하지." 아모라가 양손을 모아 쥔 채, 세 사람을 차례차례 바라보며 말했다. "무슨 일이든 시켜만 주세요. 제가 저지른 일을 바로잡을 수만 있다면 뭐든 할게요."

그만 떠날 때가 되자, 로키는 마지막으로 아모라를 위로하듯 안아주었지만 사실은 귓속말을 하기 위한 핑계였다. "아주 인상적인 연기였어."

"무슨 말인지 모르겠는데." 아모라는 그의 어깨에 대고 코를 한 번 크게 훌쩍였다. "난 지금 제정신이 아니거든."

미세스 S에게 자세한 사항을 전달받은 젬이 마툴리스 부부를 찾아보겠다고 나섰다. 마침내 서더크 시체 안치소를 통해 그들의 연락처를 확보했고, 아모라가 미세스 S의 지도를 받으며 그들에게 전화를 걸었다. 힘들게 설득할 것도 없이 바로 허락을 얻었고, 강령회 날짜도 정해졌다.

"정말 끔찍한 여자야." 그날 밤, 아모라는 분장실에 찾아온 로키 앞에서 분통을 터뜨렸다.

"누구?"

"샤프 말이야." 그녀는 화장품 브러시로 뺨을 푹 찔러 시뻘건

자국을 남기며 말을 이어갔다. "사사건건 날 비난하고, 자기가 엄청 똑똑한 줄 알면서 빼기는 꼴이라니. 넌 그런 여자를 어떻게 견디는 거야?

"미세스 S는 그렇게 끔찍하진 않아."

"미세스 S?" 아모라는 코웃음을 치며 브러시를 화장대에 던져버리고 손바닥으로 뺨을 문질러 가루를 펴 발랐다. "그렇게 불리면 자기를 무슨 자경단원처럼 봐줄 줄 아나 보지."

"하지만 정말로 자기 세상을 위해 좋은 일을 하고 있어." 로키가 대꾸했다.

아모라는 웃음을 터뜨렸다. "네 앞에선 있어 보이는 척하겠지만, 그 여자의 영향력이라는 건 생각보다 훨씬 미미해."

그녀는 눈을 가늘게 뜬 채 거울로 그를 찬찬히 살폈다. "설마 그 여자한테 정이라도 든 건 아니겠지?"

"그럴 리가 있나." 로키는 얼른 대답하고 화제를 바꾸었다.

인페르노 클럽 측에서는 강령회를 열어 살아 있는 시체들과 접촉하고 그들이 죽었는지 살았는지 알려준다는 계획에 잔뜩 흥분했다. 이번 행사에 하룻밤을 통째로 내주겠다면서, 연쇄 사망에 관한 신문 기사를 수집하고 클럽 내부를 장식하는 일도 도맡아 해주었다. 수완 좋은 누군가가 몇몇 시체의 범죄 현장 사진을 입수해서 5펜스만 내면 입체경으로 들여다보게 해주는 이벤트도 마련했다. 이번 행사를 기념해서 '살아 있는 시체 한 잔'이라는 새로운 술도 추가됐는데, 메뉴판에 적힌 이름 아래는 작은 글씨로 따뜻한 음료라는 설명이 덧붙여 있었다.

행사 날짜가 잡히자 도시 곳곳에 포스터가 붙었다. 특히나 서더크의 좁은 길거리에는 어찌나 덕지덕지 붙였는지 더러운 벽돌들이 자취를 감춰버렸다. 테오와 로키는 날마다 구경꾼들이 모여드는 시체 안치소에 찾아가서, 건물 밖에 줄 서 있는 관람객들에게 강령회 소식을 알렸다.

시위대도 끈질기게 그곳을 지키고 있었다. 거의 매일 같은 얼굴들이었다. 로키는 그중 몇 명이 자신과 테오를 바라보며 서로 속삭이는 걸 눈치챘다. 특히 로키가 처음 이곳에 왔을 때 마주쳤던 짙은 갈색 머리의 여자는 그들이 갈 때마다 노려보았다. 어느 날 아침, 로키는 또다시 쏟아지는 그녀의 눈빛에 가볍게 고개를 끄덕였다. 로키 딴에는 가까이 오지 말라는 경고였는데, 여자는 친근하게 부르는 신호로 받아들인 것 같았다.

"실례합니다, 선생님." 그녀가 말을 걸었다. 한 걸음씩 걸을 때마다 어깨에 둘러멘 나무판이 정강이에 부딪히며 전진을 방해하는 모양새였다. 앞면에는 '생명은 소중하며 보호해야 한다', 뒷면에는 '살아 있지 않다고 해서 죽은 것은 아니다'라고 쓰여 있었다.

로키는 이를 악물면서 최대한 귀찮다는 미소를 지었다. "무슨 일이지?"

"이 근처에서 자주 뵌 분이라 이제 슬슬 얘기를 나눠도 되지 않을까 싶어서요. 전 레이철 보먼이라고 해요." 그녀는 손을 내밀어 악수를 청했다. 로키는 그 손을 잡지 않았다.

"난 관심 없어."

"동료분과 뭔가 준비를 많이 하고 계신 것 같네요." 그녀는 군중 쪽을 힐끔 쳐다보며 말했다. 그녀의 시선을 따라가자 테오가 자기 또래의 소녀들과 이야기를 나누고 있었다. 그는 강령회를 열심히 설명했지만 여자들은 유혹적인 눈초리를 던지며 그에게 시시덕거렸다. 테오는 당황해서 어쩔 줄 모르는 것 같았다. "인페르노 클럽에서 일하시나요?" 레이철 보먼의 물음에 로키는 다시 그녀를 바라보았다.

"무슨 상관이지?"

"당신들이 땅에 묻으려는 사람들이 실제론 살아 있으니 상관할 수밖에요."

"우리가 땅에 묻는다고 누가 그래?" 로키가 쏘아붙였다.

레이철은 험악하게 인상을 썼다. "당신들이 무슨 짓을 꾸미고 있는지 다 알아요. 경찰에서 인페르노 클럽에 돈을 찔러줬겠죠. 사랑하는 가족을 매장하라고 유족을 설득하라면서요. 그래야 자기들이 사건에서 손을 뗄 수 있으니까요."

로키는 웃음을 터뜨렸다. "난 처음 듣는 음모인데. 대단한 창의력이네. 어떻게 그런 결론으로 바로 건너뛰지?"

그녀가 전단 한 장을 내밀었다. "날 조롱하기 전에 이걸 보고 진실을 깨달으세요."

"그건 전에 받았어." 로키가 말했다. "눈을 못 뗄 만큼 재미있던데. 다음엔 무슨 얘기가 나올지 조마조마해 하면서 밤새 읽었잖아."

로키가 자리를 뜨려 하자 레이철이 앞을 막아섰다. 갑작스러운 움직임에 그녀가 멘 나무판이 덜컹거리며 그의 무릎을 때렸다. 로키는 움찔했다. "그 사람들을 땅에 묻으면…" 그녀는 애써 목소리를 낮춰 떨리는 음성으로 말했다. "당신도 살인의 공범이 되는 거예요."

로키는 팔짱을 꼈다. "내가 마지막으로 확인한 바에 따르면 그들은 이미 살해됐어. 그래서 시체 안치실에 누워 있는 거지."

"그들을 보셨어요?" 그녀는 손가락으로 건물 출입구를 막았다. "그러니까 제 말은, 얼굴을 제대로 들여다보셨어요? 피부에 손을 대고 체온을 느껴보셨어요?"

"아니, 유리벽으로 막혀 있잖아." 로키가 답했다.

"전 봤어요." 그녀는 깜짝 놀랄 만한 악력으로 로키의 팔을 움켜쥐었다. "그들이 움직이는 걸 봤어요. 그중 한 명이 손을 들어 올렸죠."

로키는 애써 무표정한 얼굴을 유지했다. 그날 이 여자도 구경꾼들 속에 있었던가? 그땐 너무 정신이 없어서 제대로 못 보고 지나쳤을 수도 있다. "그럴 리가."

"이건 죽음이 아니에요." 그녀가 낮은 목소리로 으르렁거렸다. "이 세상의 죽음이라 할 수 없죠. 그런 일이 벌어지게 놔두면, 평생 죄책감이 당신을 따라다닐 거예요. 언젠가는 죄의 무게를 깨닫게 되겠죠. 그게 당신을 무너뜨릴 거예요."

"이런 말 미안하지만, 제정신이 아닌 것 같군." 로키는 자신의 재킷 소매에서 그녀의 손을 힘들게 떼어냈다.

Chapter 26

강령회가 열리는 밤, 인페르노 클럽은 입추의 여지없이 붐볐다.

쇼를 구경 온 사람들이 새벽부터 줄을 서기 시작했고, 터널 입구부터 늘어선 줄이 무서운 속도로 늘어나면서 마차의 통행을 막을 정도로 거리를 꽉 채웠다. 도로에 줄을 서 있던 입장객 한 명과 마부 사이에 말다툼이 심하게 일어나 몸싸움으로 넘어갈 위기에 처하자 결국 경찰까지 출동했다. 클럽 문이 열리자 사람들은 터널로 쏟아져 들어갔다. 엄청난 인파가 어마어마한 속도로 휩쓸고 내려가는 통에 벽에 전시된 악마상 몇몇은 손발이 부서졌다.

미세스 S가 공연장으로 나가고 아모라가 의상을 갈아입는 동안, 테오는 무대 뒤에서 대기했다. 로키가 혼자서 아모라 옆을 지키겠다고 자원했지만, 미세스 S는 펄펄 뛰며 테오를 붙여주었다. 인챈트리스를 분장실에서 무대까지 인도하고 만일의 사태에 대비해 무대를 지켜보려면 반드시 두 명이 필요하다는 투였다. 하지만 둘 중 하나가 보행이 불편하다면 누군가를 어디로 이동시키기에 이상적인 조건은 아니었다.

"무대 뒤에서 하는 일은 나 혼자서도 충분해." 로키가 테오에게 말했다. 두 사람은 커튼 사이에 드리워진 어둠 속에서 대기 중이었다. 무대 저편에서 사람들의 소리가 요란하게 들려왔다. 다들 흥분한 상태라 음량 조절이 안 되는지 죄다 고래고래 소리를 지르고 있었다. 테오가 아무런 반응이 없자 로키는 팔꿈치로 그를 쿡 찔렀다. "넌 가서 쇼나 구경해."

테오는 어깨를 움츠린 채 지팡이를 다른 손으로 바꿔 쥐었다. "그냥 여기에 있을게요. 내려가서 넘어지기라도 하면 사람들한테 밟힐 테니까요."

로키는 테오의 고개를 이쪽으로 돌리려고 강렬한 시선으로 쏘아보았다. 그리고 마침내 입을 열었다. "날 못 믿는군."

테오는 입술 사이로 바람이 빠져나가는 소리를 냈다.

"아직도? 그렇게 오랜 시간을 같이 보냈는데?" 로키가 다그쳤다.

테오는 곁눈질로 그를 힐끔거렸다. "일주일밖에 안 됐어요."

"무시해버릴 만큼 짧은 시간도 아니잖아." 로키가 항변하자 테오는 눈알을 굴렸다. "왜 나를 못 믿지? 넌 어디든 나를 따라다녔어. 내가 처음 도착했을 때는 난폭한 주문이라도 걸까 두려워서 내 마법을 빼앗아갔지."

"스스로를 방어하려면 어쩔 수 없었어요."

"게다가 평범하게 지하로 안내하지 않고 관에 집어넣었지. 누군가의 조언을 들은 것처럼. 대체 우리 아버지가 너희에게 뭐라고 한 거야?"

테오는 여전히 고집스럽게 빈 무대만 바라보고 있었다. 조도가 낮아서 그의 얼굴 대부분이 그늘에 가려져 있었다. "당신 아버지는 아무 말도 안 했어요."

"그럼 왜 날 그렇게까지 의심하지?"

"그냥 조심하는 거예요."

"아니, 내 울화를 북돋고 있는 거야." 그 말을 들은 테오가 깔깔거렸다. 로키는 자신이 한 말이 어디까지가 연기고 어디까지가 진심인지 알 수 없었다. 왠지 모르게 테오가 자신을 믿지 않는다는 게 제일 화가 났다. 아무도 그를 믿어주지 않는 것 같았다. 그가 적극적으로 그들을 속이면서 신뢰를 얻으려는 행동을 그만둔 이후로는 더욱 그랬다. "내가 널 여기까지 데려왔잖아." 로키가 앞을 막아서자 테오는 그를 올려다볼 수밖에 없었다. "난 널 도와줬어. 내가 아모라와 계략을 짜고 있는 거라면 왜 널 그녀의 분장실 앞까지 데려왔겠어? 이번 주에는 내가 아침마다 벽난로에 불을 붙여줘서 성냥도 아낄 수 있었잖아. 게다가 아까 무대 쪽으로 난 문도 내가 잡아줬어. 안 그래?"

"그래요. 그건 매너라고 하는 거예요. 은밀하게 뭔가를 꾸미는 것과 예의 바르게 행동하는 건 별개의 문제예요. 칭기즈칸도 식사 예절은 훌륭했을걸요."

"난 그게 누군지 몰라."

"당신네 세상의 라야마가르펜과 비슷해요." 로키가 그를 장난스럽게 밀치자 테오는 웃음을 터뜨렸다.

"곧 시작할 시간이네요." 테오가 회중시계를 슬쩍 들여다보며 말했다.

로키가 과장되게 허리를 굽실거리며 말했다. "제가 혼자 아모라를 데리러 가도 되겠습니까? 아니면 제가 마법으로 무슨 문제를 일으킬지 모르니 복도 끝까지 함께 가셔야 마음이 놓이시겠습니까? 그거 알아? 내가 그렇게 눈알을 굴리면 우리 엄마는 그러다가 눈알이 머리 밖으로 굴러 나오겠다고 놀렸어."

"아스가르드도 해부학적 지식은 그다지 발달하지 않았나 보네요. 제가 알기로 인간이 눈알을 굴려서 머리 밖으로 튀어나온 사례는 여태까지 단 한 건도 보고되지 않았어요. 잘 보세요." 테오는 다시 한 번 눈알을 굴렸다. 이번에는 좀 더 극적으로 머리 전체를 다 흔들어댔다. "혼자 다녀오셔도 될 것 같네요."

"하하. 역시 날 믿어주는군."

"절 시험하지 마세요."

로키는 아모라의 분장실 문을 두 번 두드리고 열었다. 그녀는 화장대 앞에 앉아 손가락으로 양 볼을 누른 채, 거울 속의 자기 자신을 바라보고 있었다. 마치 자신이 여기에 있는 게 맞는지 확인하듯이. "괜찮아?" 로키가 물었다. "밖은 준비가 거의 끝났어."

거울 속에서 두 사람의 눈이 마주쳤을 때, 로키는 그녀가 울고 있는 걸 보고 깜짝 놀랐다. 미세스 S 앞에서 미안한 마음을 증명할 때처럼 닭똥 같은 눈물을 흘리는 게 아니라, 필사적으로 참는데도 눈가가 촉촉이 젖어 있는 모습이었다.

로키는 바로 옆 의자에 주저앉아 그녀의 양손을 맞잡았다. 왠지 지난번에 안았을 때보다 더 가냘파진 느낌이었다. 한층 얇아진 피부밑으로 부서질 것처럼 앙상한 뼈가 드러났다. 과거의 기억을 모두 뒤져봐도 아모라가 이렇게까지 나약해 보이는 건 처음이었다. "무슨 일이야?"

"이 일이 끝나면 날 어디로 데려갈 거야?" 그녀가 떨리는 목소리로 물었다.

"어디든 다른 세상으로."

"어디?" 되풀이해서 묻는 틈에 그녀의 목소리가 갈라졌다. "내 힘을 회복시켜서 예전의 나로 되돌려줄 곳이 은하계에 존재할까? 무슨 짓을 해도 난 다시 온전해질 수 없어. 다시는 나 자신이 될 수 없어. 난 너무 지쳤어. 로키, 난 너무 약해. 이제 남은 힘이 거의 없어. 이 상태로는 오래 못 버텨."

그녀는 공포에 사로잡힌 것처럼 목소리가 점점 높아졌다. 로키는 그녀의 손가락을 자신의 입술로 가져가 가볍게 입맞춤을 했다. 그녀의 손이 떨렸다. "어딘가 그런 곳이 있을 거야. 맹세해. 다시는 네가 너 자신을 잃지 않게 해줄게."

아모라가 갑자기 몸을 휙 돌렸다. 두껍게 화장한 얼굴이 어둠 속에서 괴기스러워 보였다. 광대뼈는 움푹 들어가고 눈 주위는 시커멨다. "날 아스가르드로 데리고 가줘."

"나도 그러고 싶어."

"그런데 왜 못해?"

"바이프로스트는 어떻게 통과할 건데? 아버지는 널 왕궁은 고사하고 국경 안으로도 절대 받아들이지 않으실 거야. 카르닐라도 마찬가지고."

"네가 두 사람을 조종할 수 있다면?"

아모라를 붙들고 있던 그의 손이 느슨해졌다. "그게 무슨 말이야?"

"네가 왕이라면 날 아스가르드로 데려갈 수 있을 텐데."

로키는 갑자기 분노가 치밀어 올랐다. "그건 내가 어떻게 할 수 있는 게 아니잖아."

"할 수 있어."

"못해."

"안 하는 거겠지." 이제는 아모라가 그의 손을 붙잡았다. 눈물이 뺨을 타고 흘러내리는데도 그녀는 닦아내지 않았다. "넌 포기한 거야. 덜 사랑받는 아들로 남겠다고 마음을 굳혀서, 네가 선택할 수 있는 여러 가능성을 포기해버린 거라고."

"선택?" 그의 목소리가 높아졌다. "아버지가 나를 후계자로 지명할지 말지에 내 선택 따위는 비집고 들어갈 틈이 없어."

그녀는 이제 일어서서 로키의 손을 양쪽에서 감싸 쥐며 그의 무릎에 올라탔다. 두 사람의 얼굴이 서로의 숨결이 느껴질 만큼 가까워졌다. "네가 날 사랑한다면, 날 걱정한 적이 한 번이라도 있다면, 나를 집으로 데려가기 위해 무슨 일이든 할 거야. 우리의 권리를 되찾아야지. 로키, 난 여기서 숨이 막혀 죽어가고 있어. 언제 숨이 멎게 될지 몰라. 난 너를 위해 목숨을 바친 대가로 추방자 신세가 됐어. 이건 네가 받았어야 하는 처벌이야. 원래대로라면 그랬겠지만, 내가 널 위해 대신 희생했어."

로키는 눈길을 돌렸다. "이러지 마."

그녀는 그의 얼굴을 붙잡아 자기 쪽으로 돌렸다. "제발. 난 집에 가고 싶은 것뿐이야. 그게 그렇게 무리한 부탁이야?"

"난 왕이 아니야."

"하지만 왕이 될 수도 있지. 네가 왕이 돼야 해. 너를 위해서. 나를 위해서. 그리고 아스가르드를 위해서. 아버지가 왕좌를 내주지 않는다면 네가 빼앗으면 돼."

로키는 고개를 저었다. "난 왕국을 빼앗고 싶지 않아."

"왜?"

"후계자로 지명되고 싶어. 정당하게 물려받고 싶다고."

"그 돌대가리가 퍽이나 정당하게 물려주겠다." 아모라는 그의 얼굴을 잡고 있던 손을 홱 놓으며 일어서더니 성큼성큼 걸어가 화장대에 있는 베일을 집어 들었다. "너희 아버지가 옹졸해서 달리 방법이 없다면, 넌 어떤 선택을 할 건데?"

"너무 악랄한 논리군."

"우린 악당일지도 몰라." 그녀가 빙그르르 돌자 날개처럼 베일이 양옆으로 나부꼈다. "그래서 사람들이 우릴 두려워하는지도 몰라."

로키는 손으로 이마를 마구 문질렀다. "지금은 이런 대화를 하고 싶지 않아. 쇼를 하러 나가야지."

"물론이지. 쇼는 해야지." 그녀는 로키에게서 시선을 떼지 않은 채, 어깨 위로 베일을 쓸어 넘기며 머리에 빗을 꽂아 넣었다. "그런데 두 사람 잘 어울리더라."

로키가 고개를 들었다. "뭐라고?"

"정이 들 리가 없다면서?"

"무슨 말을 하는 건지 모르겠네."

아모라는 그를 말려 죽일 듯한 미소를 지었다. "왜 이러셔."

"지구에서 생겨난 감정이 하나 있다면, 그건 싫증이야. 여긴 정말 지루하니까." 로키가 짜증을 냈다.

"하지만 테오는 지루하지 않은가 보지?"

"그냥 친하게 지내는 거야. 그게 뭐가 어때서? 지금 질투하는 거야?"

"그 남자는 널 어떻게 생각하는 것 같아?"

"그다지 좋아하는 것 같진 않아. 지금 묻는 게 그런 거라면."

"그들이 널 어떻게 생각하는지 알아? 왜 널 따라다니고 의심할까? 네가 처음 도착했을 때 왜 수갑을 채웠을까? 테오가 무슨 책을 읽고 있는지 들여다본 적 있어?"

"뭘 읽든 그게 무슨 상관이야?"

"내 말 들어. 엄청나게 상관이 있으니까." 그녀는 그의 가슴에 몸을 밀착하며 턱선을 따라 손가락을 움직였다. 처음 방에 들어왔을 때 그녀의 눈에 맺혀 있던 눈물은 이미 사라지고 없었다. 흔적조차 남지 않아서 로키는 진짜 눈물이 있었던 건지 의심스러웠다. "네 가슴을 갈라서 그 인간들에게 심장을 바치기 전에 읽어보는 게 좋을걸. 아스가르드에서도 영웅 대우를 받진 못했지만 여기서 넌 그보다 훨씬 못한 존재야. 앞으로 영웅 대우를 받을 일도 없을 거야. 그들이 너를 만나기 한참 전부터 네 이야기는 이미 신화로 전해 내려오고 있으니까."

"도대체 무슨 소리를 하는 거야?" 그가 쉰 목소리로 물었다.

"그들의 이야기에서 넌 이미 악당이야, 로키." 그녀는 베일을 내려 얼굴을 가리며 말했다. "그러니 주어진 역할을 다하는 게 어때?"

Chapter 27

아모라가 무대에 등장하자 공연장 안에는 오싹한 침묵이 내려앉았다. 이렇게 많은 관객이 일순간에 조용해질 수 있다니 신기할 정도였다. 무대 옆에서 아모라를 지켜보던 로키는 온몸에 전율이 흘렀다. 그녀는 한 걸음씩 떼는 것도 너무 힘들다는 듯이 일부러 아주 천천히 걸어 나갔다. 로키 옆에선 테오가 초조한 마음에 회중시계의 뚜껑을 열었다 닫았다 하고 있었다.

아모라는 로키가 처음 쇼를 관람했을 때와 똑같은 인사말을 했다. 서로 다른 세계를 얇은 베일이 가르고 있다는 설명과 마음을 열고 영혼들을 초대하라는 조언이 이어졌다.

로키는 그런 말들을 듣는 둥 마는 둥 했다. 그저 테오를 바라보지 않으려고, 두 사람의 거리가 이렇게 가까운 데는 어떤 의미가 있는지 혹은 아무 의미도 없는지 해석하지 않으려고, 테오가 움직일 때마다 파르르 떨리는 자신의 피부를 느끼지 않으려고 애쓸 뿐이었다. 좋아하다니 말도 안 된다. 테오는 결코 그를 좋아하는 게 아니었다. 아모라가 괜히 부추기는 거다. 질투가 나서 그렇겠지. 로키는 지구에 온 지 일주일 만에 친구를 사귀었는데, 자기는 여기로 추방당한 지 몇 년이 지나도록 혼자 쓸쓸히 지내고 있으니까. 아모라는 자기가 가장 잘하는 일을 하고 있다. 절대 그녀에게 조종당하지 않을 것이다.

"이제 시작이네요." 테오의 속삭임에 문득 정신을 차려보니, 지드레 마툴리스가 무대에 올라 아모라와 나란히 서 있었다. 무대 구성은 지난번과 달랐다. 더 단순했다. 서로 마주 보고 있는 등받이 의자 중 하나에 아모라가, 다른 하나에 지드레가 앉았고, 둘 사이에는 작은 탁자와 그 위에 놓인 글자판뿐이었다. 아모라는 관객들이 글자를 볼 수 있도록 탁자 위에 거울도 설치해 두었다. 지드레가 손을 덜덜 떨며 외투 주머니에서 반지를 꺼내는 걸 로키는 멀리서도 똑똑히 볼 수 있었다.

"따님이 끼던 건가요?" 아모라가 물었다.

"네." 지드레가 조용히 대답했다.

"따님이 서더크 시체 안치소에 누워 있죠?"

"네."

"살지도 죽지도 않은 모습으로요."

"그 애에게 무슨 일이 일어난 건지 알고 싶어요. 어디로 갔는지, 영영 떠난 거라면 무사히 저세상으로 넘어갈 수 있는지."

아모라는 반지를 탁자에 내려놓고 초마다 불을 붙이며 자신은 이 세상을 떠나간 영혼들과 접촉하는 능력이 있다고 다시 설명해나갔다.

"너도 저런 걸 믿어?" 로키가 테오에게 불쑥 물었다.

"심령술이요, 마법이요? 내가 지금 다른 세상에서 온 신 옆에 있는 건 아시죠?"

"너희들에게 난 외계인 아니었나? 너희 조직 이름도 외계인을 대접하고 어쩌고 하는 뜻이라며."

"말씀드렸잖아요. 이름을 정해놓고 뜻은 끼워 맞춘 거라니까요." 테오가 여전히 무대에 눈을 고정한 채 대꾸했다.

"내가 생각을 좀 해봤는데 말이야. 샤프 소사이어티라는 이름에 감상적인 가치가 있다는 건 알지만, 그래도 너무 바보 같아. 그 대신…."

"우리가 이름을 바꾼다고 누가 그래요?"

"소드(SWORD. '검'이라는 뜻-옮긴이) 소사이어티는 어때?"

"그건 무슨 약자인데요?"

로키는 손을 휘저었다. "뜻 같은 건 너희가 생각해. 샤프라는 이름도 그렇게 지었다며. 그때처럼 머리를 쓰면 되잖아."

테오는 고개를 가로저었다. "그런데 그 이름은 조금 폭력적이지 않아요?"

"방어적인 이름이 낫겠어? 그럼 쉴드(SHIELD. '방패'라는 뜻-옮긴이)는 어때?"

"쉴드요? 샤프가 바보 같다면서 지금 쉴드라고 한 거예요?"

"괜찮은 이름이잖아. 쉴드(SHIELD)의 L은 '로키(Loki)'의 머리 글자라고 해도 돼."

"아, 그러세요?" 테오는 입을 씰룩이며 로키를 힐끔 쳐다보았다. "당신이 우리 조직에서 그렇게 중요한 존재였어요?"

"당연하지. 이제 겨우 일주일밖에 안 됐지만 너희는 날 만나기 전과 완전히 달라져 있을걸."

"그건 그렇죠." 테오가 떠오르는 미소를 감추려고 무대로 얼굴을 돌리며 말했다. 로키는 심장이 멎는 것만 같았다. 반사적으로 테오한테서 멀찍이 떨어질 뻔했다.

"그녀에게 무엇을 물어보고 싶으세요?" 무대 위의 아모라가 말했다.

로키는 커튼 사이로 무대를 내다보았다. 지드레와 아모라가 글자판 위의 둥근 판에 함께 손을 올려놓고 있었다. 거울에 비친 둥근 판은 '안녕'이라는 단어 위에 멈춰 있었다.

지드레가 숨죽여 흐느꼈다. 눈물이 흘러내리는 두 뺨이 무대 조명을 받아 도자기처럼 빛났다. "정말 너니?" 그녀는 목이 메었다. "몰리, 너 맞니?"

둥근 판이 글자판을 가로질러 반대편 모퉁이로 휙 돌아갔다. 판에 얹혀 있던 손이 함께 딸려가 '네'라는 단어에 멈추자 지드레는 헉 하고 숨을 들이마셨다.

그녀는 한참 동안 아무 말도 없었다. 흐느낌이 터져 나오려는 걸 참느라 목에 힘을 잔뜩 준 탓이었다. 공연장 전체가 조용했다. 로키의 귀엔 테오가 숨 고르는 소리만 들려왔다.

지드레가 마침내 입을 열었다. "그럼 넌… 그러니까 넌… 죽은 거야?"

둥근 판은 꼼짝도 하지 않았다. 로키는 아모라의 어깨에 힘이 들어간 걸 눈치챘다. 마법으로 판을 움직이려고 하는데 생각보다 쉽지 않은 것 같았다. 인간의 에너지를 흡수 못한 지난 며칠간 그녀는 얼마나 더 약해진 것일까.

'네.'

"다시 우리한테로 돌아올 수 있니?" 지드레가 필사적으로 물었다. 그녀는 이제 반쯤 일어섰고, 둥근 판을 누르고 있는 손가락에는 힘이 들어가 관절이 하얗게 변해 있었다. 로키는 저러다가 판이 뚝 부러질까 걱정됐다.

둥근 판이 다시 돌아가기 시작했다.

'아니요.'

"안식을 취하고 있니?" 지드레가 속삭이듯 물었다.

잠시 정적. 그리고, *'네.'*

지드레는 고개를 푹 떨어뜨리고 어깨를 바들바들 떨었다. "그날 널 시장에 혼자 보내서 미안해. 내가 같이 갔어야 하는데. 더 따뜻한 외투를 입혀줬어야 하는데. 구멍 난 부츠를 빨리 수선도 안 해주고, 댄스파티에 갈 때 머리도 못 말게 하고…."

"질문 형식으로 말하셔야 해요." 아모라가 끼어들었다.

지드레는 몸을 휘청거리며 고개를 끄덕였다. 그리고 조용히 물었다. "날 용서해줄래?"

둥근 판이 천천히 돌아갔다. 그리고 '네' 위에 멈춰 섰다.

"저건 사기야!" 관객석에서 누군가가 소리를 질렀다. 로키가 커튼 뒤에서 밖을 내다보자 옆에 있던 테오도 똑같이 했다.

"맙소사. 그 여자예요." 테오가 중얼거렸다.

레이철 보먼이 벌떡 일어나 반은 아모라와 지드레에게, 반은 다른 관중들에게 들으라는 듯이 큰소리로 외쳤다. "저 여자는 진짜 힘 같은 건 없는 사기꾼이에요! 당신을 살인자로 만들려는 거라고요! 당신은 친딸을 죽이게 될 거예요!"

"사기?" 아모라는 자리에서 일어나 무대 가장자리로 걸어갔다. 로키는 심장이 쿵 떨어질 것만 같았다. '그냥 내버려둬.' 그녀에게 들리길 바라며 필사적으로 텔레파시를 보냈다. '무시해. 별일 아니야.' 하지만 이미 너무 늦었다. "내가 힘이 없다고?" 아모라가 소리쳤다.

"당신도 저들과 한통속이 돼서 우릴 속이는 거잖아!" 레이철이 큰소리로 꾸짖더니 관중들을 돌아보며 말했다. "저 여자는 지금 여러분에게 자녀를 죽이라는 거예요! 사랑하는 가족을요! 남편과 아내를요! 이 도시에서 그들을 치워버리려는 거예요!"

"내 힘을 보여줄 테니 잘 봐. 이 어리석은 인간아." 아모라가 앞으로 걸음을 옮기자 로키가 무대로 뛰어나와 그녀의 팔을 붙잡고 뒤로 끌어당겼다. "신경 쓰지 마."

그때, 무언가가 허공을 가르며 날아와 무대에서 박살나며 로키와 아모라에게 튀어 올랐다. 누군가가 썩은 양배추를 던진 것이다. 그리고 또 한 번, 이번에는 둥근 판 위에 떨어져 진물이 줄

줄 흘러내렸다. 아모라는 굳어진 얼굴로 양배추를 다시 관중석 쪽으로 걷어찼다. 맨 앞줄 관객들의 발밑에서 양배추 파편이 튀어 오르자 그들은 비명을 지르며 움찔했다. "이것들이 감히!"

관중석은 갑자기 난장판이 되었다. 출입구를 향해 재빨리 뛰어가는 사람들이 있는가 하면, 인파에 밀려 짓밟히는 사람들도 있었다. 경찰들은 혼란 속에서 레이철 보먼을 찾으려고 관중석 통로를 내려왔지만, 어느새 사람들 속에 섞여 들어가 도통 보이지 않았다. 테오가 흐느껴 우는 지드레의 어깨를 감싸 무대 밖으로 안내했다.

아모라가 발버둥을 쳤지만 로키는 꼭 잡고 놓아주지 않았다. "그냥 놔둬. 다 끝났어. 넌 우리가 부탁한 일을 마쳤어."

"힘이 없다고?" 아모라는 그의 손아귀에서 빠져나오려 안달했다. "저 여자가 나한테 힘이 없다잖아. 진짜 힘이 어떤 건지 보여주겠어."

"아모라, 그만해." 로키는 가슴팍으로 그녀를 붙들며 자기 쪽으로 끌어당겼다. "저 여잔 아무것도 아니야. 아무것도 모른다고." 그가 속삭였다.

아모라의 근육이 긴장되는 게 느껴졌다. 다시 그를 뿌리치고 뛰쳐나가려는 것 같았다. 하지만 다음 순간, 그녀는 긴장을 풀더니 그의 품으로 무너져 내렸다. 이래서는 그녀를 막는 건지 안고 있는 건지 알 수가 없었다.

"네 말이 맞아." 그녀의 숨소리 같은 속삭임이 들려왔다. "저 여잔 아무것도 아니야.

Chapter 28

경찰은 관객들을 전부 내보내고 클럽 영업을 마치게 했지만, 사람들은 여전히 건물 밖을 유령처럼 어슬렁거렸다. 애쉬포드 형사가 지드레를 집으로 바래다주었고, 아모라가 있는 분장실 앞은 젬이 지키고 섰다. 혹시라도 시위자들이 쳐들어와 그녀를 괴롭히거나 마음이 심란해진 다른 유족들이 도와달라고 찾아올 경우를 대비한 거였다.

"우리 예상대로 되진 않았네요." 로키와 단둘이 빈 카운터석에 앉아 있던 테오가 말했다. 두 사람은 클럽 주인을 진정시키러 간 미세스 S를 기다리는 중이었다. 주인은 술만 마시고 계산을 안 한 사람이 얼마나 많은데 어떻게 전부 내보낼 수 있느냐며 격분한 상태였다. "우리가 그놈의 '살아 있는 시체 한 잔'을 만드느라 돈을 얼마나 쏟아부었는지 알아?" 로키가 있는 곳까지 노발대발하는 그의 목소리가 들려왔다.

"지드레가 나가기 전에 얘기 좀 해봤어?" 로키가 테오에게 물었다.

테오는 고개를 저었다. "하지만 미세스 S가 부검 얘기는 전했어요. 부인이 어떤 결정을 내릴진 모르겠지만요. 싫다고 하면 시체들을 도시 밖으로 내보내 전염을 막을 다른 방법을 모색해야겠죠." 그가 한숨을 내쉬자 이마 밑으로 길게 드리워진 곱슬곱슬한 머리카락이 헝클어졌다. "오늘 밤에 아모라를 데리고 떠날 거예요?"

"미세스 S는 시체를 매장할 때까지 우리가 여기에 머물러 있기를 바라는 것 같아. 아버지와 연락이 닿는 데도 시간이 좀 걸릴 거고." 로키가 말했다.

"그 물을 쓰면 안 돼요?" 테오가 물었다. "도움이 필요할 때 요청하라고 준 거니까요."

로키는 샤프 소사이어티가 세숫대야로 연락해오든 말든 오딘은 확인도 안 해볼 거라고 말해줄까 잠깐 고민했지만, 도저히 용기가 나지 않았다. 목숨 걸고 임무를 수행하는 사람들에게 너희는 오딘에게 미미한 존재라고 어떻게 말할 수 있겠는가.

"멀리 떠나서 아직 왕궁에 안 돌아오셨을 거야." 로키가 답했다.

"아, 그렇죠." 테오는 카운터 위에 두 손을 포갰다. "도둑맞은 증폭기를 찾으러 가셨죠. 그럼 자고 있는 헤임달을 깨워봐요." 로키가 아무 말도 없자 테오는 다시 물었다. "아모라를 어디로 데려갈 거예요?"

"아홉 세계 안에는 아모라가 가도 해가 안 될 만한 곳이 많아. 의도하지 않았는데 일어나는 피해 말이야." 그가 얼른 덧붙였다.

"'부수적 피해'라는 표현을 쓰고 싶었던 거죠?"

그가 노려보자 테오는 빙긋 웃었다. 텅 빈 술집의 휑한 조명 아래서도 테오의 눈빛은 강한 호기심으로 반짝반짝 빛이 났다. 이 행성을 뛰쳐나가고 싶은 이유라면 천 가지도 넘게 댈 수 있었지만, 로키는 떠나지 않고 머물렀다. 해야 할 일이 있었기 때문이다.

아모라가 한 말이 귓가에 울렸다. *정이 들 리가 없다면서?* 그녀는 그가 무언가를 잘못한 것처럼, 양궁장에서 쏜 화살이 빗나갔거나 아스가르드의 왕들을 순서대로 못 외웠다며 꾸짖는 것처럼 말했다.

정이 들었다니 말도 안 된다. 아니, 말이 되나?

테오는 여전히 그를 빤히 바라보고 있었다. 저 반짝이는 눈빛에 더 이상 사로잡히면 안 된다. 이 이상은 안 돼. 로키는 벌떡 일어서다가 하마터면 의자를 넘어뜨릴 뻔했다. "난 아모라한테 가볼게."

테오가 카운터에 걸어둔 지팡이를 집어 들었다. "같이 가요."

"아니야!" 로키가 별안간 소리를 지르자 테오는 얼어붙었다. 로키는 갑자기 가슴이 죄어드는 것 같아 심호흡을 했다. "둘이

서 지구를 전복할 음모 같은 건 꾸미지 않을 거야." 그리고 살짝 진지한 말투로 덧붙였다. "그냥 뭐 필요한 건 없나 해서 가보려는 거야. 간식이나 음료라도 갖다 줄까 해서. 좀 괜찮은지 봐야지. 힘든 하루였으니까."

테오는 입술을 깨물며 그를 가만히 바라보았다. 손으로는 아직 지팡이 손잡이를 만지작거리고 있었다.

"금방 돌아올게. 미세스 S가 찾으면 그렇게 전해줘." 로키가 말했다.

테오는 고개를 끄덕였다. "알았어요."

아모라의 분장실 앞은 여전히 젬이 지키고 있었지만, 로키가 문을 열려고 하자 "밖에 나갔어요"라며 막았다.

로키는 그대로 멈춰 섰다. "뭐라고?"

"바람을 쐬고 싶다고 하더라고요. 아까 외투를 걸치고 나갔어요."

도대체 어디로 갔을지 상상이 가지 않았다. 왜 나갔는지도. 그녀는 밖에 나갈 이유가 없었다. 내가 이따가 올 테니까 기다리라고 했는데. 방 안에서 기다리라고 했는데. "어느 쪽으로 갔지?" 로키가 물었다.

젬은 어깨를 으쓱했다. "잘 모르겠어요. 공연장 뒷길이 강으로 이어지기는 해요. 거기로 갔을지도 모르죠. 내보내지 말라는 말은 안 했잖아요. 사람들이 가까이 오면 쫓아내라고만 했지." 그가 억울하다는 듯이 항변했다.

"그래, 네가 함축적인 의미 정도는 포착할 수 있을 줄 알았지."

젬은 함축적이라는 게 무슨 뜻이냐고 물어보려는 것 같았지만, 로키가 말을 잘랐다. "미세스 S나 테오를 봐도 아모라가 나갔다는 말은 하지 마."

젬은 머리를 긁적였다. "그럴 수는 없을 것 같은…."

"하지 말라면 하지 마!" 로키는 꽥 소리를 지르고 어두운 밤 속으로 성큼성큼 나아갔다. 등 뒤에서 극장 문이 닫히자마자 그는 뛰기 시작했다. 어디로 가야 하는지는 몰라도 무엇을 찾아야 하는지는 알았다. 어딘가 어두침침하고 눈에 잘 띄지 않는 곳, 구석지고 인적이 드문 곳이었다. 런던은 사방이 좁은 골목과 캄캄한 그늘이었다. 선택의 여지가 너무나 많았다.

하지만 얼마 안 가, 텅 빈 길에서 그녀를 발견했다. 벽돌로 된 공동주택이 늘어서서 굴뚝마다 연기를 내뿜고 있는 골목이었다. 아모라는 누군가와 함께 있었다. 누군가를 담벼락에 밀어붙인 채, 입을 가까이 대고 향을 맡듯 숨을 깊이 들이쉬고 있었다. 로키는 테오의 녹색 안경을 썼을 때처럼 공기 중에 어른거리는 빛을 보았다고 확신했다. 영혼이 한 사람에게서 다른 사람에게로 넘어가는 모습이었다.

"아모라!" 그가 소리쳤다.

아모라가 깜짝 놀라 뒤로 물러서자 레이철 보먼의 몸이 자갈길 위로 무너져 줄이 느슨해진 마리오네트 인형처럼 흐느적거렸다. 살아 있는 시체였다.

"아, 너였구나." 로키가 다가가자 아모라는 안심한 듯 말했다.

"여기서 뭐 하는 거야?" 로키는 그녀의 손목을 붙잡으며 따져 물었다. 자신과 한 약속을 어기고 지금까지의 모든 수고를 위태롭게 만든 그녀를 보자 화가 나서 몸이 부들거렸다.

반면에 아모라는 놀라울 만큼 침착해 보였다. "네 말이 맞았어." 그녀가 레이철의 시체를 부츠 끝으로 툭 치며 말했다. "이 여잔 아무것도 아니었어."

"그 여자한테서 물러서." 로키는 그녀를 끌어내려 했지만 아모라는 레이철의 시체 앞에서 한 걸음도 물러서지 않았다. 이 장면을 음미하듯 하늘을 향해 고개를 젖히고 코로 숨을 깊이 들이쉴 뿐이었다.

"아모라." 아무리 재촉해도 꼼짝하지 않자 로키는 그녀의 어깨를 붙잡아 흔들며 자신을 똑바로 바라보게 했다. "이런 짓을 하면 우리 계획이 물거품이 될 줄 몰랐어? 샤프 소사이어티는 지난 몇 주간 살인범을 쫓아왔어. 그런데 그들이 겨우 다른 가설을 받아들이려는 이때, 공연장에서 유일하게 널 깔아뭉갠 인간을 쫓아와서 영혼을 빨아먹어?"

"저 여자가 스스로 무덤을 판 거야." 아모라가 중얼거렸다.

"지금 그게 문제야?" 로키는 그녀에게 고함을 지르고, 이 상황을 이해할 때까지 잡아 흔들고 싶었다. 왜 자기가 무슨 짓을 저질렀는지 파악을 못하지? 나한테 했던 말들은 다 뭐였단 말인가. "네가 다 망쳐버렸어."

아모라는 팔짱을 꼈다. "왜 히스테리를 부리고 그래."

"이건 히스테리가 아니야." 로키가 쏘아붙였다. "네가 무모하고 멍청하게 굴고 있잖아. 지구를 벗어나고 싶은 거 아니었어? 이런 짓을 계속하면 여기서 빠져나갈 수 없어."

"그러는 넌?" 그녀가 사납게 따져 물었다. "인간 친구들과 노는 게 너무 즐거워서 떠나기 싫어진 거 아니야?"

로키는 그녀에게서 돌아섰다. 양손으로 주먹을 꽉 쥐었다가 다시 길에 뻗어 있는 레이철을 돌아보며 말했다. "시체를 숨겨야 해. 물가로 옮길 수 있게 도와줘. 템스강에 던져버리자. 강물에 쓸리면 물에 빠져 죽은 것처럼 보일 거야."

아모라는 "분부대로 하겠습니다, 폐하" 하면서도 꼼짝 않고 서 있었다. 담벼락 그늘 안에서 팔짱을 낀 채 로키가 레이철의 시체를 들어 올리는 걸 지켜볼 뿐이었다.

"왜 그러고 있는 건데?"

"네가 누구 편인지 영 헷갈려서." 그녀가 쌀쌀맞게 말했다. "난 위험을 무릅쓰고 싶진 않거든."

"당연히 너지." 그는 레이철의 시신을 다시 자갈길에 스르륵 내려놓곤 그녀를 똑바로 바라보았다. "난 지금 여기에 있잖아. 네 실수를 무마하려고 말이야. 이 계획은 전부 널 위한 거였어."

그녀는 아무 말도 하지 않았다. 로키를 허리를 굽혀 레이철 보먼의 시신을 다시 붙잡으며, 이번에는 아모라의 팔을 자신의 어깨에 걸쳤다. "도와줘."

거절하려나 싶은 생각도 잠시, 그녀는 시신의 다른 쪽을 붙들었고, 두 사람은 힘을 합쳐 레이철을 들어 올렸다. 강까지 가는 길은 가파르고 미끄러웠지만, 인적이 드물었다. 도중에 스쳐 지나간 몇 안 되는 사람들도 그들에게 눈길조차 주지 않았다. 술집이 많은 구역이어서 친구 두 명이 술 취한 친구를 양옆에서 부축해 가는 건 이 주변에서 전혀 낯선 장면이 아니었다.

두 사람은 강둑까지 레이철을 운반해서 템스강의 검은 물속으로 떨어뜨렸다. 그녀의 시신이 잔잔한 물살에 떠내려가자, 아모라는 몸을 돌려 클럽으로 향하는 길을 다시 성큼성큼 올라갔다.

로키는 그녀를 불러 세웠다. "계속 이렇게 지낼 생각이면, 난 손 놓을래. 이제 널 도와주지 않을 거야."

아모라는 등 뒤로 손을 흔들며 손가락을 꼼지락거렸다. "넌 나한테 돌아오게 돼 있어."

"난 그만둘 거야, 아모라."

그녀는 발꿈치를 홱 돌려 그에게 손 키스를 날렸다. "그 책들 꼭 읽어봐. 넌 아직 배울 게 너무 많아, 트릭스터." 멀어져가는 그녀를 바라보다가 로키는 몸을 돌렸다. 강둑에 서서 레이철의 몸이 점점 멀어져 눈에 안 보이게 될 때까지 지켜보았다. 그러는 중에도 누군가가 잊고 싶은 무언가를 물속에 던졌는지 멀리서 풍덩 소리가 들려왔다.

Chapter 29

그로부터 사흘이 지난 아침, 미세스 S가 별안간 사무실 문을 벌컥 열고 신문을 흔들며 들어오자, 로키는 피가 차갑게 식는 기분이었다. 레이철 보먼의 시신이 발견돼서 자신의 계획이 탄로 났다고 확신한 것이다. 템스강 강둑에서 헤어진 이후로 아모라와는 다시 이야기를 나누지 않았다. 그동안 런던 거리에 더 많은 시체를 뿌리고 다녔는지, 분장실에 틀어박혀서 조용히 힘을 고갈시키고 있는지, 아니면 그 중간인지 알 수 없었다. 하지만 그녀는 언제나 극단으로 치닫는 성격이었다.

어느 쪽이 됐든, 로키는 신문 일면에서 그녀의 작품을 보게 될 마음의 준비를 했다.

그가 젬과 테오와 함께 아침 식사를 하던 탁자에 미세스 S가 신문을 내려놓은 순간, 상단에 박힌 굵은 글씨가 눈에 들어왔다. **살아 있는 시체 부검 실시: 사인 불명, 사망 확정**

"그들은 죽었어!" 음울한 헤드라인에 안 어울리게 미세스 S가 기쁨에 겨워 손뼉을 치며 외쳤다. "지드레 마툴리스와 남편이 딸의 부검에 동의해서 살아 있는 시체들은 이제 공식적으로 진짜 시체가 됐어. 이번 일요일에 네크로폴리스 열차로 런던에서 브룩우드로 옮겨질 거야."

테오는 신문을 집어 들고 눈으로 기사를 훑었다. "우리 작전이 성공했군요."

"그러니까 말이야." 미세스 S가 뒤에서 로키의 목을 감싸 안았다. "처음 만났을 때 당신을 관에 넣고 마법도 빼앗았던 거 미안해요. 내가 아직 사과 안 했던가요? 아, 정말 환상적인 소식이네요. 축하를 해야겠어요. 잠깐 나가서 첼시 번(건포도가 들어간 동그란 빵-옮긴이)을 사 올게요. 한번 드셔볼래요? 그냥 한 상자를 통째로 사 올게요. 지금은 생각이 없어도 냄새를 맡으면 먹고 싶어질 거예요."

그녀가 나간 후로도 로키는 잠시 조용히 앉아 있었다. 테오는 여전히 신문을 읽고 있었다. 그러다가 갑자기 로키의 얼굴에 신문을 들이밀며 물었다. "이거 알고 있었어요?" 일면 기사에 밀려 한쪽 구석에 템스강에서 레이철 보먼의 시신이 발견됐다는 기사가 조그맣게 들어가 있었다.

"아니. 내가 그런 걸 어떻게 알아." 로키가 답했다.

"강령회에 왔던 여자예요. 시체 안치소에서도 봤잖아요. 당신한테 자기소개도 했던 것 같은데."

"우리 쇼를 망쳐놓고 술을 잔뜩 마셨겠지. 그리고 집에 가는 길에 강에 들렀다가 빠져 죽은 거야."

"그럴지도 모르죠." 테오는 신문을 다시 자기 쪽으로 가져가더니 한쪽 귀퉁이를 만지작거렸다. "그날 밤에 당신이 인챈트리스랑 같이 있었죠?"

"그래. 분장실에 같이 있었어. 그렇지, 젬?" 로키가 물었다.

젬은 식사를 하다 말고 고개를 들어 두 사람을 번갈아 바라보더니 테오에게 말했다. "응, 그녀를 보러 왔었어." 로키는 교묘하게 핵심을 피하는 그의 진술을 들으며 감동했다. 그건 진실도 거짓말도 아니었다. 젬에게 그런 능력이 있을 줄은 꿈에도 몰랐다.

로키는 세 번째 시도 만에 훈련장 세면대를 통해 아스가르드에 있는 누군가의 시선을 끄는 데 성공했다. 시종 아이는 말하는 세면대를 보고 기절초풍해서, 토르를 불러오라는 명령을 받고 떠날 때까지도 눈이 휘둥그레져 있었다.

"이렇게 다시 보는군." 점점 다가오는 형의 실루엣을 보며 로키가 말했다. 토르가 세면대에 얼굴을 담그자 길게 땋은 머리가 어깨 밑으로 툭 떨어지며 수면을 어지럽혔다. 로키 쪽에서 보는 화면이 우그러졌다. "노른 스톤은 찾았어?"

"아직." 토르가 기죽은 듯 갈라지는 목소리로 답했다. "미드가르드 일은 어떻게 돼가고 있어?

"내가 맡은 문제는 해결한 것 같아."

"잘됐다. 아버지한테 말씀드릴게. 방금 귀국하셨거든."

"아니야, 아직 말하지 마. 내가…."

그때, 뒤편에서 커튼이 휙 젖혀지는 소리가 나더니 테오가 얼굴을 내밀었다. "전 지금 나갈 건데 혹시… 아, 죄송해요. 제가 방해가 됐나요?"

"형이랑 통화 중이었어."

"정말요?" 테오의 뺨이 붉게 달아올랐다. "형이라면, 토르요?"

"그렇지."

"제 인사도 전해주세요."

"그래, 아주 감격할 거야." 로키는 대야에 비친 형에게로 돌아서며 말했다. "테오가 인사 전해달래."

토르의 미간이 찌그러졌다. "누구?"

로키는 어깨 너머로 테오를 돌아보며 말했다. "형이 반갑다면서, 우리 둘 중에 내가 더 잘생겼고 능력도 뛰어나다고, '아스가르드 만세'라고 전해달래."

테오가 문간에서 거수경례를 하고 나가자 토르가 외쳤다. "난 그런 말 한 적 없어! 로키, 테오라는 사람한테 내가 안 그랬다고 전해."

현관 벨이 딸랑이는 소리가 들렸다. "저런, 어쩌지. 방금 나갔는데."

"그런데 누구야?"

"내가 여기서 같이 일하는 사람. 미드가르드인이야."

그러자 토르의 인상이 풀어지며 엄청나게 진지한 미소가 떠올랐다. "친구를 사귀었구나."

"아니야." 로키가 뾰로통하며 말했다.

"난 너를 놀린 게 아니야. 웬만한 사람들은 그걸 모욕으로 받아들이지 않을걸."

"누군가랑 가까이서 오랫동안 지내면 참아야 할 게 얼마나 많은데. 내가 형이랑 자라면서 뼈저리게 느낀 게 그거잖아."

"왜 그렇게 방어적으로 굴어?"

"난 정 같은 거… 친구 같은 거 사귀지 않았어." 로키는 머리카락을 얼굴 뒤로 쓸어 넘겼다. 토르의 뒤편 천장으로 또 다른 그림자가 지나가더니 시프 같은 목소리가 어서 오라고 그를 불렀다.

"잠깐만 기다려!" 토르가 외치더니 로키를 돌아보며 말했다. "그래서 날 부른 용건이 뭐야?"

로키는 심호흡을 했다. "형의 도움이 필요해."

"잠깐, 뭐라고?" 토르가 수면 가까이 몸을 숙이며 물었다. "뭐라고 한 거야? 잘 안 들려."

"도움이 필요해."

"한 번만 더." 토르가 과장되게 양손을 모아 귀에 갖다 대지만 않았어도 깜빡 속아 넘어갈 뻔했다.

로키는 눈을 부릅떴다. "형은 정말 최악의 형이야."

토르는 손을 계속 귀에 대고 있다가 몸을 너무 낮게 굽히는 바람에 수면에 얼굴을 찰싹 담갔다. "내가 제대로 들은 거 맞아? 내 도움이 필요하다고?"

"두 번 말하게 하지 마." 로키가 투덜거렸다. "나 뒤집어지는 꼴 보기 싫으면."

로키가 물을 주전자에 도로 따라 붓고 원래 있던 선반에 돌려놓을 때까지도 테오는 돌아오지 않았다. 비좁은 사무실 안을 둘러보던 그는 자신이 이곳을 그리워할 거라는 걸 깨닫고 소름이 돋았다. 내가 왜 이러는 거지?

가게 밖으로 나오자 쇠사슬에 매달린 간판이 산들바람에 휘날리며 짤랑 소리를 냈다. 그는 어디로 가는지도 모른 채 발걸음을 옮기다가 테오의 아파트 앞에 도착한 자신을 발견했다. 테오가 처음 초대한 날부터 여기서 지내고 있었다. 하지만 이 집에 묵으면서도 책을 살펴본 적은 한 번도 없었다. 아모라는 왜 그런 말을 했을까?

신경 쓰지 말자. 그는 아파트 문을 열며 스스로에게 말했다. *아모라는 질투하는 거야. 널 괴롭히려는 거야. 두려움에 빠진 거지. 그래서 아무 말이나 던진 거야.*

오늘 아침에 집을 나설 때와 모든 게 똑같았다. 침대 끝에 돌돌 말린 테오의 양말 한 켤레가 걸쳐져 있고, 개수대 위에 걸려 있어야 할 수건은 바닥에 떨어져 있었다. 로키는 수건을 집어서 깔끔하게 접어 제자리에 두었다. 그러는 동안에도 자꾸만 책 더미로 옮겨가는 눈길을 되돌려야 했다. 방 안에는 다른 어떤 물건보다도 책이 압도적으로 많았기 때문에 그러기가 쉽지만은 않았다.

로키는 누군가가 지켜보는 것 같은 느낌을 받으며(물론 누군가가 숨어 있을 공간조차 없을 만큼 좁은 집이었지만) 한쪽 벽면의 책 더미로 다가가 제목을 훑어보았다. 테오가 인페르노 클럽에서 읽던 책을 찾는 데는 그리 오랜 시간이 걸리지 않았다. 테오는 거기까지 로키를 따라와 기다리고 있었다. 책등에 쓰인 글자는 작았지만, 표지가 새빨간 색이라 금방 알아보았다. 그는 책 무더기의 제일 위에 놓인 그 책을 집어 들었다. 북유럽 이야기. 그때는 저 글자를 보고도 아무런 생각이 들지 않았다. 그는 웅크리고 앉아 책 표지를 넘겼다.

첫 페이지는 제목이 실린 장으로, 북유럽 이야기라는 이름 밑에 *고대 북유럽의 신화, 설화, 전설*이라고 쓰여 있었다. 바로 옆 페이지에는 배 한 척이 그려져 있었다. 로키는 얼어붙었다. 박물관에서 본 물건들처럼 눈에 익었다. 배의 모양, 돛대에 새겨진 조각, 둥그렇게 말린 뱃머리까지. 차가운 파도를 헤쳐 나가는 배의 갑판에는 아스가르드 전사처럼 보이는 사람들이 타고 있었다.

이건 인간들 사이에 전해 내려오는 아스가르드의 이야기였다.

예전에 세계 문화 시간에 가정교사들이 해준 말이 어렴풋이 떠올랐다. 오래전에 살았던 인간들은 아스가르드를 알고 아스가르드인들을 신으로 숭배했다고. 그들은 아스가르드의 이야기를 기록하며 각 가정에서 아이들을 교육할 때 로키의 가족을 본보기로 들었다고 한다. 자만하거나 허영심에 빠지지 말고, 용감하고 진솔하게 행동하며, 나쁜 짓을 하지 말라고. 지금 로키의 손에 들려 있는 게 바로 그런 이야기였다. 인류에게는 과거이지만 아스가르드의 미래일지도 모르는 이야기. 시간은 늘 똑바로 흘러가는 게 아니었다. 로키는 서사시로 쓰일 만한 삶을 아직 살지 않았다.

하지만 로키를 만나기 전에 테오는 그를 이미 알고 있었다.

그의 손가락이 다음 페이지 위를 서성거렸다. 한번 넘기면 되돌아갈 수 없었다. 이 책에 과연 그에 관한 기록이 있는지, 여기에 쓰인 말들이 어떤 무게로 다가올지 알 수 없었다. *앞으로 닥칠지도 모르는 일 때문에 그걸 성취하거나 피하기 위한 삶을 살아선 안 돼.* 그가 갓즈아이 거울을 파괴한 날, 어머니가 해준 말이었다. 이 책의 내용이 정말로 미래에 일어날 일인지, 단순히 인간들이 지어낸 건지도 알 수 없었다.

그는 페이지를 넘겼다.

책장을 넘길 때마다 그의 눈앞에 여러 가지 이미지가 나타났다. 함선. 검. 용. 로키가 듣고 자란 아스가르드의 영광스러운 과거 이야기도 있었다.

그러다가 어느 순간, 그의 손이 한 남자의 삽화 위에 멈췄다. 머리가 검고, 턱은 지나치게 뾰족한 데다가, 입에는 음흉하고 심술궂은 미소가 걸려 있었다. 날카로운 미소와 잔인한 눈빛을 지닌 남자의 딱딱하고 거북스러운 초상화 밑에 '혼돈의 신. 트릭스터, 로키'라는 이름이 붙어 있었다. 몇몇 단어와 구절이 그의 눈에 확 들어왔다.

허영.

천박함.

기만적.

잔인한 포식자.

거짓말의 아버지.

잘 속인다.

잘 훔친다.

살인자.

극악무도한.

악당.

이게 전부 그를 설명하는 말이라고? 지금 이렇다는 건가, 앞으로 이렇게 된다는 건가? 인간들이 이런 이야기를 알고 있다면, 실제로 일어난 일이라는 뜻인가? 그가 알기로 시간은 유동적이고 변화무쌍했다. 하지만 악당이라고? 그는 결국 그렇게 될 운명인 건가? 그의 미래가 이미 전설로 기록돼 있고, 모든 이들의 이야기 속에서 그는 이미 악당이라면, 옳은 일을 하려고 애쓰는 게 무슨 의미가 있을까?

마루가 삐걱거리는 소리에 로키는 고개를 들었다. 테오가 침실 문간에 서 있었다. 로키는 굳이 책을 덮으려고 하지 않았다. "뭐 하시는 거예요?" 질문이라기보다는 이미 아는 걸 덧없이 묻는 것 같았다.

로키는 벌떡 일어서며 책을 쾅 덮었다. "시간 때우려고 책이나 읽고 있었지."

로키의 상상인지 실제인지는 모르겠지만 테오가 슬쩍 몸을 피하는 것 같았다. 그는 지팡이를 쥔 손을 바꾸며 말했다. "나도 말하고 싶었어요."

"뭘 말해? 내가 지구에 오기도 전에 이미 내가 어떤 놈인지 마음속으로 정해놓고 있었다고? 옛날이야기 책에 쓰인 대로 교활하고 잔인하고 약삭빨라서 못 믿을 놈이라고? 여기 나타난 게 눈부신 광채를 뿜어내는 형이 아니라 나여서 얼마나 실망했겠어. 여기 보면…." 그는 들고 있던 책을 두 사람 사이의 바닥에 내동댕이쳤다. "토르가 얼마나 잘났는지 잔뜩 쓰여 있을 것 아니야. 그는 영웅이니까. 안 그래? 형은 언제나 영웅이었어. 난 그 반대였지. 내가 성스러운 빛에 둘러싸인 채 하늘에서 내려와 너희 인간들에게 치즈 샌드위치와 유니콘을 나눠줘도 너희는 나를 전설 속의 악당으로만 보겠지."

"달리 방법이 없었어요! 우리가 본 건 그런 이야기뿐이었으니까요. 아니 땐 굴뚝에 연기가 나지는 않잖아요. 어딘가에 근원을 둔 이야기라고 생각할 수밖에 없죠. 당신이 어떤 사람인지 전부 쓰여 있으니까요." 테오가 말했다.

"아무도 내게 나 자신에 대해 발언할 기회를 주지 않았어. 그깟 책이 그렇게 말했다고 우리 아버지랑 형이 엄청나게 훌륭하고 용감하다고 생각해? 내가 진실을 가르쳐주지. 오딘은 비천한 인간 세상 따위 신경도 안 써. 너희 같은 건 생각도 안 하고 있다고. 미세스 S의 남편이 죽은 건 아버지가 인간 따위는 하찮게 여기기 때문이야. 지원군을 보내기는커녕 그럴 생각조차 하지 않았지. 날 여기로 보낸 건 벌을 주기 위해서였어. 너희가 바로 내가 받는 벌이란 말이야. 너희는 우주의 통치자에게 자신들이 특별한 존재라고 착각하면서, 아홉 세계의 균형을 유지하는데 자기들이 도움이 되고 있다고 오해하면서 아까운 시간을, 그리고 목숨을 낭비하고 있는 거야. 너희는 아무것도 아니야. 오딘에게도, 나한테도."

그는 테오가 변명할 때까지 기다리지 않았다. 그를 밀치고 문밖으로 나와 복도를 걸었다. 테오가 부르는 소리가 들렸지만 뒤돌아보지 않았다. 아버지는 나약한 전사만이 떠나온 집을 돌아본다고 했다. 자신의 시선이 가는 곳에 검 끝이 향하므로, 전사는 항상 앞만 봐야 한다고.

로키가 노크도 없이 문을 벌컥 열었을 때, 아모라는 분장실에 앉아 있었다. 벽난로 옆 탁자에 김이 모락모락 나는 찻잔이 놓여 있고, 의자에 몸을 웅크린 그녀는 긴 머리카락 안으로 손가락을 돌돌 말며 무릎에 놓인 신문을 읽고 있었다. 로키가 들어오는 소리에 그녀는 고개를 들었다. "여긴 무슨 일이야?"

로키는 아무 말도 하지 않았다. 대신 의자 하나를 그녀 옆으로 끌고 간 다음, 외투에서 가죽 주머니를 꺼내 탁자에 떨어뜨렸다. 달그락 소리가 났다. 주머니를 졸라매고 있던 끈이 느슨해지며 입구가 벌어지자, 반짝이는 다섯 개의 노른 스톤이 모습을 드러냈다.

"좋아, 악당이 되자." 로키가 말했다.

아모라는 손가락을 뻗어 스톤 하나를 살살 매만졌다. 그녀의 피부가 닿는 곳이 금색으로 빛났다. "이게 다 어디서 났어?"

"내가 훔쳤어."

"누구한테서?"

"누구겠어?" 로키가 쏘아붙였다. 테오의 책에서 읽은 내용이 아직도 생생해서, 날카로워진 신경이 사납게 날뛰었다. "카르닐라지."

"오딘이 그렇게 찾아다니는 도둑이 너였구나." 그녀는 거친 재질의 가죽 주머니에서 스톤 하나를 꺼내 손에 들고 살펴보았다.

스톤들은 하나하나가 그녀의 손바닥보다 조금 작은 크기로, 각이 진 형태에 색상은 없이 반투명했다. "그래서 이걸로 뭘 하려고 훔친 거야?"

토르가 영광스러운 공적을 쌓아가는 걸 지켜만 보고 있자니 넌덜머리가 나서, 나 자신을 위한 무대를 만들기로 했다는 걸 가르쳐주고 싶진 않았다. 귀중한 보물을 도둑맞았을 때, 그걸 찾아내는 당사자가 될 생각이었다. 오직 그만이 보물의 위치를 알고 있으니까. 그래야 *아버지가 나를 인정해줄 것 같았다*고 고백하는 건 너무 바보 같고 유치하게 느껴졌다. 영웅심을 발휘할 기회가 주어지지 않으니 직접 훔쳐서라도 기회를 만들어야 했다. 어쩌면 오딘이 옳을지도 모르겠다. 테오가 옳을지도 모르겠다. 그 모든 책이 옳을지도 모르겠다.

"여기서 나와야 할 질문은 '우리가 이걸로 뭘 해야 할까' 같은데?" 로키가 말했다.

아모라는 천천히 고개를 들었다. 무대 분장을 완전히 지우지 않아서 턱에 얼룩덜룩한 자국이 남아 있었다. "이건 아홉 세계를 통틀어 가장 강력한 마법 증폭 장치야. 우리 둘의 힘에 노른 스톤이 더해지면, 온 세상을 날려버릴 수도 있어."

"군대를 일으킬 수도 있고."

"맨손으로 산을 쌓을 수도 있지."

"온갖 도시를 정복하고."

"아스가르드도 정복할 수 있어." 아모라는 고개를 숙여 스톤을 감상하면서도, 눈을 깜빡거리며 검은 속눈썹 너머로 로키의 반응을 확인했다. "말해봐." 그에게서 아무 대답도 나오지 않자 그녀가 재촉했다. "스톤을 훔치면서 그런 생각이 머리에 스치지 않았을 리가 없잖아."

사실이었다. 비록 잠깐이었지만. 아버지가 본 환상에서 로키는 군대를 이끌고 그의 왕국으로 쳐들어갔고, 살아 있는 시체로 군대를 만드는 힘은 노른 스톤이 아니고서는 얻을 수 없었다. 하지만 그는 이게 숭고한 행동이라고 확신했다. 숭고함에 가깝다고. 그는 자신에게 불리하게 조작된 시스템 안에서 움직이고 있었다. 그럼 반대로 내가 시스템을 조작해도 되는 것 아닌가.

잘 속인다. 갑자기 책에서 본 문구가 떠올랐다.

"어떻게 정복한단 말이야?" 그가 물었다.

"너희 아버지가 이미 판을 깔아 줬잖아. 너도 거울에서 봤고." 아모라가 답했다.

"군대 말이야?"

"살아 있는 시체들의 군대지. 인간들은 절대 아스가르드에 대항하지 않겠지만, 죽음에서 일어나 노른 스톤의 힘을 부여받은 시체들이라면 가능해. 너한텐 시체로 가득한 열차가 있잖아. 내가 완벽하게 보존해놓은 시체들이 네 군사가 되어줄 거야. 전부 이번 일요일에 미드가르드와 아스가르드가 교차하는 지점을 지나갈 예정이지. 노른 스톤이 있으니 네가 직접 바이프로스트를 열 수 있어."

불현듯 마법이 흐르는 손가락으로 죽은 굴뚝 청소부를 만졌던 기억이 떠올랐다. 시체를 소생시키는 건 로키의 힘만으로는 불가능한 일이었다. 그는 노른 스톤으로 이미 그 일을 행했던 것이다.

"인간 승객들은 어쩌고?" 그가 물었다.

"객차를 분리하면 돼. 필요한 것만 가져가는 거지." 아모라가 답했다.

"너도 같이 가줄 거야?"

"다시는 네 곁을 떠나지 않을게."

그는 머리가 어지러워졌다. 아모라가 가까이 다가왔다. 감귤과 향신료가 섞인 향수 냄새가 났다. 그녀가 머리를 옆으로 기울이자 향이 더욱더 강하게 풍겨왔다. "잘 생각해봐, 로키." 그녀는 로키 앞에 무릎을 꿇고 앉아 그의 바지를 붙잡았다. "생각해보세요, 국왕 폐하." 그리고 점점 기어올라 그의 무릎까지 올라오더니 두 팔로 그의 목을 감쌌다. 깃털처럼 부드러운 감촉이 그의 어깨를 어루만졌다. 그녀의 손가락이 그의 머리카락을 쓰다듬었다. "전부 우리 차지로 만들 수 있어. 우린 그럴 자격이 있어. 오딘과 카르닐라가 우리에게서 빼앗아간 걸 되찾는 거야."

로키가 꿈꿨던 일이었다. 오랫동안 염원했었다. 그가 왕위에 앉고, 아모라가 그의 옆에 앉기를. 아스가르드에 마법이 회복되고, 모두가 마법을 숭배하게 되기를.

하지만 군대를 이끌고 아스가르드로 돌아갈 계획을 세운 적은 없었다.

그런 행동을 했다가 일이 틀어지기라도 하면 아버지가 절대 그냥 넘어가지 않을 거라는 예감 때문이었다. 하지만 왕으로 선택받지 못하고도 괜찮은 척하며 억지웃음을 지을 바에는 평생 지하 감옥에서 썩는 게 나았다. 운명이 그를 멸시해왔으니, 이제 운명의 카드는 그가 직접 섞을 것이다. 아니면 카드를 내버리고 새로운 판을 짤 것이다. 결국엔 그가 승리할 것이다.

"좋아." 그는 몸을 기울여 그녀에게 키스했다. "군대를 끌고 아스가르드로 쳐들어가자."

네크로폴리스 레일의 기점은 워털루 다리 터미널에 붙어 있었다. 바로 뒤편으로 탁한 강물이 흐르는 템스강에서 바지선들이 고개를 까딱거렸다. 검붉은 벽돌 건물 정면에 철문이 달려 있고, 그 위편으로 걸린 아치 위에 '공동묘지 역'이라는 글자가 눈에 띄었다. 로키가 어젯밤 이 앞을 지날 때는 인부들이 저 글자에 광을 내고 있었다. 사무실 출입문에는 두개골과 뼈다귀, 모래시계가 그려진 네크로폴리스 레일의 마크가 새겨져 있었다. 로키가 문턱을 넘으며 언뜻 들여다보니 그림 아래는 *mortuis quies, vivis salus*라고 적혀 있었다.

올스피크가 문장을 번역해서 그의 눈앞에 띄워주었다. *행복한 삶, 평화로운 죽음.*

로키와 아모라가 사무실 안으로 들어서자 문에 달린 벨이 딸랑거렸다. 매표 데스크에 있는 직원 외에는 아무도 보이지 않았다. 두 사람이 가까이 다가가자 직원은 고개를 들어 시체 운반

열차를 담당하는 사람치고는 지나치게 생기발랄해 보이는 미소를 지었다. "무엇을 도와드릴까요?"

"안녕하세요." 아모라가 로키의 팔짱을 끼며 그를 데스크 쪽으로 이끌었다. "저희 부부는 이번 일요일에 출발하는 기차표를 예약하러 왔어요."

"알겠습니다." 직원은 펜 끝을 한 번 핥더니 카운터에 놓인 장부를 휙 열었다. "두 분과 동행하시는 고인의 이름이 어떻게 되시죠?"

아모라의 미소가 흔들렸다. "그런 정보까지 드려야 하나요?"

"이번 일요일은 그렇습니다. 살아 있는 시체들을 브룩우드까지 옮기게 됐으니까요. 좌석은 유족들에게만 돌아가거든요. 관람객이나 구경꾼들을 저지하기 위한 거니까 이해해주세요."

"물론이죠."

"그래서 고인의 성함이…."

"이동 시간은 얼마나 걸리죠?" 아모라가 불쑥 질문을 던졌다. 로키는 그녀가 대답을 피하려고 시간 끌기 작전을 쓴다는 걸 감지했다.

"한 시간이 조금 덜 걸립니다. 물을 채워야 해서 가끔 멈출 때도 있지만 거의 항상 한 시간 내로 도착하죠." 그는 카운터 유리 밑에 깔린 지도를 가리키며 펜으로 경로를 더듬어갔다. "기차는 매일 11시 반에 출발하는데, 이 길을 따라 아주 평화로운 풍경이 펼쳐져 있어요. 여기 워털루에서 출발해 서리주 브룩우드까지 갑니다. 브룩우드는 정말 아름다운 묘지죠. 영국 최대 규모

고요. 이 근처 묘지들처럼 붐비거나 지저분하지 않아요. 비싸도 확실히 제값을 한답니다."

"그런 말로 승객을 꾀어서 월급을 받으시는 거잖아요?" 아모라가 추파를 던지듯이 웃으며 말했다.

직원의 귀가 새빨개졌다. "아, 그야 그렇지만, 여기서 일을 안 하더라도 추천해드릴 겁니다. 장례 서비스는 예약하셨나요?"

"아직요."

직원은 장부를 뒤집어놓고 작은 소책자를 꺼내 카운터 위로 밀더니 펜 끝으로 몇 가지 선택 사항을 설명하기 시작했다. "저희는 1등급, 2등급, 3등급 장례식을 제공하고 있어요. 열차 내 조문객의 좌석도 거기에 따라 정해지죠. 1등급 장례식에는 무덤과 추모비가 포함돼 있어요. 가격은 봉분의 크기에 따라 상이하죠. 2등급 장례식은 1파운드고, 10실링의 추가 비용을 내시면 추모비까지 세워 드려요. 옵션을 선택하지 않으셔도 차후에 무덤을 재사용할 권리는 보장해드려요. 3등급 장례식은 교구 안에서 신도들에게 지정된 공동묘지에 매장해드려요. 여기는 추모비를 세울 수 없지만, 차후에 등급을 업그레이드하실 수는 있어요. 예배는 역에서 드리실 수 있어요. 역사 안에 성공회 예배당이 있거든요. 추가 비용을 내시면 햄 샌드위치와 컵케이크도 준비해드려요. 두 분은 성공회교도신가요, 아니면 비국교도신가요?"

로키는 무슨 말인지 몰라 대답을 않기로 작정했다. "이번 일요일에 옮겨지는 시체는 전부 몇 구나 되죠?"

"열차가 가득 채워질 것 같아요. 한 칸에 서른 구까지 수용할 수 있고 보통은 영구차 10량이 사용되지만, 이번에는 몇 량이 더 추가될 예정이에요. 아직 스코틀랜드야드에서 최종 숫자를 넘겨받길 기다리고 있죠. 자, 그럼…." 그가 펜을 들며 말했다. "고인의 성함을 이제 가르쳐주시죠."

아모라가 로키를 힐끗 쳐다보자 그는 "레이철 보먼이요"라고 답했다.

직원은 명단을 살펴보더니 고개를 끄덕였다. "알겠습니다." 그리고 책상 서랍에서 승객 이름 칸이 비어 있는 차표 두 장을 꺼내 다시 펜을 핥았다. "두 분은 성함이 어떻게 되시죠?"

"실비와 잭 러쉬튼이에요." 아모라가 주저 없이 대답했다.

직원은 이름을 받아 적고 차표에 도장을 찍어 건네준 다음, 아모라에게 요금을 받았다. "열차 출발 시각보다 최소한 30분 먼저 도착해주세요." 그가 당부했다.

"정말 끔찍한 일이죠? 그렇게 많은 사람이 죽다니요." 아모라가 말했다.

"무시무시하죠." 직원이 음울하게 대답했다. "저도 콜레라로 양친을 모두 잃었지만, 이번 건 여태까지 중에서도 최악인 것 같아요."

"범인이 누군지는 몰라도 정말 피도 눈물도 없는 살인마예요." 아모라의 말에 깜짝 놀란 로키는 흥분하지 말라는 뜻이 전달되기를 바라며 그녀의 발을 툭 쳤다. 하지만 아모라는 모르는 척했다.

"병으로 죽은 거라고 들었는데요." 직원이 말했다.

아모라가 은밀한 말을 전하듯 몸을 기울였다. "제가 듣기론 연쇄살인범의 짓이래요."

"맙소사." 직원의 얼굴이 하얗게 질렸다. "정말이에요?"

"저흰 그만 가봐야겠네요." 로키가 아모라의 팔을 세게 붙들며 말했다.

"네, 그러셔야죠. 고인의 죽음에 애도의 뜻을 표합니다. 즐거운 여행되시길 바랍니다." 그가 부드러운 미소로 인사했다.

아모라도 상대를 압도하는 미소를 지으며 말했다. "네, 아주 즐거울 것 같아요."

두 사람은 팔짱을 낀 채 역을 나섰다. 하지만 승강장 끝에 다다르자 아모라는 갑자기 멈춰 서서 도시의 어둠 속으로 사라지는 선로를 내다보았다. 그녀는 팔짱을 풀고 로키의 손을 잡았다.

"그렇게 으스대지 마." 로키가 짜증을 감추지 못하고 내뱉었다.

"내가 언제 으스댔어."

"조금 전에 매표소 직원한테 그랬잖아."

"아, 그 사람?" 아모라가 손을 흔들어댔다. "괜찮아, 그 사람은 아무것도 아니야."

"그러다가 경찰에 신고라도 하면?"

"뭐라고 신고를 하겠어? 역에 두 사람이 찾아와서 헛소문을 퍼뜨렸다고? 경찰 따위 누가 신경이나 쓴데?" 그녀는 빙글 돌아 로키를 마주 보고 서서 그와 맞잡은 손을 이리저리 흔들었다. "우린 이틀 후면 미드가르드를 떠나. 그리고 은하계에서 가장 강력한 마법 증폭 장치가 우리 손에 있지. 내가 저지른 짓을 감상하며 좀 즐기게 해줘."

"열차를 타기 전에 더 자세한 계획을 세워야 해. 군대를 전부 일으키기에 한 시간은 너무 짧아." 로키가 말했다.

아모라는 우뚝 멈춰서 맞잡은 손을 풀었다. "우리한텐 노른 스톤이 있잖아."

"스톤이 주문을 바꿔주진 않아. 우린 관을 하나하나 열어서 시체들을 깨우고, 다른 동료들을 깨우는 동안 가만히 있으라고 달래야 한다고."

"너희 엄마가 룬 마법은 안 가르쳐줬어?" 로키가 고개를 가로젓자 아모라는 혀를 찼다. "오, 프리가. 정말 실망인데. 카르닐라가 노른헤임을 떠나지 않고도 아홉 세계의 일들을 처리하는 게 바로 룬 마법 덕분이야. 너희 아버지의 식민지마다 룬 문자를 설치해놓고 거기로 마법을 흘려보내는 거지. 룬 마법을 사용하면 주문을 욀 필요 없이 에너지만 전달해도 마법을 걸 수 있어."

"갓즈아이 거울도 그렇게 작동했지." 거울의 각 모퉁이에 새겨져 있던 막대기들이 문득 생각났다.

"바로 그거야. 룬 문자가 마법 에너지를 지휘하는 거지." 아모라는 웅크리고 앉아 선로 주변에서 돌을 한 줌 고르더니, 하나씩 펼쳐놓기 시작했다. "먼저 죽음의 상징인 *카운*을 그리고…." 그러면서 돌을 두 줄로 배열해 'X'를 그리다 만 모양을 만들었다. "…해방을 뜻하는 *비야르칸*을 더하면…" 이번에는 삼각형 두 개를 위아래로 붙여놓은 모양이었다. "…죽음으로부터의 해방이라는 글자가 완성되지. 우린 여기에 에너지만 불어넣으면 돼."
"그 룬 문자를 어디에 놓아야 하는데?"
갑자기 바람이 불어와 그녀의 머리카락이 한쪽으로 마구 휘날렸다. "기차에 하나, 시체마다 하나씩."
"주문은 누가 조종해?"
"우리 둘 다 해야지." 그녀가 돌 하나를 툭 밀어서 문자의 형태를 살짝 비틀며 말했다. "열차에 올라타자마자 같이 작업을 시작하는 거야. 우리가 타는 객차에는 살아 있는 인간들만 있으니까, 거길 지나서 빠져나가야 해. 네가 스톤 하나를 가져. 내가 나머지를 가질게."
"나머지를 다 달라고?" 로키가 물었다.
"난 너만큼 강하지 않잖아." 아모라는 벌떡 일어서서 머리에 붙은 머리카락을 쓸어냈다. "누구처럼 아스가르드에서 힘을 비축하는 사치를 못 누렸으니까." 그녀는 피곤해 보였다. 피부는 납빛이었고 눈은 이 도시만큼이나 축축하고 어두웠다. 그녀는 미간을 찌푸리며 손가락으로 입술을 문질렀다. "지금 갖고 있어?"
"노른 스톤? 당연하지."
"보여줘."
그는 가죽 주머니를 꺼내 끈을 풀었다. 반짝이는 보석들이 눈에 들어왔다. 아모라가 손을 뻗어왔지만 로키는 멀리 치우며 다시 외투 안에 쑤셔 넣었다. "기다려야 해. 이걸 쓰는 순간 카르닐라가 감지할 거야. 그럼 우릴 잡으러 올 거라고."
"너무 힘들어."

"알아."

"난 지쳤어." 아모라가 그의 가슴에 뺨을 갖다 대며 몸을 굽히자, 로키는 팔을 감아 그녀를 끌어안았다. "집에 가고 싶어."

"나도 그래."

"난 너와 함께하고 싶어." 그녀가 얼굴을 들어 그를 바라보는 순간, 로키는 자신의 의지와는 상관없이 그녀의 입술로 끌어당겨지는 기분이었다.

"이제 금방이야." 그가 말하는 동시에 아모라가 다시 몸을 일으켜 그에게 키스하는 바람에, *이제 금방이야*라는 말은 그녀의 입속으로 사라졌다.

ᚠᚱᚨᛖ

Chapter 31

두 사람은 어둠을 틈타 서더크 시체 안치소로 갔다.

안치소는 닫혀 있었다. 지평선을 뒤덮은 매캐한 구름 아래로 이제 막 달이 지기 시작했지만, 골목 안에 있는 붉은 지붕의 술집은 여전히 북적북적 요란했다. 음정을 무시한 노랫소리가 곳곳에서 터져 나왔고, 거리로 쏟아져 나오는 손님들도 많았다. 그중 몇몇은 안치소 앞에서 손을 둥글게 모아 눈앞에 대고 시커먼 유리창을 들여다보았다. 정문에선 한 손에 곤봉을 든 경찰이 팔짱을 낀 채 문 앞을 지키고 서 있었다. 술집에서 나온 취객 한 명이 그의 팔을 쿡쿡 찌르며 들여보내 달라고 사정했지만, 경찰은 눈 하나 꿈쩍하지 않았다.

로키는 그 경찰관이 누군지 바로 알아보았다. 젬이었다.

"내가 해결할 수 있어." 그는 아모라와 함께 문 쪽으로 걸어가며 속삭였다. "넌 여기서 기다려."

젬은 로키가 다가와도 그를 돌아보지 않았다. 취객을 쫓아내느라 바빴던 것이다. "쇠고랑 차기 싫으면 저리 꺼져."

취객이 혼잣말을 중얼거리며 비틀비틀 멀어져가자, 로키가 "젬"하고 불렀다.

젬은 그를 발견하고 살짝 고개를 끄덕였다. "안녕하세요, 부인."

미세스 S와 얼마나 비슷하게 변신이 된 건지는 알 수 없었다. 어둠 속이라 대충 넘어갈 수 있지 않을까 싶었지만, 술집에서 흘러나오는 불빛이 너무 밝아 걱정이었다. 모자를 쓰면 좀 더 위장하기 쉬웠겠지만, 그녀가 모자를 쓰는 걸 본 적이 없었다. "날 안에 들여보내 줄래?" 로키가 물었다.

"안이요?" 젬이 물었다.

"시체 안치소 말이야. 인챈트리스도 데려왔어. 시체들을 옮겨가기 전에 저 안에서 할 일이 있거든."

"부인이랑… 저 여자요?" 젬이 미간을 찌푸렸다.

"몇 가지 시험해볼 게 있어." 로키가 손을 애매하게 흔들며 말했다. "저 여자가 미드가르드를 떠나면, 아니, 지구, 런던을 떠나면, 죽음이 멈출지 확실히 해두려고." 로키는 말실수를 한 자기 자신을 속으로 저주하면서도, 얼굴에는 티를 안 내려고 애썼다.

젬의 이마 주름이 더 깊어졌다. "하지만 전에 말씀하시길…"

그는 말을 잇지 못하고 머뭇거렸다.

로키는 팔짱을 끼다가 자기 팔이 너무 가느다래서 깜짝 놀랐다. 미세스 S는 놀랍도록 가녀린 사람이었다. "내가 전에 뭐라고 했는데?" 그가 물었다.

젬은 누가 보고 있지는 않은지 재빨리 거리를 눈으로 훑더니 작은 목소리로 말했다. "부인이랑 있는 걸 들키면 안 된다고요. 정식으로 부인을 돕지도 말고요. 제가 경찰에서 쫓겨나면 안 된다고 하셨잖아요."

"아무튼 내가 지금 다시 말하잖아. 네게 피해가 가는 일은 없을 거야. 젬, 날 못 믿어?"

젬은 모자를 벗어 머리를 벅벅 문지르곤, 다시 모자를 고쳐 쓰며 고개를 끄덕거렸다.

로키는 미소를 지었다. "그래야지."

그가 골목 끝에서 기다리고 있는 아모라 쪽으로 몸을 돌릴 때, 젬이 물어왔다. "그를 찾았나요?"

로키는 그대로 멈춰 섰다. "누굴 찾아?"

"장난의 신이요." 젬이 답했다.

"아, 그는 아스가르드로 돌아갔어."

"테오는 괜찮아요?"

"테오?" 로키는 자기도 모르게 목소리를 높였다. "테오가 왜?"

"글쎄요. 부인이 그러셨잖아요. 그런 건 '마음이 시키는 일'이라고요." 젬이 어깨를 으쓱했다. "전 무슨 뜻인지 모르겠지만요."

로키는 거기서 멈췄어야 했다. 변신이 탄로가 날 만한 말은 하지 말고 그냥 돌아서서 아모라에게 갔어야 했다. 하지만 그는 옳은 길을 선택하는 데 늘 어려움을 겪었다. "넌 그를 어떻게 생각하니? 장난의 신 로키 말이야."

젬은 어깨를 으쓱하고 경찰봉을 빙빙 돌렸는데, 그 모습이 묠니르를 든 토르를 연상시켰다. "꽤 쌀쌀맞은 친구였죠. 늘 신경이 날카롭고요. 하지만 낯선 곳에 가면 저라도 그럴 것 같아요."

"그에 관해 전해 내려오는 이야기를 믿니? 테오의 책에 쓰여 있잖아." 로키가 물었다.

"이야기는 그냥 이야기일 뿐이죠. 그렇지 않나요? 너무 진지하게 받아들일 필요는 없죠. 전 누구든 직접 겪어보기도 전에 판단을 내리고 싶진 않아요. 왜요? 부인은 그를 어떻게 생각하시는데요?"

"내 눈에는 좀 불량해 보였어." 로키가 답했다.

"네, 그건 부인도 마찬가지잖아요." 젬이 미소를 지었다. "그래서 그를 좋아하신 거겠죠."

여기서 멈춰야 했다. 이 대화를 더 이어가면 당장 3½번지에 있는 사무실이나 테오의 아파트로 쫓아가고 싶어질 것 같았다. 문을 벌컥 열고 들어가 '마음이 시키는 일'이 뭔지 말하라고 닦달하게 될 것 같았다. 로키는 이미 답을 알고 있었다. 하지만 테오한테서 직접 듣고 싶었다.

대신 그는 침을 꿀꺽 삼켰다. "그럼 이제 안으로 들여보내 줄래?"

젬은 외투에서 회중시계를 꺼내 힐끗 내려다보았다. "20분 후면 교대 시간이에요. 그때까진 나오셔야 해요."

"그렇게 할게."

"이따가 건물 뒤에서 봬요."

"넌 자리를 뜨면 안 되니까 그냥 열쇠를 나한테 줘. 일을 마치고 나오면서 돌려줄게."

젬은 꺼림칙한 표정이었지만 마지못해 열쇠 꾸러미를 건넸다. 로키가 열쇠를 받아들 때, 그가 갑자기 인상을 썼다. "어, 없네요…."

로키는 얼어붙었다. "뭐가?"

"아니에요." 잼은 재빨리 말하며 고개를 숙였다. "딱 20분이에요. 아셨죠?"

"1초도 늦지 않을게."

시체 안치소 안은 컴컴했다. 진열된 시체들과 복도 사이를 가로막고 있는 유리벽은 불투명하게 반짝거렸다. 창문으로 새어 들어오는 희미한 빛을 받아 전시대 위에 눕혀진 시체들이 유령처럼 보였다. 그들의 피부는 구름에 가려진 엷은 달빛처럼 빛이 났다.

"단검 갖고 있어?" 아모라가 묻자 로키는 소매에서 칼 두 개를 꺼냈다. "하나는 나한테 줘." 그녀가 손을 내밀자 로키는 잠시 망설이다가 칼을 건넸다. "잘 봐." 그녀는 로키의 손을 잡고 그의 손바닥에 룬 문자를 새겼다. 피가 솟아 나왔다가 다시 피부밑으로 스며들면서 희미한 자극과 따끔거리는 느낌만 남았다. "모든 시체에 정확하게 새겨 넣어야 해."

"걱정하지 마."

"넌 여기서부터 시작해." 그녀가 가장 가까운 복도 끝을 가리키며 말했다. "나는 반대편으로 갈게. 그럼 중간에서 만나게 될 거야."

아모라가 사라지자 로키는 첫 번째 시체에게로 다가갔다. 검은 머리의 중간 중간에 흰 서리가 내려앉고 턱수염을 단정하게 기른 중년 남자였다. 눈꺼풀이 아주 살짝만 감겨 있어서 그의 손이 닿기만 해도 깨어날 것 같았다. 하지만 지금 로키는 수중에 노른 스톤이 없었다. 시체가 즐비한 안치실 복도에서 홀로, 그것도 어둠 속에서 살아 있는 시체를 마주하니 왠지 더 으스스한 기분이 들었다.

로키는 남자의 턱을 잡고 그의 입을 벌렸다. 시체의 어느 부분에 룬 문자를 새길지는 아모라와 미리 논의를 마쳤다. 수의를 입히고 입관할 때 사람들의 눈에 띄지 않는 부위여야 했다. 그렇다면 선택지는 하나밖에 없었다. 하지만 실제로 남자의 입안에 손을 넣어 혀를 빼는 건 생각보다 훨씬 소름 돋는 일이었다. 남자가 자신을 물어뜯을까 두려워져 바로 손을 빼버리고 싶은 강한 충동이 밀려왔지만, 로키는 손바닥에 있는 룬 문자를 혀끝에 세심하게 새겨 넣었다. 그러자 피가 솟구쳐 나왔다. 순간, 자신이 잘못 생각한 건 아닌지 의심이 밀려왔다. 이 사람들은 죽지 않은 건지도 몰랐다. 그들의 영혼이 어딘가에 존재할 수도 있었다.

죽은 사람은 피를 흘리지 않으니까.

하지만 이건 그가 선택한 길이었다. 그들을 동정하기엔 이미 너무 늦었다.

로키는 남자의 입에서 흘러나오는 피를 소매 안쪽으로 꾹 누른 다음, 다음 시체로 넘어갔다.

그는 손 밑으로 느껴지는 피부의 온기에 이들이 아직 살아 있는 것 같다는 생각을 애써 떨쳐내며, 신속하고 체계적으로 작업을 해나갔다. 젬에게 들은 말들도 한쪽으로 치워버렸다. 이제 두 번째 복도에 들어서서 여자 시체의 턱을 붙잡았더니 썩은 이가 쩍 하고 벌어졌다. 그때, 문 열리는 소리가 들렸다. 복도 문이 아니라 관람객들이 이용하는 현관문이었다. 그는 전시대 뒤로 몸을 숨기고 잔뜩 웅크렸다. 굽 있는 구두 소리가 복도 안에 또각또각 울려 퍼졌다. 젬의 신발은 저렇게 큰 소리를 낼 리 없었다.

어둠을 뚫고 그의 이름을 부르는 소리가 귀에 꽂혔다. "로키."

유리벽 너머로 그림자 하나가 어른거리고, 길게 뻗은 황금빛 광선이 바닥을 가로지르며 일렁거렸다.

그가 일어서자 불빛도 움직임을 멈췄다. "미세스 S."

두 사람은 유리벽을 사이에 두고 마주 보았다. 그녀가 그의 모습을 확인하려고 손을 들어 올리자, 손전등 불빛이 금빛으로 산란되며 유리벽에 그녀의 형태를 비추었다. "오, 이거 진짜 섬뜩하네요. 유리가 있으니까 더 으스스해요." 그녀는 손가락 하나를 구부려 유리를 툭툭 치자 벽이 울렸다. "내 말을 안 듣고 반항하는 나 자신을 거울로 보는 것 같아요."

"내가 여기 있는 건 어떻게 알았지?" 로키가 물었다.

"젬이 연락을 해왔어요." 미세스 S가 답했다. "그래도 당신의 변신술이 꽤 인상적이었다고 하던데요." 그녀가 전등을 들어 올리자, 로키는 젬이 어떻게 자신의 정체를 알아챘는지 깨달았다. 미세스 S의 왼손에서 결혼반지가 반짝인 것이다. 저걸 깜빡했다.

"원하는 게 뭐야?" 로키는 목소리가 갈라지지 않게 잔뜩 힘을 주어 말했지만, 그렇게 우렁찬 느낌은 들지 않았다.

"당신을 찾고 있었어요. 다들 걱정했다고요." 그녀가 답했다.

"나 아니면 너희 세계?"

"무슨 일이 있었는지 테오한테 들었어요."

"무슨 일? 내가 내 전설을 알아낸 거 말이야?" 로키가 딱딱거렸다.

전등불이 펄럭이더니 화르륵 타올랐다. 미세스 S는 양 볼을 쏙 빨아들였다. "당신이 어디까지 알고 있는지 난 몰랐어요."

"난 아무것도 몰랐어. 하지만 이미 전부 기록돼 있더군. 입에서 입으로 계속 전해진 거야. 너희 인간들은 나에 대해 빠짐없이 알고 있어. 그러니 나한테는 남은 선택지가 없잖아?"

"모든 건 자신의 선택에 달렸어요." 그녀가 말하자 두 사람 사이의 유리에 성에가 끼었다. "우리에겐 언제나 선택권이 있어요."

"그럼 난 너희 모두가 생각하는 그런 존재가 되는 걸 선택하겠어."

그녀가 서글픈 미소를 지었다. "실망스럽네요."

"놀랐나?"

"아니요. 하지만 다른 선택을 해주길 바랐어요. 그럼 많은 것이 달라질 수 있으니까요. 우리 모두를 위해서요."

그때, 아모라가 어둠 속에서 칼을 든 채 그림자처럼 조용히 다가오는 게 보였다. 미세스 S는 아직 눈치채지 못했다. 경고해주고 싶은 말이 목구멍에서 간질거렸다. 미세스 S가 유리벽에 손가락을 대고 무언가 말하려고 입을 벌렸다.

하지만 순간, 그녀도 어두운 유리에 비친 그림자를 발견했고, 동시에 아모라가 칼자루로 그녀의 뒤통수를 후려쳤다. 미세스 S가 쓰러지면서 전등이 그녀의 손에서 미끄러져 바닥에 쿵 떨어졌다. 아모라는 그녀를 붙잡아 무릎을 꿇리고 목에 칼날을 댔다.

아모라는 로키를 바라보았다. 미세스 S도 그를 올려다보았다. 어둠 속에서 로키는 자신에게로 향해 있는 두 사람의 눈빛을 느꼈다. 유리벽에 손가락을 가볍게 댔다가 뗐다. 스스로도 자기가 뭘 원하는지 알 수 없었다. 자기가 누구인지도 알 수 없었다. 다들 그를 아는데, 그 혼자만 자기 자신을 몰랐다.

아모라가 단검을 미세스 S의 목에 더 가까이 파묻더니 휙 그어서 경동맥을 베어버렸다. 어둠 속에서 빨간 피가 선명하게 빛났다. 그녀의 앞섶으로 콸콸 흘러내리며 고집스럽게 타오르는 전등 불빛을 받아 반짝였다. 유리벽이 사이에 있는데도 로키는 그녀의 목구멍이 갈라지는 바람 소리를 들었다. 미세스 S의 몸에 경련이 일어나자 아모라는 그제야 손을 놓았고, 그녀의 몸은 바닥에 쓰러져서도 계속 요동쳤다. 로키와 아모라 사이의 유리벽은 피로 얼룩졌다.

아모라는 미세스 S의 에너지를 빼앗을 수도 있었다. 진액만 빨아먹고 다른 시체들처럼 혀에 룬 문자를 새긴 채 안치소에 놔두면, 나중에 군사로 일으켜 전력을 보강할 수 있었다. 하지만 그녀는 로키의 칼로 부인의 목을 그어 바닥을 피투성이로 만들어 놓았다. 지금까지는 복도에 가득한 시체들을 보고도 자신이 살인자라는 자각을 못했더라도, 그녀는 이제 진실에서 달아날 수 없었다.

모든 것은 선택이고, 아모라는 자신의 길을 선택했다.

그리고 로키는 그 일이 일어나도록 내버려두었다.

그는 유리벽을 짚고 있던 손을 뚝 떨어뜨려 들여다보았다. 거기에도 피가 묻어 있기라도 한 것처럼.

ᚨᚱᛏᛗ

Chapter 32

일요일 아침, 기차역은 혼잡하기 이를 데가 없었다. 검은 구두와 베일 차림의 추모객뿐만 아니라 남녀노소, 각계각층의 런던 시민들이 살아 있는 시체로 가득한 네크로폴리스 열차를 구경하러 몰려들었다. 기차라고는 처음 본다는 듯한, 몇 주간이나 서더크에 전시돼 있던 시체 같은 건 본적 없다는 듯한 열기였다. 기차역 뒤편으로는 수많은 관이 바지선에 늘어선 채 템스강의 검은 강물 위에 둥둥 떠 있었다. 짙은 소용돌이 구름도 오늘이 무슨 날인지 안다는 듯 공장 매연을 가릴 만큼 낮게 깔려 사방에 회색 장막을 드리웠다.

로키와 아모라는 탑승 대기 중인 승객들에 섞여 승강장에 줄을 서 있었다. 둘 다 목깃이 높은 검은 재킷을 입고 흐린 날씨에도 불구하고 짙은 안경을 썼다. 그들을 의심스럽게 바라보는 사람은 아무도 없었다. 승강장의 분위기가 로키의 신경을 곤두세웠다. 소름 끼치는 광경을 다시 한 번 봐두려는 구경꾼들 때문에 시체 안치소 밖에서처럼 수많은 감정이 뒤죽박죽 섞여 있었다. 그때 물건을 팔며 돌아다니던 장사꾼들이 여기도 똑같이 와서 군밤이며 엽서를 팔고 있었다. 줄을 서 있는 승객들 사이로 한 무리의 아이들이 뛰어다녔고, 그들의 왁자지껄한 웃음소리를 지워버리려는 듯 기차역에서 큰소리로 종을 울렸다. 로키는 이렇게 여러 가지가 섞여 있는 게 싫었다. 한 번에 하나씩만 생각하고, 하나만 느끼고, 한 가지 표정만 보고 싶었다.

떼를 지어 이리저리 순찰하는 경찰들도 심기가 불편하기는 마찬가지인 것 같았다. 그들은 경찰봉을 빼 들거나 허리춤에 차고 손만 얹은 채로, 어떤 소란이 일어나도 진압하겠다는 듯 군중 사이를 돌아다녔다. 로키는 한 발에서 다른 발로 무게 중심을 옮겼다. 신발이 너무 납작했다. 굽이 달린 부츠가 그리웠다. 검은색 손톱과 튜닉도 그리웠다. 이제야 깨달았지만, 아스가르드가 그리웠다. 집이 그리웠다.

줄이 서서히 앞으로 나아가고 로키도 따라서 움직이고 있을 때, 누군가가 몸이 휘청거릴 정도로 세게 그의 어깨에 부딪혀 왔다. 로키는 본능적으로 상대방을 붙잡고 서로의 몸을 똑바로 세웠다. 그때, 발끝에 딱딱한 지팡이 끝이 느껴졌다. "죄송합니다." 상대방이 사과하는 동시에 두 사람은 고개를 들어 서로를 바라보았다.

테오였다.

로키를 보자 그는 눈이 휘둥그레지더니 발작적으로 웃음을 터뜨렸다. “당신이었군요.”

“테오….” 어떤 위로를 전해야 할지 몰라 손을 내밀었지만, 테오는 허공에서 그의 손을 탁 쳐버렸다.

“정말 인정사정없는 사람이군요.”

“여기서 뭐 하는 거야?” 로키가 물었다.

“추모하러 왔죠.” 테오가 갈라지는 목소리로 답했다.

로키는 아직도 관이 많이 쌓여 있는 바지선을 힐끔 쳐다보았다. “미세스 S도….” 겨우 입을 열었지만 테오가 눈을 가늘게 뜨자 나오려던 말이 목구멍으로 기어들어갔다.

“부인이 죽은 건 어떻게 알았어요?” 테오가 물었지만 질문처럼 들리지는 않았다. 아모라가 한 짓인 줄 이미 아는 것 같았다. 로키가 한 짓이기도 했다.

“나는….” 로키가 다시 입을 열었지만, 차장의 호루라기 소리가 날카롭게 허공을 갈랐다. “탑승이 시작됐어.” 그는 테오를 지나 승강장에 있는 아모라 쪽으로 걸음을 뗐다. 하지만 테오가 지팡이로 그의 정강이를 찰싹 때리며 앞을 막았다. 로키는 깜짝 놀라 멈춰 섰다.

“당신이 죽였어요?” 이렇게 묻는 테오의 목소리는 너무나도 지쳐 있었다. “제발, 당신 짓이 아니라고 말해…”

“내가 아니야.” 로키가 대답했다. 심장을 쥐어짜는 것처럼 아팠지만, 금세 자기도 모르게 다그쳐 물었다. "하지만 내가 뭐라고 하건 안 믿을 거지? 네 책에 뭐라고 쓰여 있었더라? '거짓말의 아버지'?"

별안간 아모라가 옆에 나타나 로키의 팔을 잡아끌었다. "어서 가자."

테오는 다시 발작적인 웃음을 터뜨렸다. "오, 이런. 당신도 있었어요? 아주 멋진 한 쌍이네요."

"저리 비켜, 테오." 아모라가 목소리를 낮춰 말했다. "네가 상관할 일이 아니야."

"두 사람 다 저 열차에는 못 탈 줄 알아요." 테오는 로키를 붙잡아 아모라에게서 떼어놓고는, 느닷없이 자신의 외투 주머니에서 지갑을 꺼내 들었다. 그가 지갑을 쥐어주자 로키는 놀라서인지 혼란스러워서인지 자기도 모르게 그걸 붙잡았다. "도와주세요! 경찰 없어요?" 테오가 비명을 지르는 바람에 로키는 움찔했다. "소매치기를 당했어요."

"테오, 그만…."

"도와주세요!" 테오가 다시 크게 소리를 지르자, 주변 사람들이 일제히 뒤로 물러서면서 누가 봐도 확실한 경계가 그어졌다. "도와주세요! 소매치기를 당했어요!"

로키는 자리를 피하려고 하며 지갑을 떨어뜨렸지만, 테오가 그의 셔츠 앞자락을 잡고 꼼짝 못하게 붙들었다. 테오의 지팡이가 두 사람 사이에 떨어지자, 쾅 하는 소리가 총성처럼 울려 퍼져 몇몇 사람들이 펄쩍 뛰었다.

아모라는 군중 속으로 섞여 들어가 고개를 숙이며 모자챙으로 얼굴을 가렸다. "거기 서…." 테오가 그녀를 향해 소리쳤지만, 로키가 더 큰 소리로 외쳤다. "먼저 타. 이따가 뒤따라갈게."

경찰관 한 명이 구경꾼들을 헤치며 다가왔다. 턱살이 늘어지고 발걸음이 무거운 중년 남자였다. "거기 무슨 일 있으십니까?" 그가 경찰봉으로 모자챙을 밀어 올리며 물었다.

"이 사람이 제 외투에 손을 넣어 지갑을 훔쳐 갔어요!" 테오가 로키를 거칠게 떠밀고 손가락질을 하며 말했다.

로키는 이 상황을 모면하려면 테오보다 훨씬 이성적이고 차분한 모습을 보이는 게 최선이라고 재빨리 판단을 내렸다. 그래서 경찰관을 향해 최대한 온화한 미소를 지어 보였다. 지금 그의 가슴에 온기라고는 거의 남아 있지 않았지만 어쩔 수가 없었다. "경관님, 제가 설명해 드리죠."

하지만 테오가 절뚝거리며 경찰에게 다가가 그의 팔을 움켜잡으며 하소연했다. "저 사람을 기차에 태우시면 안 돼요. 탑승객들의 지갑을 죄다 털어갈 거라고요. 추모객의 지갑을 훔치다니 정말 사악하지 않나요?"

일이 커지고 있었다. 그들 뒤로 줄을 선 사람들은 오도 가도 못하는 상태로 무슨 일이 일어난 건지 보려고 목을 뺐다. 주변에 있던 몇몇 여자들은 로키가 갑자기 낚아채 갈까 두려운 듯 가방을 가슴에 꼭 품었다.

경찰관은 테오의 팔을 뿌리치고 로키에게 손을 내밀며 기차역 쪽으로 가자는 손짓을 했다. 그래도 로키가 움직이지 않자 그의 어깨를 붙잡고 승강장을 거슬러 열차에서 멀리 끌고 갔다. "알았으니까 잠깐만 같이 가지."

"이러지 마요. 오해가 있었던 거예요."

경찰관은 그를 놔주지 않았다. "그럼 오래 걸리진 않을 테니까."

목구멍으로 공포감이 스멀스멀 기어 올라왔다. 기차역 위의 시계는 이제 11시 45분을 가리키고 있었다. 열차가 떠나기까지 15분밖에 남지 않았다. 그는 두리번거리며 테오를 찾았지만 그들을 둘러싸고 있던 사람들은 이미 뿔뿔이 흩어졌고 테오의 모습은 보이지 않았다.

경찰관은 그를 역 안으로 끌고 들어가 매표 데스크 앞의 의자에 눌러 앉혔다. 매표소 직원은 무슨 일인가 해서 고개를 들었다.

"자, 그럼 차표를 보여주실까?" 경찰관이 손을 내밀며 말했다.

로키가 탑승권을 건네주자 경찰은 그걸 주의 깊게 살피더니 전등 밑에 비춰보았다. "저기서 무슨 일이 있었는지 설명해보시지." 그는 여전히 뭔가 흠을 찾으려는 듯 차표를 노려보며 말했다.

"오해였다니까요." 로키가 이미 반쯤은 출구로 뛰쳐나갈 준비를 하며 말했다. "그냥 앞만 보고 가다가 아까 그, 젊은 청년이랑 부딪쳤는데, 그쪽에서 내 의도를 오해한 거라고요. 그게 전부예요." 승강장에서 기적 소리가 들렸다. 아직은 출발 시각에 맞출 수 있었다.

"그럼 지갑은? 그냥 어깨만 부딪힌 건데 어떻게 남의 지갑이 당신 손에 들려 있었지?" 경찰이 물었다.

"내 손에 들려 있지 않았어요. 소동에 휩쓸리지 않고 실제 현장을 제대로 관찰했다면 지갑이 우리 사이의 땅에 떨어져 있는 걸 봤을 텐데요. 그 청년이 떨어뜨렸겠죠."

"당신 양복 주머니에 없는 게 확실해? 혹시 모르니 확인해보자고." 경찰관이 로키의 주머니를 툭툭 두드려보려고 손을 뻗자, 로키는 그의 손을 공중에서 세게 쳐내고 다른 손목을 붙잡은 다음, 턱에 어퍼컷을 날렸다. 경찰관은 가느다란 코피를 뚝뚝 흘리며 비틀비틀 뒷걸음을 쳤다. 카운터 뒤에 있던 직원은 외마디 비명을 지르더니, 로키가 노려보자 부스 뒤편의 문을 더듬어 열고 사라졌다.

경관은 고개를 몇 번 흔들고는 두 손가락으로 코를 눌렀다. 그리고 욕설을 내뱉으며 로키를 쏘아보았다. 로키는 출입문으로 뛰어갔지만, 경관이 그의 외투 깃을 잡아 갑자기 뒤로 훅 잡아당겼다. 로키는 발을 헛디디며 경찰관과 충돌했고, 두 사람은 부둥켜안으며 쓰러졌다.

경관이 목에 걸린 은색 호루라기를 더듬어 찾았다. 로키는 그를 막으려고 호루라기를 후려쳤지만, 경찰은 그의 손을 피해 입에 대고 휙 불었다. 날카로운 경고음이 로키의 귀청을 찢을 듯 울려 퍼졌다. 로키는 소맷자락에서 단검을 뽑아 들고 경관을 밀치며 일어섰다. 경관도 힘겹게 몸을 일으켰지만 신발이 너무 무거운지 애를 먹고 있었다. 흔한 문제였다. 신발도 경찰복과 함께 지급받은 물품일 것이다. 그의 체격과 엉성한 걸음걸이로 봐서 너무 큰 신발을 받은 게 분명했다.

로키는 목표 지점을 겨눠 단검을 던졌다. 정확하게 경찰화의 발가락 부분에 꽂혔다. 경관은 비명을 질렀지만, 아파서가 아니라 놀라서였다. 신발의 발가락 부분이 땅에 고정돼서 몸을 움직일 수 없게 된 것이다. 발을 들어 올리려고 안간힘을 써도 아스가르드산 강철은 꼼짝도 하지 않았다. 그는 다시 호루라기를 집어 들려고 했지만 로키가 한발 앞서 그의 목에서 잡아채선 자신의 주머니에 집어넣었다.

승강장에는 더 많은 경찰이 퍼져 있었다. 호루라기 소리를 듣고 이미 경비를 강화하고 있을 터였다. 도망간 매표 직원이 도움을 요청했을 가능성도 컸다. 경관의 신발에 꽂힌 단검도 그를 계속 붙들어둘 순 없었다. 칼날은 부드러운 타일 바닥에 박혀 빠지지 않더라도, 시간이 지나 놀란 가슴이 진정되면 경관은 신발을 벗어야겠다고 생각할 것이다. 기차표는 어디로 갔는지 보이지 않았고, 그걸 찾고 있을 시간도 없었다. 그는 서둘러 역사 뒤편으로 갔다. 어딘가 직원용 출입구가, 필요할 때 몰래 드나들 수 있는 문이 있을 것이다.

그는 아무 복도나 골라 창문이 있는지 살피며 누런 불빛을 따라갔다. 그리고 마침내 뒷문이 나와서 열어보니, 역 뒤편의 부두로 연결돼 있었다. 바지선 위에 곧 이 도시를 떠나 매장될 관들이 실려 있는 게 보였다. 아직 열차에 실리지 못한 관이 수십 개는 됐다. 부두 노동자들이 양쪽에서 관을 들고 가파른 계단을 올라 강둑을 넘어서 기차가 서 있는 승강장으로 운반하고 있었다.

정말 잔혹한 아이러니군. 로키는 선적 컨테이너 뒤로 몸을 숨기고 노동자들의 모습이 보이지 않을 다음 기회를 기다리며 생각했다. 그는 지구에 도착한 것과 같은 방식으로 지구를 떠나게 됐다. 관에 들어가는 것이다.

Chapter 33

살아 있는 시체들 자체는 깨끗할지 몰라도 관에서는 악취가 진동했다. 관 뚜껑 밑에 몸을 웅크린 채 따뜻한 시체를 부둥켜안은 로키는 진동하는 썩은 내와 곰팡내 때문에 구역질이 나려는 걸 간신히 참았다. 관이 열차에 실리는 것처럼 위로 들리는 게 느껴졌다. "이번 건 무겁네." 부두 노동자의 목소리가 나무를 통과해 웅웅거리며 들려왔다. 그들이 계단을 오르자 가파른 경사 때문에 로키는 관 끝으로 미끄러지며 머리를 찧었다. 그는 눈을 감았다. 이미 아무것도 안 보일 만큼 어두웠지만, 눈을 감는 행위 자체가 마음을 안정시키는 데 도움이 됐다.

그때, 관이 한 번 휘청하더니 멈추고 모든 게 고요해졌다. 로키는 기차 안에 들어온 건지 아닌지 판단이 서지 않아 잠시 기다렸다. 순간, 다시 한 번 번쩍 들리는가 싶더니, 이번에는 한쪽이 기울어지고, 나무 긁히는 소리와 함께 관이 지하 묘지에 안치되듯 미끄러져 들어갔다. 가만히 누워서 다른 관들이 실리는 소리를 듣고 있자니, 곧이어 화물칸 문이 드르륵 닫히고 자물쇠가 채워지는 소리가 뒤따랐다.

그는 바퀴가 선로 위에서 끼익 소리를 내고 차가 앞으로 나아가는 느낌이 들 때까지 조금 더 기다렸다. 관이 고정 장치의 성능을 시험하듯 기우뚱거렸다. 기차가 속력을 내기 시작하자 로키는 다리를 꿈틀꿈틀 움직이다가 뚜껑을 걷어찼다. 그렇게 세 번이나 힘을 줘서 타격한 끝에 관 뚜껑이 부서지며 위에 놓였던 관까지 삐딱하게 기울어졌다. 이윽고 그의 관이 쓰러지며 뚜껑은 땅으로 떨어져 갈라졌다. 로키는 관에서 기어 나와 흔들리는 기차에서 겨우 중심을 잡고 섰다. 맨 앞칸으로 옮겨가야 했다.

문이 잠겨 있었지만 주문을 걸어 연 다음, 화물칸 앞에 붙은 작은 발판에 섰다. 갑자기 바람이 거칠게 불어와 그의 모자를 낚아채더니 기차가 지나는 교외 마을로 날려 보냈다. 아직 런던을 벗어나진 못했지만, 시내보다 집들이 깨끗하고 가옥 사이의 간격도 넓었다. 닭 몇 마리가 선로 주변을 서성이며 돌 사이에 돋아난 잡초를 뜯어 먹고 있었다.

승객들이 탄 객차까지 가려면 몇 칸이나 지나가야 하는지 파악이 안 됐다. 원래대로라면 아모라와 함께 조심스럽게 기차 중앙으로 가서 주문을 발사한 다음, 살아 있는 인간들이 탄 객차와 시체들이 실린 화물칸을 분리할 계획이었다. 그녀를 찾아야 했다. 그는 문 옆에 달린 사다리를 붙잡고 기차 지붕으로 올라갔다.

위에 올라서니 바람이 훨씬 강한 데다가 발밑에는 파이프가 얽혀 있어 미끄러웠다. 여기서 세어보니 앞으로 차량이 여덟 칸 붙어 있고 맨 앞에선 기관차가 검은 연기를 뿜어내고 있었다. 맨 앞의 세 칸은 객차로, 하나는 성공회교도, 또 하나는 비국교도, 마지막은 이도 저도 아닌 가난한 사람들을 싣고 있었다. 그 뒤로 두 칸은 성공회교도인 1등급 시체들, 세 칸은 비국교도 시체들, 나머지는 가난한 시체들을 태운 화물칸이었다.

로키는 발꿈치에서 발가락까지 조심스럽게 걸음을 옮기며 앞으로 나아갔다. 지붕 한가운데 있는 파이프가 제일 납작하고 균형 잡기 편해서 그것만 밟았다. 아스가르드에서 신던 부츠는 밑창이 끈끈이가 붙은 것처럼 두꺼워서 이런 금속 위에서도 자유자재로 걸을 수 있을 텐데 아쉬웠다. 그는 다음 칸으로 건너뛰어서 다시 조심스럽게 줄타기를 한 다음, 또다시 앞칸으로 건너뛰었다. 착지할 때 발이 휘청거리며 쓰러질 뻔했지만, 간신히 뒤가 아닌 앞으로 넘어지며 철판에 무릎을 아프게 찧었다. 저 앞에 걸쇠가 달린 금속판이 보였다. 그는 손을 더듬으며 앞으로 기어갔다. 오래 사용하지 않아 굳었는지 금속을 비틀어 여는 손에 불이 날 것 같았다. 문을 통해 객차로 떨어진 로키는 몸을 웅크리며 착지했다.

이 칸에 산 사람은 아무도 없었다. 경찰이 있을까 겁을 냈지만 고정 장치가 씌워진 관들이 기차의 움직임에 맞춰 까딱까딱 흔들릴 뿐이었다. 관끼리 서로 부딪치며 서로의 상단부를 긁어 놓기도 했다. 싱싱한 지푸라기와 갓 자른 향나무 냄새가 났다. 그가 실려 온 관보다 훨씬 비싼 물건임이 틀림없었다.

로키는 그 자리에 꿇어앉아 소매에서 단검을 꺼내며 손바닥에 희미하게 남아 있는 룬 문자를 내려다보았다. 그리고 똑같은 문양을 열차 바닥에 새기기 시작했다. 새로 니스 칠을 한 나무가 칼날 아래서 투명한 덩어리를 이루며 갈라졌다. 이제 두 획만 새기면 되는 순간, 문이 벌컥 열리는 소리와 함께 바람이 밀려들어왔다. 그는 고개를 들었다.

문간에 아모라가 서 있었다. 치맛자락이 회오리처럼 무릎을 휘감자 그녀는 문을 닫았다. 로키는 칼을 소매에 집어넣으며 일어섰다.

"다행히 왔구나." 아모라가 안도하는 듯한 목소리로 말했다.

"내가 못 올 줄 알았어?"

"그럴 리가." 그녀는 손을 내밀었다. "스톤은 이리 줘. 힘을 충전 못하면 이제 기절할 것 같아. 차장의 피를 빨아먹지 않으려고 내가 얼마나 큰 인내심을 발휘했는지 넌 모를 거야."

로키는 꼼짝도 하지 않았다. "넌 미세스 S를 빨아먹지 않았어."

아모라는 흔들림 없이 미소를 유지했다. "뭐라고?"

"미세스 S를 죽이면서 그녀의 영혼을 취하지 않았다고. 그렇게 했으면 힘을 회복했을 텐데 말이야." 로키가 말했다.

"그게 무슨 상관이지? 아무튼 내 스톤이나 내놔."

"네 스톤이라고? 우리 둘이 함께 쓰는 건 줄 알았는데."

그녀는 계속해서 뻗고 있던 손을 오므려 주먹을 쥐었다. "로키, 스톤 이리 줘."

"그게 말이지." 로키는 양손을 뒤로 넘겨 뒷짐을 졌다. "싫어."

아모라는 웃었지만, 흠칫 놀라서 터져 나온 짧은 웃음일 뿐이었다. 칙칙한 조명 아래서 새하얗게 질린 그녀의 얼굴이 더욱 도드라졌다. "무슨 소릴 하는 거야?"

"아니, 괜한 연기 같은 건 그만둬." 로키가 손을 들어 올리며 말했다. 실망한 아버지의 모습이 떠올라 저절로 고개가 흔들어졌다. 오딘은 그에게 얼마나 많은 지혜를 전수해주었던가. "전혀 안 통하니까. 난 이미 오래전에 간파했거든."

아모라는 무서울 정도로 조용했다. 사냥꾼이 나뭇가지 밟는 소리를 들은 토끼 같았다. "뭘 간파해?"

"네가 날 배신할 생각이라는 걸."

이번엔 그녀도 웃지 않았다. 눈도 거의 깜빡이지 않았다. 잠시 동안 그는 자기 자신과 자신이 풀었다고 생각한 복잡한 퍼즐을 의심했다. "내가 널 배신할 것 같아?" 아모라가 무뚝뚝하게 물었다.

"응, 그런 일이 곧 벌어질 거라고 확신하고 있지. 그걸 알아채는 데 너무 오랜 시간이 걸린 건 인정하지. 사랑은 우리의 눈을 가려버리니까. 하지만 다행히도 난 그렇게까지 감상적이진 않거든. 그런 건 너무…." 그는 경멸스러운 벌레라도 쫓는 듯이 손가락을 휘둘렀다. "인간적이니까."

"난 네가 무슨 말을 하는 건지 모르겠어." 아모라가 말했다. 정말 아무것도 모른다는 듯 온 힘을 다하는 연기력만은 로키도 인정할 수밖에 없었다. "내가 왜 널 배신하겠어?"

"나도 처음엔 그렇게 생각했지. 하지만 곧 의심이 들었어. 이런 일에 내가 왜 필요할까? 내가 어떤 역할을 수행하는 거지? 시체들을 깨워 군대를 일으키는 걸 도울 순 있겠지. 하지만 네가 날 필요로 하는 *진짜* 이유는 단 한 가지야. 노른 스톤을 차지한 다음 날 죽이고 스스로 왕좌에 오르는 거지. 넌 군대를 끌고 아스가르드를 침공하자는 계획을 단숨에 내뱉었어. 솔직히 말해서 타이밍이 너무 빨랐어."

"내가 어떻게 왕위를 물려받아. 네 아버지와 형은 어쩌고?" 아모라가 항변했다.

로키는 손을 내저었다. "오딘과 토르는 네게 아무것도 아니야. 그까짓 전사들쯤이야 네가 힘만 회복하면 잠결에도 해치워버릴 수 있지. 왕좌를 원한다면 넌 얼마든지 차지할 수 있어. 하지만 거기에 대항해서 널 이길 수 있는 건 나뿐이지. 너랑 나는 다른 모든 아스가르드인과는 다른 방식으로 싸우니까. 너한테 필적할 수 있는 건 나뿐이야. 너도 그걸 알고 있지. 왕좌를 위해서라면 내가 너와 맞서 싸울 거라는 것도."

아모라는 팔짱을 끼었다. "내가 왕좌를 노린다고 누가 그래?"

"넌 남은 세월을 나의 왕실 마법사로 만족하며 살아갈 사람이 아니야. 남의 오른손이 될 부류가 아니지. 카르닐라가 오랫동안 그 자리에 속박되어 지내는 걸 가까이서 지켜봤잖아. 넌 아스가르드를 다스리고 싶은 거야. 그리고 그걸 막아설 사람은 단 한 사람뿐이지."

아모라는 혀를 내밀어 마른 입술을 적셨다. "말도 안 되는 소리야."

로키는 손을 들어 그녀를 막았다. "그만, 내 얘기 안 끝났어. 여기서부터 진짜 재미있어지거든. 네가 저지른 첫 번째 실수는 내 사랑에 너무 많은 걸 걸었다는 거야. 미안하지만 사랑 따위는 진작 식었어. 나한테는 너보다 사랑하는 게 많거든. 가령, 네가 어렸을 때 준 하이힐 부츠도 그렇지. 얼마나 그리운지 몰라. 집에 놓고 오는 게 아니었는데 말이야. 그리고 난 아스가르드도 사랑해. 네가 그곳을 파멸시키게 놔둘 순 없어. 게다가 난 수도에 정부 기금으로 운영되는 극장을 짓고 싶은데, 넌 우리 왕국의 예술적 기반을 확장하는 데 나만큼 관심이 없잖아."

"그러면서 여긴 왜 온 거야?" 아모라가 채찍을 후려치듯 날카롭게 물었다. "오래전에 다 간파했다면서 왜 내가 수많은 인간을 죽인 살인범이라고 밝히지 않았지? 아스가르드 병사들을 호출해 날 체포하게 하면 죄인을 대동하고 당당하게 고향으로 돌아갈 수 있잖아?"

"전부 내가 직접 할 계획이거든." 오딘이 대답했다. "아버지는 노른 스톤을 되찾고 널 다시 감옥에 넣으면 틀림없이 기뻐하실 거야. 그들이 찾던 도둑이 바로 너니까. 내가 그렇게 말할 거거든. 게다가 넌 샤프 소사이어티에서 제거하려 했던 살인범이기도 하잖아. 온갖 반역죄를 다 저지른 셈이지. 토르도 미드가르드에 처음 와서 이만한 공을 세우긴 힘들걸."

아모라는 아무 말도 없었다. 두 사람은 어둠 속에서 서로를 탐색하듯 바라보았다. 그때, 침묵을 가르고 낮은 경적이 울렸다. 아모라가 마침내 입을 열었다. "좋아, 그럼 끝까지 가볼까? 어디 한번 날 잡아봐. 내가 간단하게 제압해주지."

로키는 어깨를 으쓱했다. "네가 그러고 싶다면 얼마든지. 아니면 지금 그냥 항복해도 되고."

"항복 같은 건 안 해." 그녀가 딱 잘라 말했다.

"글쎄, 나도 제압당하는 건 별론데." 그는 다시 어깨를 으쓱했다. "양쪽 다 양보할 생각은 없는 것 같지?"

그는 쇠사슬을 소환하려고 손을 들었지만, 아모라가 먼저 양손에서 하얀빛을 내는 뜨거운 에너지를 발사했다. 허를 찔린 로키는 뒤로 나동그라지며 공중에 매달린 관 모퉁이에 머리를 쿵 찧었다. 정신을 차리기도 전에 아모라가 그에게 올라타 또 다른 주문을 발사하려 했지만, 로키가 다리를 뻗어 걷어찼다. 아모라는 바닥으로 세게 내동댕이쳐졌다. 묶어 올렸던 머리가 풀어지며 얼굴로 흘러내렸다. 로키는 휘청거리며 일어서서 양손 사이에 뜨거운 에너지를 모아 문의 경첩을 박살냈다. 그리고 사다리로 몸을 날려 한 손씩 차례로 짚으며 지붕 위로 올라갔다.

바람이 사납게 불어대고 엔진에서 뿜어져 나오는 검은 연기가 눈을 찔렀다. 그는 지붕의 중심부를 나누는 매끄러운 파이프에 최대한 빨리 올라서서 열차 앞쪽을 향해 달리기 시작했다.

앞칸으로 건너뛰어 착지할 무렵, 갑자기 발밑에서 지붕이 갈라졌다. 가까스로 몸을 피하고 보니, 아모라가 방금 뚫은 구멍을 빠져나와 지붕 한가운데의 파이프에 웅크리고 앉았다.

아모라는 자세를 바로 하며 그를 마주 보았다. 그녀의 머리카락이 바람을 타고 휘날렸다. 전기 리본이 공중을 빙글빙글 돌며 금색과 하얀색으로 반짝이는 것만 같았다. 그녀는 양손 사이에 둥글고 푸른 에너지를 모아 그에게 발사했는데, 그 동작이 어찌나 빠르고 우아한지 로키는 미처 피할 새도 없었다. 가슴을 강타당한 그는 납작하게 드러누웠고, 지붕의 경사면을 따라 몸이 미끄러지기 시작했다. 소맷자락에서 급히 칼을 꺼내 쇠파이프에 찔러 넣은 덕분에 선로로 떨어지는 신세는 겨우 면했지만, 대롱대롱 매달린 상태로 온 힘을 다해 몸을 끌어올리려니 근육이 부르르 떨렸다. 발은 디딜 곳을 찾아 계속해서 버둥거렸다.

아모라가 손을 탁 튕기자 용광로처럼 뜨거운 에너지가 그를 덮쳐왔다. 로키는 단검만 꼭 붙들었다. 발이 기차 옆면으로 자꾸만 미끄러졌다. "내가 너한테 머리를 조아릴 것 같아?" 그녀의 목소리가 바람을 뚫고 들려왔다. "너한테 머리를 조아릴 사람이 있을 줄 알아? 넌 절대 왕이 될 수 없어. 아무리 발버둥 쳐봐야 소용없다고. 네 목에 노른 스톤을 걸고 나를 크리스마스 거위처럼 오딘에게 끌고 가도 마찬가지야. 그래봤자 넌 둘째 아들이야, 로키. 네 아버지에게 넌 차선책에 지나지 않아. 공격할 기회만 살피는 뱀이지. 언제까지고 위험하다며 믿어주지 않을 거야. 게다가 넌 자기 몫을 차지할 만큼 똑똑하지도 않아."

로키는 가까스로 지붕 가장자리에 발을 딛고 파이프 위로 몸을 끌어올렸다. 그는 마법사와 싸워본 적이 없었다. 전투에 나가면 마법을 부릴 줄 모르는 병사들하고만 싸웠다. 그들은 깡마른 아스가르드 왕자가 나타났다가 사라지거나, 자신이 허깨비에 칼이 꽂는 동안 그가 뒤에서 찌를 거라고는 상상도 못했다.

아모라는 그의 단검을 보고 비웃었다. 그의 떨리는 근육과 돌풍에 뒤로 넘어갈 것 같은 연약함을 비웃었다. "싸우고 싶어?" 그녀가 손을 뻗자 지붕의 파이프 몇 개가 툭툭 떨어져 나오더니, 그녀의 손 안에서 금속과 목재가 스스로 형태를 바꾸며 양날검으로 변했다. "그럼 싸우자."

Chapter 34

로키가 뛰어드는 순간, 아모라는 자취를 감췄다. 등을 돌리자 뒤편에 그녀가 있었다. 아모라가 칼을 휘둘렀다. 그가 몸을 피하자 칼은 지붕의 파이프를 내리쳐 부숴버렸다. 발밑에서 버팀대들이 삐걱거렸다. 아모라는 다시 한 번 칼을 내둘렀지만, 로키는 재빨리 피하며 단검을 앞으로 뻗었다. 하지만 단검은 그의 손에서 산산조각이 나며 수십 개의 날카로운 파편으로 부서져 파이프에 박혔다.

아모라가 또 한 번 뜨거운 에너지를 발사했다. 그리고 로키의 몸이 땅에 닿기도 전에 다시 뒤편에서 나타나 그의 옆얼굴을 걷어찼다. 로키는 등골이 오싹해졌다. 그는 등부터 벌러덩 쓰러졌다. 바람이 휩쓸고 지나가자 온몸의 뼈가 부서지는 듯한 날카로운 고통이 전해져왔다. 지붕에 떨어져 있던 단검 파편들이 그의 피부를 찢어놓아 쓰러진 몸 아래로 피가 고이기 시작했다. 아모라는 손에 움켜쥐고 있던 검의 형태를 다시 바꾸어 기다란 리본을 만들더니 로키의 사지를 결박해 열차 꼭대기에 붙들어놓았다. 그녀가 손을 뻗자 로키의 단검이 다시 제 모양을 갖추기 시작하며, 은색 파편들이 그의 피부를 스쳐 아모라의 손으로 향했다. 날카롭고 화끈거리는 고통에 로키는 목청이 찢어질 듯한 비명을 질러댔다.

아모라는 손바닥 위에서 로키의 단검을 빙빙 돌리다가 단번에 움켜쥐고 그에게로 다가왔다. 로키는 자신의 칼끝에 죽게 됐다. "너 같은 게 어떻게…." 그녀가 구둣발로 로키의 가슴팍을 밟고 숨통을 끊어버리겠다는 듯 굽을 비벼대며 말했다. 그녀가 누를 때마다 결박한 끈이 더욱 조여지는 것 같아 그는 숨을 헐떡였다. "…감히 왕이 될 수 있다고 생각했어? 너같이…" 그녀가 더욱 세게 짓밟자 온몸의 뼈가 비명을 지르는 것 같았다. "한심하고 약해 빠진 겁쟁이가." 그녀의 굽에 피부가 벗겨지는 것 같았다. "네가 왕위 계승 후보였던 적이 있는 것 같아? 네 아버지를 볼 때마다 눈치 못 챘어? 네 형을 보면서도 몰랐어? 난 미래 같은 건 보기도 전에 이미 알았어. 아스가르드에는 마법사가 필요하지만, 그들이 필요로 하는 건 결코 네가 아니야. 어떤 우주도, 어떤 세상도 널 반기지 않아."

"힘을 아껴두는 게 좋을 거야." 로키가 말했다. 그가 예상한 것보다 훨씬 숨 가쁜 쇳소리였다. "넌 이제 남은 힘이 별로 없잖아."

그녀의 눈이 번쩍하고 빛났다. "노른 스톤을 내놔, 로키."

"나한테 없어."

"거짓말." 아모라는 칼을 쥐지 않은 손으로 그의 외투를 뒤졌다. 주머니와 조끼 안쪽을 살펴보고 셔츠 버튼까지 뜯기 시작했다. 로키는 반항하지 않고 그 틈을 이용해 가만히 누워 숨을 골랐다. 아모라는 좌절감에 비명을 지르며 그의 목을 세게 짓눌렀다. 로키의 몸을 받치고 있는 지붕이 삐걱거렸다. "어디에 있어?!"

"내가 어떻게 알아. 스톤을 훔친 건 너잖아." 로키가 답했다.

그녀는 비틀거리며 일어서서 손에 쥔 단검을 그에게로 뻗었다. "스톤 같은 건 필요 없어. 나 혼자 힘으로도 할 수 있어." 그러더니 지붕에 있는 문을 발로 차고 안으로 뛰어내렸다. 그녀의 주문이 끊어지며 로키를 죄고 있던 끈이 풀어졌다. 그는 비틀대며 일어섰다. 새빨개진 피부가 화끈거렸고 셔츠 앞섶이 피로 흠뻑 젖었지만, 그는 아모라를 따라 객차 안으로 뛰어내렸다.

그녀는 고정 장치에 묶인 채 양옆으로 늘어선 관들 사이에 꿇어앉아 단검 끝을 나무 바닥에 대고 시체에 그린 것과 똑같은 상징을 새기더니 주먹으로 그 한가운데를 눌렀다. 그러자 뭔가 걸쭉하고 까만 물질이 조잡한 선 위를 채우기 시작하면서 연기처럼, 타르처럼 맥없이 조금씩 전진하며 반짝였다. 룬 문자가 요동을 치더니 새까맣게 그을린 흔적만 남기고 널빤지로 스며들어 갔다.

하지만 그게 전부였다.

로키는 별것도 아닌 데 웬 소란이냐는 듯 코웃음을 쳤다. "그러게 왜 쓸데없이…."

그의 옆에 있던 관의 끝부분이 퍽 하며 터졌다. 시체의 손이라기엔 비정상적으로 따뜻한 손 하나가 그의 얼굴을 더듬더니 자신의 관으로 끌고 들어가려는 것처럼 그의 코와 입을 감쌌다. 손톱이 그의 얼굴에 파고들어 피부를 찢어놓았다. 그가 어깨 뒤로 마법을 발사하자 시체는 그제야 물러났다. 로키는 허둥지둥 달아났지만 더 많은 관이 터지며 살아 있는 시체들이 기어 나오더니 아모라 앞에 차렷 자세로 정렬했다. "저놈을 잡아." 그녀가 명령하자 시체 둘이 로키를 붙잡아 팔을 뒤로 비틀며 땅에 꿇어 앉혔다.

"넌 힘이 부족해." 로키는 말 그대로 죽음의 손아귀에 눌려 머리를 땅에 박으면서도 웃으며 말했다. 그녀의 힘이 생각보다 훨씬 강해서 놀랐지만, 그런 마음을 드러내진 않았다. "노른 스톤이 없으면 기차 전체는 말할 것도 없고 이 칸에 있는 시체들도 다 못 깨울걸. 고작 한 줌의 병사로는 아스가르드 군대를 무찌를 수 없어. 넌 보잘것없는 마법사일 뿐이야."

그녀가 가까이 다가오는 게 느껴졌다. 그림자를 보니 여전히 칼을 들고 있었다. 하지만 그를 죽이진 않을 것이다. 스톤이 어디 있는지 알아내기 전에는. 그녀는 잠시 가만히 서 있었다. 몇 가지 선택지를 저울질하는 게 느껴졌다. 그러더니 그의 얼굴을 힘껏 걷어차 그를 붙들고 있는 시체들 사이로 나자빠지게 했다. 얼굴에서 뜨거운 피가 뿜어져 나오는 게 느껴졌다. "마지막 칸에 가둬." 그녀가 병사들에게 명령했다. "절대 도망 못 가게 해."

로키는 일으켜 세워진 채 기차 뒤편으로 끌려갔고, 아모라는 반대쪽으로 멀어져갔다. 심장이 두근거렸다. 그녀가 알아챘을 리 없었다. 스톤을 찾아낼 순 없을 것이다.

시체 군사들은 로키를 열차의 마지막 칸에 거칠게 내동댕이쳤다. 여기는 장비들만 보관하는 칸이어서 시체는 없고 승무원을 위한 의자 몇 개와 난로가 놓인 게 전부였다. 로키의 등 뒤에서 문이 쾅 닫혔다. 그는 잠시 가만히 누워 있다가 눈으로 흘러내리는 피를 닦아냈다. 얼굴뼈가 쑤셨다. 그는 천천히 일어나 앉았다. 눈앞이 어리어리했지만 의식은 또렷했다.

그때, 뒤에서 뭔가 질질 끄는 소리가 들렸다. 시체 군사가 한 명 남아 있었는데 미처 눈치를 못 챘나 싶어 재빨리 뒤를 돌아보았다. 하지만 높다랗게 쌓인 상자 뒤에서 누군가의 목소리가 들려왔다. "로키?"

테오가 성치 않은 다리를 질질 끌며 은신처에서 나오자 그는 숨이 멎는 것 같았다. "여기서 뭐 하는 거야?" 로키가 물었다.

"난 열차를 탈 수가 없거든요." 테오는 두 손으로 자기 얼굴을 벅벅 문질렀다. 그의 숨소리가 거칠어졌다. "경관 한 명이 날 알아봐서… 난 전과 기록 때문에 런던을 떠날 수 없어요. 젬이 몰래 들여보내줬어요. 장례를 치르고 오라고요." 그는 고개를 들어 로키의 얼굴을 똑바로 바라보았다. "피를 흘리잖아요."

"알아. 피가 많이 나?"

"그게…" 테오는 코를 찡그렸다. "적진 않아요." 열차가 갑자기 덜컹거리며 급격한 코너를 도는 바람에 두 사람은 넘어질 뻔했다. 테오는 한 손으로 머리를 받치며 모자를 꾹 눌렀다. "도대체 무슨 일이에요?"

로키는 이제 솔직히 털어놓아도 잃을 게 없었다. "아모라가 시체들을 일으켜 군대를 조직하고 있어. 아스가르드로 끌고 가 우리 아버지의 왕위를 차지하려는 거지."

"그 여자가 어떻게 아스가르드로 돌아가요? 설마 페어리 링이요?" 테오가 물었다.

로키는 고개를 끄덕였다. "노른 스톤만 있으면 헤임달의 도움 없이도 바이프로스트를 열 수 있어."

"노른 스톤이요? 당신 아버지가 찾고 있는 보물이요? 그게 여기에 있어요?"

"내가 훔쳤어." 로키가 자신의 손을 내려다보며 말했다. 그는 솔직한 고백에 익숙지 않았다. "아모라가 스톤을 찾고 있어. 그걸로 자기가 죽인 사람들에게 생기를 불어넣으려는 거지."

"그 모든 사람을 고의로 죽였던 거예요? 당신은 우리한테 거짓말을 했고요?" 테오는 허탈한 웃음을 터뜨렸다. 로키는 테오가 두려워하는 모습이 싫었다. 두려움과 분노. 로키는 그중에 분노가 좋았다. 분노에서는 반항이 타오른다. 하지만 두려움에서는 아무런 힘도 찾아볼 수가 없다. "우린 그저 당신들 전쟁에 이용되는 소모품인 건가요?"

"내가 누군지 알잖아." 로키가 대답했다. "내 이야기는 수 세기 동안 전해져 내려왔어. 네가 읽는 책에, 네가 동경하는 신화에 전부 적혀 있잖아. 난 네 이야기 속의 악당이야. 그러니 악당이 될 수밖에."

"그럼 새로운 이야기를 써요." 테오가 로키의 반항심에 맞서며 공격적인 목소리로 말했다. "우리의 운명은 별자리에 쓰여 있는 게 아니에요."

"나한테는 그런 선택권이 없어." 로키가 말했다.

"우리에겐 언제나 선택권이 있어요" 테오가 항변했다. 미세스 S의 목소리도 함께 들려오는 것 같았다. *우리에겐 언제나 선택권이 있어요.*

두 사람은 서로를 마주 보았다. 테오의 눈이 빛나고 있었다.

"당신의 세상이 당신을 환영해주면 좋을 텐데." 테오가 말했다.

"네 세상도." 로키가 말을 받았다.

테오는 손과 무릎으로 땅을 기어 조금씩 다가오더니 몸을 숙여 로키의 입에 입술을 댔다. 입을 다문 채 가볍게 마주치는 부드러운 키스였다. 로키가 몸을 빼지 않자 테오는 한 손으로 그의 뺨을 감쌌다.

"당신이 거북해하지 않았으면 좋겠어요." 그가 속삭이듯 말했다. 서로의 입김이 느껴질 만큼 가까운 거리였다.

로키는 테오의 주머니에 손을 넣어 노른 스톤이 담긴 작은 주머니를 꺼냈다. 테오는 그걸 가만히 응시했다. "그게…?"

"승강장에서 나랑 부딪쳐줘서 고마워. 덕분에 기차 안에서 널 찾는 수고를 덜었어." 로키가 말했다.

노른 스톤의 불빛이 테오의 얼굴에 반사되었다. 그는 입을 헤 벌리고 있었다. "그걸 왜 나한테 맡긴 거죠?"

"널 믿으니까."

테오는 손가락으로 스톤의 모서리를 따라가다가 로키가 그만두라고 할 것 같은지 그를 바라보며 서서히 손을 멈췄다. 그리고 스톤 주머니를 감싸 쥐곤 손끝으로 로키의 손바닥을 어루만졌다. "당신이 자기 자신에 관해 뭘 안다고 생각하는지 몰라도, 그건 전부 사실이 아니에요. 당신의 미래를 결정하는 건 당신 자신이에요. 당신 아버지도 형도, 고대 시인들이나 별자리도 아닌 당신 자신이라고요. 그들은 당신에 관해 아무것도 몰라요." 테오는 노른 스톤을 두 사람의 손 가운데 넣고 로키의 손을 꼭 붙들었다. "누구도 당신의 미래를 대신 결정할 순 없어요."

로키는 테오와 그의 손을 내려다보았다. 무슨 말을 해야 할지 알 수 없었다. 자신이 저 말을 진심으로 믿는지도 알 수 없었다. 감히 그럴 용기가 있을지도. 그리고 마침내 입을 열었다. "그게 훨씬 더 어려운 선택이야."

"알아요." 테오가 답했다. "당신이 날 배신해도 다른 누구를 탓할 수 없죠. 전부 내 책임이니까요."

로키는 그를 올려다보았다. 마침 그때 기차가 갑자기 덜컹하는 바람에 테오가 뒤로 자빠지고 로키는 그 위로 넘어졌다. "방금 뭐였죠?" 테오가 물었다.

"아모라야." 로키는 몸을 일으킨 다음 테오에게 손을 뻗었다.

테오는 숨겨두었던 지팡이를 꺼내 로키의 손을 잡았다.

"무슨 계획이라도 있어요?" 테오가 로키의 도움으로 일어서며 물었다.

"응, 단편적이긴 하지만." 로키가 대답했다. "원래 생각했던 것보다 좀 더 임기응변을 발휘해야겠어. 물론 어떤 계획이든 어느 정도 임기응변은 들어가지만. 이거 점점 불안해지는데."

"이제 어떻게 할 건데요?" 테오가 물었다.

"아모라를 막아야지." 로키가 답했다.

"어떻게요?"

"내가 말했잖아. 임기응변이라고." 로키는 노른 스톤을 외투 주머니에 넣고 테오에게 물었다. "내가 기차 맨 앞칸까지 데려다주면, 객차 연결 장치를 제거할 수 있겠어? 산 사람과 시체들을 분리하는 거야."

"날 아스가르드로 데려가준다고 약속하면요." 테오가 답했다.

로키는 길고 가벼운 한숨을 내쉬었다. 테오는 이미 결심한 듯 단호한 얼굴로 그를 똑바로 쳐다보았다. 저런 놀라운 단호함 덕분에 자신을 소외시키는 세상에서 살아남을 수 있었을 것이다.
"그렇게는 못해." 로키가 속삭이듯 말했다.

"아뇨, 할 수 있어요!" 테오는 로키의 손을 덥석 붙잡았다. 어찌나 격렬하게 힘을 줬는지 손톱이 로키의 손가락 마디에 파고들 정도였다. "제발 부탁이에요. 여기엔 이제 남아 있는 게 아무것도 없어요. 미세스 S는 죽었고, 난 혼자예요. 아무것도 없다고요. 이 세상은 날 원하지 않아요. 날 환영할 만한 곳으로 데려가줘요. 제발요, 로키."

로키는 다시는 누군가를 좋아하지 않기로 이미 결심했다. 감당해야 할 상처가 너무 크니까. "알았어." 그가 말했다.

테오는 물병에 새 물을 갈아준 꽃처럼 펄쩍펄쩍 뛰다가 이내 뒤로 물러서며 거짓말이 아닌지 탐색하듯 로키의 얼굴을 뚫어지게 바라보았다. "정말요? 진심이에요?"

"약속할게."

"당신의 약속을 또다시 믿을 수 있을지 모르겠네요." 테오가 얼굴을 구기며 웃었다.

"이번 건 믿어. 이제 가자. 아모라는 내가 책임질게. 넌 맨 앞 칸으로 가서 산 사람들의 안전을 확보해주기만 하면 돼."

로키는 방치된 공구 상자에서 선로용 말뚝 한 쌍을 집어 바지의 허리춤에 끼운 다음, 지붕에 구멍을 뚫고 올라가서 테오까지 끌어당겨주었다. 화물칸 내부를 통과할 엄두는 나지 않았다. 아모라가 칸마다 다니며 최대한 많은 시체들을 깨우고 있다면, 그녀의 군사들에게 막혀 앞으로 나아가기 힘들 터였다. 그는 앞 칸으로 건너뛴 다음, 테오에게 손을 뻗었다. 테오는 지팡이를 움켜쥔 채 비틀비틀 균형을 잡고 섰다. 그리고 잠시 눈을 감았다가 마음을 다잡고 펄쩍 뛰었다. 두 사람의 손가락이 이어진 순간, 갑자기 테오가 아래로 미끄러지며 로키까지 지붕에서 떨어질 뻔했다. 그는 세게 넘어지며 화물칸 모서리에 턱을 부딪쳤지만, 테오의 손만은 꽉 붙들고 있었다.

시체 하나가 폴짝 뛰어 테오의 다리를 붙잡더니 그걸 이용해

지붕으로 기어오르기 시작했다. 로키는 힘을 모아 테오를 끌어 올렸다. 그러자 시체도 딸려오며 지붕에 올라섰지만, 로키는 이미 그를 맞을 준비가 돼 있었다. 단검은 없지만 허리춤에서 선로용 말뚝 하나를 꺼내 시체의 팔목을 찔렀다. 그러자 잘린 정맥에서 뜨끈하고 냄새가 고약한 액체가 뿜어져 나와 둘 사이로 흘러내렸다. 로키는 얼른 몸을 돌렸다. 시체의 손이 코르크 마개처럼 튀어나오더니 뼈가 부서졌다. 시체는 손이 잘려 나간 것도 모르고 피가 솟구쳐 오르는 팔을 계속 버둥거렸다. 로키는 휙 돌아서서 말뚝을 시체의 목구멍에 쑤셔 넣었다. 손에서 까맣고 끈적끈적한 피가 더욱 콸콸 흘러나와 지붕 위로 떨어졌다. 시체는 비틀거리며 뒤로 물러났다. 로키는 노른 스톤 하나를 꺼내 들고 시체를 박살 낼 마법을 모았다. 하지만 주문을 발사하기도 전에 테오가 지팡이로 시체의 옆구리를 후려쳐 기차에서 날려 보냈다.

"고마워." 로키가 말했다. "하지만 나 혼자서도 처리할 수 있었거든."

"물론 그러셨겠죠." 테오가 다리를 후들거리며 일어섰다. "계속 가죠."

다음 칸을 반쯤 지나고 있을 때 나무 지붕을 뚫고 두 사람 사이로 손 하나가 불쑥 튀어나왔다. 로키와 테오가 둘 다 휘청거리고 있을 때 그 손이 로키의 발목을 낚아챘다. 로키가 떨쳐내려 할수록 손톱은 그의 살갗으로 깊숙이 파고들었다. 그가 다리를 힘차게 홱 잡아당기자 매달려 있던 여자가 끌려 올라와 그의 옆에 모습을 드러냈다. 그녀의 얼굴을 알아본 로키는 경악했다. 희부옇고 공허한 눈빛으로 그에게 팔을 휘두르고 있는 여자는 레이철 보먼이었다. 그는 몸을 피한 다음 팔꿈치로 그녀의 얼굴을 가격해 기차에서 떨어뜨렸다. 바람이 그녀를 낚아채 갔다. 잠시 후 또 다른 손이 그를 붙잡았다. 앞쪽으로도 더 많은 시체가 지붕을 긁어대고 있었다. 아모라가 칸마다 옮겨 다니며 시체들을 깨운 것이다.

그의 뒤에서는 테오가 지붕 위로 올라오는 시체들을 지팡이로 후려치고 있었다. 한 놈이 그의 아픈 다리를 잡아당겨 쓰러뜨렸지만, 로키가 에너지를 발사해 물리쳤다. 걸쭉한 검은색 피가 두 사람 위로 후드득 떨어졌다. 노른 스톤을 아직 손에 쥐고 있던 로키는 마법을 한곳에 집중시켜 이 칸 전체에 에너지를 발사했다. 이거면 살아 있는 시체들을 쓰러뜨릴 수 있을 거라고 생각했지만 노른 스톤을 통과한 마법은 그들을 아예 없애버렸다. 증발시켜버린 것이다. 로키는 자신의 손을 내려다보며 작고 반투명한 돌멩이를 꽉 움켜쥐었다. 수년 전에 갓즈아이 거울을 깨뜨렸을 때처럼 자신이 강력해진 느낌이었다. 무언가를 파괴할 때만 맛볼 수 있는 병적이고 기분 좋은 힘이었다.

로키는 다시 기차 앞쪽으로 돌아섰다. 더 많은 시체, 더 많은 아모라의 흔적을 찾아 나아갔다. 연기 때문에 눈물이 흘렀다. 그녀는 어디에 있지? 노른 스톤이 사용되어 자신의 주문이 깨진 걸 느꼈을 것이다. 로키가 그녀의 관심을 자신에게로 돌린 것이다.

그때, 발밑에서 지붕이 무너져 내렸다. 로키는 테오를 붙잡고 앞칸으로 뛰었다. 지붕에 착지하며 테오에게 깔린 그는 깜짝 놀라 숨을 몰아쉬었다.

"계속 가자." 로키가 말을 마치자마자 두 사람은 다시 앞으로 나아갔다.

산 자와 죽은 자를 나누는 지점까지 딱 한 칸을 남겨뒀을 때, 아모라가 나타났다.

그녀는 두 사람 사이로 모습을 드러냈다. 테오가 뒤로 자빠지자 그녀는 지붕 한가운데로 올라섰다. 그녀는 테오를 붙잡아 자기 쪽으로 잡아당겨서 목에 칼을 들이댔다. 주문을 걸어 그의 심장을 멈추게 할 수도 있었지만, 그녀의 목적은 그를 빨리 죽이는 게 아니었다. 그는 물물교환을 위한 인질이었다.

로키는 그대로 멈춰서 그녀를 향해 돌아섰다. 두 사람은 서로를 마주 보며 거친 숨을 내쉬었다. 그녀는 지쳐 보였다. 피부는 잿빛으로 시들었고 몸도 축 처져 있었다. 노른 스톤의 힘을 빌리지 않고 군대를 일으키긴 했지만, 그 과정에서 스스로의 생명을 깎아 먹은 것이다.

테오가 공포에 질린 듯이 작은 소리로 훌쩍였다. "스톤 이리 내와, 로키." 아모라가 말했다.

"싫다면?"

"이 녀석을 죽여버리겠어." 그녀는 칼을 더 세게 들이밀었다. "내 말 못 알아들어?"

"내가 고작 한 사람 때문에 우리 왕국의 평화를 내줄 것 같아?" 그가 소리를 질렀다. "고작 인간 하나 때문에?"

"인정하기 싫겠지만 넌 네 생각보다 훨씬 감상적이니까." 아모라가 답했다. "넌 약해 빠졌거든."

"나는 약하지 않아." 로키가 말했다. "난 악당도 아니고 바보도 아니야. 난 내 조국의 수호자야." 그는 허공으로 손을 치켜들었다. "아스가르드를 위하여!"

당황한 아모라는 이마를 찌푸리며 그를 멍하니 바라보았다.

"미안." 테오가 웅얼거렸다. 그녀의 손이 목구멍을 너무 세게 누르고 있어서 쉰 목소리가 나왔다.

"네가 뭐가 미안하다는 거야?" 아모라가 쏘아붙였다.

"쟤가 자기 역할에 너무 심취한 것 같아." 테오가 답했다.

로키는 환상을 풀었다. 평소 같으면 지구에서 이렇게 많은 힘을 쓸 수 없었겠지만 노른 스톤을 이용하니 빛을 농축시킨 광선같이 마법이 퍼져나갔다. 공기가 일렁이면서 아모라에게서 멀찍이 떨어져 있던 로키가 순식간에 평소 모습 그대로의 테오가 되었다. 아모라에게 목을 붙들린 테오는 로키가 되었다. 그는 팔을 뒤로 뻗어 아모라가 들고 있던 칼을 툭 쳐서 자기 손에 들어오게 한 다음, 칼날을 그녀의 어깨에 세게 밀어 넣었다. 다른 손에 쥐고 있던 노른 스톤이 밝게 빛나며 시체들을 증발시킨 바로 그 주문이 칼날을 통해 그녀에게로 흘러 들어갔다.

아모라는 고통에 겨워 비명을 질렀다. 그를 붙잡고 있는 손이 부들부들 떨렸다. 인체의 노화를 최고 속도로 높인 것처럼 그녀의 몸이 움츠러들며 둥그렇게 말려들어갔다. 살가죽이 뼈에 들러붙어 얼굴이 순식간에 해골처럼 변했으며, 머리카락은 하얗게 세어 꼬부라지더니 머리에서 떨어져 나갔다. 그녀는 몸을 웅크리며 뒤틀었다. 그때, 로키는 자기도 모르게, 그러지 말아야 할 모든 이유에도 불구하고, 반대 입장이었다면 그녀는 그를 끝까지 시들게 했을 걸 알면서도, 노른 스톤을 든 손을 뻗어 그녀를 붙잡았다. 그러자 노화가 순식간에 역전되며 잠시 동안 그녀는 다시 제 모습을 되찾았다. 로키에게 본모습대로 살아가라고 가르쳐준 생기발랄하고 어린 소녀가 되었다.

"안 돼!" 그녀가 소리쳤다. "이런 식으로 아스가르드에 돌아갈 순 없어. 난 돌아가지 않을 거야."

"아모라." 그는 둘 사이에서 에너지가 솟구치는 걸 느꼈다. "제발."

하지만 그녀는 그의 손을 놓았다.

바람이 그녀를 낚아채서 기차 꼭대기에서 떨어뜨리더니 그의 시야에 닿지 않는 곳으로 멀리 데려갔다. 로키는 소리를 질렀지만 이미 늦어버렸다. 기차는 계속해서 앞으로 질주했다.

순간, 발밑의 천장이 뒤틀리더니 시체 군사들이 단체로 기어 올라오기 시작했다. 아모라는 사라졌어도 그녀의 주문은 그대로 남아 있었다.

로키는 앞으로 돌아서서 노른 스톤의 힘을 이용해 연기를 갈라 시야를 확보했다. 새로운 힘이 불어넣어지며 눈이 또렷해진 덕분에 저 멀리 페어리 링이 보이기 시작했다. 목적지가 코앞이었다.

테오는 차량 사이로 기어 내려가서 연결 장치 위로 몸을 던졌다. 로키도 차량 끝까지 와서 밑으로 내려와 그의 옆에 있는 발판에 올라섰다. "지금이야!"

그는 테오의 손에 자신의 손을 얹고 연결 장치가 삐걱거리며 양쪽으로 분해될 때까지 둘이 함께 힘껏 밀었다. 산 사람들이 탄 객차가 죽은 자들의 화물칸과 분리되며, 둘 사이의 간격이 점점 벌어졌다.

테오는 로키 쪽으로 몸을 돌렸다. 바람이 그의 빨간 곱슬머리를 마구 흩뜨렸다. "이제 아스가르드로 가나요?"

"아스가르드로 가야지." 로키는 대답하며 테오의 어깨를 잡아 차량 밖으로 내던졌다. 테오는 산 사람들이 탄 반대편 객차의 발판에 떨어졌다. 이제는 간격이 너무 벌어져 펄쩍 뛰어올 수도 없었다. 테오는 비틀비틀 일어서서 난간에 기대며 로키를 노려보았다. 두 사람은 점점 더 멀어졌다. "약속했잖아요!" 그가 소리쳤다.

로키는 그를 외면했다.

엔진실과 객차가 먼저 페어리 링을 지나쳐 가고, 이제 화물차가 그곳에 가까워지자 로키는 스톤의 힘을 쏟아 보냈다. 머리 위에서 천둥이 요란하게 울렸다. 그는 고개를 들어 보라색과 은색 빛줄기들이 꼬였다가 풀어지기를 반복하는 하늘을 올려다보았다. 구름과는 전혀 다른 물질이었다. 바이프로스트가 열리는 모습이었다. 공기가 그를 잡아당기는 게 느껴졌다.

후회하게 될 줄 알면서도 그는 마지막으로 한번 더 테오를 보기 위해 몸을 돌렸다. 객차는 벌써 저 멀리 나아갔고, 앞으로 나갈 동력이 없는 시체들의 화물칸은 속도가 점점 느려지고 있었다. 테오는 여전히 난간에 기대어 있었지만, 얼굴에 드러났던 상처는 이미 다른 것으로 변해 있었다. 실망감이었다. 그는 놀라지 않았다. 로키가 약속을 지킬 거라고 믿지 않은 것이다.

그때, 로키 주변의 공기가 흔들리며 바이프로스트가 열차를 다른 세상으로 끌고 갔다. 기차가 포털을 통해 미드가르드를 빠져나가는 순간에도 로키는 테오를 돌아보지 않았다.

ᚠᚨᛏᛖ

Chapter 35

오하계에서 가장 강력한 유물을 들고 군대와 함께 등장하는 게 남들에게 어떻게 보일지, 로키는 알고 있었다.

토르도 같은 생각을 할 게 분명했다. 형에게 노른 스톤을 되찾았으니 왕국으로 돌아갈 거라고 알릴 때, 로키는 자기 혼자서 아모라를 끌고 갈 테니 병사 몇 명만 데리고 망루로 나와 달라고 부탁했다. 하지만 지금 그는 열차에 세 칸 가득 살아 있는 시체들을 싣고 바이프로스트를 미끄러져 내려가고 있었다. 도중에 기차 파편들이 여기저기 떨어지고 아직도 아모라의 마법에 사로잡혀 있는 시체 병사들은 기차에서 하나둘 뛰쳐나갔다.

아버지가 보았던 환영 그대로였다. 그가 갓즈아이 거울에서 본 장면이었다. 기차에서 내리며 이를 깨달은 로키는 다리에 힘이 풀려 주저앉았다. 그는 살아 있는 시체들로 구성된 군대의 선두에 서서 아스가르드로 향하고 있었다. 거울의 흑요석 표면에 반사되었던 장면이 여기에 펼쳐지고 있었다.

그는 아버지가 오래전부터 나타날 걸 알고 있었던 바로 그 인물이었다.

그때, 머리 위로 누군가의 그림자가 드리워져 로키는 고개를 들었다. 토르가 한 손에 묠니르를 들고 서 있었다. 바람결에 그의 머리카락이 우아하게 휘날렸다. 진정한 전사의 모습이었다. 왕의 모습이었다.

로키는 잠시 고민했다. 그에게는 노른 스톤이 있었다. 군대도 있었다. '새로운 주문으로 시체 병사들을 내 편으로 돌린 다음, 지금 당장 수도로 진군하면 어떨까? 아버지에게 왕좌를 내놓으라고 요구할까? 형을 다리에서 떠밀까? 나의 정당한 자리를 차지할까?'

토르가 손을 내밀었다.

로키는 그 손을 잡고 형이 자신을 일으켜 세우게 놔뒀다.

"너라면 이렇게 떠들썩하게 도착하리라는 걸 예상했어야 하는데 말이야." 토르가 묠니르를 빙빙 돌리며 말했다.

"날 알잖아." 로키가 답했다. "난 좀 화려한 게 좋거든."

"무기를 갖고 있니?" 토르가 물었다.

"늘 갖고 있지."

"다친 데는 없고?"

'있어'라고 대답하고 싶었다. "난 괜찮아."

토르는 고개를 끄덕이곤 망치를 들어 올렸다. 그리고 로키보다 몇 발자국 앞으로 나섰다. 시체 병사들이 로키를 공격하려면 먼저 통과해야 하는 위치였다. 형은 그의 군대로부터 그를 지키려는 것이다. 그 순간, 두 사람의 차이가 명백해졌다. 그는 절대 형이 될 수 없었다. 그의 형은 영웅이었다. 그럼 그에게 남은 건 뭘까? 그는 무엇이 되어야 하나?

로키가 그의 옆에서 자세를 취하자 토르는 묠니르를 높이 들어 올렸다. 에인헤랴르 병사들은 방패를 들고 창을 쥐었다. 토르가 앞으로 돌진하며 제일 처음 달려온 시체의 두개골을 묠니르로 박살냈다. 에인헤랴르 병사들이 뛰쳐나가 앞을 막아섰다. 하지만 시체들은 단순히 그들을 상대하러 오는 게 아니었다. 무지개다리를 건너 아스가르드로 향하는 게 그들의 목적이었다. 그들이 물밀 듯이 밀고 들어가면 살아 있는 시체들이 공격해올 걸 모르는 백성들은 속수무책으로 당할 수밖에 없었다. 결국에는 에인헤랴르 병사들이 시체를 제압하겠지만, 그래도 사상자는 나올 것이다. 희생 없이 끝날 일이 아니었다.

로키는 손에 든 노른 스톤을 내려다보았다. 그는 아모라를 끌고 오는 데 실패했다. 도난당한 유물을 되찾아오면서 그걸 손에 넣은 과정을 설명할 수 없게 됐다. 죄를 덮어씌울 아모라가 없으니 소용없는 일이었다. 그녀를 찾아간 숭고한 의도를 보여줄 증거도 없이 자신의 입장을 변명해야 했다. 어쩌면 숭고함 따위는 처음부터 없었는지도 모른다.

그는 자신이 의심한 대로 아모라가 그를 배신하면, 힘을 회복하고 나서 걸리적거리는 그를 치워버리기 위해 유혹한다면, 지켜주겠다는 약속을 깨고 자신이 먼저 그녀를 배반하겠다고 결심했었다. 그녀를 체포하고 노른 스톤을 회수하려 했다. 아스가르드를 위해서.

아니, 전부 자기 자신을 위해서였다. 그가 어떻게 숭고함을 내세울 수 있겠는가. 처음부터 목표는 형의 공적을 능가하고 알프헤임 사건 이후로 잃어버린 아버지의 호의를 되찾아 왕위 계승 후보자로서의 자리를 되찾는 거였는데.

노른 스톤을 계속 숨겨둘 수도 있었다. 스톤을 되찾을 다른 무대를 만들 때까지 기다리면 된다. 아직 영웅이 될 기회가 남아 있었다. 아니면 지금 이 힘을 드러내서 모든 책임을 혼자 떠맡을 수도 있었다.

로키는 온몸에 시체의 검은 피를 뒤집어쓴 형을 바라보았다. 그의 발밑은 시커멓게 번들거렸다. 토르는 주저함이 없었다.

로키는 마법의 힘을 그러모아 손가락 끝에 주문을 만들어냈다. 미드가르드를 겪고 나니 공기 중에 마법이 가득한 아스가르드는 오아시스 같았다. 그의 안에서 마법이 윙윙거리자 노른 스톤을 움켜쥔 손가락 끝이 진동했다.

스톤으로 어디까지 처치할 수 있을까.

그는 스톤 다섯 개를 틀어쥐고 자신의 온 힘을 보석 안에 불어넣었다. 스톤이 밝게 빛나며 에너지의 파동을 뿜어냈다. 로키는 그 힘에 하마터면 쓰러질 뻔했다. 옆에 선 토르도 휘청거렸다. 발밑의 땅이 갈라지고 쪼개졌다. 밝은 파란색 섬광이 일더니 시체들이 하나둘 쓰러졌다. 다리가 꺾이고 뚝뚝 부러지며 바이프로스트 너머로 떨어졌다. 하나씩 조용히.

다리 끝에서부터 더 많은 시체가 달려오는 게 보였지만, 그의 주문을 마주하고는 더 이상의 진격을 단념했다.

옆을 올려다봤더니 토르가 고개를 끄덕이곤 묠니르를 공중으로 던졌다가 잡아챘다. "네가 돌아오니 좋구나." 하지만 로키는 그게 진심이라고 확신할 수 없었다.

국왕 집무실에 들어가 보니, 아버지 혼자 그를 기다리고 있었다. 군인들도, 프리가도, 토르도 없었다.

오딘은 굳은 표정으로 왕좌에서 로키를 내려다보았다. 로키는 왕좌 밑 계단 아래 멈춰 섰다. 어차피 밝혀질 텐데 숨기는 건 의미가 없었다. 그는 손바닥을 펴서 다섯 개의 스톤을 계단에 떨어뜨렸다. 봄비처럼 가볍게 달그락 소리가 났다. 그걸 본 오딘은 놀랐는지 몰라도 얼굴에는 아무런 표정을 드러내지 않았다. 가만히 앉아 아래를 내려다보며 참을 수 없는 침묵으로 로키의 마음을 졸이게 할 뿐이었다.

결국 로키가 먼저 입을 열었다. "저 자신을 변호하자면, 전 보호자 없이 방치됐었어요."

오딘은 얼굴색 하나 변하지 않았다. 그의 이목구비는 강철 같았다. 발밑에 있는 노른 스톤의 모서리처럼 날카로웠다. “무슨 생각으로 그랬냐고 묻진 않겠다. 아무 생각이 없었던 게 분명하니까.”

로키는 고개를 높이 쳐들고 있었지만, 수치심이 그를 휩쓸었다. 지금 자신이 어떻게 보일지는 뻔했다. 그을음과 피와 살아 있는 시체들의 혈관을 채웠던 검은 타르를 뒤집어쓰고 아버지의 발밑에 서 있었다. 연기 나는 파괴의 길이 그의 발에서 미드가르드까지 이어져 있었다. “저한텐 계획이 있었어요. 계획대로 풀리지 않은 건 제 탓이 아니에요. 성공했다면 저는 아모라와 노른 스톤을 동시에 바칠 수 있었어요.”

“하지만 지금은 변명만 늘어놓고 있지.” 오딘이 말했다. 그는 소리를 지르지 않았다. 로키는 차라리 소리를 질러줬으면 싶었다. “지금 네가 어떻게 보이는지 아니? 반역자로 보여.”

반역자라는 말은 부드러운 표현이었다. 그는 군대를 끌고 온 데다가 도난당한 유물을 들고 있었다. 그 군대를 스스로 물리쳤다는 데서 조금은 점수를 회복했다고 볼 수도 있지만.

오딘은 여전히 앉아만 있었다. “차라리 최면이나 저주에 걸렸다거나 아모라의 마법에 사로잡혔던 거라고 말해다오. 태어날 때부터 기른 내 아들이 자신의 왕국과 동료들에게 파멸을 가져오는 길을 스스로 선택하지 않았다고.”

핑계를 대라는 거였다. 거짓말을 할 기회였다. 그럼 체면을 차릴 수 있었다. 하지만 로키에게는 덫으로 느껴졌다. 그와 아버지 둘 다 이 질문의 답을 알고 있었다. 그가 다른 대답을 하면 거짓말이라는 걸 둘 다 알게 될 것이다. 오딘은 그가 거짓말쟁이라는 걸 알고 싶은 거였다. 자신이 의심한 게 옳았다고, 자신의 아들이 정말로 트릭스터, 거짓말쟁이, 혼돈의 신이었다고 확인하고 싶은 것이다.

그래서 로키는 돌직구를 던졌다. "저주에 걸렸던 게 아니에요. 전 마법이나 최면에 걸리지 않았어요. 모든 건 제가 스스로 선택한 거지 아모라가 시킨 게 아니에요. 다른 누구도 아닌 제 선택이죠."

"도대체 왜?"

까다로운 질문이었다. 그 자신도 이유를 잘 몰랐다. 왕이 되고 싶어서였나? 하지만 아버지는 아직 후계자를 지명하지 않았는데 어떻게 그런 말을 입에 담을 수 있을까. 바보같이 들릴 것이다. 이것 역시 두 사람 다 마음속으로는 알지만 상대방이 입 밖으로 내리라고는 예상 못하는 답이었다.

그래서 대신 이렇게 대답했다. "그러고 싶었으니까요."

"그건 답이 아니야."

"전 불장난을 하고 싶었어요. 나쁜 선택을 하고 싶었어요. 아버지에게 반항하고 싶었어요." 그가 무슨 말을 하는지는 중요하지 않았다. 그의 마음이 얼마나 숭고한지도 중요하지 않았다. 아니, 때때로 숭고함이라는 게 있다고 해도 소용없었다. 아버지는 거울에서 그를 본 후로 이미 오래전에 그에게 그 역할을 맡겼다. 로키가 아스가르드의 숙적을 전부 쓰러뜨려 거대한 새장에 채워온다 해도, 오딘은 그의 마음을 믿어주지 않았을 것이다. "대체 나한테 무슨 말을 하라는 거예요?!"

"네가 염려해야 할 유일한 진실은, 불에 손을 대면 화상을 입는다는 거야. 너는 오늘 나를 아주 크게 실망시켰어." 오딘이 말했다.

"제게 기대하신 적도 없잖아요." 분노에 찬 목소리에 로키는 스스로도 놀랐다. 자신이 뭘 하는 건지 알아채기도 전에, 그 의미를 진지하게 생각해보기도 전에, 그는 왕의 명령이 없었는데도 계단을 딛고 아버지의 얼굴을 똑바로 보며 왕좌를 향해 걸어 올라갔다. "아버지는 제가 태어난 날부터 지금까지 내내 저를 실망스럽게만 바라보셨잖아요."

오딘은 고개를 저었다. "널 다르게 바라볼 근거를 주지 않았으니까."

"제가 끔찍한 일들을 저지르긴 했지만, 그건 아버지가 다른 길을 보여주지 않아서예요. 말씀해보세요. 제가 악랄하다고 생각하세요? 제가 괴물 같으세요?" 로키는 양팔을 활짝 벌렸다. "악당 역할이 필요한데 마침 제가 있었던 건가요? 왕위를 물려줄 때 형이 실제보다 잘나 보이게 하려면 상대역이 필요했어요? 그럼 아스가르드의 평화를 위한다며 수천 명을 학살한 형의 과거를 다들 눈감아줄 테니까요?"

"그만!" 오딘이 호통을 치며 자리를 박차고 일어서자, 로키는 뒤로 물러나고 싶은 충동을 느꼈다. 오딘을 사로잡으려던 수많은 이들이 겪었던 원초적인 두려움이었다. 하지만 로키는 이겨냈다. 완고한 반항심 하나로 아버지를 똑바로 마주했다.

그래, 이거야. 그는 생각했다. 계단에 버린 노른 스톤을 쳐다볼 뻔했다. *이게 바로 힘이야.*

오딘은 창을 쥔 손아귀가 새하얘질 정도로 힘을 주었다. "난 너를 추방할 수도 있어." 큰소리를 지른 로키와 반대되는 조용한 목소리였다. "아홉 세계에서 가장 어두운 구석으로 보내 네 힘을 전부 빼앗을 수도 있고, 다시 미드가르드로 보내서 인챈트리스가 자기를 배신한 널 마음껏 벌주게 할 수도 있어." 오딘은 잠시 말을 멈췄다. 로키는 숨을 멈췄다. "하지만 나는 자비로운 왕이다. 너는 절대 나처럼 될 수 없을 거다."

자비롭다고? 로키가 속으로 빈정댔지만 오딘은 계속 말을 이어갔다.

"너는 왕에 걸맞은 재목이 아니야. 한 번도 그런 모습을 보여주지 않았지. 아무리 교육시켜도 네 영혼의 어둠은 사라지지 않았어." 그는 로키에게로 몸을 돌리곤 노른 스톤을 주우러 계단을 내려왔다. 그리고 천천히 허리를 굽히면서 말했다. "돌아오는 동짓날에 토르를 아스가르드의 왕위 계승자로 임명할 거다."

로키는 눈을 꽉 감았다. 아모라가 옳았다. 오래전부터 그의 내면에 도사리고 있던 깊고 어두운 두려움이 옳았다. 역시 그는 왕이 될 수 없었다. 뿐만 아니라 오딘은 한 번도 그를 왕위 계승 후보로 여기지 않았다. 앞으로도 결코 토르를 보는 것처럼 그를 봐주지 않을 것이다. 아버지에게 토르는 젊고 무모하지만 세월과 인내와 거짓말로 잘 다듬으면 모난 부분이 사라질 아들이었다. 하지만 로키는 가능성 없는 모난 돌이었다. 너무 들쭉날쭉하고 날카로워서 잘못 만지려다가는 손이 잘릴 만큼 위험한.

"무슨 말인지 알겠느냐?" 오딘이 물었다.

"네." 그 말은 칼날처럼 조용히 그의 갈비뼈 사이를 찔렀다.

"받아들이겠느냐?"

"제게 선택권이 있나요?" 이번에는 확실히 대드는 말투였다.

"우리에겐 언제나 선택권이 있어."

순간, 테오의 얼굴이 뇌리에서 번뜩였다. 열차가 분리되며 서로 멀어질 때 그의 얼굴에 떠올랐던 표정, 로키와 함께 아스가르드로 갈 기회를 빼앗긴 표정이었다.

우리에겐 언제나 선택권이 있어요.

로키는 결코 왕이 될 수 없었다. 그는 결코 토르가 될 수 없었다. 영웅이 될 수 없었다. 세상에 버림받고도 부러지지 않고 강인하게 살아남는 테오가 될 수도 없었다. 그는 아모라가 될 수도 없었다. 그건 시체 군대를 막으려고 나설 때 이미 증명됐다.

그럼 뭐가 남았지?

그는 마녀가 될 수 있었다. 악당도 될 수 있었다. 트릭스터, 음모가, 이기적인 혼돈의 신이 되어 신화책이 옳았다는 걸 증명할 수도 있었다. 그들 모두가 생각한 대로 처음부터 썩은 인간이었다는 걸 증명할 수도 있었다. 자기 이외에 다른 누구도 챙기지 않고, 오직 자기 마음만 따를 수도 있었다. 그게 그에게 남은 선택이었다.

그는 마녀가 될 수 있다.

마녀가 되자. 세상 모든 지식을 소유한 마녀가 되자.